Annie Darling vit à Londres dans un petit appartement dont les murs menacent de se fissurer sous les piles chancelantes de livres qui les compriment. Elle a deux grandes passions : la littérature et Mr Mackenzie, son chat, un british shorthair.

De la même autrice :

La Petite Librairie des cœurs brisés
Coup de foudre à la librairie des cœurs brisés
Retour de flamme à la librairie des cœurs brisés
Noël à la librairie des cœurs brisés

Annie Darling

Noël à la librairie des cœurs brisés

Traduit de l'anglais (Grande-Bretagne) par Élodie Coello

Hauteville

Hauteville est un label des éditions Bragelonne

Titre original : *A Winter Kiss on Rochester Mews*

Initialement publié en 2018 par HarperCollins, Londres.

ISBN : 978-2-38122-099-4

Bragelonne – Hauteville
60-62, rue d'Hauteville – 75010 Paris

E-mail : info@editions-hauteville.fr
Site Internet : www.editions-hauteville.fr

À Mr Mackenzie, le plus beau félin du monde.

Chapitre premier

30 jours avant Noël

— Bonne journée ! Revenez nous voir !

Un grand sourire aux lèvres, Matilda Smith accompagna son dernier client de la journée à la porte du salon de thé d'*Au Bonheur des tendres* et s'empressa de fermer à clé derrière lui. Dans la poche de son tablier, son portable s'affolait comme une abeille furieuse depuis cinq bonnes minutes.

Mattie le sortit alors qu'il vibrait encore et lut les messages qui l'agitaient. Tous étaient envoyés par le même numéro.

RÉUNION D'URGENCE !!!!

Les lettres capitales la laissèrent de marbre. Elle ne s'était pas assise depuis 7 heures du matin et ses pieds criaient au repos ; alors cette « urgence » pouvait bien attendre.

—J'ai cru qu'Anorak Beige ne s'en irait jamais, soupira Mattie au sujet de leur client le plus fidèle. Je vais finir par lui autoriser une heure maximum à monopoliser une table de quatre personnes.

—Au moins, cette fois il a partagé sa table, fit remarquer Cuthbert tout en astiquant amoureusement Jezebel, la cafetière.

L'ancienne barista, Paloma, était partie en voyage et Mattie avait craint de ne jamais retrouver quelqu'un capable de manipuler leur très caractérielle Jezebel, jusqu'au jour où elle avait rencontré Cuthbert Lewis, soixante-douze ans.

Le portable de Mattie vibra de plus belle. Encore un message d'une personne qui ferait mieux de se calmer avec les majuscules criardes et, à la place, d'en venir directement au sujet.

CECI N'EST PAS UN EXERCICE, C'EST UNE VÉRITABLE URGENCE!!

— Je parie que ce n'est rien de grave, s'exclama tout haut Mattie.

— Il y a le feu au lac ? demanda Cuthbert.

— Apparemment c'est panique à bord chez les voisins.

Cuthbert inclina la tête en direction des doubles portes vitrées à gauche du comptoir.

— La panique, ça les connaît, aucun doute là-dessus. Tandis qu'ici, nous cultivons le calme.

Maintenant qu'Anorak Beige était enfin parti, Mattie pouvait nettoyer le sol. Elle plongea son balai serpillière dans le seau d'eau chaude savonneuse rempli un peu plus tôt.

— Nous sommes en zone antipanique. Contrairement à eux.

Mattie et Cuthbert avaient leur petit fief au sein du grand territoire d'*Au Bonheur des tendres*, la librairie qui s'étendait derrière les doubles portes vitrées. Le salon de thé avait ses traditions, sa façon de fonctionner et ses propres règles, mais il cohabitait relativement paisiblement avec la librairie. Ils prenaient soin que les clients n'emportent au salon de thé que les livres passés en caisse pour éviter de tacher les couvertures. Ils s'assuraient chaque jour que Gourgandine, le gros chat glouton de Verity, responsable adjointe d'*Au Bonheur des tendres*, était bien enfermé dans l'appartement au-dessus de la boutique. Il y avait eu plusieurs incidents où Gourgandine avait tenté une évasion et filé tout droit au salon de thé pour grimper sur les genoux de quiconque dégustait un gâteau.

RÉUNION D'URGENCE IMMINENTE AU *MIDNIGHT BELL* !!! POURQUOI IGNORES-TU MES TEXTOS ? AI-JE PRÉCISÉ QU'IL S'AGISSAIT D'UNE URGENCE ??

— Pourquoi ne parcourt-elle pas les cinquante mètres qui nous séparent pour me le dire de vive voix ? Ça me dépasse, marmonna Mattie, reposant la serpillière pour lire un énième message de panique.

— Dans son état, elle ne peut pas arpenter des kilomètres dans tous les sens, rappela Cuthbert sur un dernier coup de chiffon affectueux pour Jezebel.

Cuthbert avait raison. Il avait souvent raison et sur tous les sujets.

Mattie pressa la serpillière dans un coin difficile d'accès.

— Oui, mais… mais… elle arrive bien à parcourir la distance jusqu'au *Midnight Bell* pour une prétendue réunion d'urgence. Veux-tu que je t'excuse auprès d'elle ?

— Je veux bien. Ma Cynthia m'aura déjà préparé le dîner, dit-il de sa femme, l'amour de sa vie. Allez, repose-toi ma toute belle, souffla-t-il à sa douce amante en recouvrant Jezebel d'une protection spéciale. Demain sera un autre jour, tu as besoin de récupérer.

Ce n'était pas l'envie qui manquait à Mattie de proposer à Cuthbert et Jezebel un moment d'intimité. Mattie se ressaisit, tapota l'épaule de Cuthbert et se faufila derrière lui (le passage était étroit derrière le comptoir) pour vider le seau et finir le ménage.

— On se voit demain, Cuthbert.

— Effectivement.

Il enfila son manteau et son superbe chapeau feutre pour le trajet de cinq minutes à pied jusqu'au logement social de la magnifique résidence Art déco des années 1920, au coin de la rue.

Le téléphone de Mattie se remit à trembler.

NE M'IGNORE PAS, MATTIE ! POURQUOI TU M'IGNORES ?

Bon, il était temps de répondre à l'un de ces messages prétendument importants.

Je ne t'ignore pas mais il faut que je prépare mes bases pour demain. Je vous retrouverai au *Midnight Bell* dès que j'aurai terminé. J'espère que tu m'auras commandé un grand verre de vin blanc et une barquette de frites au fromage. Bisous, Mattie.

Un pas lui suffit pour entrer dans la minuscule cuisine isolée des clients par un rideau aux motifs de théières. Une cuisine si petite que Mattie n'avait qu'à tendre les bras pour toucher les murs.

Mais au lieu de les tendre, elle se lava les mains avant d'entamer la préparation de la pâte feuilletée pour les viennoiseries du lendemain : croissants, pains au chocolat, pains aux raisins et autres plaisirs gustatifs beurrés. La pâte allait devoir reposer toute la nuit, c'est pourquoi Mattie n'était pas encore au pub, à écluser du chenin blanc.

Avant de retirer son tablier et de ramasser son sac laissé dans l'unique placard qu'elle avait pu encastrer dans la cuisine, Mattie sortit son poudrier pour confirmer l'évidence : son visage – d'une teinte proche de celle d'une délicate sauce au caramel clair parsemée d'une pincée de taches de rousseur sur le nez – avait grand besoin d'une couche de poudre pour atténuer l'effet du dur labeur, une journée entière penchée sur un poêle chaud. Après avoir ajouté un soupçon de rouge à lèvres d'un rose fauve, une retouche de mascara, et vérifié les deux traits d'eye-liner noir appliqués le matin même, Mattie s'assura que son pull et son pantalon noirs n'étaient maculés d'aucune tache de graisse ou de farine, puis fut prête à partir.

Elle avait trouvé son style et s'y tenait rigoureusement.

Mattie avait vu le film *Drôle de frimousse* à un âge de recherche identitaire, et bien qu'elle fût à présent bien adulte du haut de ses vingt-huit ans, elle rêvait toujours d'incarner Audrey Hepburn, la petite libraire qui s'envolait pour Paris avec Fred Astaire et posait pour des magazines de mode lorsqu'elle ne dansait pas le jazz moderne dans des bars miteux à diverses occasions. Si tout cela appartenait au passé et si Paris était désormais morte à ses yeux, Mattie avait conservé le look d'Audrey Hepburn dans *Drôle de frimousse* : ses longs cheveux bruns relevés en queue-de-cheval, une épaisse frange coupée droit venait souligner à merveille ses sourcils, toujours relevés au-dessus de ses yeux dont la couleur était précisément la même que celle du manteau de vison de sa grand-mère.

Et tout comme Audrey, Mattie s'habillait toujours de noir. Avant Paris, mais surtout depuis qu'elle en était revenue. L'été, un tee-shirt en coton noir aux manches retroussées jusqu'aux coudes et un pantacourt moulant noir étaient assortis aux Birkenstock qu'elle portait tous les étés depuis des années. L'hiver, comme aujourd'hui, elle troquait son tee-shirt contre un pull, son pantacourt contre un pantalon et ses sandales contre une paire de Converse noires.

Elle s'habillait tous les jours de la même façon (Mattie avait de nombreux tee-shirts, pulls et pantalons noirs, ce n'était pas comme si elle usait le même ensemble jusqu'au dernier fil) pour des raisons pratiques. De quoi lui épargner d'avoir à choisir parmi une penderie pleine de couleurs et de styles différents, et ce n'était pas plus mal, car lorsqu'elle ressortait sur les pavés de Rochester Mews et refermait la porte à clé derrière elle, c'était pour la rouvrir à 7 h 30 le lendemain matin. Tel était son destin, une quantité astronomique de viennoiseries attendaient chaque matin d'être préparées pour le petit déjeuner avant l'ouverture du salon à 9 heures.

Le téléphone de Mattie se faisait décidément insistant.

OÙ ES-TU ? IL NE FAUT PAS TROIS HEURES POUR FAIRE DE LA PÂTE FEUILLETÉE !

Mais tout ça, c'était pour demain. Ce soir, Mattie n'avait pas l'intention d'y penser, ni au réveil qui l'attendait pour 6 heures, un horaire où il faisait encore nuit noire. Non, elle allait plutôt penser au grand verre de vin qu'elle espérait trouver sur la table.

Mattie ne fut pas déçue. À peine poussa-t-elle la lourde porte du pub au coin de la rue d'*Au Bonheur des tendres*, chassant l'effluve de poisson pané qui lui venait de *No Plaice Like Home*, juste en face, pour s'engouffrer dans l'atmosphère épaissie à la bière, que quelqu'un lui fit de grands signes agités.

—Mattie ! Par ici ! hurla Posy, propriétaire d'*Au Bonheur des tendres* et auteure des nombreux messages dramatiques reçus dans la soirée, comme s'ils n'avaient pas tous investi les banquettes de leur coin habituel où on ne pouvait pas les rater. Ton vin est encore juste frais.

Mattie se laissa volontiers choir sur une chaise libre et leva le verre de chenin blanc.

—Merci, dit-elle avec ferveur. Et santé !

Mattie profita de trinquer pour chercher la panique attendue dans les regards de tous ses collègues. Posy, enceinte jusqu'aux dents, dégustait un verre de limonade à la fleur de sureau, le verre posé sur son ventre rebondi, et présentait un air serein. Verity, son adjointe à la librairie, sirotait son gin tonic avec une mine un brin stressée, mais c'était chez elle un état habituel. Et puis, il y avait Tom, et Mattie se fichait bien de savoir ce qui se passait dans la tête de Tom puisqu'il était sur sa liste.

La liste de Mattie, et Tom le savait pertinemment, n'était pas le genre de liste sur laquelle il faisait bon se trouver, c'est pourquoi elle préféra l'ignorer.

—Comment allez-vous ? demanda-t-elle à Posy et Verity. Comment s'est porté le monde littéraire aujourd'hui ?

—C'était très, très chargé, et tant mieux, répondit Posy sur une note de douce satisfaction. (Elle caressa tendrement son ventre avant de laisser échapper un rot délicat.) T'ai-je déjà parlé de mes indigestions ?

Seulement plusieurs fois par jour depuis que le premier trimestre était passé et qu'elle pouvait enfin dire au monde qu'elle était enceinte. Elle arrivait à présent au septième mois de grossesse et ne supportait plus la vue d'une tomate, encore moins son goût.

—J'ai lu quelque part qu'une indigestion chronique pendant la grossesse annonçait l'arrivée d'un bébé très chevelu, annonça Verity, ce qui fut loin de consoler Posy.

— Sebastian a les cheveux épais, ce serait donc sa faute, grommela-t-elle. J'aurais dû tomber amoureuse d'un chauve.

Si fascinante que soit cette conversation, elle n'expliquait toujours pas le ton impérieux des textos reçus dans la soirée.

— Bon, pourquoi tant d'affolement dans tes messages ? demanda Mattie. La mairie a prévu de raser Rochester Mews ? Que se passe-t-il ?

— Hein ? Non ! C'est bien plus grave que cela, s'indigna Posy, levant soudain un regard empli d'angoisse vers Mattie. As-tu la moindre idée du jour qu'on est aujourd'hui ?

Était-ce une question piège ou simplement le cerveau tordu d'une femme enceinte ? Mattie se tourna vers Verity qui secouait la tête d'un air de dire que Posy lui avait joué le même tour quelques instants plus tôt. Mattie croisa ensuite le regard de Tom et eut un mouvement de recul instinctif tandis que lui plissa la lèvre supérieure, signe qu'il s'apprêtait à faire une remarque idiote, mais il fut coupé dans son élan quand Posy frappa dans ses mains.

— On est le 25 novembre, déclara-t-elle. Le 25, sais-tu ce que ça implique, Mattie ?

— C'est encore un jour férié inventé par les relations publiques ? C'est la fête des tartes ? Non, je serais au courant. Hum, un jour consacré aux câlins canins ?

— C'est sûrement le jour de l'humour pour femmes enceintes, murmura Tom avec ce rictus déplaisant – quelqu'un allait bien finir par lui faire la remarque.

— Non ! Ce serait plutôt le jour de la ligue des casse-pieds, rétorqua Posy en donnant un coup de coude dans les côtes de Tom, ce qui effaça aussi sec cet affreux sourire. Dans un mois, c'est Noël ! Pire que ça ! Il n'y a que trente jours en novembre, il en reste donc trente avant Noël. Trente !

Sa panique fut accueillie par des regards circonspects.

— Tu viens d'atterrir ? tenta Tom, ajustant ses lunettes à montures écailles pour mieux scruter Posy de son regard sévère. (Celle-ci rougit.) On ne peut pas allumer la télévision sans tomber sur une pub à la guimauve avec des animaux des bois chantant Noël. Les supermarchés regorgent d'huîtres et de dinde depuis la fin août.

Tom marquait un point.

— Tu as forcément remarqué les décorations de Noël dans les rues de Londres, ajouta Mattie.

Posy posa une main de chaque côté de son ventre.

— Pardonnez-moi si j'ai l'esprit un peu ailleurs, lâcha-t-elle, froissée.

— J'ai annoncé les promotions de Noël et les horaires ajustés. Plusieurs fois, rappela Verity, plus conciliante. Nous avons discuté à maintes reprises de nouvelles guirlandes pour les arbres des Mews.

— Je ne m'en souviens pas, insista Posy.

Sa voix commençait à chevroter, signe annonciateur d'un sanglot. Lorsqu'elle n'était pas occupée à roter, Posy réprimait des pleurs. Vraiment, la grossesse ne lui réussissait pas.

— En plus, je viens de recevoir un mail du comité des commerces de Rochester Street, ils réclament ma part pour les décorations de Noël dans la rue. Toutes les autres boutiques étendront leurs horaires d'ouverture…

— Oui, j'en ai déjà parlé, murmura Verity sous le regard compatissant de Mattie. Et plusieurs fois, même.

— Tu aurais dû insister davantage, lui reprocha Posy en remuant sur sa banquette en quête d'une position confortable. Il y a tant de choses à faire. Nous n'avons encore accroché aucune guirlande, ni présenté les livres parfaits à mettre au pied des sapins. (Elle se frotta anxieusement les mains.) Mattie ! Pourquoi n'as-tu pas commencé à préparer des bûches ? Je t'ai connue mieux organisée !

Sa minutie et sa prévoyance étaient pour Mattie une fierté, mais elle refusait d'entrer dans le petit jeu de Posy. Elle n'allait pas céder à la panique.

— J'ai déjà fait mon planning pour les pâtisseries de Noël, il débutera le 1er décembre et pas un jour avant. Tout le monde n'a pas envie de se goinfrer dès que le compte à rebours est lancé.

— *Prêt à Manger* vend ses sandwichs de Noël depuis des semaines et *M&S* s'y est mis aussi, rappela Tom.

Et il en savait quelque chose puisqu'il n'achetait jamais son casse-croûte au salon de thé.

Sinon, il se serait régalé et n'aurait plus eu assez faim pour se goinfrer de frites au fromage comme il le faisait à ce moment précis.

Mattie fit la moue. Elle n'allait pas céder à la panique. Surtout pas. Même si Tom lui cherchait des noises.

— Eh bien, *Waterstones* a également lancé ses promotions de Noël depuis des semaines, rappela-t-elle.

Tom leva son verre de vin d'un air de dire « Touché », mais l'effet fut nocif pour Posy, qui grogna de douleur et se tint le ventre comme si un monstre allait en surgir.

— Il nous faut lancer le brainstorming de Noël. TOUT DE SUITE ! proclama-t-elle d'une voix perçante.

— Je croyais que c'était justement ce qu'on était en train de faire, s'étonna Mattie, car l'amour de Posy pour les brainstormings était aussi fort que son amour pour Sebastian, pour les tote bags estampillés de citations littéraires et pour les romans à l'eau de rose.

— Pour l'instant, c'est plutôt le brainstorming pré-brainstorming de Noël, rectifia Tom sans lâcher le bol de frites, l'écartant de la main de Mattie qui tentait d'en voler une. Eh, prends-toi une barquette.

— Le 1er décembre, il nous restera bien assez de temps pour lancer nos plans de Noël, affirma Verity, retirant le bol des mains de Tom pour le tendre à Mattie. Et sans vouloir jouer la carte de la fille de pasteur, je vous rappelle que, techniquement, nous ne sommes pas censés accrocher la moindre décoration avant le réveillon. En outre, *techniquement*, nous ne devrions pas lancer le brainstorming de Noël sans Nina. Nina adore Noël.

— Oh, elle me manque ! s'exclama Posy.

Une première larme entama une descente sur sa joue droite.

— Nina nous manque à tous, approuva tout doucement Mattie, consciente qu'il fallait éviter de hausser le ton lorsque Posy était dans un épisode larmoyant. Mais elle revient bientôt. Elle ne devait partir que six mois. C'était en mai et nous sommes fin novembre.

Nina était un membre chéri mais absent de la famille *Au Bonheur des tendres*, actuellement en road trip aux États-Unis avec son petit ami Noah, tout en travaillant sur la communication de la boutique à distance. Elle était le pendant exubérant idéal pour tempérer Verity l'introvertie, Posy la paniquée, et Tom. Austère, sarcastique et imbu de sa personne.

— J'espère qu'elle sera rentrée pour mon accouchement, se lamenta Posy. J'aimerais partir en congé maternité avant les premières contractions. Argh ! Les contractions ! Je vous jure, cette histoire de grossesse n'est qu'un enchaînement de catastrophes. Vous ai-je parlé de mes chevilles gonflées ? Bref, que fait-on pour Noël ? Il y a tellement de choses à préparer et si peu de temps devant nous ! On est fichus. Complètement fichus.

— Mais non. Les gâteaux sont préparés, il n'y a plus qu'à les enfourner, tenta désespérément Mattie.

Elle n'était pas une grande fan de Noël et tout ce cinéma autour des fêtes lui nouait l'estomac.

— Et puis, cela ne prend pas longtemps d'accrocher quelques guirlandes.

— Il ne s'agit pas juste de quelques guirlandes, grinça Posy, laissant cette fois ses larmes couler à flots.

Tom glissa sur la banquette pour prendre ses distances avec la femme en pleurs, une grimace d'horreur sur sa figure habituellement plutôt hautaine.

— À l'aide ! mima-t-il à Mattie et Verity.

La première haussa les épaules et l'autre poussa un soupir avant de se pencher vers ses collègues.

— Je pensais attendre un peu pour vous l'annoncer mais… Bon, il faut savoir saisir le bon moment, et je ne vois aucune raison de repousser l'inévitable, ce serait inutile puisque nous allons commencer à fermer plus tard le soir, et ce n'est pas un gros problème, plutôt un problème moyen.

Le verbiage de Verity jugula les sanglots de Posy, qui affichait à présent un air contrit. Tom lui-même parut saisir l'importance de ce moment, au point qu'il lâcha son bol de frites.

— Oh non ! Tu démissionnes ? demanda-t-il.

C'était aussi ce que Posy soupçonnait, à voir sa mine déconfite.

— Ne dis pas de bêtise, pourquoi m'en irais-je ? Drôle de raccourci, s'indigna Verity. Enfin… d'une certaine façon, c'est un peu cela quand même.

— Pitié, Very, ma pression artérielle supporte mal les chocs, gémit Posy.

— Bon sang, Very, crache le morceau, je n'y tiens plus ! aboya Tom.

Et pour une fois, Mattie était bien d'accord avec lui.

Verity leva les yeux au plafond.

— Je démissionne…

Une pause. Tous retinrent leur souffle. Mattie soupçonnait sa collègue de prendre un peu trop de plaisir à les faire mariner.

— … de mon bail de location au-dessus de la librairie. Mais j'avoue être flattée par vos grimaces de terreur quand vous avez cru que je vous quittais. C'est bon de se sentir désirée.

— L'espace d'une seconde de torture, je me suis vue gérer les déclarations de TVA toute seule, ma vie a défilé devant mes yeux, dit Mattie.

Posy tendit son bras assez laborieusement au-dessus de la table pour trinquer avec elle en gage de soutien.

— On se serre les coudes, affirma-t-elle avant de tourner son regard affligé vers Verity. Quand comptes-tu déménager ? Après le nouvel an ?

— Un peu plus tôt, en fait. Si je veux partir avant de commencer les horaires de Noël et avant les dimanches d'ouverture, cela nous ramène à… après-demain, si ça vous convient, ajouta Verity toute désolée. Je pourrais attendre la nouvelle année mais Johnny a fait installer l'un de ces robinets à eau bouillante, je peux me faire du thé instantané, et il a posé un banc au bord de la fenêtre dans le petit coin où j'aime me poser pour lire, c'est cosy, et de toute façon je passe mon temps avec lui donc… Ah oui, au fait ! J'emménage chez Johnny, précisa-t-elle au cas où ils ne l'auraient pas compris.

Johnny était le compagnon de Verity. Un architecte guindé qui, tout comme Darcy dans le livre préféré de Verity, *Orgueil et Préjugés*, en plus de « son magnifique domaine de Pemberley », possédait une maison à quatre chambres à

Canonbury et n'avait personne avec qui la partager. Jusqu'à ce jour.

— Oh ! Very ! Pourquoi ne l'as-tu pas dit plus tôt ? s'exclama Posy en attrapant la main de son amie. Voyons voir cette bague… Oh, pas de bague ?

— Nous ne sommes pas fiancés. Nous allons seulement habiter ensemble.

— Vous vivrez dans le péché, psalmodia Tom, les mains jointes en prière, maintenant qu'il avait terminé tout le bol de frites au fromage sans se soucier des autres. Une fille de pasteur, en plus.

— Tu sais que c'est la réplique de Nina, tu ne peux pas la lui voler, lui reprocha-t-elle. Et puis, réveillez-vous, c'est le XXIe siècle.

Mattie était ravie pour Verity, vraiment. Même si la seule idée de vivre avec un homme était pour elle synonyme de cauchemar. Elle se força à sourire tout en se demandant quel était le délai correct à observer avant de pouvoir demander, implorer, supplier Posy de lui laisser…

— Ma foi, si Very s'en va, je prends sa chambre, décida tranquillement Tom, comme si son emménagement dans l'appartement gratuit au-dessus de la librairie était déjà tout décidé. Ça me paraît juste, non ?

— Ah non ! Ce n'est pas juste du tout ! s'écria Mattie. J'allais justement demander à Posy de me la laisser.

— Il fallait être plus rapide, trancha Tom avec une condescendance qui inspira à Mattie une envie folle d'écraser sur sa tête le premier objet lourd qui lui passerait sous la main – en l'occurrence, un extincteur. De toute façon, l'appartement est réservé au personnel de la librairie.

— Le salon de thé fait partie de la librairie, rappela froidement Mattie, bien qu'elle insistât toujours sur le fait que, si agréables que soient les retombées positives de la fréquentation de son salon par les acheteurs de romance, elle gérait une entreprise parfaitement autonome. Mais merci de me donner le sentiment d'être un membre à part entière de la famille *Au Bonheur des tendres*.

— Au cas où tu l'aurais oublié, je travaillais déjà à la boutique depuis longtemps quand tu as ouvert le salon de thé, rappela Tom, toujours aussi hautain.

— Tu es resté à mi-temps pendant des lustres, fit calmement remarquer Mattie tandis qu'à l'intérieur, elle enrageait. Si tu additionnes toutes les heures que je passe au salon, le chiffre dépasse de loin celles que tu as passées sur le sol de cette librairie. J'embauche à 7 h 30 tous les matins et je pars rarement avant 20 heures le soir, et voilà que tu viens me priver des deux heures de sommeil que je pourrais gagner.

— Tu dramatises, soupira amèrement Tom alors qu'il travaillait entouré de femmes depuis bien assez longtemps pour savoir qu'il ne faut jamais dire à une femme dont la réaction est parfaitement mesurée qu'elle dramatise, au risque de friser l'incident diplomatique. Posy, c'est à toi de décider.

Posy rota.

— Mes brûlures d'estomac sont de retour. Vous me donnez mal au ventre, tous les deux, et j'ai bien envie de ne laisser l'appartement à aucun de vous. (Elle eut un nouveau renvoi.) Ne me stressez pas. Décidez entre vous de celui qui prendra l'appartement. Dès demain. Maintenant, que l'un de vous aille me commander une autre limonade à la fleur de sureau, j'ai besoin de roter comme aucune autre femme avant moi en ce monde.

— Tu ne fais que roter depuis une heure, osa Verity, bien plus courageuse que Mattie.

Posy poussa un soupir. Éructa encore.

— Crois-moi, ce n'est que le début, annonça-t-elle tristement. J'ai une bête féroce dans le ventre qui ne demande qu'à faire remarquer sa présence.

Chapitre 2

29 jours avant Noël

Le lendemain matin, une fois l'heure de pointe passée – les clients se bousculaient au petit déjeuner pour déguster les spécialités de Mattie accompagnées du mélange de cafés qu'elle faisait venir spécialement de Paris –, elle rejoignit Posy et Tom pour visiter l'appartement.

Mattie ne voulait pas se faire de faux espoirs, mais elle avait préparé un fervent discours sur les raisons pour lesquelles elle méritait de récupérer la chambre qu'allait bientôt laisser Verity. Le cœur battant, elle traversa les diverses antichambres de la librairie, passa devant le comptoir de la grande salle, franchit une porte et monta un escalier. Si elle habitait là, elle serait encore à la maison à l'heure qu'il était et n'aurait pas ce trajet d'une heure à parcourir depuis Hackney – plus d'une heure en cas de bouchons.

— Je voulais te le dire il y a longtemps, Posy, mais la grossesse te va à ravir, la loua Tom tandis qu'elle leur ouvrait la porte.

Vraiment, il tombait bien bas : ses flatteries pour s'attirer les bonnes grâces de la propriétaire étaient grotesques, Posy n'allait certainement pas se laisser berner.

— Oh, c'est trop gentil, répondit-elle avec un sourire larmoyant. (Le cœur de Mattie se serra d'angoisse.) Bien tenté, Tom, mais je dois rester neutre. En outre, tu t'exposes à être dénoncé dans le registre du harcèlement sexuel.

— Tu sais aussi bien que moi que ce registre n'existe pas, marmonna Tom en s'écartant pour laisser Mattie entrer la première dans l'appartement, car il avait tout de même un minimum de savoir-vivre. Et s'il existait vraiment, tu apprendrais que je suis la seule victime de harcèlement dans cette entreprise. Par des clientes ménopausées aux mains baladeuses. Voilà qu'au lieu d'être soutenu par mes collègues, elles abusent de moi.

Mattie ne voyait pas ce que ces femmes ménopausées pouvaient trouver à Tom. Objectivement, sous la contrainte, elle serait forcée d'admettre qu'il était assez charmant. Ses cheveux couleur de blé rabattus en banane allongeaient sa stature déjà grande, tandis que sa nuque et ses tempes étaient rasées de près. Mattie ne l'avait jamais regardé suffisamment droit dans les yeux pour savoir de quelle couleur ils étaient. Ils se cachaient derrière les verres de ses lunettes vintage à écailles qui auraient pu lui être offertes par la sécu dans les années 1950, mais elles ne lui allaient pas si mal. Il avait une bonne carrure, même si Mattie ne s'attardait jamais à se demander ce qu'il cachait sous ses vêtements. Et puis quoi encore ?

Les attributs physiques de Tom pouvaient bien être passables, ses vêtements présentaient un tout autre problème. Et pas des moindres. Ses pantalons semblaient avoir jadis appartenu à des costumes de vicaire de campagne ou autre profil d'homme ennuyeux à mourir sorti d'une époque reculée et au goût prononcé pour le tweed sombre. Ses chemises, toujours blanches, étaient à peu près acceptables mais ses cravates, tantôt nœuds papillon à pois chic tantôt cravates en tricot – oui, en *tricot* – et ses gilets aux empiècements de cuir au niveau des coudes avaient le don de heurter l'œil de Mattie.

Et puis, il y avait sa personnalité. Mattie le savait studieux: il venait de passer quatre ans à temps partiel dans la boutique pour rédiger une thèse en philosophie, littérature médiévale ou autre sujet obscur et poussiéreux. Il n'avait jamais voulu expliquer son sujet en détail et Mattie en avait conclu que c'était d'un ennui confondant, sinon pourquoi tant de mystère? N'empêche, Tom ne se lassait jamais de rappeler qu'il fréquentait des milieux intellectuels. Il se sentait au-dessus de tout, toujours prêt à faire une remarque pleine de grands mots. Il était surprenant de le voir travailler dans une librairie spécialisée en fictions à l'eau de rose alors que la seule mention d'œuvres de romance lui tirait une grimace.

Mattie ne comprenait pas comment Posy avait pu le garder aussi longtemps et, qui plus est, le faire passer à temps plein une fois sa thèse achevée. Ni pourquoi Tom n'avait pas poursuivi sa carrière universitaire. Sans doute parce que le monde académique regorgeait de types hautains en tweed, tandis que, *Au Bonheur des tendres*, il restait l'unique référence.

En tout cas, il était hors de question de le laisser lui voler la chambre de Verity, se dit Mattie en jetant un coup d'œil dans le grand salon avec cheminée d'origine entourée de briques et, bien entendu, encadrée d'étagères remplies de livres de chaque côté. Il y avait également un affreux ensemble de fauteuils et canapé à fleurs.

— Ils sont plus confortables qu'ils n'en ont l'air, promit Posy. Et au bout du couloir, vous avez la salle de bains. On vient de faire installer une nouvelle douche.

— Parfait. J'adore la façon dont tu as tout agencé, murmura Mattie.

— C'est plus que parfait, insista Tom. Je trouve rarement de baignoire assez grande pour m'y allonger tout entier, de toute façon.

— Je reste neutre, claironna Posy.

Elle était de bien meilleure humeur ce matin que la veille au pub. Apparemment, elle avait bu un flacon entier d'antiacide au petit déjeuner, ses brûlures d'estomac s'étaient temporairement estompées.

— Voici la chambre de Nina. C'est la plus grande de l'appartement, mais là n'est pas la question puisqu'elle rentre bientôt. J'espère.

— Elle n'a pas donné de date ? demanda Mattie comme ils étaient tous les trois face à la porte fermée de la chambre de Nina.

Posy secoua la tête.

— Non. Lorsqu'il faut discuter de ces âneries de marketing, elle est réactive au moindre de mes messages, mais dès que je lui demande quand elle pense rentrer, silence radio. C'est très vexant, surtout sachant que je suis enceinte jusqu'au cou.

— Tu n'es qu'à sept mois de grossesse, il te reste encore quelques semaines avant d'entamer cette phase-là, nuança Tom en s'éloignant de la porte pour ne pas voir les éclairs que lui lançaient les yeux de Posy.

— Qu'est-ce que tu en sais ? demanda-t-elle. Tu n'as jamais été enceinte, toi, que je sache.

La visite se passait bien mieux que prévu, observa Mattie. Tom se tirait une balle dans le pied tout seul sans qu'elle ait à intervenir. Quoique, un petit coup de pouce ne ferait pas de mal :

— Les hommes n'ont pas de règles non plus. Ni de ménopause. Ils n'ont pas à respecter des critères de beauté ridicules pour se faire accepter par une société patriarcale aux idéaux bien arrêtés sur ce qu'une femme est censée représenter, déclara Mattie sur un triste soupir.

— Bien dit, Mattie, mais je reste neutre, la gronda sévèrement Posy. Je vous montre la cuisine avant d'aller voir la chambre ? Et enlève tes pattes de la porte, Tom. Ce n'est pas « premier arrivé premier servi ». Tu nous fais le coup au *Midnight Bell* avec les dernières frites, mais ici ça ne prend pas.

— Ce n'est arrivé qu'une seule fois !

Il s'éloigna toutefois du seuil de la chambre de Verity et remonta le couloir en direction de la cuisine où un vieux cordon de sonnette était fixé au mur. Tom le tapota tendrement.

— Sois bénie, lady Agatha.

La propriétaire historique de la librairie s'appelait lady Agatha Drysdale, ses parents lui avaient offert le commerce pour la détourner de ses activités de suffragette – un objectif pas tout à fait atteint puisque lady Agatha avait été aussi passionnée par le droit de vote des femmes qu'elle l'avait été par les livres.

— Lady Agatha aurait installé cette sonnette de majordome pour convoquer le personnel de sa librairie, expliqua Posy sur une caresse tendre du cordon. Apparemment, le système électrique s'est corrodé dans les années 1970, et c'est bien dommage. J'aurais bien aimé l'utiliser à l'époque où j'habitais ici avec Sam.

Posy et son petit frère Sam avaient vécu au-dessus de la librairie presque toute leur vie. Lavinia, la fille de lady Agatha, avait hérité de la boutique et, d'après ce qu'on disait d'elle, c'était une femme extraordinaire. Elle avait embauché le père de Posy pour gérer la boutique et sa mère pour tenir le salon de thé, mais ils étaient morts tous les deux dans un accident de voiture il y avait de cela une dizaine d'années. Posy et Sam avaient continué de vivre au-dessus de la boutique et, à la mort de Lavinia, Posy s'était vu léguer boutique et appartement. C'était un peu comme si elle avait aussi hérité de Sebastian, le petit-fils de Lavinia aussi terriblement élégant qu'il était détestable, car Posy était devenue son épouse et portait son enfant. Ils habitaient la maison de Lavinia, de l'autre côté du quartier de Bloomsbury.

— Tu arrives plus facilement à nous convoquer par texto, dit Mattie avant de regretter aussitôt ses paroles car c'était comme si elle versait de l'eau glacée sur lady Agatha.

Ce n'était pas son intention, elle se montrait simplement pragmatique.

Et puis, qui était-elle pour caresser ce cordon de sonnette ? Elle se contenta donc d'un bref hochement de tête et continua son chemin vers la cuisine.

— C'est minuscule, observa Tom en découvrant les vieux placards peints d'un jaune de primevère aux encadrements bleus et au comptoir en Formica gris.

La cuisine n'était pas aussi petite que celle du salon de thé. On y trouvait même une petite table, deux chaises et un réfrigérateur. Mattie n'allait pas laisser Tom lui gâcher son plaisir.

— Elle est très jolie. De toute façon, ce n'est pas une histoire de taille. Un jour, j'ai réussi à préparer un gâteau de trois étages sur un réchaud de camping.

L'envie la démangeait de tirer la langue à Tom, mais elle se retint.

— Et donc, la chambre, enchaîna Posy, les mains jointes à l'endroit où se trouvait jadis son estomac pour le masser en cercles lents, un geste qui trahissait habituellement sa nervosité. Avant, c'était ma chambre. Elle est assez grande et donne sur les Mews.

Elle se glissa entre Mattie et Tom pour revenir sur ses pas, puis ouvrit la porte d'une chambre. *La* chambre. La plus parfaite des chambres. À la fois cosy et confortable mais assez grande pour y accueillir un lit deux places, une penderie, une commode et, bien sûr, plusieurs étagères de livres. Elle comptait deux baies vitrées et, en cette journée claire mais fraîche, le faible soleil d'hiver réussissait une percée.

— C'est charmant, jugea Mattie en toute sincérité.

— Je prends, dit Tom de tout son caractère déterminé comme s'il mettait Mattie au défi d'affirmer le contraire, auquel cas il serait bien déçu. Je travaillais à la boutique avant même que Nina et Verity ne rejoignent l'équipe et elles sont pourtant passées avant moi toutes les deux. Je ne me suis jamais plaint, mais il n'empêche que c'était injuste. Ça m'a blessé, Posy, ajouta-t-il en se tapotant le torse.

— Oh, misère, soupira celle-ci. Verity est ma directrice adjointe. Quant à Nina, j'ai pensé qu'il serait moins gênant de la choisir pour cohabiter avec Verity puisqu'elles sont toutes les deux, eh bien, des filles.

— En effet, ce serait étrange de faire cohabiter Tom avec Nina puisque Nina est une fille, tandis que moi, comme j'en suis une aussi, ça n'aurait rien d'embarrassant, réagit Mattit, sautant sur l'occasion.

— Nina est une amie, une amie très proche, affirma Tom (ses yeux pétillaient derrière ses lunettes dont sa prétendue amie très proche disait qu'il n'en avait pas besoin et ne les portait que pour appuyer son air intello coincé). En outre, nous sommes au XXIe siècle. Si vous refusez de me laisser cohabiter avec une femme, soit, mais j'aurai de solides arguments pour discrimination sexuelle au tribunal.

— C'est ça, bien tenté, fulmina Mattie, qui sentait déjà l'appartement lui glisser entre les doigts.

Tom opina.

— Voire même à la Cour européenne des droits de l'homme. À toi de voir, Posy.

— La décision ne m'appartient pas, répéta Posy en sortant de la chambre. Je ne prendrai aucune décision qui risquerait d'augmenter ma pression artérielle. Je suis déjà assez stressée par la période de Noël. Vous allez devoir décider entre vous en adultes responsables, je sais que vous en êtes capables.

Mattie détestait supplier, mais il en fallait plus pour l'arrêter.

— Non, Posy, je t'en conjure ! Laisse-moi la chambre. Je travaille à 7 h 30, 8 heures au plus tard. Je me lève à 6 heures tous les matins. 6 heures ! Le soir, j'ai ma préparation à faire pour le lendemain, je ne suis donc pas rentrée avant 21 heures, je n'ai aucune vie sociale et je vis avec ma mère. Tom, pitié ! Allez, ne sois pas sadique.

— Je ne suis pas sadique, se défendit Tom alors même qu'il était clairement sadique, selon Mattie. Et mes conditions de vie actuelles sont aussi loin d'être idéales, ajouta-t-il sèchement sur une moue boudeuse.

Mattie et Posy attendirent.

— « Loin d'être idéales », dis-tu ? l'encouragea Posy en revenant dans la chambre, le regard brillant à l'idée d'apprendre enfin quelque chose, n'importe quoi, sur la vie privée de Tom.

— Oui, c'est ce que j'ai dit. Je n'ai pas à développer, ça ne te regarde pas.

— Oh, lâcha Mattie, les yeux ronds. Oh, c'est bizarre !

— Qu'est-ce qui est « bizarre » ? demanda Posy tout en s'abaissant lentement et laborieusement sur le joli fauteuil de lecture en velours bleu de Verity.

— Eh bien, Tom ne veut rien laisser filtrer de sa vie privée mais il réclame de venir habiter au-dessus de la boutique, résuma Mattie en prenant son air le plus affligé, comme si on lui annonçait que sa marque française de chocolat préférée n'était plus importée en Grande-Bretagne. Désolée, Tom, mais je ne vois pas comment tu pourrais maintenir cet équilibre en prenant cette chambre.

— Je le maintiendrai puisque, contrairement à vous, je suis parfaitement capable de conserver ma vie privée et d'installer un verrou à ma porte, rétorqua-t-il, sévère.

Posy ricana.

— Ben voyons. Je t'ai demandé plusieurs fois de bricoler quelques réparations et tu n'as rien pu faire.

— Entre pouvoir et vouloir, il y a une nuance.

À cette réponse, Posy vit rouge, mais, n'étant pas censée prendre parti, elle s'enfonça dans son fauteuil.

— Trouvez une solution entre vous, répéta-t-elle.

De toute évidence, Tom n'allait pas lâcher l'affaire, or Mattie ne voyait pas plus pourquoi elle céderait. Il ne restait donc qu'un seul moyen de trancher.

— Tirons à pile ou face. Je ne vois pas d'autre solution. Qu'en penses-tu ?

— D'accord, acquiesça Tom qui sortait déjà une poignée de petite monnaie. Pile ou face ?

— Face, choisit Mattie, les doigts croisés tandis que Tom tendait une livre à Posy.

— À toi l'honneur, proposa-t-il avec un grand sourire cruel comme si la chambre était déjà gagnée. Il faut une main innocente, pas vrai ?

Posy lança la pièce, qui lui échappa quand elle voulut la rattraper. La livre roula par terre et buta contre la plinthe. Mattie et Tom manquèrent de se cogner la tête lorsqu'ils se précipitèrent pour voir le résultat.

— Ah, pile ! claironna-t-il sans prendre la peine de masquer sa jubilation. Pas de chance, Mattie.

— Oui, désolée, dit Posy avec un geste vague, puis elle agita à nouveau faiblement la main. Dites, vous pourriez m'aider à m'extirper de ce fauteuil ? Ou alors allez me chercher un monte-charge.

Tom et Mattie l'attrapèrent chacun par un bras et la tirèrent des profondeurs de velours bleu. Il ne restait plus qu'à retourner au salon de thé et, si Mattie travaillait d'arrache-pied aujourd'hui, elle pourrait peut-être gagner quinze bonnes minutes sur son horaire habituel.

— Ça va aller, Mattie ? demanda Posy quand ils remontèrent le couloir. Tu sais, si l'histoire se répète comme elle le fait depuis quelques mois, Tom ne tardera pas à trouver l'amour et partira emménager chez cette personne. Qui aurait cru qu'en l'espace d'un an Nina et Verity entameraient chacune une relation sérieuse ? À croire que Lavinia a jeté un sort sur la boutique avant de nous quitter. Mattie ? Mattie, je sais que cette histoire te chagrine, mais peut-on avancer ? On a du pain sur la planche.

Mattie était vissée au plancher, les yeux rivés sur une porte qui pourrait bien être…

— C'est un placard à balais ? demanda-t-elle dans l'espoir que, si le placard était assez grand, avec un peu de chance…

— Oh, crois-moi, tu ne veux pas voir ce qu'il y a derrière cette porte. Ce n'est rien du tout, s'empressa de dire Posy en poussant Mattie d'une main dans le dos.

— Au risque de mettre les pieds dans le plat, n'était-ce pas la chambre de Sam ? interrogea Tom d'une voix stoïque.

— Une « chambre » ? On ne peut pas appeler ça une chambre, dit Posy en se faufilant devant Mattie pour faire barrage de son corps de femme enceinte. De toute façon, c'est rempli de trucs. Plein de trucs.

— Encore une fois, sans vouloir me mêler de ce qui ne me regarde pas, seraient-ce des tonnes de bouquins que : réponse

A, tu n'as pas eu le temps d'apporter dans ton immense villa de Bloomsbury ; réponse B, tu ne peux pas bouger parce que tu as promis à Sebastian qu'après les deux derniers camions de livres, c'était terminé ? Ou réponse C, c'est ici que tu as tué Nina il y a quelques mois et que tu caches son corps en décomposition dans des sacs-poubelle. Je trouvais justement qu'il y avait une drôle d'odeur.

Posy tapota sévèrement le bras de Tom.

— Mais non, je n'ai pas tué Nina. Quant à l'odeur, ce doit être la nouvelle bougie de méditation de Verity.

— Il nous reste donc A ou B, conclut Mattie, les bras croisés, en se positionnant de sorte à bloquer le passage de Posy. Alors, A ou B ?

— Bon, d'accord. C'est A. Il y a un peu de B, aussi. C'était la chambre de Sam et c'est devenu mon débarras à livres.

Sa mine boudeuse était si charmante que, s'il avait été là, Sebastian Thorndyke aurait aussitôt ajouté une aile à leur maison déjà immense pour que Posy y entasse d'autres livres.

— J'ai déjà rempli toutes nos étagères et nos bibliothèques. Sebastian m'a fait promettre sur ma première édition du *Château de Cassandra* que je me débarrasserai d'un livre pour chaque nouveau bouquin qui franchira la porte de la maison. Ce deal me paraît parfaitement raisonnable.

Mattie ne comprendrait jamais cette passion qu'avaient tous les employés d'*Au Bonheur des tendres* pour les livres en grande, très grande quantité.

— Franchement, Posy, passe au numérique. As-tu seulement conscience du nombre de romans que peut contenir une liseuse ?

Posy souffla sa frustration.

— Ne t'aventure pas sur ce terrain, conseilla Tom en passant la main derrière sa patronne pour ouvrir la porte de la bibliothèque non officielle. Tiens, regarde. De toute façon, c'est plein comme un œuf. Un tout petit œuf, de surcroît.

D'un regard circulaire dans la pièce, Mattie dut bien admettre que Tom marquait un point. Il y avait des livres partout, c'était un miracle que les murs aient tenu le coup. Mais dès qu'elle imaginait la pièce vide, elle voyait un espace… certes restreint, mais plus vaste qu'un placard à balais.

— Il y a la place pour glisser un lit pour une personne, observa-t-elle. (Ce qui serait parfait car elle n'avait pas partagé son lit depuis… bref, elle n'avait plus l'intention de dormir avec qui que ce soit, plus jamais.) Et un portant pour des vêtements. Peut-être même une étagère au mur.

— Je suppose que… je pourrais avouer à Sebastian qu'il me reste quelques livres oubliés, soupira Posy en caressant son ventre. Je porte son enfant, c'est un argument utile lorsqu'on se chamaille. Et puis, Sam s'est accommodé de cette chambre pendant des années.

Mattie décocha un sourire agressif à Tom qui, pris de court, se décomposait.

— Bien, j'en conclus que nous emménageons tous les deux.

— Hum, il faut croire, marmonna-t-il.

Mattie pointa la pièce du doigt.

— Je suis sûre que tu y seras très bien. Si Sam s'en est accommodé, il n'y a pas de raison.

— Moi ? Pourquoi devrais-je me sacrifier en prenant ce placard amélioré ?

— Parce que tu es un homme, répliqua Mattie sur un geste évasif laissant clairement entendre que la virilité de Tom était tout de même mise en doute.

— C'est du sexisme inversé.

— Pas du tout. Ça veut simplement dire que je suis une femme, j'ai donc plus d'affaires que toi, argua Mattie en grinçant des dents. Les vêtements, tout ça.

Après l'avoir vaguement lorgnée, Tom afficha à son tour un air de dédain.

— Tu n'as pas tant d'affaires que ça, tu portes toujours les mêmes vêtements.

— Non, ce ne sont pas les mêmes ! J'ai plusieurs exemplaires d'une même tenue, nuance. Je prends des douches, qu'est-ce que tu crois ?

Mattie s'était rarement sentie aussi insultée, à tel point qu'elle fut tentée de renifler discrètement ses aisselles, juste pour être sûre.

— Il n'empêche que j'ai gagné à pile ou face pour la chambre de Verity. Tu vas donc devoir te rabattre sur celle-ci.

Le sourire de Tom s'agrandissait comme si ses prouesses intellectuelles avaient une fois de plus triomphé.

— Ce n'est pas juste. Recommençons, pile ou face !

Mattie avait tellement envie de taper du pied par terre que ses orteils se contorsionnaient dans ses Converse.

Mais elle devait l'admettre, elle avait perdu au jeu du hasard – quoiqu'elle ne fût pas loin d'accuser Tom de tricher avec des pièces à deux piles pour gagner à tous les coups. Il ne lui restait qu'à afficher un faible sourire.

— Bon, très bien. Je te souhaite d'être heureux dans ta chambre inutilement grande.

— Merci, tu peux compter sur moi, répondit Tom sur un nouveau sourire moqueur.

Ce n'est qu'une fois revenue sur son territoire que Mattie put s'exprimer ouvertement.

— Je le déteste ! s'exclama-t-elle, à la grande surprise de Cuthbert et de quelques clients.

— « Détester » est un bien grand mot, la sermonna Cuthbert en posant les mains sur les manches de Jezebel comme pour préserver la machine à café d'éventuels gros mots.

— Ce mot n'est pas assez fort, insista Mattie en s'éclipsant rageusement dans sa cuisine qui, malheureusement, n'avait pas de porte qu'elle aurait pu violemment claquer.

Chapitre 3

28 jours avant Noël

Le lendemain, dernier soir de liberté avant les fêtes, Verity débarrassa la chambre, Posy vida la pièce de ses livres, et Tom et Mattie emménagèrent.

En matière de logistique, ce n'était pas l'idéal. C'était même plutôt un cauchemar. La veille en rentrant du travail, Mattie avait fait ses cartons jusque tard dans la nuit en carburant au café noir.

Elle avait ensuite accumulé le travail d'une journée en une seule matinée pour se libérer pour le déjeuner et rentrer au pas de course pour finir d'emballer ses affaires.

En parallèle, pour marquer ce jour pas comme les autres, *Au Bonheur des tendres* et le salon de thé avaient fermé à 15 heures pour que l'Après-midi du Grand Rangement soit rapidement bouclé.

— Il ne me faudra pas longtemps pour débarrasser quelques cartons de livres, avait gaiement claironné Posy.

Mais celle-ci avait menti.

En dépit de quelques messages stressants concernant le déroulement des opérations, lorsque Mattie était reparue à 16 heures dans la voiture de sa mère, il restait encore des livres à sortir de la pièce pendant que Verity et Johnny s'échinaient à descendre le fauteuil de velours bleu sans l'abîmer dans l'escalier étroit.

Il n'y avait plus de place où se garer aux Mews, deux camionnettes occupaient presque tout l'espace. Mattie s'apprêtait à faire marche arrière quand on klaxonna derrière elle. Un autre van la coinçait. Dans le rétroviseur, elle reconnut le visage de Tom, qui lui faisait de grands gestes hystériques.

Elle avait bien envie de lui faire un doigt d'honneur.

— Pfff, il n'a aucun sang-froid.

Le frère de Mattie, Guy, venu prêter main-forte, fit volte-face sur son siège, mais poussa un cri quand elle lui donna un petit coup dans les côtes.

— J'en connais une autre qui devrait travailler son sang-froid, marmonna-t-il. Je voulais juste voir s'il était mignon.

— Oublie.

Elle avança lentement sa petite Nissan dans un coin des Mews, près de la rangée de boutiques à l'abandon dont Sebastian répétait sans cesse qu'il allait lancer leur rénovation.

— Tu as déjà rencontré Tom, tu devrais savoir qu'il n'est pas mignon. Il est le contraire de mignon. Et moi, j'ai tout le sang-froid du monde.

Guy échangea un regard avec l'amie de Mattie, Pippa, également venue en renfort.

— Si tu le dis.

— Un peu de nerfs, gronda Pippa. Je vous le dis pour la troisième fois, il faut travailler pour faire marcher une équipe de choc.

Mattie se retint de lever les yeux au ciel. Pippa travaillait pour Sebastian (c'était par elle que Mattie avait entendu parler du salon de thé alors vacant, puis Pippa avait travaillé quelques fois en extra). Elle était chef de projet, ce qui la dotait de grandes capacités d'organisation et faisait d'elle une amatrice des grands discours de motivation pimentés de citations bien senties.

— Oui, je le dis, répondit Mattie à son frère.

Car, oui, elle savait garder son calme et aurait préféré mourir que de donner raison à Guy.

Elle pouvait fermer le clapet de son frère – plus âgé de deux minutes – sans suer une seule goutte. Mattie était d'ailleurs assez douée pour faire toutes sortes de choses avec un minimum d'effort. Elle savait faire plusieurs choses à la fois en pleine heure de pointe à midi, préparer une commande de dernière minute pour un gâteau d'anniversaire et se débattre avec Jezebel parce que Cuthbert s'était éclipsé cinq minutes, le tout sans prendre chaud, ni lâcher un juron, ni même rater le macchiato d'un client avec du lait d'amande et sans mousse. Il n'existait que deux hommes sur Terre à pouvoir lui faire perdre son sang-froid, et Tom était l'un d'eux, ce qui ne faisait pas de lui une personne spéciale mais seulement quelqu'un de très, très agaçant.

Tous les trois sortirent de la voiture au moment où Tom quittait sa camionnette, laquelle bloquait à présent l'accès aux Mews, car il avait beau avoir écrit une thèse, il manquait encore de jugeote.

Au nom de cet Après-midi du Grand Rangement et parce que les bras supplémentaires étaient les bienvenus, Tom avait troqué son nœud papillon et son gilet pour un pull rongé par les mites par-dessus un tee-shirt à la couleur fauve d'un goût moyen. Et il n'était pas seul. Il avait ramené des gens. Contrairement à leur copain ringard, les amis de Tom (pouvaient-ils vraiment être ses *amis* ?) arboraient des jeans et tee-shirts moulants révélant ce qu'il fallait de torse musclé. Tous arboraient des tatouages tribaux autour du bras et semblaient avoir mis de nombreux produits dans leurs cheveux. Plus de produits que nécessaire, aucun doute là-dessus. Mattie n'avait aucune envie de loucher sur ces types mais Guy partait déjà à leur rencontre.

— Tom !

Guy et Tom s'étaient croisés à plusieurs reprises lors d'événements organisés à la librairie, dont l'ouverture du salon de thé. Ils échangèrent une poignée de main, Guy tout sourires car il ne voulait pas entendre parler de querelle avec son prochain. Et puis, toute occasion était bonne pour agacer sa petite sœur.

— Et si l'on aidait Very et Posy à sortir leurs affaires ? Comme ça, on arrivera peut-être à monter quelques cartons avant la tombée de la nuit.

— Tu m'enlèves les mots de la bouche, opina Tom. (Ce à quoi Mattie ne croyait pas une seconde.) Le soleil décline déjà, il va bientôt faire sombre.

— Je vais préparer le café, décida Mattie.

Il y avait déjà Guy, Tom, ses trois… copains et Pippa qui consultait son planning élaboré spécialement pour mettre à profit la moindre minute de temps disponible pour déménager les modestes biens de Mattie. Personne n'aurait besoin d'elle pour porter les choses lourdes, elle n'allait donc pas risquer de se fouler le poignet qui lui servait à fouetter sa crème.

— Je préférerais un thé, appela Posy, assise sur un banc au milieu des Mews où elle était le mieux placée pour superviser les événements, emmitouflée dans une énorme doudoune doublée d'une couverture alors qu'en cet après-midi de fin novembre, il ne faisait finalement pas si froid.

— Pourquoi un thé ? Tu as froid ? Il fallait le dire ! s'alarma Sebastian Thorndyke qui apparut aussitôt aux côtés de sa femme. Je t'ai pourtant dit qu'on se débrouillerait sans toi, Morland.

— Hors de question, tu serais capable de faire don de tous mes livres de la Nouvelle Bibliothèque Rose au Secours populaire, rétorqua Posy. Et si je veux du thé, ce n'est pas que j'ai froid, mais soif.

Sebastian tomba à genoux devant sa femme, et le fait de porter un costume plus cher qu'un mois de salaire brut de Mattie n'avait pas l'air de l'inquiéter.

— Tu es déshydratée ? Tes reins te lancent ? Le bébé appuie dessus ?

Posy tapota amoureusement sa main.

— Une heure s'est écoulée depuis ma dernière tasse de thé. J'ai soif, voilà tout.

— Je vais allumer la bouilloire, annonça Mattie.

Derrière son côté autoritaire, Sebastian était raide dingue de Posy et la comblait d'un bonheur qui frisait la guimauve. Et il n'était pas du tout habillé pour l'occasion.

— Je n'aurais jamais cru qu'un costume serait pratique pour traîner des cartons de bouquins, ajouta-t-elle à son intention.

L'air hautain de Sebastian gagna un degré de dédain.

— Je ne traîne pas des cartons, se vexa-t-il comme si Mattie l'avait accusé de vol à la tire. Je paie des gens pour le faire. En l'occurrence, Sam et son jeune ami qui a le malheur de s'appeler Pants.

Juste à ce moment-là, Sam et Pants sortirent de la boutique chargés d'un gros carton chacun.

— Ils ont un cours le mercredi soir, tout s'est bien goupillé. Vous vous débrouillez comme des chefs, les garçons ! les encouragea Posy tandis que Mattie revenait du salon de thé avec des rafraîchissements pour tous les ouvriers.

Une fois le dernier carton de livres chargé dans une camionnette, elle offrit sa seconde tournée accompagnée d'une rapide fournée de cookies aux noisettes et pépites de chocolat, le tout servi à l'instant où Verity revenait de son dernier trajet à l'appartement avec son bien le plus précieux. Dans sa cage de transport miaulait de désespoir Gourgandine, son énorme british shorthair bleu. Il avait beau partir vivre dans une superbe demeure à Canonbury avec un grand jardin, cela ne vaudrait pas l'appartement au coin d'une épicerie spécialisée en *fish and chips* et d'un traiteur suédois qui fumait son saumon lui-même dans son cabanon.

— Que tu es ingrat, Gourgandine, grommela Verity, qui ployait sous la masse de son gros félin.

Son petit ami Johnny accourut pour la soulager de son précieux fardeau.

— Il s'habituera vite à ma maison. (Johnny marqua une pause.) Enfin, à la nôtre. Quand on sera dans *notre* maison.

Généralement, il était assez difficile de sonder l'état de Verity, sauf lorsqu'elle comptait la caisse en fin de journée, auquel cas son degré de stress était généralement palpable, il valait alors mieux la laisser seule. Mais dans l'immédiat, son sourire était radieux pour Johnny, lequel était presque trop charmant avec ses traits finement ciselés dignes d'un mannequin pour Burberry.

— On ne sera pas dans notre maison, le corrigea-t-elle. On sera chez nous.

Tout ça était bien mignon, se dit Mattie, mais son cœur refusait pourtant de se réchauffer. Il restait en l'état, battant de son rythme imperturbable, chose miraculeuse en soi lorsqu'on savait tous les traumatismes endurés.

Pippa intervint franchement, car Verity et Johnny n'allaient tout de même pas rester plantés là à se faire les yeux doux pendant une heure alors que tout le monde avait à faire :

— Sans vouloir gâcher ce moment, d'après mon planning, tous les deux, vous auriez dû filer d'ici il y a vingt-sept minutes.

Bien entendu, cela faisait bien longtemps que Tom et ses *amis* s'étaient volatilisés, laissant leur camionnette dans l'entrée des Mews, si bien que Verity, Johnny, Posy et Sebastian ne pouvaient plus sortir. Après plusieurs textos, Tom reparut innocemment avec sa clique, tous tenant des paninis du café italien au coin de la rue alors qu'il était 17 heures passées, un mercredi. Mattie serra les poings.

— Ils sont divins ! s'exclama l'un d'eux.

Ils firent mine de tirer leur chapeau.

— Bravo, Professeur !

Mattie n'avait personne avec qui échanger un regard agacé car Pippa était rivée à son planning et Guy l'avait abandonnée pour les délices qu'offrait Rochester Street. Il fallut à nouveau plusieurs textos avant que celui-ci ne revienne, vingt minutes plus tard, après que Mattie eut rapproché la voiture autant que possible de l'entrée d'*Au Bonheur des tendres* et dit à Tom sans mâcher ses mots de cesser d'essayer de la coincer avec sa camionnette.

Tous se rendirent rapidement à l'évidence que six personnes fourmillant dans l'escalier étroit à déplacer des cartons, des sacs-poubelle, des sacs en toile et des valises, cela créait rapidement des bouchons. Pippa prit les devants : Mattie resterait dans l'appartement et orchestrerait l'arrivée de ses affaires. Celle-ci approuva volontiers.

— L'excuse parfaite pour éviter les trajets dans l'escalier, jugea Guy.

— Si tu arrêtes de te plaindre, tu auras droit à un repas dès la fin de ton dernier trajet, objecta Mattie, acerbe.

Un argument de taille ; il repartit aussitôt chercher un autre carton. Il ne restait plus que les trois gardes du corps de Tom qui lui barraient la route en lui lançant des regards en coin comme s'ils voyaient une femme pour la première fois. Peut-être était-ce le cas. Qui pouvait savoir la vie que menaient Tom et ses copains ?

— Tu les connais ? demanda Mattie à Guy lorsqu'il apporta le fourre-tout dans lequel était entassé tout son attirail de salle de bains.

Le sourcil levé, il afficha une mine horrifiée.

— Eux, avec leurs tee-shirts ? Certainement pas. On n'est pas de la même planète. Ton radar à gays est décidément bon pour la poubelle.

À présent, l'un des amis de Tom s'attardait à la cuisine où Mattie déballait un carton d'ustensiles ; de toute évidence, Verity avait emporté jusqu'à la dernière cuillère.

L'ami était petit et nerveux, incapable de tenir en place, il rebondissait sur ses grosses baskets.

— Moi, c'est Phil. Mais on m'appelle l'Archevanne, finit-il par se présenter en lui tendant la main.

Mattie accepta de la serrer.

— Je m'en tiendrai à Phil. Je m'appelle Matilda. Mattie.

— Magnifique prénom pour une magnifique jeune femme, dit Phil.

On toussota dans le couloir.

— Oublie, mon vieux, lâcha Tom en passant devant la porte avec une pile de costumes en tweed. Elle n'est pas intéressée et ne joue pas dans la même cour que toi.

Mattie resta interdite. Serait-ce un compliment de la part de Tom ? Sûrement pas. Phil acquiesça d'un signe de tête.

— Ce n'est pas faux, admit-il galamment.

En une quinzaine de minutes, les deux autres amis de Tom s'étaient présentés à Mattie. D'abord par leurs vrais noms, Daquon et Mikey, puis par leurs surnoms, Vanne Helsing et Papa Vanne.

— Et Tom, vous l'appelez comment ? demanda-t-elle à Daquon qui passait un coup de chiffon sur la petite étagère de la cuisine pour qu'elle puisse y installer ses livres de recettes. Caravane ?

— Ah ah ! Non, Tom n'a pas assez d'humour. Les vannes, ce n'est pas son rayon. Elles s'arrêtent à un périmètre de cinquante mètres autour de lui, railla Daquon en se tapant la cuisse à la seule idée que Tom puisse faire une blague. Ces derniers temps, on l'appelle Professeur à cause de tous les livres qu'il a potassés.

— Je vois…, murmura Mattie en gardant soigneusement cette information pour plus tard. Où vous êtes-vous rencontrés ?

— C'est drôle que tu poses cette question. Figure-toi que le Professeur que tu connais est très différent du…

— Ferme-la ! Sérieux, arrête de faire sortir des sons de ta bouche.

Tom était revenu sur le seuil de la cuisine. Il avait même retiré ses lunettes pour mieux les astiquer, un regard noir pour Vanne Helsing. Ou pour Mattie ? Elle ne saurait dire. Probablement pour les deux.

— On en a déjà parlé.

— C'est toi qui en as parlé, marmonna Daquon.

— Tu nous as rebattu les oreilles sur tout le trajet, ajouta Mikey, qui approchait derrière Tom. En revanche, tu t'es bien gardé de nous expliquer pourquoi tu décroches la grande chambre alors que la belle jeune femme ici présente se retrouve coincée dans un placard comme Harry Potter lorsqu'il vivait chez les Dursley.

— Mattie et moi en avons déjà parlé, trancha Tom qui aurait dû cesser de polir aussi vigoureusement ses verres s'il ne voulait pas les briser.

— On n'en a pas vraiment parlé, soupira Mattie. On a tiré à pile ou face et il s'est montré ravi du résultat.

— Goujat ! s'indigna Mikey en secouant la tête. Tu devrais lui laisser la grande chambre. C'est une nana, elle doit avoir un tas d'affaires à ranger.

— Des sacs à main, des chaussures et des jolies robes, renchérit rêveusement Phil, qui se tenait à son tour sur le pas de la porte. Matilda doit avoir besoin d'une pièce en plus rien que pour ses chaussures.

— Elle n'a pas tant de chaussures que ça, claironna Guy, qui passait par là. À peine quelques paires de vieilles Converse miteuses.

Heureusement, tous l'ignorèrent.

— Mattie mérite la grande chambre. C'est comme ça. Question de bonnes manières, décida Phil, toujours agité, se mordillant furieusement la joue. Et puis, ce n'est pas comme si tu avais besoin d'un lit deux places.

— Ouais, qui voudrait voir ta sale tronche au réveil ?

Il y eut un rire général au détriment de Tom qui serrait les dents à s'en briser les mâchoires. Mattie eut même un pincement au cœur.

— Ce n'est pas grave, soupira-t-elle.

Elle avait conscience de l'image qu'elle devait renvoyer en pull et salopette pour cette journée de déménagement, car en partant de Hackney, sa mère, toujours tirée à quatre épingles, n'avait pas manqué de lui faire remarquer : « Ma chérie, on dirait une pauvre orpheline. »

— Bon, très bien ! Je lui laisse la grande chambre, aboya Tom. Mais figurez-vous qu'un lit double, j'en ai besoin. Et je ne vois pas comment le faire entrer dans cette chambre minuscule.

— Ça passera, le rassura gentiment Mattie. Le mien entre. Dommage qu'il n'y ait pas de place pour y mettre grand-chose en plus du lit, mais tu ne dois pas avoir tant d'affaires, si ? En tant qu'homme, tout ça.

Des affaires, Tom en avait beaucoup. Surtout des livres. Des cartons remplis de livres. Il ne pouvait pas les avoir tous lus, se dit Mattie lorsqu'ils échangèrent le contenu des deux chambres. Tom s'en mordait les doigts dans son coin. Quelle idée, après avoir travaillé toute la journée dans les bouquins, de s'entourer de telles quantités de livres une fois rentré chez soi !

Il y avait toutefois ce qu'il fallait de place sur les étagères du salon pour accueillir la bibliothèque de Tom et elle proposa même de l'aider à les déballer, mais il la repoussa sèchement d'un :

— J'y arriverai tout seul, merci.

Tom était bien la seule personne qu'elle connaisse à pouvoir faire passer un « merci » pour un « fiche le camp et ne reviens plus jamais devant ma porte ».

Elle s'exécuta et partit accrocher son semblant de penderie dans le placard de sa nouvelle chambre. Contrairement aux filles que fréquentaient habituellement les Vanneurs, Mattie voyageait léger. Tous ses vêtements et toutes ses chaussures rentraient sans mal dans une unique valise. Et elle ne possédait pas le moindre sac à main – seulement un sac à dos en cuir qui avait connu de meilleurs jours – car tout son argent lui servait à équiper sa cuisine et à se réapprovisionner en ingrédients élaborés et autres livres de recettes. À l'inverse, Tom possédait tant de costumes en tweed et de gilets – et sans doute un coffre entier de nœuds papillon et autres cravates de toutes les couleurs – que Mattie fut à nouveau prise d'une pointe de culpabilité.

Peut-être pourraient-ils prendre la grande chambre à tour de rôle, six mois chacun, se dit-elle tandis que Phil, Daquon et Mikey lui faisaient tour à tour un baisemain en la regardant droit dans les yeux d'un air de dire qu'il leur tardait de la revoir bientôt.

— C'est bizarre. D'habitude, ce genre de discours de la part des mecs me hérisse les poils mais ces types-là sont tellement inoffensifs que ça ne me dérange pas, dit-elle à Guy et Pippa en se mettant aux fourneaux pour le dîner.

— Tu détestes toujours autant tous les hommes ? demanda Guy.

Leur dernière conversation remontait à un petit moment.

— Mattie fait une pause relationnelle pour travailler sur elle-même, répondit loyalement Pippa.

Elle connaissait parfaitement les raisons valables pour lesquelles Mattie détestait les hommes. L'un d'eux en particulier.

— Non pas qu'elle ait besoin de beaucoup travailler sur elle, mais disons qu'on a tous besoin d'introspection.

— Merci, Pip. Non, Guy, je ne déteste pas *tous* les hommes.

Mattie repensa toutefois à la question de son frère en râpant du cheddar triple affinage pour ses soufflés au fromage à servir sur un lit de salade.

— Toi, je ne te déteste pas. Et puis, je ne connais pas tous les hommes du monde, il doit bien rester quatre ou cinq spécimens tolérables.

— Et Tom, tu le détestes ? demanda Guy dans un murmure. Une chose est sûre, tu n'es pas très gentille avec lui.

— C'est vrai, admit Mattie, même si tout portait plutôt à prouver l'inverse. C'est surtout lui qui n'est pas gentil avec moi.

— C'est l'œuf ou la poule. Lequel a commencé ?

Le regard de Guy se fit sévère. Pippa tourna vers Mattie son air déçu. Troublée, Mattie se sentit forcée de reposer sa râpe et quitta la cuisine pour aller frapper à la porte de Tom.

— Tu dînes avec nous ? appela-t-elle en espérant secrètement qu'il refuserait. Je peux facilement ajouter une quatrième part.

Un silence. Tom serait-il coincé entre son immense lit et le mur ?

— Non, ça ira, répondit-il enfin. J'ai mangé un panini cet après-midi.

— Ah oui, exact, marmonna Mattie qui pouvait ainsi retourner dans la cuisine, les poings sur les hanches. Voilà. Vous êtes contents ?

— Ravis, répondit son frère. Et je serais encore plus heureux si je n'avais pas à conduire la voiture de maman, je pourrais ainsi boire un autre verre de vin.

Elle eut beau les supplier de rester, Guy et Pippa levèrent le camp à peine leur crumble à la pomme et aux mûres terminé. Quand Mattie eut refermé à clé la porte de la boutique derrière eux, elle retourna d'un pas lent et réticent dans l'escalier.

Tom était à la cuisine avec une conserve de haricots et une tranche de pain de mie.

— J'allais faire à manger, se défendit-il comme si Mattie lui avait demandé ce qu'il était en train de fabriquer.

Il ouvrit sa conserve d'un geste sec, soupira et secoua la tête comme si son ouvre-boîte lui causait de sérieux soucis.

— Bon, tu sais où me trouver si tu as besoin de moi, lâcha Mattie en sortant de la cuisine aussi vite que possible.

Mais juste avant de fermer la porte de la chambre qu'ils s'étaient si amèrement disputée, elle entendit Tom marmonner dans sa barbe d'un ton cassant :

— En quoi diable pourrais-je avoir besoin de toi ?

Chapitre 4

27 jours avant Noël

Mattie découvrit avec soulagement à son réveil le lendemain matin – 7 heures, l'équivalent pour elle d'une grasse matinée – que Tom était sorti.

La veille, l'atmosphère avait été tendue, tous les deux étaient restés enfermés dans leurs chambres, à l'exception de dix secondes parfaitement glaçantes où Mattie avait voulu se rendre à la salle de bains, déjà occupée.

— Va-t'en ! lui avait sifflé Tom au lieu de lui demander poliment de repasser dans un petit moment.

Finalement, elle avait attendu une bonne demi-heure avant de trouver le courage de retenter sa chance, terrifiée par ce qu'elle risquait de trouver dans cette salle de bains. Rien de bien menaçant. Une simple brosse à dents électrique (objet de pointe surprenant venant de Tom) et quelques produits de beauté : shampoing, brillantine et une crème se revendiquant assouplissante plutôt qu'hydratante. Un détail frappa Mattie lorsqu'elle appliqua sa propre crème sur sa figure avant de se laver les dents : elle n'avait pas mesuré le degré d'intimité induit par le partage d'un appartement.

Ce n'était pas sa première colocation. À l'université, elle avait vécu dans une maison de quatre chambres avec sept filles, le résultat en avait été chaotique, mais surtout amusant. Et bien sûr, elle avait vécu à Paris, où elle avait partagé une minuscule chambre de bonne avec… enfin, cette expérience-là n'avait rien d'amusant, et le problème ne venait pas du simple fait de partager un toit.

Mais vivre avec Tom, à se demander s'il l'entendait se brosser les dents depuis la chambre, lui paraissait extrêmement intime. Mattie se fit la promesse solennelle de ne jamais quitter sa chambre sans s'être entièrement habillée ou sans avoir enfilé une robe de chambre bien nouée par-dessus son pyjama. En même temps, Tom n'allait pas vibrer de désir à la vue d'une parcelle de sa peau, il n'avait pas le profil du libidineux, mais elle imaginait facilement sa moue critique et sa remarque cinglante soufflée à demi-mot. Quant à l'idée de tomber sur Tom en caleçon démodé, comme ces shorts bouffants que portaient les hommes dans les films en noir et blanc, Mattie en avala son dentifrice de travers.

En ce jeudi matin, Tom était encore au lit, et s'il ronflait, Mattie n'entendit rien derrière la porte de sa chambre.

Si gênante que soit leur soudaine proximité, ce trajet de trente-deux secondes pour descendre l'escalier et traverser la librairie en valait amplement la peine. Mattie ouvrit la porte de son salon de thé juste à temps pour laisser entrer Kendra, qui tenait une exploitation laitière à l'est de Londres.

— Tu es déjà là ? s'étonna Kendra en apportant la caisse de bouteilles dans le salon au lieu de la laisser devant la porte comme à son habitude. Tu as dû te lever aussi tôt que moi.

— En réalité, je suis debout depuis à peine une demi-heure, répondit Mattie, presque navrée. J'ai emménagé au-dessus de la librairie, rappelle-toi.

— Exact, j'avais oublié ! Quelle chance. Comment se passe ton nouveau quotidien ?

— Ce n'est pas simple, mais le changement a du bon, admit Mattie en vérifiant l'état des œufs rangés dans un carton.

Kendra repartit sur le cliquetis des bouteilles en verre chargées à l'arrière de sa camionnette qu'elle manœuvrait minutieusement sur les pavés. Mattie se retrouva seule. C'était son moment préféré de la journée dans son lieu préféré au monde : tôt le matin dans la petite cuisine de son salon de thé.

Mattie balaya du regard son royaume avec un bonheur qui n'avait pas terni après dix-huit mois à travailler entre ces murs. Les murs de la cuisine étaient ornés de magnifiques carreaux Art nouveau, datant de l'ouverture de la librairie en 1912, aux couleurs des suffragettes : violet, vert et blanc. Ces couleurs étaient en partie cachées à présent derrière les étagères que Mattie avait installées pour y ranger ses casseroles, ses poêles, ses fouets et ses cuillères en bois. Des boîtes et des bocaux remplis d'ingrédients séchés, et des petits flacons d'épices, d'essences et d'arômes étaient rangés sur son minuscule plan de travail en bois où elle préparait ses gâteaux, ses cookies, ses tartes, ses chaussons et ses pâtisseries. Le four, où s'opérait la magie en ces lieux, était le seul élément neuf de sa cuisine et lui avait coûté aussi cher qu'une fourgonnette.

Sur le mur d'en face trônait un vieil évier profond carré à l'ancienne et son égouttoir carrelé, à côté d'un grand frigo mince et d'une porte donnant sur la cour où se trouvaient d'anciennes toilettes pour les plus courageux d'entre ses clients, en particulier les jours d'hiver froids comme celui-ci.

Pour créer des douceurs culinaires dans une cuisine aussi étroite, il fallait se montrer organisé, voire maniaque, et Mattie l'était.

— Une place pour chaque chose et chaque chose à sa place, disait-elle une dizaine de fois par jour lorsqu'elle voyait traîner une tasse et sa sous-tasse plus de trente secondes dans un coin.

Même refrain lorsque Cuthbert oubliait de ranger le lait au frigo sous le comptoir, trop occupé à chanter la sérénade à une cliente sur des notes de Sinatra.

En plus de sa carte habituelle, souvent des classiques anglais rehaussés d'une touche française, comme sa célèbre tarte au citron ornée de bruine, Mattie proposait une tarte salée et un gâteau du jour. Aujourd'hui, c'était gâteau au cidre, pomme et caramel, et quiche aux poireaux et fromage persillé. D'un rapide coup d'œil sur la page de sa recette copiée à la main pour vérifier les dosages, Mattie réunit tous les ingrédients nécessaires.

À l'arrivée de Cuthbert, à 8 h 50, toutes les pâtisseries pour le petit déjeuner étaient sorties du four et disposées sur le comptoir. Quand Posy et Verity vinrent ouvrir *Au Bonheur des tendres* peu avant 10 heures, le salon de thé accueillait depuis près d'une heure des clients sirotant un café avec leur croissant au beurre croustillant, tandis que d'autres repartaient avec leur café à emporter (cinquante pence de moins s'ils apportaient leur propre tasse) et une douceur dans un sac en papier.

À 10 h 10, alors que la librairie ouvrait à 10 heures, Tom apparut avec son panini acheté au café italien qui faisait l'angle et sa tasse qui clamait « Diplômé et fier de mon bonnet », pour venir la remplir d'un café gratuit fraîchement moulu.

Mattie ne s'était jamais plainte de l'insolence de Tom qui venait revendiquer son café gratuit alors qu'il n'achetait jamais la moindre pâtisserie au salon, et après bientôt dix-huit mois, il était trop tard pour changer les choses. Ce qui n'empêchait pas Mattie de grincer des dents chaque matin.

En outre, maintenant qu'ils étaient colocataires, un « bonjour » n'aurait pas été de refus. Au lieu de ça, cet ingrat lança sèchement :

— Tu aurais pu éviter de claquer la porte en sortant ce matin.

— J'essaierai de m'en souvenir, rétorqua froidement Mattie en arrachant la tasse des mains de Cuthbert pour la reposer bruyamment sur le comptoir. Envie d'*acheter* une douceur, tant que tu es là ?

Tom leva son sac dans lequel suintait son panini.

— Non, j'ai ce qu'il faut. Merci pour le café, Cuthbert.

Cuthbert, ce traître, répondit en se touchant la tempe en guise de salut.

— Avec plaisir, jeune homme.

— C'est faux, on ne prend aucun plaisir à le servir, marmonna Mattie tandis que Tom se faufilait parmi ses *vrais* clients et disparaissait par la porte donnant sur la boutique. Ça n'a jamais été un plaisir et ça ne le sera jamais.

— Ce genre de réaction finira par te déclencher un ulcère, observa Cuthbert tout en préparant les commandes des clients suivants.

Par le passé, Mattie n'aurait pas toléré ce genre de liberté de la part d'un barista, mais Cuthbert avait quelques décennies de plus que tous les candidats rencontrés pour ce poste, or on lui avait appris déjà toute petite à respecter ses aînés. À soixante-douze ans, Cuthbert Lewis avait travaillé à la Poste toute sa vie avant de prendre sa retraite, deux ans plus tôt. Il avait passé les deux premières semaines à ne rien faire, puis avait décrété que la retraite ne lui réussissait pas et s'était reconverti en barista. Sa petite-fille, Petite Sophie, qui travaillait au salon le samedi, l'avait informé que Mattie cherchait quelqu'un, et le reste avait suivi.

Qu'il vente ou qu'il pleuve, Cuthbert bravait les éléments, tous les jours fidèle au poste dans son costume cravate immaculé, et ravissait autant les clients que la vieille machine à café de par sa grâce, son espièglerie pétillante et ses manières d'un autre temps. Bien qu'un brin agacée par le refrain répétitif de Cuthbert (« utiliser le plein potentiel de Jezebel, c'est comme rendre la vie à une femme sublime dont le cœur est brisé »), Mattie remerciait chaque jour le ciel – et Petite Sophie – d'avoir fait entrer Cuthbert dans sa vie. Sauf les jours où il chantait les louanges de son pire ennemi.

— Ce jeune Tom est un parfait gentleman. Il a un sourire charmant. Et de bonnes manières.

— Permets-moi d'en douter, ronchonna Mattie avant de disparaître en cuisine pour préparer les mets du déjeuner, parmi lesquels sa spécialité : le roulé à la saucisse géant.

Cette semaine, elle tentait un roulé à la poitrine de porc et aux pommes confites.

Elle fut interrompue dans la préparation de ses pommes par l'arrivée de Posy armée de son tabouret. Visiblement, elle prévoyait de rester un moment.

— Je ne peux pas rester debout plus d'une minute, lança-t-elle en guise de bonjour.

— Tu as toujours les chevilles enflées ? demanda Mattie en attaquant une pile de pommes pelées avec l'un de ses couteaux préférés.

— Je vais être franche, Mattie. L'arrivée de ce bébé me réjouit, bien sûr, mais la grossesse, ça craint, soupira Posy avec force sentiment. Je ne le recommande à personne.

— Je n'ai pas l'intention de tomber enceinte avant un bon moment, rétorqua Mattie sur un frisson d'horreur, car quand ses copines jouaient à la « maman », elle jouait à tenir sa propre cuisine étoilée chez Michelin. Je sais que tu ne te sens pas au top, mais je te jure que tu as bonne mine.

Et c'était vrai. Posy avait toujours été jolie, mais la grossesse rosissait ses joues pâles et donnait une teinte auburn à ses cheveux châtains. Certes, ses chevilles avaient l'air enflées mais l'arrondi de son ventre était joliment régulier.

— C'est faux, mais c'est gentil de ta part. J'ai passé la moitié de la nuit à chercher des idées pour Noël. J'aimerais vraiment attendre le retour de Nina, mais elle ne répond pas quand je lui demande par mail la date à laquelle elle compte rentrer.

— Ça ne lui ressemble pas, marmonna Mattie, car Nina, toujours vissée à son téléphone, répondait à la vitesse de la lumière. J'espère qu'il ne lui est rien arrivé.

— Non, elle est toujours vivante puisqu'elle m'écrit tout le temps sur un tas d'autres sujets. Par exemple, elle me demande ce que je penserais d'un renne dans la boutique, soupira tristement Posy.

Cela méritait sans conteste que Mattie repose son couteau.

— Un vrai renne dans la boutique ?

— Pas un vrai, mais grandeur nature. De toute façon, je ne suis pas sûre que ce soit une bonne idée.

La lassitude de Posy céda la place à une expression plus spéculative, les sourcils froncés.

— Revenons-en à Tom. J'ai été surprise de le voir débarquer avec ces types hier après-midi. Tom a des amis, qui l'eût cru ?

— Après tout, on peut tous trouver quelqu'un de naïf à amadouer pour s'attirer son amitié, admit Mattie, peu charitable.

— Mais ils étaient trois. Trois ! s'étonna Posy. T'ont-ils dit où ils ont rencontré Tom ? Depuis quand sont-ils amis ?

Ont-ils fait des études, eux aussi ? Ils n'auraient pas la tête de l'emploi.

— Finalement, Tom non plus n'est pas universitaire. Il travaille dans une librairie, observa Mattie en versant les petits cubes de pommes dans la grande casserole posée sur la cuisinière.

— Il l'a été, à une époque.

Posy avait l'air décidée à ne pas lâcher l'affaire. Sa curiosité la rongeait. Mattie la prit en pitié et lui raconta l'histoire des Vanneurs. À bien y réfléchir, ils avaient été plutôt sympathiques.

— Vraiment ? Je pensais que tu les rembarrerais illico.

— Je ne rembarre pas tous les hommes que je rencontre.

— La plupart, en tout cas. Et sinon, le fait que Tom et toi viviez ensemble…

— Où veux-tu en venir ? s'indigna Mattie en tournant soudain la tête vers Posy, le couteau en main. Figure-toi que Tom et moi… D'ailleurs, il n'y a pas de « Tom et moi ». Nous sommes contraints de partager un espace de vie, or ni lui ni moi ne nous en réjouissons. De plus, ses copains ont insisté pour qu'il me laisse la grande chambre, c'est donc lui le plus malheureux dans l'histoire.

— Mais si jamais, en vivant avec Tom… pardon, en partageant un espace de vie avec lui, tu découvrais des aspects de sa vie personnelle, tu m'en ferais part, n'est-ce pas ?

Les yeux de Posy brillaient à l'idée de pouvoir enfin grappiller quelques bribes d'informations susceptibles d'expliquer l'énigme Tom, son collègue depuis cinq ans et dont elle ne savait rien.

— Posy, ne dis pas de bêtise ! Tom est loin d'être mon ami, mais tu sais aussi bien que moi qu'il y a des règles sur le partage d'un espace de vie. Je n'irai pas fouiner dans ses caleçons et n'ouvrirai pas son courrier en douce, s'exclama

Mattie en râpant de la noix de muscade dans son mélange de porc et de pommes. Tu dois respecter sa vie privée, et moi aussi.

— Bien sûr, bien sûr. C'est évident, mais si tu découvrais quelque chose, ne serait-ce qu'un détail anodin, par exemple son ancienne adresse avant qu'il ne vienne vivre ici, ou s'il a encore ses parents, tu serais parfaitement en droit de le partager avec une amie.

— Cette information tomberait dans le domaine public, fit remarquer Verity lorsqu'elle les rejoignit, prétendument pour discuter du budget des décorations de Noël pour la librairie et le salon de thé.

Une bien piètre excuse, tout comme celle concernant une paire de chaussettes qu'elle aurait oubliée à l'appartement alors qu'en réalité, tout comme Posy, elle venait surtout à la pêche aux informations sur Tom.

— Si tu n'as encore rien à nous mettre sous la dent, tu pourras te rattraper au jour le jour. Tiens-nous au courant.

— N'est-ce pas violer l'un des commandements ? s'enquit Mattie.

Elle parsema d'amandes effilées son clafoutis à la cerise avant de l'enfourner, car l'heure du déjeuner était passée et une nouvelle clientèle viendrait à l'heure du thé pour s'empiffrer de sucre afin de tenir jusqu'à la fin de la journée.

Le rappel de la vocation du père de Verity eut son petit effet, comme toujours. Elle souffla et marmonna :

— Bon, si ces chaussettes reparaissent, fais-moi signe.

Sur ce, elle retourna dare-dare dans son bureau.

Les complots de ses collègues avaient troublé Mattie. Une fois l'insigne « fermé » retourné sur la porte ce soir-là, elle eut une hésitation avant de reprendre l'escalier pour rentrer à l'appartement.

Qu'elle partageait avec Tom. Et où elle devrait à présent passer sa soirée avec Tom.

Ce qui avait paru simple de prime abord lui donnait à présent matière à réfléchir, c'est donc avec un profond soulagement qu'elle le croisa dans l'escalier.

— Je sors, lâcha-t-il. Et à mon retour, j'espère être aussi silencieux que tu le seras demain matin.

Mattie était rarement passée aussi vite d'un soulagement exquis à une indignation virulente.

— Ce n'est pas ma faute si tu as le sommeil léger, se défendit-elle.

Mais Tom était déjà parti, claquant la porte de la librairie derrière lui.

Si seule soit-elle à présent dans tout le bâtiment, Mattie n'avait pas la moindre envie d'aller fouiller dans les affaires de son colocataire. Il n'avait pas mené à bien sa menace d'installer un verrou à sa porte – s'il l'avait fait, elle en aurait été terriblement vexée – mais Mattie n'allait certainement pas envahir son espace privé. Elle se plaisait à croire qu'elle avait de solides valeurs morales, quoique la vie lui ait prouvé que rares étaient ceux qui partageaient son sens de l'éthique. De toute façon, la seule idée qu'il puisse lui rendre la pareille en s'immisçant dans sa chambre lui donnait des sueurs froides.

Non pas qu'elle ait quoi que ce soit à cacher, mais c'était son intimité, ses affaires. C'était suffisamment pénible d'imaginer quelqu'un, Tom ou un autre, fouiner dans ses sous-vêtements, sans avoir en plus à craindre qu'il ne tombe sur des objets plus intimes encore.

Sa petite collection de boules à neige de Paris, par exemple ; la tour Eiffel, l'Arc de triomphe et le Moulin-Rouge, tous prisonniers d'un hiver sans fin dans des boules de verre. Elles étaient soigneusement rangées loin de ses yeux, dans une boîte qui avait jadis contenu des sablés au beurre. Mattie ne supportait plus de les regarder.

Elle avait aussi un diplôme encadré de L'Institut de pâtisserie avec la photo de classe de sa promotion, tous coiffés de toques, le sourire radieux, tandis que Mattie se tenait à l'écart, lèvres crispées, le regard tourmenté. Ce cadre-là était remisé depuis longtemps, lui aussi, avec tous les douloureux souvenirs de son autre vie. Sa vie à Paris. Elle n'osait pas imaginer sa détresse si Tom s'amusait à les tripoter en critiquant sa vie dans un monologue intérieur sarcastique.

À sa place, Tom n'aurait certainement pas gardé ce genre d'objets à la suite d'un chagrin d'amour – avait-il seulement déjà eu un chagrin d'amour ? – et quand bien même, il n'aimerait pas que des curieux y mettent leur nez.

Tout cela pour dire qu'elle n'avait pas envie de grappiller la moindre information sur Tom.

Comme elle avait l'exclusivité des locaux pour la toute première fois, Mattie céda à l'envie d'une petite promenade dans la librairie déserte. On trouvait de chaque côté de la grande salle des antichambres que Mattie se contentait de traverser pour se rendre au bureau afin de discuter avec Verity ou d'assister à l'une des réunions de Posy tant redoutées, comme celle de Noël qui s'annonçait, pour discuter pendant des heures de l'éventualité d'un renne grandeur nature. Mattie n'avait même jamais mis les pieds dans les antichambres du côté droit, la direction opposée à celle de son salon.

De nuit, à peine éclairé par les petits spots au-dessus du comptoir, *Au Bonheur des tendres* devenait un lieu d'ombres et de fantômes. De gentils fantômes. La librairie déserte lui procurait un sentiment d'apaisement. Dans la grande salle, des étagères couvraient toute la hauteur des murs de chaque côté d'un vieil escabeau roulant et au centre de la pièce triomphaient trois canapés à divers degrés de décrépitude, disposés autour d'une table. Sur cette table, on trouvait de tout : depuis la série des Jilly Cooper jusqu'à *Orgueil et Préjugés* en passant par une dizaine d'autres titres, certains célèbres et d'autres inconnus au bataillon. On y trouvait également des roses aux pétales d'un rose pâle velouté dans un vase ébréché et la photo en noir et blanc d'un jeune couple posant derrière la caisse de la boutique quelques décennies plus tôt. La femme contemplait l'homme avec un sourire d'adoration, et il lui retournait son regard avec une tendresse comme Mattie n'en avait jamais vu. En même temps, tous ceux qui les avaient connus s'accordaient à dire que Lavinia, ancienne propriétaire de la librairie, et son mari Peregrine n'avaient d'yeux que l'un pour l'autre.

Il y avait autre chose sur la table. Un mot imprimé sur une jolie carte.

En mémoire de notre chère Lavinia Thorndyke, libraire jusqu'à la moelle. Sur cette table, nous vous présentons une sélection de ses romans préférés, ceux qui lui apportèrent ses plus grandes joies et qui étaient comme de vieux amis. Nous espérons que vous prendrez le même bonheur à leur lecture et qu'ils vous inspireront la même amitié.
« Si une personne ne prend pas de plaisir à lire et relire un livre, autant qu'elle ne le lise pas du tout. » Oscar Wilde

Mattie avait un secret qu'elle préférait garder pour elle (pour s'épargner des leçons de morale à n'en plus finir) : ses livres préférés étaient les bouquins de cuisine. Elle avait un jour tenté de faire comprendre à Posy que lorsqu'elle se lovait sous sa couette avec les aventures culinaires de Diana Henry ou le journal intime du cuisinier Nigel Slater, ou même avec une copie manuscrite des recettes de sa grand-mère, elle voyageait autant que Posy lorsque celle-ci engloutissait une romance historique en un après-midi.

Mattie adorait s'imaginer toutes ces recettes, tous ces plats qui ne demandaient qu'à être dégustés. Ils l'inspiraient, ils étaient un tremplin vers ses propres créations. Avec un livre de recettes ouvert devant elle, Mattie faisait le tour du monde. Elle était partie en Italie avec Elizabeth David, en Inde avec Madhur Jaffrey et au Moyen-Orient avec Yotam Ottolenghi. Les recettes de Delia Smith et Julia Child étaient sa madeleine de Proust, elles lui rappelaient les goûts de son enfance, qu'il s'agisse des gâteaux anglais, des biscuits ou des puddings de sa grand-mère paternelle, ou des éclairs, des flans et des financiers délicats de sa grand-mère maternelle française.

Mais ce soir, la librairie était à son entière disposition et elle avait plus de temps libre qu'il n'en fallait en ce deuxième jour dans sa nouvelle demeure. Mattie se surprit à errer vers les cartons de livres empilés dans le bureau derrière le comptoir.

Ces exemplaires n'étaient pas à vendre, il s'agissait d'épreuves ou de premières publications envoyées par les éditeurs aux libraires et critiques. Le personnel pouvait se servir librement, et Cuthbert ne s'était pas gêné pour ramener une pile de romances érotiques à sa tendre Cynthia.

— J'en ai moi-même lu deux ou trois, avait-il confessé en levant un sourcil. Je t'avoue qu'ils m'ont donné quelques bonnes idées.

Mattie n'avait besoin d'aucune nouvelle idée et n'avait certainement pas besoin de romance dans sa vie, encore moins de lecture sur le sujet, mais ce soir, elle avait le sentiment d'avoir lu mille fois ses livres de recettes. Perché sur l'un des cartons, un livre portait le titre suivant : *Passion et Pâtisserie au petit café parisien*.

— Voyons cela, marmonna-t-elle en s'emparant de l'exemplaire.

Trente minutes plus tard, elle était dans son lit et lisait les aventures de Lucy, qui ouvrait une boulangerie (et non un café) et résistait, à cause de sa carrière trop prenante, aux charmes d'un chef pâtissier français au corps de dieu grec répondant au nom de Pierre.

Bien que la recette des macarons au chapitre deux fût loin de convaincre Mattie, elle prenait plaisir à suivre les exploits de Lucy quand elle entendit soudain un bruit dehors.

Les Mews avaient beau donner cette impression d'oasis de calme loin du fourmillement citadin, le quartier n'était pas moins situé en plein centre de Londres. Il n'était même pas 23 heures, et sur Rochester Street, *No Plaice Like Home* devait tout juste finir le service tandis que le *Midnight Bell* et le nouveau bar chic installé dans les anciens locaux des pompes funèbres devaient encore battre leur plein. Mattie n'avait donc aucune raison de se crisper au moindre bruit dehors.

Après tout, elle avait vécu à Hackney, où les réveils en pleine nuit par les sirènes ou le passage d'un hélicoptère de police étaient monnaie courante. Mais ce bruit était d'un tout autre genre. Comme un cri éperdu, un animal en détresse. Et là... Serait-ce le grincement du portail électrique installé par Posy et Sebastian à l'entrée des Mews ? Il restait ouvert toute la journée mais Tom avait dû le refermer en sortant tout à l'heure, or il fallait un code pour l'ouvrir. Quelqu'un essayait-il de forcer le portillon ?

Mattie se recroquevilla sous les draps. Non, elle était plus courageuse que cela. Elle se leva du lit et tâtonna jusqu'à la fenêtre, qu'elle ouvrit pour jeter un coup d'œil dans la cour obscure.

— Il y a quelqu'un ? appela-t-elle.

Mais si un cambrioleur était venu tenter sa chance, il n'aurait certainement pas répondu : « Coucou, par ici ! »

Le grincement reprit plus fort. Était-ce un couple de renards en plein coït ? Même en centre-ville, les renards étaient nombreux à tenter de voler de quoi déjeuner dans les poubelles des boutiques et des restaurants, ou dans les emballages de fast-food abandonnés dans la rue. Un jour, Mattie avait surpris un rat sur Rochester Street, d'une audace peu commune, qui emportait fièrement un bâtonnet de poulet.

Le portail grinça de plus belle. Plus fort encore.

Mieux valait retourner se coucher, mettre des bouchons dans ses oreilles et… attendre d'être assassinée dans son sommeil.

Chapitre 5

27 jours avant Noël

Seulement, Mattie était bien trop raisonnable pour se laisser tuer dans son lit. Sur un soupir résigné, elle se détourna de la fenêtre pour enfiler ses bottines fourrées et sa grosse doudoune à capuche par-dessus son pyjama, et, avant de quitter l'appartement, emporta l'une de ses poêles en fonte.

La librairie déserte ne lui procurait plus ce sentiment de sécurité et de chaleur, bien au contraire, elle regorgeait d'ombres terrifiantes. Mattie se crut dans un film d'horreur cliché lorsqu'elle ouvrit la porte d'entrée : au lieu de rester tranquillement à l'intérieur, elle sortait rejoindre on ne sait quel destin tragique.

La porte à peine ouverte, Mattie entendit à nouveau un grincement de ferraille. Un frisson la parcourut. Elle reconnaissait à présent ce bruit, et c'est pourquoi elle se mit soudain à courir vers le portail électrique.

Oh, non ! Gourgandine s'était coincé entre les barreaux et gémissait son malheur.

— Gourgandine ! Mais que fais-tu ici ?

Le pauvre Gourgandine lui lança un regard en coin comme il put, d'un air de dire :

« Qu'est-ce que j'ai l'air de faire, d'après toi, crétine d'humaine ? »

— Que se passe-t-il ici ? gronda l'écho d'une voix dans l'ombre derrière le portail.

Mattie détourna son regard du chat en détresse pour croiser celui de Tom. Il baissa les yeux sur la grille.

— Oh non, quel imbécile !

— De qui parles-tu, de moi ou de Gourgandine ? voulut clarifier sévèrement Mattie.

— Tu ne t'es pas coincée entre les barreaux d'un portail, que je sache.

Tom retira ses lunettes pour juger de l'état du chat (preuve qu'il n'avait pas besoin de correction). La bête voulut lever la tête vers lui, mais ne put que miauler son désarroi.

— Comment a-t-il fait pour atterrir ici ? Canonbury, ce n'est pas la porte à côté, lui qui n'a jamais marché plus loin que le fumoir de Stefan.

— C'est un mystère, répondit Mattie en s'accroupissant pour évaluer l'étendue des dégâts.

Gourgandine s'était débrouillé pour glisser la tête et les pattes avant entre les barreaux du portail, mais restait coincé au niveau du ventre, la partie la plus grosse de son corps de Bouddha félin.

— Tu pousses et je tire ?

— Je ne vois rien de mieux à faire, dut reconnaître Tom.

Mattie attrapa doucement le chat sous les aisselles et Tom le saisit par les pattes arrière, mais malgré leurs délicates manipulations que Gourgandine semblait assez bien supporter, il restait bel et bien coincé.

— Stupide animal, ronchonna Tom. La mienne pouvait se faufiler dans des passages minuscules, comme si elle n'avait pas de squelette, alors que Gourgandine est gras comme un cochon. Tu veux que je vienne de ton côté ?

— Non ! Stop ! s'écria Mattie à la seconde où Tom allait poser l'index sur le pavé numérique. Tu risquerais de l'électrocuter.

— Je ne vois pas comment ça pourrait arriver, grommela-t-il en s'écartant tout de même du portillon. Bon, que fait-on ? On le lubrifie ? Tu as du beurre ?

— Oui, bonne idée ! J'en garde toujours un peu au frigo. Attends-moi, je reviens.

— Où veux-tu que j'aille ? lui lança-t-il comme elle s'éloignait au pas de course vers la librairie.

Même en situation de crise, il fallait toujours que Tom ait le dernier mot.

Elle fut d'autant plus contrariée en s'apercevant que le seul beurre qui lui restait en attendant la livraison du lendemain était son précieux beurre doux importé de Normandie et qu'on ne trouvait nulle part au Royaume-Uni. Tous les six mois environ, Mattie et sa mère traversaient la Manche pour faire le plein de courses françaises dont elles ne pouvaient se passer, du beurre en priorité, en ce qui concernait Mattie. Et voilà qu'elle allait devoir le gaspiller pour la bonne cause. Elle n'avait même plus d'huile végétale, observa-t-elle tristement en mettant son beurre au micro-ondes quelques secondes pour le ramollir afin que la manipulation du félin soit optimale.

À son retour, elle trouva Tom accroupi qui grattait le chat derrière les oreilles.

— Je sais, tu as l'impression que c'est la fin du monde, Gourgandine, mais je te jure qu'on finira par en rire, un jour.

C'était la chose la plus gentille que Mattie ait jamais entendue dans cette bouche. Lorsqu'il s'aperçut de sa présence, il se redressa aussitôt.

— Allez, graissons la bête, dit-elle sans grand enthousiasme. Tu sais, on n'est pas obligés d'utiliser tout le beurre.

Mais Tom était déjà occupé à en tartiner une bonne quantité sur le ventre de Gourgandine qui se débattait et gigotait pour manger le gras. Mattie et Tom retentèrent ensuite la technique du pousser/tirer, en vain. Et Gourgandine n'arrangeait rien à l'affaire, lancé dans une frénésie de coups de langue sur ses poils graisseux. Il avait clairement oublié sa condition précaire et se trouvait au paradis du gras. Verity lui faisait suivre un régime strict, il avait donc l'intention de lécher autant de beurre que possible.

— Il va falloir appeler les pompiers, soupira Mattie après dix minutes de vaines tentatives au cours desquelles Gourgandine avait léché un demi-pain de beurre sans avoir bougé d'un centimètre.

— Et Very, il faut la prévenir. Si elle remarque la disparition de Gourgandine, c'est la panique assurée.

La gentillesse de Tom, exprimée pour la deuxième fois consécutive, avait quelque chose de déstabilisant. Mattie l'observa au travers du portail, tandis qu'il sortait un vieux téléphone de la poche intérieure de son manteau en tweed démodé.

Il se chargea d'expliquer la situation à Verity pendant que Mattie appelait les secours pour leur demander « une équipe de pompiers ou n'importe qui capable de sauver un chat obèse coincé entre les barreaux d'un portail électrique. Et je jure que ce n'est pas un canular ».

— Franchement, Very, si je plaisantais, je n'inventerais pas un truc pareil. Mon portable ne prend pas de photos mais Mattie t'en enverra une lorsqu'elle aura fini d'appeler les secours, tu pourras ainsi juger de la gravité de la situation, s'agaçait Tom pendant que Mattie dictait l'adresse et que

Gourgandine miaulait son chagrin d'avoir fini de lécher tout le beurre de ses pattes avant grassouillettes.

— Je vais nous préparer une boisson chaude, annonça Mattie une fois son coup de fil terminé. (Les pompiers mettraient trente minutes à arriver, si tant est qu'aucun bâtiment ne prenne feu entre-temps.) Du thé, du café ?

— Disons du thé... Quoique, te reste-t-il par hasard de ce chocolat chaud que tu as servi pour la sortie littéraire d'il y a deux semaines ? hésita Tom. Si ce n'est pas trop demander.

Tom aurait-il eu une greffe de personnalité ? Ou serait-ce l'urgence de la situation qui tirait le meilleur de lui ?

— Il m'en reste, confirma Mattie. Je peux même y verser quelques gouttes d'eau-de-vie française, si tu veux.

— Bonne idée. Merci, ajouta Tom.

Ce à quoi Mattie eut envie de répondre en feignant un malaise, mais elle préféra ne pas gâcher ce moment d'entente cordiale.

À son retour armée de deux tasses de chocolat encore fumant, ils s'aperçurent que la tasse ne passait pas entre les barreaux du portail. C'était un miracle que Gourgandine ait pu le franchir de sa grosse tête et ses larges épaules.

— Tu veux que j'aille te chercher une paille ? proposa Mattie.

Mais Tom secoua la tête.

— Recule.

Sur ce, il prit son élan, courut à toutes jambes, bondit par-dessus le portail et atterrit à côté de Mattie qui, de surprise, manqua de renverser les tasses. Elle n'en croyait pas ses yeux, Tom venait de sauter un portail d'un mètre quatre-vingts comme on saute une haie. Placide, elle se contenta de lui tendre une tasse en regrettant de n'avoir pas filmé. Personne ne la croirait.

Il aurait été plus agréable d'attendre au chaud dans la librairie, mais ils ne pouvaient se résoudre à laisser Gourgandine tout seul, c'est pourquoi ils restèrent là, le grattant derrière les oreilles à tour de rôle jusqu'à l'arrivée lointaine du chant des sirènes. Il y eut ensuite les lumières bleues en approche lorsque le camion de pompiers négocia les pavés de Rochester Street pour venir se garer devant l'entrée des Mews.

Quel soulagement!

— On va bientôt te sortir de là et tu pourras à nouveau terroriser tous les détenteurs de nourriture du quartier, dit-elle à Gourgandine qui écoutait cette promesse d'un air sceptique.

Tom résuma la situation à quatre pompiers, tous en combinaison, parés à foncer dans des bâtiments en flammes pour sauver des enfants. Elle avait beau ne pas les distinguer clairement dans la nuit, Mattie eut soudain chaud en cette soirée de novembre pourtant fraîche. Certes, elle avait tiré un trait sur les hommes et crachait sur le concept de romance, mais elle n'en restait pas moins humaine. D'un point de vue esthétique, elle avait le droit de constater les charmes de quatre pompiers courageux et musclés, d'où sa posture, accroupie près de Gourgandine avec des flammes dans les yeux et la bouche ouverte.

— Le chat ne mord pas, madame? demanda l'un des pompiers.

Il s'approcha. Il devait avoir quinze ans. Il était temps de se ressaisir, se dit Mattie. Et puis, il l'appelait « madame » comme si elle était déjà grand-mère.

— Non, il est gentil, mais un peu secoué par les événements, expliqua-t-elle. Nous l'avons enduit de beurre pour essayer de le faire sortir, il est très glissant.

Gourgandine était effectivement secoué, mais il n'y avait rien au monde de plus grisant pour lui que les attentions qu'on pouvait lui témoigner. D'où ses ronronnements fous dès qu'un pompier venait évaluer la situation, et ses petits coups de tête aux gants qui le palpaient, ce qui n'aidait en rien le travail des professionnels.

À l'arrivée de Verity, le visage pâle, accompagnée de Johnny, les pompiers en étaient à couper l'alimentation du portail électrique avant de libérer le chat.

— La batterie nous a lâchés, puis on a mis des lustres à trouver un taxi, bredouilla-t-elle. Oh, Gourgandine ! Qu'as-tu encore fait, imbécile !

Le félin répondit par un miaulement espiègle. Tandis qu'on coupait l'alimentation électrique (tous étaient d'accord, ils attendraient le lendemain pour en parler à Posy, parce que « si on lui dit maintenant, elle ne dormira plus et sera d'une humeur de chien demain matin »), un taxi se gara derrière le camion de pompiers.

— C'est peut-être Posy, marmonna Mattie. Son sixième sens de femme enceinte me fait parfois peur, elle est capable de pressentir la profanation de son portail.

Mais ce n'était pas Posy. Une femme aux cheveux rouge pétard sortit de la voiture, vêtue d'une fausse fourrure de léopard et chaussée de talons hauts peu adaptés à une rue pavée.

— Salut tout le monde, lança Nina O'Kelly, de retour d'un congé sabbatique de six mois et dix jours. Quatre pompiers sexy rien que pour moi ? Quel accueil, merci !

Chapitre 6

26 jours avant Noël

L'arrivée soudaine de Nina – attendue depuis dix jours – fit de l'ombre à la délivrance de Gourgandine, que l'on enfourna dans sa cage de transport avant qu'il ne puisse s'enfuir à nouveau.

— Il est puni à tout jamais, maugréa Verity en attendant le prochain taxi pour rentrer.

— Et fini l'argent de poche, s'amusa Johnny.

Le plus drôle restait l'agacement de Nina, qui tapait du pied pour se faire remarquer.

— Les copains ! Oubliez ce chat, je reviens d'un voyage de presque sept mois !

Malgré l'heure avancée, Mattie dut supporter une heure de plus à écouter les badineries coquines de Nina sur les récents emménagements.

— Mattie et Tom, ne cessait-elle de prononcer avec de grands clins d'œil. Qui l'eût cru ? Heureusement que je rentre pour vous chaperonner.

— Tu ne souffres pas du décalage horaire ? Dommage, se lamenta Tom en s'asseyant avec raideur dans un fauteuil, lui aussi impatient de pouvoir s'éclipser. Tu n'as pas envie d'aller dormir, et par là j'entends « la mettre en veilleuse » ?

— Que tu es méchant ! Figure-toi que j'ai dormi dans l'avion, rétorqua Nina en s'étirant sur le canapé, manière de montrer qu'elle n'avait aucune intention d'aller se coucher. Comment fais-tu pour le supporter, Mattie ?

— Chacun sa croix, soupira celle-ci par réflexe malgré les liens tissés récemment autour du sauvetage d'un félin en détresse.

Et ce bond par-dessus le portail ! Tom devait avoir de sacrés muscles pour se projeter aussi haut.

— En parlant de croix, reprit Mattie. Je me lève tôt demain, je vais me coucher.

Au lit, elle entendait toujours le bavardage incessant de Nina, un vrai moulin à paroles auquel Tom réagissait par des grognements monosyllabiques. Mattie découvrait à ses dépens que les murs étaient fins comme du papier à cigarette. Elle se retourna et tâtonna à l'intérieur du tiroir de sa table de chevet en quête de la petite boîte ronde de ses bouchons d'oreilles (Ian, le compagnon de sa mère, ronflait comme un sonneur) et parvint enfin à glisser dans le sommeil.

Le lendemain matin, le silence régnait en maître au réveil de Mattie. Quand elle put enfin se libérer du salon pour passer à la librairie, il était déjà 11 heures. Elle s'arma de tranches de brioche aux épices pour apaiser le dragon, ne sachant comment Posy réagirait à la profanation de son portail électrique.

— Tom ne m'a donné aucun détail et Verity n'est toujours pas rentrée de chez le vétérinaire, se lamenta Posy en cherchant vainement une position confortable sur l'un des canapés. Ta brioche n'est pas aux agrumes, j'espère ? Le seul fait de voir une orange me donne des brûlures d'estomac.

— Non, pas d'agrume, promit Mattie, posant une fesse sur l'accoudoir du canapé. Mais c'est une bonne idée, je ferai l'un de mes gâteaux de Noël à l'orange. J'aurai ainsi toutes les saveurs.

— Tu disais avoir déjà bouclé ton menu des fêtes ! s'affola Posy en la pointant d'un doigt accusateur.

— Il est bouclé mais rien ne m'empêche de le faire évoluer au gré des envies, bien au contraire, rappela Mattie tandis que Posy s'enfonçait dans les coussins en soupirant. Si vraiment tu as envie de te tracasser, il reste un tas de sujets pour le faire. Ton portail électrique, par exemple. À ce propos, je suis désolée, mais c'était le seul moyen de libérer Gourgandine.

— Quand je pense que personne n'a eu l'idée de filmer le calvaire de cette bestiole ! s'exclama Nina, arrivée au pied de l'escalier et qui passait la tête par l'embrasure de la porte. On aurait fait le buzz ! Dis donc, Posy, tu ne mentais pas, tu es enceinte jusqu'aux dents !

Tapotant son ventre d'une main, Posy se servit une tranche de brioche.

— Il y a une blague à faire sur la brioche au four mais mon humour est sapé par la fatigue de la grossesse. Et puis, je viendrais bien te faire un câlin mais j'ai mis dix minutes à m'asseoir.

— Je viens à toi, offrit Nina en se glissant délicatement dans les bras de Posy. Je n'arrive pas à croire que tu vas nous faire un moutard.

— J'ai moi-même du mal à m'y faire, souffla Posy, s'étouffant presque contre la poitrine de Nina. Mais je suis toujours fâchée, Nina. Tu devais rentrer il y a dix jours.

— Dix petits jours, c'est une broutille pour de vrais amis, pouffa Nina. (Puis elle se redressa, s'empara d'une tranche de brioche et l'approcha lentement de sa bouche par un angle incongru.) Au fait, vous n'avez rien remarqué ?

Nina portait une robe d'été noire des années 1950 aux motifs de coquelicots, mal assortie aux tatouages multicolores qui couvraient l'intégralité de ses bras. Et encore, elle les avait habitués à des tenues plus bigarrées.

— J'aime bien ta nouvelle couleur, observa Mattie en désignant les cheveux écarlates de Nina assortis à son rouge à lèvres. Ça te va bien.

— Merci, mais je ne vais pas la garder. Je me suis aperçue qu'elle jurait avec celle de Noah, or il refuse de changer la sienne. Il dit qu'il était roux le premier.

Qu'avait-elle à se toucher ainsi le visage ? Mattie se demanda si Nina ne cherchait pas à cacher un immonde tatouage facial. Non, elle l'aurait remarqué la veille. Quoique, avec la fatigue…

— Continuez de chercher, les encouragea Nina.

— Tu ne portes pas ton tee-shirt *Au Bonheur des tendres*. Mais Tom refuse de porter le sien, je ne rentre plus dans le mien et Verity ne veut pas être la seule à le porter, je ferai donc l'impasse pour cette fois, résuma Posy. (Puis elle décocha un sourire à Mattie.) Et ces pompiers, ils étaient charmants ?

— Vus de loin, oui, reconnut Mattie. Mais l'un d'eux n'était en réalité qu'un gamin et un autre avait plus de cinquante ans. Les deux autres, en revanche, n'étaient pas trop mal.

— Aurais-tu rêvé d'eux ? Mattie, fébrile ? Je ne l'aurais jamais cru, la charria Posy.

— Génial ! Ton bas-ventre a frétillé, Mattie ? s'exclama Nina juste à l'instant où Tom revenait de l'antichambre réservée aux grands classiques.

— J'hallucine, marmonna-t-il sur un ton choqué avant de disparaître aussi sec.

Mattie porta une main à sa joue. Oui, il faisait chaud. Oui, elle rougissait.

— Pourquoi te touches-tu le visage ? Je touche le mien depuis des heures et vous ne remarquez rien ! s'indigna Nina.

— Il existe une loi interdisant que deux personnes se touchent le visage au même moment ? rétorqua Mattie, acerbe.

Le décalage horaire aurait-il eu raison du bon sens de sa collègue ? En tout cas, Mattie n'était pas mécontente de ne plus parler de frétillement et de fébrilité.

— REGARDEZ MA MAIN ! s'époumona Nina, si fort que Tom reparut dans la grande salle et que trois clientes se retournèrent pour contempler ses doigts.

— Vous permettez ? s'agaça Tom. J'essaie d'aider une cliente à rassembler une liste de romances légères à offrir à une personne en deuil.

— POUR L'AMOUR DU CIEL ET DE L'UNIVERS, ALLEZ-VOUS REGARDER MA MAIN, BORDEL ? hurla Nina en agitant sa main gauche à la vue de tous.

— Ton vernis s'est écaillé, nota Tom d'un air désapprobateur.

Il avait un don pour tenir tête à Nina lorsqu'elle piquait des crises de ce genre, et c'était tout à son honneur, mais sur ce coup-là, il ne se montrait pas fin observateur.

Posy plissa les yeux sur les doigts brandis.

— Mais… Tu vois ce que je vois ?

— Oui, oui ! s'écria Nina en sautillant comme en prise à une folle envie de faire pipi.

Mattie n'en croyait pas ses yeux.

— Une bague de fiançailles *et* une alliance ? Tu t'es mariée ?

— LES GARS, JE SUIS MARIÉE ! annonça Nina sur un applaudissement tiède de la part des clientes courageuses qui n'avaient pas fui du magasin.

— Toutes mes félicitations, dit Verity, entrée juste à temps pour l'annonce. Tu aurais dû le crier plus fort, l'Écosse n'a pas entendu.

— Very, je me suis mariée, répéta Nina en s'effondrant sur le canapé, si bien que la pauvre Posy rebondit à ses côtés. Les copains, vous êtes nuls pour les devinettes. Bref, c'est la raison pour laquelle je suis rentrée avec dix jours de retard.

— En six mois, tu aurais pu te marier plus tôt, fit remarquer Posy avant d'afficher une mine pensive. À moins que… L'heureux élu est bien Noah ?

Noah était analyste en affaires et ami de Sebastian. Il leur avait prêté ses services pour transformer une librairie dépassée, impopulaire et trop spécialisée en librairie de pointe, le vent en poupe et… trop spécialisée. Mais en définitive, Noah avait passé plus de temps à tomber amoureux de Nina qu'à travailler, et réciproquement. Mattie détailla Nina. Non pas son alliance, mais son visage. Sous une couche épaisse de maquillage rétro glamour servant à cacher la fatigue du décalage horaire, ses yeux brillaient et son sourire familier cédait la place à un grand sourire radieux. Elle leur raconta son mariage à Las Vegas.

— Je voulais le surprendre, mais j'ai été l'arroseur arrosé. Une double demande en mariage, c'était moderne. Nous avions prévu de faire ça en douce et d'être unis par un sosie d'Elvis, mais nos amis Marianne et Claude prévoyaient de passer les derniers jours du voyage avec nous, et Noah voulait que ses deux sœurs nous rejoignent. Nous avons donc retardé l'échéance, mais tout s'est finalement bien goupillé et on a même commandé quelques danseuses hawaïennes pour la cérémonie.

— Mais aucun d'entre nous n'a été invité, bredouilla Posy.

Une grosse larme apparut au coin de son œil gauche et une autre roula sur sa joue droite.

— J'y ai pensé, voulut se rattraper Nina en prenant délicatement la main de Posy. Mais au départ, nous devions être juste tous les deux. Et puis, seul l'un d'entre vous aurait pu quitter la boutique pour nous rejoindre à Vegas. C'est pourquoi on a préféré garder la surprise et organiser une immense fête à notre retour. Au fait, vous êtes tous invités ! Mais après Noël. Je ne laisserai pas la naissance de Jésus-Christ faire de l'ombre à ma cérémonie.

— Tu étais invitée à mon mariage, insista Posy entre deux sanglots. Certes, nous nous sommes mariés à St Pancras et c'est accessible en bus, mais quand même. Un rien me fait pleurer en ce moment, te voilà prévenue.

— Elle a réussi à pleurnicher sur un résumé de quatrième de couverture, ponctua sèchement Tom. Un *résumé* !

— Alors vous ne m'en voulez pas ? s'inquiéta Nina. Pitié, dites-moi que vous ne m'en voulez pas ! Je suis de retour, pleine de bonnes idées pour Noël. À ce propos, j'espère que vous m'avez attendue pour la réunion de préparation des fêtes.

Verity fit la grimace.

— On est un peu en retard sur notre planning des fêtes. Il faudrait organiser cette réunion très vite. Et si on la faisait demain soir ? Qu'en penses-tu, Posy ?

— Pourquoi pas, acquiesça tristement sa patronne sur un haussement d'épaules, bien décidée à broyer du noir.

— Il nous faudra un chevalet de conférence, intervint Tom avec un timide sourire en coin.

Tom était rarement surpris à consoler quelqu'un qui broyait du noir, alors c'était surprenant et plutôt mignon de sa part de taquiner gentiment Posy à ce sujet.

— Tu aimes les feuillets mobiles presque autant que tu aimes les tote bags.

L'usage malin des mots « tote bags » eut son petit effet. Posy fut aussitôt ragaillardie.

— Oh, nous pourrions commander un motif de sac spécial fêtes !

Ils n'avaient plus besoin de Mattie. Ses roulés à la saucisse attendaient dans le four, le rush de midi était imminent et la pression montait souvent dès qu'il était question de tote bags.

— Je vous laisse, lança-t-elle vivement. Tenez-moi au courant pour la réunion de Noël.

Elle réprima un frisson à l'idée de la réunion, mais aussi de Noël en général.

— Je vais tous vous faire porter des faux bois de rennes, menaça Nina tandis que Verity tentait d'annuler le projet d'un tote bag spécial Noël. Au fait, je ne sais pas si c'est le bon moment pour l'annoncer, mais je quitte l'appartement. Je n'ai pas envie d'entamer ma vie maritale avec les caleçons de Tom qui sèchent au-dessus de la baignoire. Sans vouloir te vexer, Tom.

— Ben voyons, marmonna ce dernier.

Mattie comprenait qu'il soit froissé, mais n'empêche, elle avait attendu de pied ferme le retour de Nina dans l'espoir qu'elle ferait tampon entre elle et Tom.

— Tu ne déménages pas tout de suite, j'espère ! lança-t-elle en s'attardant sous l'arche de gauche. Attends au moins que Noël soit passé.

— « Attendre » ? En pleine lune de miel ? s'indigna Nina. Non, je déménage dès demain soir, au retour du voyage d'affaires de Noah. En ce moment, nous sommes collés l'un à l'autre. Tu me diras, ça ne change pas de nos habitudes.

Mattie croisa le regard de Tom et, l'espace d'un instant, leur gêne mutuelle fusionna à la perfection. Tom portait la main à son front, comme sujet à une migraine foudroyante, et Mattie touchait ses joues en feu.

— … risqueriez d'entraver notre période sexy, poursuivait Nina. Je pars donc vivre dans le vieil appartement de Noah, dans le quartier de Bermondsey. Apparemment, les précédents locataires ont eu un dégât des eaux et la cuisine est entièrement refaite. Les propriétaires connaissent Noah, ils savent qu'il est sérieux. Et puis, vous ne voudriez pas qu'un vieux couple marié vienne saper vos petites sauteries, si vous voyez ce que je veux dire…

Sur ces mots, Nina donna un coup de coude à Posy et décocha à tout le monde deux grands clins d'œil théâtraux. Heureusement que Nina déménageait, sans quoi Mattie aurait fini par la tuer dans son sommeil.

Chapitre 7

25 jours avant Noël

Le lendemain, un 30 novembre, la boutique avait fermé à 18 heures alors qu'ils étaient censés appliquer les nouveaux horaires. On convoqua Mattie pour la réunion de Noël d'*Au Bonheur des tendres.*

Elle était attendue pour 18 h 05 pétantes, mais la finalisation de ses délicieux échantillons de spécialités de Noël avait pris plus de temps que prévu. Posy fut loin de s'en plaindre car Mattie arrivait toujours aux réunions les bras chargés de provisions encore chaudes. Et puis, de toute façon, Mattie n'eut pas l'impression de leur avoir manqué.

Le brouhaha qui régnait dans la grande salle s'entendait depuis les antichambres des Classiques, Régence, Romances historiques et paranormales jusque dans la petite cuisine au fond du salon de thé. À l'arrivée de Mattie et de sa précieuse cargaison, la voix de Posy s'élevait vers des sphères si aiguës que Mattie craignit pour ses moules en verre.

— J'adore ! criait Posy en griffonnant sur le feuillet mobile de son chevalet tant aimé. Idée brillante, Very, tu es un génie !

Verity était assise sur un canapé et serrait un coussin contre son ventre. D'un tempérament calme et introverti, elle avait toujours beaucoup de mal à supporter le tapage étourdissant des réunions d'*Au Bonheur des tendres.*

— Je fais ce que je peux, répondit-elle modestement.

— Qu'est-ce que j'ai manqué ? s'enquit Mattie en posant ses plateaux sur l'une des tables réservées aux dernières sorties littéraires.

— Que du bonheur littéraire spécial fêtes, répondit la patronne.

Ces derniers jours, son ventre avait encore gagné en rondeur – Nina avait lancé à la cantonade qu'il pouvait y avoir des jumeaux – mais les séances de massage prénatal que lui avait offertes Sebastian ramenaient sa bonne humeur et faisaient des merveilles sur ses chevilles enflées.

— Demain matin, tout le monde vient aux aurores. On décore la boutique. Crispin, du comité des commerces de Rochester Street, est passé nous voir cet après-midi. Il a pointé du doigt notre absence totale de décorations. J'avais envie de l'étrangler avec une guirlande.

— Nous avons toutefois opté pour une décoration sobre, précisa Verity.

— Non, c'est faux, insista Nina. L'an dernier, nous n'avons pas été à la hauteur pour les fêtes. Cette année, je veux que la librairie vomisse du Noël par tous les côtés.

— Quelle image douce et festive, marmonna Tom en écho aux pensées de Mattie. La seule idée qui me plaît, c'est la suggestion de Verity concernant la sélection de livres emballés au pied du sapin…

— Il y aura un sapin ? demanda Mattie.

L'année précédente, il n'y en avait pas eu, seulement des quantités industrielles de guirlandes et de fausse neige qui s'était immiscée partout. Elle en avait retrouvé jusque dans son soutien-gorge avant d'aller se coucher le soir.

— Évidemment ! On nous le livre demain, précisa Sam, le petit frère de Posy, seize ans, caché derrière sa frange. Et on enlèvera deux canapés.

Il prêtait main-forte en librairie le samedi et pendant les vacances scolaires de la même façon que Petite Sophie (il allait falloir cesser de l'appeler ainsi car elle dépassait désormais autant Verity que Posy) faisait des extra au salon de thé tous les samedis.

Sam venait de lui apprendre une nouvelle. Apparemment, ils s'attendaient à une forte hausse de la fréquentation de la boutique dans le mois à venir.

— Résumons. Un sapin, des cadeaux..., reprit Mattie.

Car l'une des particularités des réunions d'*Au Bonheur des tendres*, outre le volume sonore exponentiel, était la rapidité avec laquelle ils déviaient du sujet.

— Oui, des cadeaux ! opina Posy. Les clients qui le souhaiteront pourront acheter un livre bonus à offrir aux résidents du foyer d'accueil derrière le parc de Coram's Fields. Nina est passée les voir hier.

— Là-bas, ils sont tous amateurs de Régence cochonne, ponctua Nina depuis son canapé qu'elle partageait avec Tom, lequel avait à peine regardé dans la direction de Mattie, mais lorgnait en revanche goulûment sur ses plateaux de gâteaux.

— C'est une bonne idée, jugea cette dernière. S'ils font don d'un roman, on pourrait leur offrir un café gratuit, je me renseignerai sur le coût de l'opération. Quoi d'autre ?

— Une transition parfaite vers mon idée suivante, annonça Nina, les yeux sur son iPad. Je cherchais un moyen de créer une synergie entre la librairie physique et notre activité numérique. Histoire d'accroître vraiment la notoriété de notre marque et de notre message de base.

— Hein ? dit Posy, au nom de toute l'équipe.

De toute évidence, les compétences analytiques de Noah dans les affaires déteignaient sur Nina pour qu'elle jongle ainsi avec les termes « synergie » et « notoriété de la marque ».

— On ne peut pas se contenter de faire dépenser aux clients des fortunes pour *Au Bonheur des tendres* à la période des fêtes, s'escrima Nina.

— Pourtant si, c'est un peu notre but, répliqua Verity. L'an dernier, nous avons réalisé vingt-trois pour cent de notre chiffre d'affaires pendant le seul mois de décembre. Alors oui, leur faire dépenser des fortunes est notre priorité.

— Certes, mais on veut également les imprégner de la marque de fabrique d'*Au Bonheur des tendres* pour qu'ils en ressortent avec une expérience claire de notre message, insista Nina.

— Je ne te reconnais plus, soupira Sam avec un regard triste. Pourrais-tu, s'il te plaît, faire une remarque déplacée et parfaitement gênante ?

— Je vous concocte quelque chose de grand, les amis, se contenta-t-elle de répondre.

Sur un grognement proche de l'agonie, Tom étendit ses jambes avec emphase.

— Essaie de nous dévoiler cette surprise avant Noël, si possible, maugréa-t-il.

Ce qui souleva des murmures approbateurs. Mattie regrettait sincèrement de n'avoir pas pris une demi-heure de retard supplémentaire avant de venir. Sa pâte feuilletée serait alors déjà au frigo, prête pour le lendemain.

— Quelles têtes de mules, lança gaiement Nina. Ce que je vous concocte… Quelqu'un peut-il me faire un roulement de tambour ?

— Tue-moi et prends mes derniers battements de cœur pour nourrir ton suspense, rétorqua Tom.

Il était d'humeur grinçante ce soir, remarqua Mattie. Dociles, Sam et Petite Sophie tambourinèrent sur le sol avec leurs pieds.

— Un Photomaton sous le gui ! dévoila Nina en moulinant des bras. Nous louerons une cabine, et les clients, à condition de présenter leur ticket de caisse après achat d'un livre, se feront prendre en photo avec l'être aimé en s'embrassant sous le gui. Ils recevront également la photo en numérique pour la publier sur leurs réseaux sociaux. Excitant, non ?

— « Un Photomaton » ? C'est volumineux, non ? douta Posy.

— Pas si l'on prévoit de retirer deux canapés. Et puis, ça ne prend pas tant de place que cela.

— J'ai peur que ce soit cher, argumenta Verity, frileuse sur les dépenses.

— Pas forcément. J'ai déjà discuté avec le type des locations pour lui donner l'univers visuel d'*Au Bonheur des tendres*. Oui, car la cabine et les photos porteront notre marque de fabrique. De toute façon, il faut dépenser de l'argent pour en gagner. Je lui ai dit que tu lui verserais l'acompte avant demain, Very, précisa vivement Nina. Nombreux sont les gens intéressés par sa cabine, mais nous avons pensé que l'image d'*Au Bonheur des tendres* était celle qui fonctionnait le mieux. Le gui est synonyme de bisous, bisou rime avec librairie de romans à l'eau de rose. Allez, les gars ! Un peu d'entrain ! L'idée est géniale, youpi !

— Youpi éventuel…, concéda Posy en se tapotant le menton avec son marqueur, songeant aux éventuelles retombées financières que l'opération « Photomaton sous le gui » pouvait engendrer. C'est plutôt tentant, non ? Les clients hommes dépités pendant que leurs compagnes fouineront dans nos rayons auront le sourire aux lèvres lorsqu'ils se feront assaillir dans la cabine pour un baiser improvisé.

Quant à Mattie, l'opération « démonstrations affectives sous le gui, en public, à l'étroit dans un lieu clos et sombre » ne lui inspirait qu'horreur.

— Tu as conscience qu'embrasser quelqu'un sans son accord, avec ou sans gui, est considéré comme une forme de harcèlement ? fit-elle remarquer, satisfaite par les mines déconfites qu'elle suscitait.

— Oh non, on ne peut pas pousser les clients au harcèlement. C'est hors de question, s'affola Posy.

— À moins que… On pourrait leur faire signer un bon pour accord, proposa Verity.

Mais Nina s'agitait avec une grimace d'objection.

— Mattie, ton pessimisme est navrant, critiqua-t-elle. Les clients d'*Au Bonheur des tendres* adorent la romance, ils seront donc emballés par l'idée d'un baiser passionné sous le gui. Bon sang, ne sois pas si rabat-joie !

— Sans vouloir être la deuxième voix à gâcher votre plaisir…, intervint Tom pour qui se faire l'avocat du diable était pourtant une passion. Si cette horreur s'installe dans nos locaux, sachez que je refuse d'y être mêlé. Elle risque d'inspirer des idées tordues à nos clientes âgées. Parfois, je les soupçonne de me réclamer des livres en haut de l'escabeau roulant rien que pour pouvoir me reluquer.

Mattie pouffa, c'était plus fort qu'elle.

— Beurk ! Qui voudrait te reluquer ?

La pique était plus incisive que prévu. Tous les regards se tournèrent vers elle, emplis de reproche.

— Bien, nous creuserons l'idée du Photomaton sous le gui mais Verity aura besoin d'un récapitulatif précis des frais engendrés, ça m'a l'air compliqué, décida sagement Posy. Tom, je serais curieuse de savoir quelles surprises tu nous proposes pour le compte Twitter d'*Au Bonheur des tendres* à l'approche de Noël.

— J'ai retravaillé *Les Douze Jours de Noël* avec un thème romantique et je tweeterai une ligne par jour à partir du 13 décembre, expliqua-t-il d'une voix monocorde. Ah, et il y aura toutes sortes de jeux festifs. Listez vos romances de Noël préférées, par exemple. Ou l'un de ces jeux stupides sur Twitter où l'on utilise les hashtags en remplaçant un mot du titre par un terme en rapport avec les fêtes. Par exemple, *Guirlandes et Préjugés*, *Un long dimanche de festivités* ou *Les Hauts de Vive le vent*, et on récompensera la meilleure trouvaille. Ensuite, bien entendu, on remplacera notre avatar de Twitter par une photo de la pancarte de la boutique sur laquelle on aura installé de gros rouges-gorges qui batifolent. Et cetera.

Il termina sur le plus las des soupirs de la Création.

— Tom, ces idées sont brillantes ! s'activa Posy en griffonnant à toute vitesse ses propositions sur ses feuillets mobiles. Je ne comprends pourquoi tu prends cet air blasé.

— Parce que cette odeur de commercialisation galopante me donne la nausée, rétorqua-t-il.

Mattie sentit Tom sur le point de se lancer dans l'un de ses discours sur les dangers du néolibéralisme ou autre notion obscure contre laquelle il s'insurgeait. S'ensuivrait une longue liste de termes à rallonge dont personne ne connaîtrait la définition.

— Mon vieux, si tu es contre la commercialisation, évite de travailler dans la vente, le railla Nina.

Mais Tom ne se laissa pas rembarrer.

— Noël est un prétexte pour faire dépenser aux gens l'argent qu'ils n'ont pas en cadeaux pour des personnes qui n'en ont pas besoin, le tout prétendument au nom de Jésus, invectiva Tom. D'ailleurs, d'après les textes araméens, Jésus n'est pas né en décembre mais à une date du calendrier hébreu qui correspond plutôt au mois de septembre. Alors s'il faut vraiment chipoter…

— Mais quelle bonne idée, chipotons, marmonna Petite Sophie à l'oreille de Sam.

Tous deux échangèrent un regard dépité digne d'adolescents de seize ans au bord d'un ennui mortel.

— C'est vrai, quoi ! Un pauvre petit tweet de Noël fera-t-il vraiment grimper les ventes de livres ou sera-t-il simplement un rouage de plus dans l'engrenage capitaliste ?

Mattie agita sa jambe gauche qu'une crampe menaçait d'immobiliser. Personne n'allait donc écouter Tom ? À en juger par leurs regards vitreux, Nina scrutant ses ongles en quête d'une écaille de vernis, Posy remuant sur ses pieds gonflés d'être trop longtemps exploités et les yeux de Verity perdus dans le vague… eh bien, non. Ils n'écoutaient plus. Ne s'intéressaient plus. Ne vivaient plus.

Quelqu'un allait devoir se décider à sauver la réunion, et Mattie était tout indiquée pour cette mission.

— Pardonnez-moi de vous interrompre, mentit-elle. Mais j'ai une pâte qui lève, je suis pressée.

— Je n'avais pas terminé, aboya Tom.

Mais Mattie était armée de délicieux gâteaux festifs, il n'avait aucune chance contre elle.

— Bref, parlons gâteaux de Noël, reprit-elle en levant ses plateaux de douceurs.

À sa grande satisfaction, tous les museaux se levèrent, à l'exception de celui de Tom dont le regard était plus noir qu'une mine de charbon pendant une coupure de courant. Elle leva le plateau de sa main gauche.

— Commençons par le salé. Tartelettes au chou rouge et choux de Bruxelles cent pour cent vegan, dinde et œufs à l'écossaise parfumés à la cranberry, et j'ai remplacé la pâte habituelle de mon roulé à la saucisse par de la pâte feuilletée en y ajoutant de la sauge et du bacon fumé maison. Tenez, servez-vous !

— Je vous jure, cette période est divine, bafouilla Nina autour d'un roulé à la saucisse. C'est l'une des trois meilleures choses que j'aie jamais mises dans ma bouche.

— Tant pis si ces œufs me contrarient l'estomac, ils en vaudront la peine, dit Posy.

Ce à quoi Mattie sourit timidement, mais son sourire mourut lorsqu'elle vit la mine suspicieuse de Tom qui s'emparait d'une tartelette végétarienne.

— Ensuite, ma sélection sucrée, poursuivit-elle en brandissant l'autre plateau. Je propose des minibûches au caramel au beurre salé, des minitourtes parfumées à la clémentine et ce qui ressemble à des petits puddings de Noël alors qu'il s'agit de boules de gâteau rouge velours, détailla Mattie en faisant passer le second plateau. Tout au long du mois de décembre, j'ajouterai à cela quelques pâtisseries du jour. Par exemple, des sablés orange et cranberry, et des petits pains aux épices.

Une fois de plus, les pâtisseries furent accueillies par des soupirs de délice et de nombreux compliments, comme ceux de Verity qui affirma détester toutes les tourtes sauf celles de Mattie.

— Bien, ravie que nous ayons fait le tour, déclara celle-ci en rassemblant ses plateaux vides. Nous pourrions faire quelques photos à poster sur le compte Insta d'*Au Bonheur des tendres*. Au fait, Very, faut-il une licence pour vendre du vin chaud ?

— Je crains que oui, se lamenta Verity, bien consciente que cette charge administrative lui reviendrait.

La contribution de Mattie à cette réunion de Noël touchait à sa fin.

Elle tourna les talons, mais Posy la rappela.

— Et les cupcakes ? demanda-t-elle innocemment alors qu'elle connaissait pertinemment l'avis de Mattie concernant ces horreurs. Allez, s'il te plaît, un cupcake de Noël. Pour moi. Pour une femme enceinte.

— Je ne fais pas de cupcakes, lui rappela Mattie comme elle le faisait à intervalles réguliers depuis qu'elle avait signé le bail du salon de thé. Les cupcakes sont une fanfare de crème au beurre sur une pâte spongieuse fade et offrent une représentation rétrograde de la féminité. Bon sang, Posy, je t'ai proposé un menu entier sur le thème de Noël, alors lâche-moi avec tes fichus cupcakes.

Posy fit grise mine en caressant tristement son ventre rond. Mattie n'était qu'une méchante fille qui disait de méchantes choses aux pauvres femmes enceintes.

— C'était une simple question, marmonna ladite victime.

C'était peine perdue. Cette conversation autour de Noël et des cupcakes avait mis Mattie dans une colère telle qu'elle n'en avait pas connu depuis longtemps.

— Je sais bien, maugréa-t-elle. Mais tu sais que je déteste les cupcakes. Et je n'aime pas Noël non plus. Alors épargne-moi ça, d'accord ?

— Très bien, oublie cette histoire, se résigna Posy sans toutefois abandonner son air ronchon.

— Désolée, marmonna tout bas Mattie.

— Je croirais entendre Bourriquet, gronda Verity, les joues rouges de se voir ainsi forcée à la confrontation. Franchement, Mattie, tu détestes un tas de choses, mais j'ai du mal à en trouver une seule que tu aimes.

— C'est faux, j'aime un tas de choses, protesta Mattie, toutefois incapable d'en citer une seule, ainsi mise au pied du mur. Vraiment, un tas.

— Very a raison, renchérit Posy en abandonnant son chevalet de conférence pour se laisser choir avec soulagement dans le canapé à côté de Verity. Tu es toujours si négative. Tu n'aimes pas les romans d'amour, tu n'aimes pas Paris, ni Noël, ni les cupcakes. Or qu'y a-t-il de plus génial dans la vie que Paris, Noël et les cupcakes ?

— J'ai mes raisons, se défendit Mattie.

Et les personnes réunies autour d'elle n'avaient pas à en savoir plus sur le sujet. Elle avait beau revendiquer son salon de thé comme une principauté indépendante au sein d'*Au Bonheur des tendres*, elle avait parfois le sentiment de parler une langue étrangère à ses collègues de la librairie. Ils l'accueillaient toujours les bras ouverts, l'invitaient à se joindre à eux au pub, mais ils se connaissaient depuis des années et partageaient un passé complexe et un goût prononcé pour les romans d'amour. Il n'était donc pas étonnant que Mattie ait parfois le sentiment de les observer de l'extérieur.

Or à cet instant précis, elle avait justement le sentiment d'incarner l'ennemie, l'extraterrestre. L'incomprise dont on se méfiait.

— Ça suffit, on ne va pas se disputer pour si peu, lança Nina avec une jovialité qui ne lui ressemblait pas. C'est la saison de la bienveillance. Ne nous arrêtons pas sur le fait que Mattie *déteste* cette saison.

Tom n'avait rien dit et Mattie lui en était reconnaissante, quoique surprise qu'il n'ait pas sauté sur l'occasion de saupoudrer la conversation de ses propres piques à l'encontre de la triste Mattie qui n'aimait rien de ce qui était beau et joyeux en ce monde. Il tendit à nouveau ses jambes et prit finalement la parole :

— C'est moi le premier à détester la saison de la bienveillance et vous le savez tous. Mattie ne fait que me copier lamentablement.

Avait-elle bien entendu ? Tom aurait-il tenté de la sauver en détournant leur courroux sur lui ? Ou était-il sincèrement agacé de la voir ainsi attirer toute l'attention sur son pessimisme à l'égard des fêtes ? Comme d'habitude, cet homme était un mystère.

— J'ai ma pâte qui lève, lança sèchement Mattie (si sa pâte levait vraiment, depuis le temps, elle occuperait tout le volume de sa cuisine.) Et pour votre gouverne, j'aime un tas de trucs. Pétrir de la pâte, par exemple.

L'activité parfaite pour faire passer par ses doigts toute son agressivité envers le reste du monde.

Ils avaient fait le tour de la question et l'ambiance était à présent si pesante que Mattie s'empressa de s'éclipser pour rejoindre le cadre rassurant de sa petite cuisine. Elle traversait le rayon des Classiques et des Régence lorsqu'elle surprit la voix perçante de Nina qui affirmait :

— Je ne comprends pas pourquoi Mattie et toi vous chamaillez à longueur de journée, Tom, alors que vous avez tant de choses en commun.

— Nous n'avons rien en commun, rétorqua Tom si bas que Mattie dut tendre l'oreille pour l'entendre.

— Vous détestez tous les deux Noël et les romans d'amour, argumenta Posy.

— Je ne déteste pas les romans d'amour, c'est juste que je n'ai jamais envie de les lire…

— Quand tu prends Mattie dans tes bras, que tu lui parles tout bas, elle voit la vie en rose…

Son auditoire gloussa de bon cœur.

Tom grogna de dégoût.

— Je prendrai Mattie dans mes bras quand les poules auront des dents.

Chapitre 8

25 jours avant Noël

La réunion étant passée et Noah rentré de son voyage d'affaires, il était grand temps pour Nina de faire ses cartons. Noah fit une arrivée tonitruante en camion de location sur un grand coup de klaxon à peine la réunion terminée.

— Il lui tarde de m'avoir à nouveau rien que pour lui, se félicita Nina avec un clin d'œil tandis que son frère et son cher et tendre bataillaient dans l'escalier avec son minibar en forme de proue de bateau.

Avec un tel quota de clins d'œil à la minute, il était surprenant que Nina n'ait pas encore d'entorse à la paupière.

Comme elle libérait la plus grande chambre, Tom s'y installa. À sa décharge, il eut tout de même la décence de proposer à Mattie de la jouer à pile ou face.

— Je te la laisse volontiers, je n'ai aucune envie de déménager une deuxième fois toutes mes affaires, répondit-elle tout en aidant Nina à emballer son impressionnante collection de crèmes et de produits de beauté.

Elle possédait même un casque chauffant d'époque, rangé au fond de sa penderie.

— Comme tu voudras. La chambre placard peut nous servir de rangement. De toute façon, l'appartement n'est pas assez grand pour trois. Tu ne crois pas ? s'empressa de dire Tom avant de filer.

Mattie repensa à la maison cinq pièces qu'elle et sept autres étudiantes avaient partagée. À présent que sa querelle avec Tom autour de la grande chambre appartenait au passé, elle n'avait aucune envie de se retrouver à couteaux tirés avec lui. Ils ne tomberaient jamais d'accord sur le choix d'un troisième colocataire. Et puis, argument de taille, Mattie possédait une panoplie d'ustensiles Le Creuset en émail d'époque, une mijoteuse et une machine à pain. Tout cela dormait à Hackney chez sa mère qui menaçait de tout donner à des œuvres de charité.

— De toute façon, l'arrivée d'un troisième colocataire ne ferait qu'envenimer les choses, s'immisça Nina lorsqu'ils firent tous une pause entre ses cartons à descendre et les affaires de Tom à déplacer, pour partager une tasse de thé autour des sablés de Noël à l'orange et au cranberry. Que vous preniez une fille ou un garçon, des tensions sexuelles finiraient par émerger.

— Je ne vois pas pourquoi, s'étonna Mattie, avec un regard acéré pour Tom, qui le lui rendit. Si une fille emménageait et entamait une relation avec Tom, en quoi serait-ce mon affaire ?

Tom ne sourcillait pas.

— Parfaitement. Si un homme doté d'une patience à toute épreuve venait vivre avec nous et tombait amoureux de Mattie, et réciproquement, je serais épaté, voire stupéfait, mais ça ne me dérangerait pas le moins du monde.

— Attends un peu qu'ils grimpent aux rideaux, précisa Nina, imperturbable alors que tout le monde s'étouffait sur son sablé. Crois-moi, tu entendrais tout. Absolument tout. Je me souviens du soir où Verity…

Noah plaqua sa main sur la bouche de sa jeune épouse à l'instant même où Tom s'écriait :

— Stop ! Par pitié. Je n'ai pas envie de connaître la fin de cette phrase, sans quoi je ne verrais plus jamais Verity de la même façon.

— Bref, on ne prendra pas d'autre colocataire, conclut vivement Mattie. La petite chambre nous servira de rangement.

À la grimace de Nina, on devinait son désarroi à l'idée que cette pièce soit ainsi gâchée au lieu de servir de théâtre à un potentiel troisième personnage porteur de situations cocasses.

— C'est vous qui voyez, affirma-t-elle en regardant tour à tour Tom et Mattie. Ma belle, je sais que tu as fait vœu de chasteté mais…

Comment Mattie avait-elle pu se dire que Nina lui manquait ? Une chose était certaine, elle s'était volontiers passée de son talent pour fouiner dans les affaires des autres.

— Je n'ai pas fait vœu de chasteté. Je me suis simplement juré de ne pas gaspiller les plus belles années de ma vie à courir après des bons à rien au lieu de partir en quête de mes rêves.

— Tous les hommes ne sont pas des bons à rien, marmonna Noah tandis que Tom poussait un long soupir.

— Quant à toi, Tom, as-tu seulement déjà eu un rencard dans ta vie ? demanda Nina.

Pour le coup, Mattie tendit l'oreille, elle ne voulait rien rater de la réponse de Tom ni de sa mine soudain déconfite, comme si son col avait perdu trois tailles.

— Es-tu seulement intéressé par les femmes ? Ou préfères-tu les hommes ? Ou les deux ? Je ne te juge pas, mais je te connais depuis quatre ans et tu n'as jamais donné l'impression de vouloir tremper le biscuit.

—Nina, Nina, Nina, marmonna Noah en secouant la tête, mais plus par indulgence que par exaspération.

—Il n'est jamais trop tard pour divorcer, tu sais, lui dit Tom qui, lui, perdait clairement patience. Aucun juge au monde ne te reprochera de vouloir couper les ponts avec elle. Quelle cruauté émotionnelle!

—Je ne suis pas cruelle, je suis curieuse, nuança Nina. Si aucun de vous n'a l'intention de ramener du monde pour faire du sport de chambre, vous vous épargnez les règles de vie qui vont avec. Par exemple: « N'entre pas dans une pièce dont la poignée de porte est coiffée d'une chaussette si tu ne veux pas tomber sur... »

—Règle de vie numéro un! On ne ramène personne pour faire du sport de chambre, intervint Mattie. Ceux qui sont d'accord lèvent la main.

Tom s'exécuta aussitôt.

—Validée! Cent fois validée! En parlant de règles de vie, pourrais-tu faire la vaisselle après avoir cuisiné? Tu comprends, la cuisine est petite et...

—Je fais *toujours* la vaisselle après avoir cuisiné, rétorqua Mattie, piquée qu'on puisse l'accuser du contraire, elle qui se targuait de tenir une cuisine irréprochable. (Puis ses yeux dévièrent en direction de l'évier où s'entassaient ses ustensiles sales.) Sauf lorsqu'on me réclame des sablés avec une telle insistance que je n'ai pas le temps de nettoyer. Tu en as mangé quatre, Tom.

—Bon, d'accord. Je ne mangerai plus tes gâteaux si tu fais la vaisselle, promit Tom comme s'il était capable de s'y tenir.

C'était la pire chose qu'on ait jamais dite à Mattie. Ou en tout cas, l'une des pires.

—Parfait, siffla-t-elle.

—Parfait, répliqua Tom.

Nina sourit.

— Quelqu'un aurait-il la même impression que moi, à savoir que cette situation est loin d'être parfaite ? claironna-t-elle gaiement. J'espère que ce n'est pas une histoire de tension sexuelle mal gérée et que la raison pour laquelle vous ne voulez pas de troisième colocataire est que vous vous monterez dessus comme des lapins dès que nous aurons le dos tourné.

— Tu ne mérites même pas que je réponde, trancha Tom, glacial, en quittant le seuil de la porte de la cuisine contre laquelle il était appuyé. Si on me cherche, je suis dans ma chambre. Merci de frapper avant d'entrer.

À peine entendirent-ils la porte claquer que Nina se tourna vers Mattie.

— Je te paierai cher en échange de la moindre miette d'information sur la vie licencieuse de Tom. Ton prix sera le mien !

— Elle ne le pense pas, promit Noah en caressant doucement le menton de Nina.

— Si, insista cette dernière.

Mattie croisa les bras.

— Je suis sûre qu'il n'y a rien de licencieux à apprendre sur Tom. Et puis, qui voudrait savoir quoi que ce soit de sa vie ? s'insurgea-t-elle sur un frisson d'horreur à l'idée qu'il puisse avoir… beurk ! des relations à caractère *charnel*. De toute façon, même s'il ramenait un banc de choristes sexy dans sa chambre, je n'en soufflerais mot. Tout comme il ne dirait rien à personne si je ramenais toute l'équipe anglaise de rugby dans mon lit.

— Je ne t'aurais jamais crue intéressée par les armoires à glace, s'étonna Nina.

En effet, ce n'était pas le genre d'hommes de Mattie. Elle avait jadis fréquenté des types plutôt ténébreux et mélancoliques à qui la toque seyait parfaitement. Mais le passé était très bien où il était, elle ne s'intéressait désormais qu'au présent et à l'avenir.

Chose que Nina n'avait aucun besoin de savoir, or le seul moyen de faire claquer son bec à cette amatrice de ragots était de la battre à son propre jeu.

— En parlant de l'équipe anglaise de rugby, elle devrait arriver d'une minute à l'autre. Sans vouloir vous mettre dehors, j'aurais besoin de place pour faire ce que l'on a prévu, annonça Mattie.

Ce à quoi Nina répondit par un ululement de plaisir avant de se lever d'un bond pendant que Noah se préparait à débarrasser le plancher en vitesse.

— N'en dis pas plus, sourit Nina. C'est ceux qui en parlent le moins…

Le couple enfin parti, Tom ne mit pas le nez dehors et Mattie rangea la cuisine, ne laissant pas une miette ni une seule trace de beurre sur son passage.

À peine retourna-t-elle dans sa chambre que Tom quitta la sienne et l'appartement sans un mot. Ce n'était pas plus mal. Elle pouvait à présent prendre un bain sans craindre que Tom ne l'entende barboter (la seule idée d'avoir son corps nu séparé de Tom par une maigre porte était loin de la faire saliver.)

Ils partageaient l'appartement depuis trois jours et Tom sortait pour le troisième soir consécutif. Elle préférait le savoir dehors que chez elle lorsqu'elle s'y trouvait aussi, mais où diable passait-il ses soirées ? Préférait-il lire sur un coin de banquette dans un pub plutôt que de rester sous le même toit que Mattie ? Sortait-il avec ses potes Vanneurs ? À moins qu'il n'ait vraiment une petite amie avec qui il passait toutes ses soirées.

En faisant couler de l'eau sur une généreuse noix de son bain moussant préféré, aux figues, pour se délecter de la vapeur parfumée, Mattie se décida à penser que Tom n'avait pas de copine. Il n'aurait aucune raison de cacher son existence. Et puis, quelle femme avec un minimum de bon sens aurait envie de fréquenter un type aux habits miteux et doté d'un sérieux complexe de supériorité ?

Chapitre 9

24 jours avant Noël

Pour l'instant, Mattie n'avait pas trop de mal à éviter Tom alors même qu'ils habitaient et travaillaient au même endroit.

Elle le croisait rarement au salon de thé, excepté à 10 h 10 pétantes, horaire où il venait quémander son café gratuit. Quand elle se rendait à la librairie pour parler à Posy ou à Verity, ou pour leur offrir quelques douceurs sucrées, Tom était généralement dans une antichambre avec une cliente, ou assis sur un canapé le nez sur son iPad de service où il tenait à jour le compte Twitter de la librairie. S'il remarquait la présence de Mattie, il n'en laissait rien paraître, à moins qu'elle n'apportât des gâteaux. Et puis, il était assez facile de ne pas tomber sur lui en soirée puisqu'il sortait tous les jours, en bon fêtard qu'il était.

Mais le lendemain soir du départ de Nina, le hasard les fit se croiser dans l'escalier qui menait à leur appartement. Mattie montait d'un pas lourd, impatiente de prendre un bon bain avant d'aller se coucher, et Tom descendait, son vieux Nokia collé à l'oreille. Ils se plaquèrent immédiatement aux murs opposés pour éviter tout contact. Mattie préférait se blottir contre la rampe que de risquer de le frôler.

— J'arrive dans dix minutes, disait Tom au téléphone en lui passant à côté. Je suis presque au métro.

Menteur, ton nez s'allonge, pensa Mattie très fort avant de se surprendre à évaluer les dimensions du nez de Tom, et donc de ses mains, ce qui présageait… Non ! Stop ! La porte claqua, chassant les pensées impures de Mattie.

Elle se prépara une omelette plus chargée de fromage que d'œufs et agrémentée de champignons de Paris, puis s'installa au salon avec son assiette, un grand verre de vin rouge et Netflix. Elle ne profitait pas de vivre en plein centre de Londres, la faute à tous ses amis qui ne travaillaient pas à la librairie : tous célibataires, ils ne pensaient qu'à se rendre à des endroits où ils pourraient rencontrer des gens qui les rendraient moins célibataires. Or Mattie était très heureuse toute seule. Passionnément heureuse, le cœur en lieu sûr dans sa poitrine où personne n'allait venir le briser.

Échanger des regards avec un inconnu dans un bar, le laisser vous offrir un verre ou lui en payer un en retour, flirter et s'accorder sur une date pour un rencard, c'était bien beau, mais une chose en entraînant une autre, vous aviez vite fait de l'accueillir dans votre vie et de le laisser la retourner, la détruire, et discréditer tout ce qui vous tenait à cœur.

Cerise sur le gâteau, avec la saison des fêtes en approche, Mattie ne rencontrerait que des types vêtus d'affreux pulls en laine aux motifs de bonshommes de neige, rouges-gorges et autres horreurs festives. Ils s'octroieraient des libertés sous prétexte que c'était la saison des fêtes. Non, Mattie préférait encore passer la soirée chez elle, à s'efforcer de ne pas laisser le fil de ses pensées à présent moroses gâcher le plaisir de son vin, de son fromage fondu et de son nouvel épisode de *The Crown*.

Mais si passionnante que soit l'histoire d'Elizabeth et Philip, son esprit dérivait. Pas seulement à cause de mauvais souvenirs sur lesquels elle refusait de s'appesantir, mais parce que le salon avait changé.

L'absence du minibar et de la table basse de Nina aurait pu lui donner un aspect déserté, mais il ne faisait pas vide pour autant. Les étagères nichées dans les alcôves de chaque côté de la cheminée étaient jadis chargées des livres de Verity et Nina. (« Ils ne sont pas tous là », s'évertuaient-elles à préciser, comme si le fait d'en manquer serait un sacrilège.)

Après le départ de Nina, les étagères s'étaient vidées mais voilà que celle de gauche était à nouveau remplie. Des livres de Tom, de toute évidence. Sans doute des volumes académiques fastidieux que Mattie n'aurait aucun intérêt à lire, elle qui n'aimait pas les livres – encore que *Passion et Pâtisserie au petit café parisien* ait réussi à l'accrocher, et elle avait depuis entamé *La Boulangerie de la rue du Bouton d'Or*. Elle ignorait qu'il existait tout un genre littéraire romantique autour de jeunes femmes tenant des pâtisseries et, bien malgré elle, Mattie se laissait séduire.

L'étagère de Tom ne contenait certainement aucune romance, mais il n'y avait qu'un moyen de le vérifier. À son retour de la cuisine où elle était partie récupérer un dessert (des restes du pudding au pain perdu qu'elle avait préparé au salon pour recycler les pains au chocolat invendus de la veille), elle s'amusa à découvrir quelle littérature faisait chavirer son colocataire.

Ô surprise ! On trouvait toutes sortes de bouquins verbeux rédigés par de grands penseurs. La collection presque complète des Sigmund Freud. Une quantité de volumes sur la « Théorie critique », bon sang ce que cela pouvait avoir l'air barbant. Et un nombre surprenant de livres centrés sur le féminisme. *Défense des droits de la femme*, *La Dialectique du sexe*, *La Femme eunuque*, *Sexual Personae*, *Quand la beauté fait mal*, ou encore *Comment devenir femme* de Caitlin Moran. Mattie s'empara de ce dernier livre de la rangée car il était le seul qui lui parût digne d'intérêt et, qui plus est, dont l'écriture était *a priori* lisible.

La présence de ces volumes faisait-elle de Tom un féministe ? Les hommes pouvaient-ils être féministes ? Mattie supposait que oui, mais au vu de l'attitude de Tom, de ses vêtements et de sa façon de parler évoquant les lointaines années 1930, on peinait à croire qu'il puisse avoir des idées progressistes. En même temps, il travaillait entouré de femmes dans une librairie consacrée aux fictions romantiques. Mais qu'en était-il des Vanneurs, dans ce cas ?

Si agaçante que soit cette pensée, Mattie devait admettre que Tom demeurait un mystère. Elle rangea *Comment devenir femme* sur son étagère. Ce n'était pas parce qu'il avait disposé ses livres dans une pièce commune que cela autorisait Mattie à fureter dans ses affaires et à rapporter à Posy, Verity et Nina que Tom possédait une copie bien usée d'un livre intitulé : *Speculum de l'autre femme.* Beurk, quelle horreur ! En réalité, le livre était signé d'une théoricienne française féministe, et il ne s'agissait pas un manuel de santé sur les parties génitales féminines, mais malgré cela, Mattie préféra laisser les livres de Tom à leur place. Elle n'était pas certaine de supporter d'autres découvertes sur la vie de Tom en dehors d'*Au Bonheur des tendres.*

Elle s'apprêtait à retourner à sa série sur la famille royale quand un livre lui sauta aux yeux. Un gros volume relié de cuir portait des lettres d'or sur sa tranche.

« Tom Greer ».

Quoi ?! Tom avait écrit un livre ! Il s'était bien gardé d'en parler, or si Mattie n'allait pas fouiner, elle n'était pas non plus une sainte. Tom avait publié un bouquin ! Elle le sortit de l'étagère pour jeter un œil sur le titre de la couverture.

La Fin du chic type

Le rôle du mâle alpha et les effets du féminisme dans la fiction romantique

Tom Greer

— Nom d'un chien ! marmonna Mattie.

Elle venait de toucher le jackpot. Le Saint-Graal. Si quelqu'un voulait connaître une info croustillante sur Tom, la voilà. Sa thèse dont tout le monde parlait mais ne savait rien était consacrée à la romance !

Mattie s'enfonça dans le canapé avec son précieux trésor et tourna la couverture de ses doigts tremblants. La seule page des remerciements était fascinante. Tom avait des parents, Jerry et Margot – qui l'eût cru ?! Il remerciait son directeur de thèse, le personnel de la Bibliothèque nationale et le Senate House, et dédiait tout le bazar à « Mon mentor, ma patronne, ma référente, mais surtout mon amie, Lavinia Thorndyke ».

Ce n'était pas la première fois que Mattie regrettait de ne pas avoir connu Lavinia, même si l'ancienne patronne d'*Au Bonheur des tendres* semblait de la trempe de ces gens capables de vous cerner d'un seul regard. Mattie n'était pas certaine que cette personne respectable aurait trouvé chez elle quoi que ce soit digne d'un grand intérêt. Contrairement à Tom, auteur d'un ouvrage complet sur la fiction romantique !

Il donnait toujours l'impression de n'avoir rien lu, quoique Nina le soupçonne de lire en cachette. Et il n'écrivait pas seulement sur la romance, mais sur les mâles alpha, or Tom était loin d'en être un. Il n'était même pas un mâle bêta. Il était plutôt… Comment s'appelait la dernière lettre de l'alphabet grec ? Mattie vérifia rapidement sur son Smartphone. Oui, voilà. Tom était un mâle omega. Voilà qui promettait d'être juteux, songea Mattie en feuilletant le volume pour arriver au premier chapitre…

Quinze minutes plus tard, elle rejeta le livre sur le canapé d'un geste frustré. Elle ne comprenait pas un traître mot de ce qu'il racontait, et le peu qu'elle saisissait se résumait aux mots de liaison.

Tom usait de termes qu'elle n'avait jamais croisés auparavant. « Hédonisme ». « Poststructuralisme ». « Épistémologie ». Ce dernier mot lui évoquait à coup sûr quelque détail gore d'une femme au bord de l'accouchement.

Elle ramassa la thèse de Tom et se rendit à un chapitre au hasard. « Le Stylo, plus puissant que le pénis – castration d'un symbole phallique. »

« Le phallus tout-puissant présente un symbole tenace dans la littérature romantique. Depuis les livres Régence, où les héros ont l'esprit aussi aiguisé que leur rapière, jusqu'aux chefs d'entreprise virils des romans érotiques des années 1980 dans leurs gratte-ciel, la représentation littérale de sa masculinité…

« … misogynie agressive de l'acte sexuel. Lorsque son protagoniste la dépucelle, l'auteur use de la métaphore militaire d'une armée conquérante. Elle est envahie, ses droits et son autonomie lui sont dérobés… »

« … mais cinquante années de féminisme et les rôles en constante progression entre les sexes ont permis l'avènement d'un mâle alpha édulcoré. Pour gagner le cœur de sa dame, il doit opérer une autocastration, s'adoucir, gagner de l'empathie sans jamais tomber dans la mollesse. Il doit mêler avec séduction souplesse, docilité et dureté inflexible pour savoir satisfaire et combler les besoins d'une partenaire qui… »

Ça suffit! Mattie se leva d'un bond, les joues rouges comme sous un soleil de plomb. Elle se précipita à la fenêtre à guillotine, attrapa le taquet non sans mal, souleva le châssis et sortit sa figure bouillonnante dans l'air nocturne délicieusement rafraîchissant. Un soulagement qui n'était toutefois pas à la hauteur de celui qu'apporterait un mâle alpha de littérature romantique des temps modernes qui, d'après Tom, pouvait à la fois voir la femme comme son égale sur le plan intellectuel et lui faire l'amour avec une passion débordante.

— Oh, misère !

Mattie sortit la tête tout entière par la fenêtre et attendit de descendre en température avant de rentrer au chaud. Elle retourna alors au canapé, récupéra la thèse de Tom et la glissa dans son espace vacant sur l'étagère. Rien que ce geste évoquait une scène sordide tirée de quelque fiction paillarde située dans un lointain passé, écrite dans les années 1980 avant que la romance ne cherche à redorer son blason, à en croire les dires de Tom.

Et cette bibliographie… Mattie n'était pas grande connaisseuse du genre – hormis son récent coup de cœur pour les histoires de pâtissières en mal d'amour – mais elle reconnaissait tout de même les grands titres listés par Tom. *Cinquante Nuances de Grey*, *Nuits secrètes*, *Les Hauts de Hurlevent*, ou encore le journal de cette fichue Bridget Jones.

Tom était l'hypocrite du siècle avec ses grands airs et ses manières ampoulées, à faire croire à tout le monde qu'il était au-dessus de ces histoires à l'eau de rose et ne travaillait dans une boutique spécialisée dans le genre que parce qu'il avait Posy dans la poche et pouvait se permettre tout et n'importe quoi avec sa patronne. Eh bien tout ça, c'était terminé !

Posy, Verity et Nina voulaient du croustillant sur Tom ? Voilà qui devrait les scotcher.

Cette nuit-là, Mattie peina à trouver le sommeil, trop excitée à chercher la meilleure tournure pour annoncer la nouvelle. Elle avait envie de préparer un gâteau dont le glaçage annoncerait : « La thèse de Tom était consacrée à la romance », mais pour une si longue phrase il faudrait un gros gâteau.

Force est d'admettre que son insomnie n'était pas sans rapport avec l'image qu'elle se faisait de Tom plongé dans ses lectures coquines, puis curieux d'utiliser ses nouvelles connaissances à des fins extérieures à la rédaction de sa thèse. Vers 3 heures du matin, Mattie dut se lever pour retourner prendre l'air à la fenêtre…

Chapitre 10

23 jours avant Noël

Le lendemain matin, Mattie reprenait peu à peu ses esprits en formant ses croissants (à l'aspect étrangement phallique) tout en menant une conversation avec sa mère sur haut-parleur.

— Tu as pensé aux rencontres sur Internet ? demanda sa mère. (Une question qui revenait régulièrement lors de leurs appels matinaux.) Et cette application, Pécho. Même Charlotte s'est créé un compte alors qu'elle préfère les chevaux aux hommes. C'est ta tante qui a lâché le morceau.

La cousine de Mattie, Charlotte, aimait autant les chevaux qu'elle aimait ses semblables. À l'enterrement de vie de jeune fille d'une autre cousine, une soirée arrosée par de trop nombreux Martini, elle avait confié à Mattie : « Je chevauche les hommes pour le plaisir et les étalons pour la gloire. »

— J'envisagerais Internet si je souhaitais rencontrer quelqu'un, or ce n'est pas le cas. On en a déjà parlé, se défendit Mattie en regardant ses croissants phalliques avec désarroi. Quant à cette application, elle a été créée par le mari de Posy, je préfère donc garder mes distances.

— Dommage, soupira sa mère. Ma seule fille, jeune, belle, au cœur pur, a baissé les bras en amour.

Sandrine, la mère de Mattie, était française et avait une idée bien arrêtée sur l'amour et sur la façon dont chacun devait prendre soin de lui. Pour elle, une femme n'était jamais totalement habillée sans une pointe de Chanel n°5.

— J'ai essayé, ça n'a pas marché, rappela Mattie en enfournant sa première grille de croissants. On en a parlé des milliers de fois. Je me concentre sur ma carrière et suis très heureuse ainsi.

— Pfff, tu n'es pas heureuse. Guy est d'accord avec moi. On lit la tristesse dans ton regard, *ma petite Mathilde**. Et puis, à ton âge, une femme doit pouvoir faire l'amour au moins une fois par jour. Ça fait des miracles sur le teint.

— Je vais raccrocher, prévint Mattie en attrapant la deuxième grille. Mon teint se porte très bien, à merveille même. Je mets un masque exfoliant deux fois par semaine.

Sa mère n'allait pas si facilement lâcher l'affaire.

— On ne peut pas abandonner *l'amour** à cause d'un sale type, d'une seule mauvaise expérience. Celui-ci t'a brisé le cœur, mais le jour où tu rencontreras le bon, celui-là saura recoller les pièces du puzzle.

— Mon cœur va très bien, quoiqu'il batte un peu vite parce que tu m'énerves, maman, s'agaça Mattie.

— Je viendrai te voir au salon avec le jeune homme qui est venu tailler l'arbre dans ma cour. Il bloquait la vue de notre chambre d'amis. Nous nous installerons à l'une de tes tables et boirons des litres de thé jusqu'à ce que tu acceptes un rencard avec ce charmant garçon.

— Salut, maman. Bonne journée. Et si tu t'approches à moins de cinquante mètres de mon salon, j'appelle les flics, menaça Mattie, presque sérieuse.

---

* En français dans le texte original. (*NdÉ*)

Sandrine n'avait reçu l'autorisation d'approcher Rochester Mews que pour l'ouverture officielle du salon de thé et en avait profité pour humilier autant Mattie que sa propre personne. Elle avait pleuré tout le long du discours de sa fille, qui avait été assez touchant, puis avait pris Posy et Sebastian à part pour leur demander comment Posy gérait la cystite. « On l'appelle le virus de la lune de miel », lui avait-elle raconté. Posy était devenue rouge comme une pivoine et Sebastian avait manqué de s'étouffer sur une profiterole du croquembouche de Mattie. « Après notre mariage, j'ai passé deux semaines sous la couette avec le père de Guy et Mattie. Quand j'ai voulu me lever, je pouvais à peine marcher. C'était un amant merveilleux, si nul soit-il dans le rôle de mari. »

Après quoi Mattie avait mis sa mère dehors et n'avait plus osé regarder Posy dans les yeux pendant une bonne semaine. Depuis, Sandrine était bannie. Elle aurait fini par raconter à tout le monde les tenants et les aboutissants de l'histoire qui avait brisé le cœur de Mattie, mais sans que cela parte d'une mauvaise intention, car elle n'avait pas un mauvais fond.

Prise d'une honte glaçante, Mattie s'imagina Sandrine assise sur l'un des canapés à expliquer à Nina, Posy et Verity pourquoi Mattie passait ses soirées à cuisiner des douceurs au lieu de les recevoir de la part d'un charmant jeune homme. Elle avait droit à son jardin secret. Comme tout le monde.

Même Tom. Elle ignorait pourquoi il cachait ses centres d'intérêt académiques à ses amis et collègues, mais c'était son droit. Mattie devait le respecter.

Malgré tout, elle continuerait sa quête : percer à jour l'énigme Tom Greer. Elle l'avait toujours eu dans le nez, mais à présent, elle était moins agacée par ses airs supérieurs et sa consommation de cafés gratuits que par le fait qu'elle n'arrivait pas à le cerner.

Tom était comme une recette capricieuse. Pour parfaire son brownie des cœurs brisés, c'était après trente-trois tentatives infructueuses qu'elle avait touché au but en ajoutant des noix de pécan écrasées pour développer la production de sérotonine. Alors non, tant que Tom resterait un mystère, elle ne lâcherait pas l'affaire.

Mais à l'approche menaçante de la tornade de Noël qui fonçait droit sur elle comme le rocher dans *Indiana Jones*, Mattie dut admettre qu'elle avait d'autres chats à fouetter. Pendant qu'elle enfournait ses croissants et débattait avec Sandrine, l'équipe d'*Au Bonheur des tendres* s'échinait à transformer la librairie en pays des merveilles de Noël. Dix heures sonnèrent. Inquiète de ne voir aucun collègue venir réclamer son café, Mattie traversa les antichambres et découvrit que Posy et Nina ne s'étaient pas contentées de trois guirlandes et de quelques cartes de vœux signées de leur fidèle clientèle. Oh, non. Les fêtes avaient débarqué en ville tambour battant et posé leurs valises à la librairie.

Des babioles et tout un attirail coloré étaient dispersés partout. Un immense sapin dont les mesures concurrençaient celui de Trafalgar Square était dressé au centre de la grande salle, orné de boules et de guirlandes électriques aux tons rose et gris pour rappeler les coloris de la boutique.

— J'ai une envie folle d'ajouter d'autres couleurs, se renfrognait Nina, en mode Noël poussé à l'extrême tandis que Posy avait visiblement opté pour une petite pause.

À l'arrivée de Mattie, plantée là une théière dans une main et un plateau de sa première fournée officielle de tartelettes à la clémentine dans l'autre, Verity refusait catégoriquement à Nina une vitrine représentant la scène de la Nativité avec des livres.

— Tu ne peux pas mettre *Bridget Jones Baby* à la place de Jésus, s'indignait Verity. C'est une insulte.

— Tu dis ça parce que tu es fille de pasteur, rétorqua Nina.

Mais cette fois Verity ne mordit pas à l'hameçon.

— Non, je le dis parce que j'ai un minimum de goût. Tu n'es pas d'accord avec moi, Mattie ?

— Certains ne fêtent même pas Noël, répondit simplement celle-ci.

Ce à quoi Posy répondit par un grognement agacé avant de s'emparer d'une tartelette.

— Noël n'a plus grand-chose à voir avec la naissance de Jésus, dit la patronne. C'est surtout l'occasion de se retrouver en famille et d'égayer la tristesse d'un hiver accablant.

— Des fadaises pour sentimentaux, lança Tom depuis la caisse où il servait une cliente. (Et, contrairement à ses trois collègues, il ne portait pas de faux bois sur la tête – après ses récentes découvertes, Mattie avait du mal à se résoudre à regarder dans sa direction.) Sois franche, Posy, et admets que la seule raison pour laquelle je respire de la fausse neige à longueur de journée est que tu souhaites faire grimper tes bénéfices.

— Mes bénéfices paient ton salaire, mon vieux, rétorqua Posy en se resservant une tartelette.

— Il y a des gens pour qui Noël n'évoque pas de retrouvailles en famille, ce n'est qu'un rappel de tout ce qui manque dans leur vie, déclara Mattie avec emphase en détaillant l'orgie de lumières et de fanfreluches qui habitait ce qui était autrefois une modeste librairie. Pour eux, la moindre publicité de Noël, la moindre carte de vœu à l'effigie de bûches qui brûlent dans une cheminée, le moindre mail avec des idées de cadeaux pour leur cher et tendre, sont autant de poignards en plein cœur. Le monde regorge de gens seuls et Noël ne fait que renforcer leur solitude.

— Bien envoyé ! s'exclama Tom qui grimpait à l'escabeau roulant. Je n'aurais pas dit mieux.

C'était la chose la plus gentille que Tom lui ait jamais dite. Mattie s'autorisa un petit sourire en coin. Posy se tourna vers elle, reposa les yeux sur la tartelette dans sa main, et regarda Tom. Celui-ci s'indignait contre Nina :

— Tu ne crois pas que tu as mis assez de gui ?

Posy reposa sa tartelette sur le plateau.

— Vous gâchez Noël, vous deux ! Voilà, j'espère que vous êtes contents de vous !

L'après-midi était bien entamé lorsque les antichambres eurent droit à leur lot de rose et de gris sous forme de fanions et banderoles qui pendaient gaiement des étagères entre des étoiles roses et grises de toutes tailles suspendues au plafond. Nina avait également mis en place une vitrine de Noël de substitution avec des piles de livres emballés dans du papier cadeau. Elle prévoyait une vitrine bien plus ambitieuse que celle-ci avec un sapin entièrement constitué de livres. Mais pour cela, il allait falloir attendre de pouvoir se rendre dans un entrepôt spécialisé dans des décorations adaptées aux boutiques, dans le quartier de Deptford, où elle pourrait dégotter d'autres équipements en accord avec le thème de la librairie.

— Et maintenant, le salon ! annonça-t-elle en pénétrant sur le territoire de Mattie avec un carton rempli de babioles de Noël et une mine déterminée. Puisqu'on brime mon inspiration débordante à la boutique, je viens me lâcher ici.

— Oh, vraiment ? répondit Mattie en contenant son sarcasme autant que possible.

Avec Nina, il fallait savoir rester vague, ne jamais affirmer ouvertement quoi que ce soit pour pouvoir, plus tard, être en mesure de nier. Une technique qui ne fonctionnait qu'une fois sur trois.

—Oui, vraiment, claironna Nina avec le regard brillant du missionnaire zélé. J'ai eu une idée… Ne me regarde pas avec ces yeux de merlan frit, Mattie, et attends de savoir ce que j'ai à dire. Le salon de thé pourrait évoquer… Tu vas voir, c'est génial…

—Si mon cœur fragile ne me tue pas d'abord, c'est ce suspense qui aura ma peau, chuchota Cuthbert à l'oreille de Mattie, qui dut se crisper pour réprimer un fou rire.

—… une station-service pour rennes. Après tout, tu ravitailles tout le monde en nourriture et boisson, pas vrai ?

—Intéressant, jugea calmement Mattie tandis que ses tempes palpitaient. Très intéressant.

—J'ai pensé que tu pourrais adapter tout ton menu au thème des rennes. Tu as Tonnerre, Éclair, Furie, Danseuse… et bien d'autres. (Nina fit claquer ses doigts.) Ah, je les ai sur le bout de la langue.

Elle fouilla dans sa mémoire tout en agitant son piercing à la langue, un geste qui avait le don de rebuter Mattie.

—Rudolphe ? tenta Cuthbert en saupoudrant de chocolat un cappuccino bien chaud avec un pochoir en forme de sapin de Noël qu'il avait acheté de son plein gré.

Sans en parler d'abord à Mattie.

Il avait également apporté un vieux poste radio-cassette avec lequel il soumettait Mattie et toute la clientèle du salon à l'épreuve de tubes de Noël qui tournaient en boucle. Mattie n'arrivait pas à se résoudre à lui dire que si *Mary's Boy Child* de Boney M passait une seule fois de plus, elle s'en arracherait les cheveux.

—Pas de doute, tu nous donnes matière à réfléchir, dit-elle en souriant à un client venu payer sa note.

—Il n'y a pas que Rudolphe, insista Nina en balayant la salle d'un regard avant de se pencher sur son iPad. D'ailleurs, il faudra retirer deux ou trois tables.

Mattie et Cuthbert échangèrent un regard médusé. Apparemment, même Cuthbert, si entiché des fêtes soit-il, avait ses limites.

— Je ne suis pas sûr que ce soit une bonne idée, s'aventura-t-il.

— Il faudra bien, sinon comment faire entrer trois rennes grandeur nature ? se lamenta Nina au grand dam de Mattie qui avait gardé espoir que cette idée de rennes tomberait aux oubliettes. Ne me regarde pas comme ça, Mattie. Grandeur nature, ça ne veut pas dire immenses. On pourrait mettre un bébé renne avec son papa et sa maman. Ce sera trognon ! Le vendeur de Deptford m'a précisé qu'il faudrait les choisir aujourd'hui avant 18 heures. Il faut donc se mettre d'accord sur l'emplacement. Peut-on retirer les deux tables près de la fenêtre ?

La limite était franchie.

— Non. Et c'est un non catégorique, trancha Mattie avec une fermeté inhabituelle. Une seule table en moins me ferait perdre cinq cents livres par semaine. À moins que tu n'aies l'intention de me les rembourser ?

— « Cinq cents livres » ? Mais les gens viennent siroter un minuscule café pendant une heure, tu ne peux pas te faire cinq cents livres par table, contesta Nina en regardant autour d'elle.

Il était 16 heures un jeudi après-midi et toutes les chaises étaient occupées. Personne ne faisait durer le café plus longtemps que de raison. Mattie aurait été vexée de savoir qu'on pouvait venir au comptoir commander un café et résister à la tentation des délices exposés en vitrine. Les clients installés à la table dans le coin, par exemple, avaient commencé avec du salé et en étaient chacun à leur deuxième part de gâteau, or ils n'étaient là que depuis une demi-heure.

— Et puis, trois rennes ? Tu mets à l'épreuve notre respect de la charte de sécurité sanitaire, poursuivit-elle, toujours avec la même fermeté.

— Bon, alors deux ?

— Non, zéro ! insista Mattie.

Nina poussa un soupir en rejetant la tête en arrière.

— Tu pourrais au moins m'en céder un !

— Bon, très bien. Un renne.

La mine de Nina s'illumina.

— C'est vrai ?

Mattie hocha la tête.

— Un tout petit, pas plus grand que ça, précisa-t-elle en écartant son pouce et son index de cinq bons centimètres. Tu pourras l'installer sur la grande vitrine de mon comptoir. Génial, non ? Tout le monde est content. Tu es content, Cuthbert ?

— Ravi ! cria celui-ci par-dessus le ronronnement de Jezebel dont il tirait six cafés avec la maîtrise raffinée d'un chef d'orchestre. Même s'il faut admettre qu'un bébé renne aurait été craquant. (Mattie se promit de rappeler plus tard à Cuthbert qu'ils étaient censés être dans le même camp.) Mais les enfants auraient envie de grimper sur son dos, glisseraient, se fendraient le crâne, tomberaient dans le coma et en mourraient. On va donc éviter de risquer un procès.

— Précisément, renchérit Mattie.

Leur collègue n'avait pas dit son dernier mot.

— Je vais chercher Posy, gronda-t-elle.

Cinq minutes plus tard, Nina reparut avec une Posy au bout du rouleau qui se laissa aussitôt choir sur une chaise tout juste libérée.

— J'ai mal partout, maugréa-t-elle en guise de bonjour.

Si le ministère de la Santé voulait organiser une campagne contre le phénomène des ados mères, il n'avait qu'à lancer

Posy Morland-Thorndyke en tournée dans les lycées pour lui faire énoncer la liste de ses maux.

— Nina m'a tout expliqué, or je refuse qu'il y ait le moindre renne dans ce salon. Pas même un bébé renne !

La nouvelle était surprenante mais fut accueillie avec enthousiasme.

— Alléluia ! s'exclama Mattie en joignant les mains vers le ciel. Écoute, je sais que nos décorations de Noël sont sommaires…

— Inexistantes, tu veux dire, clarifia Nina.

Elles se résumaient en fait à une guirlande solitaire punaisée devant le comptoir par Cuthbert pendant que Mattie avait eu le dos tourné en cuisine, et au bonnet rouge de Cuthbert auquel il tenait tant.

— J'accepterai volontiers quelques guirlandes roses et grises choisies avec goût, mais elles devront être ignifugées. En outre, je ne tolérerai rien sur mon comptoir, où l'on sert de la nourriture. Et j'insiste sur le « avec goût ».

— Je suis la reine du bon goût et tu le sais, se défendit Nina alors qu'elle admettait elle-même ce matin-là ne pas connaître la frontière entre kitsch et raffiné. Mais c'est d'accord, je te promets quelque chose de basique et rasoir, puisque tu fais partie de ces gens qui brident sans cesse ma créativité.

— Écoute, le plus important, c'est que mes nouvelles recettes de Noël font déjà un tabac. Tu vas pouvoir les prendre en photo et les poster sur le compte Instagram de la boutique. Regarde ! J'ai même dessiné des branches de gui sur le tableau, offrit Mattie en désignant les menus écrits sur le mur derrière le comptoir.

Elle n'était pas hostile à tout et se montrait même prête à quelques efforts pour les fêtes si cela pouvait lui rapporter quelques marges de profit.

— Bon, ça se passe mieux que je ne le pensais, conclut Posy en posant une main au creux de ses reins. En parlant de Noël, puisque j'ai traîné ma carcasse jusqu'ici, tu pourrais faire un cupcake sur le thème des fêtes… Allez, pour me faire plaisir. Dois-je te rappeler qu'un être humain grandit en moi ? Ça devrait me rapporter quelques avantages, y compris un fichu cupcake !

Présenté ainsi, Mattie pouvait difficilement dire non. Refuser à une femme enceinte en pleine souffrance un misérable cupcake, il n'y avait rien de plus cruel au monde. À part peut-être maltraiter des chatons.

Mais.

Posy ne s'arrêterait pas là. Puisqu'elle aurait eu ce qu'elle voulait à Noël, elle en réclamerait un sur le thème de la Saint-Valentin. Et puis Pâques, tant qu'on y serait. Et la fête des Mères. Et parce qu'il ferait moche et que le monde raffolait des cupcakes !

— Non, Posy ! Non, c'est non. Je déteste les cupcakes, insista Mattie avec véhémence. Je déteste ça, et je déteste Noël, et bordel, je déteste Paris plus que tout au monde !

— Qu'est-ce que Paris vient faire dans cette histoire ? s'étonna une voix masculine.

Celle de Tom.

Depuis une demi-heure, ces histoires de rennes et de cupcakes avaient réussi à sortir Tom et ses métaphores phalliques de l'esprit de Mattie. Elle baissa les yeux sur son comptoir pour ne pas avoir à croiser son regard, tomba sur le concombre qu'elle avait commencé à découper pour les sandwichs avant l'arrivée de la tornade Nina, et rougit.

— Oubliez Paris et revenons sur le fait que je refuse catégoriquement de servir des cupcakes dans cet établissement, marmonna-t-elle. (Voyant la lèvre tremblotante de Posy, Mattie regretta la douce période avant sa grossesse, quand Posy ne fondait pas en larmes au moindre regard de travers.) Écoute, je te promets un délicieux thé aux feuilles de framboisier pour ton mal de dos. Je te l'apporterai à la librairie avec une part de tarte aux pommes et au caramel.

— Bon, d'accord, renifla Posy en mordillant sa lèvre frémissante.

Tom l'aida à se relever sur un grognement peu courtois.

— Je peux aussi avoir du gâteau ? réclama Nina.

— Non, lui siffla sévèrement Tom. On est attendus dans cet horrible entrepôt où s'entassent des horreurs de Noël. Cet endroit est mon pire cauchemar.

— Toi et Mattie débordez d'ondes négatives pour les fêtes, leur reprocha Nina. Vous devriez passer Noël ensemble, tiens !

Une idée qui les fit tous les deux grimacer, en plus de quoi Mattie vira au rouge écarlate. *Ne pas penser à de la saucisse en croûte, de la bûche ou toute autre recette de Noël potentiellement phallique*, s'intima-t-elle en s'éventant avec un menu plastifié.

— Tu pourrais bouger tes fesses et rejoindre ta fichue camionnette, c'est toi qui as tenu à la louer, ronchonna Tom.

Il chassa Nina hors du salon et cette dernière lui tira sa langue percée. Mais miracle, elle accepta de s'éloigner du comptoir et, ô grand soulagement, partit vers les portes vitrées qui la ramèneraient à la librairie.

Chapitre 11

23 jours avant Noël

Mattie venait tout juste de terminer la préparation de sa pâte pour le lendemain quand elle entendit frapper à la porte du salon. De surprise, elle manqua de se couper le bout du doigt avec son couteau. Il était 20 heures passées, la librairie et le salon de thé étaient fermés et Tom et Nina n'étaient toujours pas rentrés. Elle passa la tête hors de sa cuisine et aperçut une ombre lui faisant signe derrière la vitre de la porte d'entrée. C'était forcément quelqu'un de bien car les méchants n'avaient pas le code du portail électrique (réparé depuis ses récents déboires).

Tom avait dû oublier sa clé. Quoiqu'il ne soit ni méchant, ni vraiment quelqu'un de bien, se fit-elle la réflexion en allant ouvrir. Mais ce n'était pas Tom. Elle fut accueillie par le sourire béat de l'Archevanne, dont elle se trouva bien incapable de se rappeler le vrai prénom.

— Salut, lui lança-t-elle sur un grand sourire supposé masquer sa gêne. Tom n'est pas encore rentré.

— Mattie, tu es encore plus belle que lors de notre première rencontre, s'épancha-t-il. (Ce qui était faux puisqu'elle venait d'avoir un petit accident avec un sac de sucre glace qui lui donnait le teint gris.) Tom m'a envoyé un message pour dire qu'il serait en retard. Que lui et la tout aussi sublime Nina devaient passer chez *Beigel Bake.*

Pourquoi Tom mettait-il un point d'honneur à déguster les pâtisseries de tout Londres excepté celles de Mattie ? Certes, *Beigel Bake* faisait les meilleurs bagels de la ville, et le meilleur pain de seigle aussi, aux graines de carvi, parfait pour des tartines de fromage frais accompagnées de saumon fumé. Mattie sortit son téléphone de son tablier pour en passer commande auprès de Nina.

— Tom m'a dit de monter l'attendre en haut mais…, bredouilla l'Archevanne, en perte de sourire et d'assurance. Je… si ça te met mal à l'aise… on se connaît à peine… je peux l'attendre dans un pub, si tu préfères.

— Attends-le en haut, ça ne me dérange pas. J'allais justement monter. Je te sers une tasse de thé, hum… ?

Une pause. Il comprit le message.

— Avec plaisir, merci. Et c'est Philip, ou Phil, rappela-t-il tandis qu'elle le conduisait à la porte.

Quinze minutes plus tard, Phil était installé à la petite table de la cuisine à l'étage et tentait tant bien que mal de faire des avances à l'imperturbable pâtissière entre deux gorgées d'un thé si corsé qu'il était presque noir.

— Ton père travaillait dans l'armée, non ? Parce que franchement, t'es canon !

Mattie ne put se retenir de pouffer. Mais Phil ne lâchait pas l'affaire.

— Bon, d'accord. Alors ton père était trafiquant d'armes parce que… t'es une bombe !

D'habitude, lorsqu'un type insistait pour la draguer alors qu'elle s'y montrait ouvertement hostile, Mattie avait tendance à se hérisser et à répliquer quelque phrase cinglante.

Mais dans l'immédiat, elle était plus amusée qu'agacée. Si l'on oubliait les pectoraux et biceps trop développés et ce tee-shirt décolleté de mauvais goût (c'était le mois de décembre, bon sang, il allait attraper la mort !), Phil n'était pas désagréable à regarder. Il avait un sourire affable et des yeux d'un bleu étonnant, qui compensaient sa petite taille et la tonsure de ses cheveux de sable qui gagnait du terrain en haut de son front.

— Pour tout te dire, Phil, mon père est parti avec notre voisine quand j'avais six ans et en est à sa quatrième femme. Ils tiennent un gîte à Saint Ives, répondit-elle calmement.

Elle aimait beaucoup son père malgré ses nombreux défauts, mais son affection pour lui tenait plus à son absence qu'à la moindre attention qu'il aurait pu avoir pour se faire aimer de sa fille.

— Mais dis-moi, ces répliques de dragueur fonctionnent, d'habitude ?

Phil opina vigoureusement.

— Chaque fois. Les nanas adorent ça. Elles se bousculent au portillon.

Mattie plissa les lèvres pour ne pas rire et se leva pour prendre la boîte de sablés récupérée du salon.

— Tu en es vraiment sûr ? Je te ressers un peu de thé ?

Un deuxième thé et deux biscuits à l'orange et au cranberry plus tard, Phil vidait tout son sac à Mattie. Ses sablés étaient aussi magiques que du sérum de vérité.

— Je vais être franc avec toi, Mattie, dit-il, le regard si droit qu'elle craignit de voir arriver une autre réplique de grand séducteur.

— OK…

— Rends-toi à l'évidence, les gars et moi avons tout compris à la drague. On maîtrise l'humour. Les filles adorent les vannes, pas vrai ?

— Je ne suis pas sûre qu'elles adorent…

— Et pourtant, on n'arrive jamais à conclure.

De toute évidence, Phil n'avait aucune envie de savoir ce que les filles adoraient ou non, or Mattie comprit que ce détail pouvait expliquer leurs difficultés à conclure.

— Je te parle d'un sérieux désert affectif. C'est le Sahara, que dis-je c'est Gobi ! C'est… c'est…

— J'ai compris, l'interrompit Mattie. Essaie de comprendre où tu pèches. Peut-être qu'en oubliant tes répliques de drague et en instaurant une discussion plus amicale, les choses fonctionneraient mieux.

— Non ! C'est comme ça qu'on se retrouve dans la *friend zone*. À partir de là, impossible de créer une connexion profonde et spirituelle, soupira tristement Phil en levant vers Mattie des yeux chagrinés. Par exemple, toi et moi, on est dans la *friend zone*. Il ne se passera jamais rien entre nous.

— Ma foi, il y a des problèmes plus graves en ce monde, clama gaiement Mattie en faisant tinter son verre contre celui de Phil. À l'amitié !

— De toute façon, il ne se serait rien passé, poursuivit Phil. Tom nous a mis en garde.

Ce qui refroidit Mattie. Voilà qu'il piquait sa curiosité.

— Oh, vraiment ? s'enquit-elle, crispée.

— Il dit que c'est une mauvaise idée de mettre le grappin sur sa colocataire. Qu'on vise bien trop haut et que, quand bien même tu recevrais un sale coup à la tête et t'enticherais par miracle de l'un de nous, ça finirait par des larmes et il se retrouverait à en payer les conséquences, résuma Phil en buvant une gorgée de thé. Ce sont ses paroles. Au mot près.

Les propos de Tom rapportés par son copain étaient chargés de sens, mais, à la surprise de Mattie, il n'y avait rien de peu flatteur pour elle. Tom aurait probablement eu bien raison de mettre ses amis en garde contre son caractère de mégère jamais contente de rien, et au lieu de cela, il avait laissé entendre qu'elle était trop bien pour eux. Ce qui était plutôt gentil de sa part, et semblait un peu trop beau pour être vrai.

— Qu'a-t-il dit de plus sur mon compte ? voulut-elle savoir.

Car Tom avait probablement d'autres choses à dire à son sujet, et toutes ne devaient pas être flatteuses.

— Tom, Tom, Tom ! Pourquoi toutes les filles n'en ont-elles que pour lui ? s'exaspéra Phil, la tête entre ses paumes.

— Je n'en ai pas que pour lui !

— Chaque fois qu'on entreprend une fille et qu'elle nous envoie paître, ce satané Tom, je l'adore, mais il débarque et obtient en quelques secondes le sourire, les gloussements et le numéro de la fille.

— On parle bien du même Tom ?

— Lui-même.

— Et lorsqu'il drague, il porte toujours ce nœud papillon et cet affreux chandail avec les empiècements de cuir aux coudes ?

Mattie regrettait de ne pas enregistrer cette conversation pour pouvoir confirmer plus tard qu'elle ne l'avait pas rêvée.

— Oui, répondit Phil. Quoique, il préfère parfois mettre une veste en tweed que mon grand-père aurait pu porter quand il travaillait dans son jardin ouvrier.

Pincez-moi, je rêve, songea-t-elle. Tom, en chasse d'une femme à séduire ? Il fallait le voir pour le croire. Elle avait un désir fou d'assister à cette scène. Un désir plus fort que celui de posséder sa propre chaîne de salon de thé. Encore plus fort que de publier un livre de recettes. Plus encore qu'elle ne voulait que Nigella Lawson la suive sur Twitter.

— Mais que leur raconte-t-il, bon sang ? brûla-t-elle de savoir quand on entendit des pas dans l'escalier. Vite, vite dis-moi !

Le sourire aux lèvres, Phil se pencha à l'instant où le grincement de la porte d'entrée indiquait qu'on entrait.

— Si seulement je le savais, je pourrais alors…

— Philip !

Trop tard, Tom était sur le seuil de la cuisine, un air de panique sur la figure en découvrant l'un de ses meilleurs copains échangeant des confidences autour d'un thé avec sa colocataire, cette fille qu'il considérait comme une écharde dans son pied.

— Tu devais m'attendre dans ma chambre.

— Mattie m'a proposé un thé et ces délicieux biscuits, se défendit Phil en souriant de plus belle. Tu sais que je ne peux rien refuser à une jolie dame.

— Tu pourrais au moins essayer, siffla sèchement Tom sans la moindre trace de mépris à l'annonce que son ami trouvait Mattie jolie.

— Il reste assez de sablés pour tout le monde, annonça-t-elle en soulevant l'assiette. Un peu de thé ?

Tom grimaça comme s'il préférerait plutôt la torture à une tasse d'eau chaude.

— Sans façon, merci.

Il se tenait droit et crispé comme si tous ses muscles étaient tendus. Puis il baissa les bras et se souvint du sac plastique qu'il tenait dans sa main, rempli de bonnes choses.

— Au fait, c'est pour toi. Pain de seigle et bagels à l'oignon, comme convenu.

— Des cadeaux ? Aurais-tu le béguin ? s'amusa Phil dont le jeu favori consistait à agacer son ami.

Ce dernier se renfrogna.

— C'est de la part de Nina, pas de la mienne, se défendit-il en entrant dans la cuisine pour laisser le sac sur les genoux de Mattie. Bon, on y va ?

Théâtral, Phil termina sa tasse, la moue boudeuse, puis se leva.

— Tu nous accompagnes, ma chérie ?

L'air sombre de Tom devint ouvertement menaçant.

— Mattie n'aime pas que des inconnus l'appellent par un petit nom. Ni des inconnus ni personne d'autre, d'ailleurs.

— Oh, Phil peut m'appeler « ma chérie », ça ne me dérange pas, le contredit Mattie, entrant dans le jeu de Phil, car Tom partait au quart de tour, c'était un bonheur. Mais allez-y sans moi. Vous devez avoir des choses à vous raconter.

— Dommage, soupira Phil en enfilant son manteau et une casquette à l'ancienne qui ne le protégeraient aucunement de la fraîcheur de cette soirée, encore moins avec les chevilles à l'air sous son jean moulant et ses mocassins sans chaussettes.

— On va s'en remettre, rétorqua Tom en voulant pousser son ami hors de la cuisine.

Mais Phil restait cloué au sol.

— On organise une soirée jeudi avec les copains du foot, pour anticiper Noël. Tu devrais venir, dit-il à Mattie. Amène une copine. Tiens, si toutes tes amies sont aussi canon que toi et célibataires, amène-les toutes. Et si l'envie leur prend de se déguiser en Mères Noël sexy, qu'elles ne se gênent pas !

L'instinct de Mattie lui dictait de décliner ce genre d'invitation, mais elle aperçut l'air déconfit de Tom. Une femme faible aurait eu pitié de lui, mais Mattie n'était pas faible. Et puis, c'était l'occasion de lever le voile sur de nouvelles facettes du personnage de Tom.

— Avec plaisir. Envoie-moi le lieu et l'heure par mail, offrit-elle en lui tendant sa carte de visite, soudain bien contente d'avoir laissé Nina la forcer à s'en faire imprimer. Je devrais trouver une copine disponible. Alors comme ça tu joues au foot, Tom ?

— Bon, on doit y aller. Tout de suite.

Tom attrapa Phil par le col de son manteau et le fit avancer de force dans le couloir.

— Mattie ! Ce fut un plaisir, appela la voix étouffée de Phil. On se refait ça…

« BAM ! »

La porte claqua brutalement, mais Mattie crut entendre :

— … quand tu veux !

Puis la réaction de Tom dans l'escalier :

— Grouille-toi de descendre. T'es un homme mort.

Armée de toutes ces nouvelles informations, Mattie eut besoin d'un bon bain chaud. Pendant deux heures, elle jongla entre l'eau froide dont elle tournait le robinet avec un pied, et l'eau chaude qu'elle contrôlait avec l'autre. Quand elle sortit finalement de sa baignoire, sa peau était aussi fripée qu'un pruneau.

Quels autres secrets Tom cachait-il ? se demanda-t-elle en appliquant sa crème de nuit. Verity disait toujours que c'était un agent dormant envoyé par la Russie et qu'il attendait que Moscou lui communique sa mission, tandis que Nina préférait lui inventer une femme et trois enfants planqués quelque part.

Plus Mattie en apprenait sur lui, moins ces théories lui semblaient loufoques.

Pour la dernière étape de son processus de soins, elle se badigeonna le visage d'huile de cynorhodon pour nourrir sa peau agressée par des heures de travail dans une cuisine surchauffée. Après quoi elle sortit en trombe de la salle de bains, à l'instant précis où Tom franchissait la porte d'entrée.

— Oh, mon Dieu !

— Nom d'un chien !

Mattie s'agrippa à sa minuscule serviette dans l'espoir de la faire grandir par magie.

— Qu'est-ce que tu fais là ? s'écria-t-elle. Tu ne rentres jamais si tôt, d'habitude.

À force de le savoir rentré lorsqu'elle dormait à poings fermés, Mattie avait pris ses aises dès qu'il passait la soirée dehors. Pour aller jouer au foot ou draguer de pauvres femmes naïves. Il arrivait que Mattie ouvre un œil en entendant la porte. Un regard au réveil lui confirmait généralement qu'il était 1 heure du matin passée, et elle se rendormait aussitôt. Mais là, il n'était même pas 23 heures.

Mattie fit un pas sur sa gauche à la seconde où Tom s'écartait sur sa droite. Ils manquèrent de se cogner. Puis Mattie revint vers la droite et Tom dévia à gauche. Leurs corps s'effleurèrent dangereusement. Mieux valait rester là, ne plus bouger et éviter tout mouvement brusque.

— J'ignorais que tu voulais connaître mon emploi du temps, grommela Tom, le regard fixé à gauche de Mattie, nue sous une serviette qui laissait deviner la courbe de sa poitrine.

Mais si elle la remontait, ses cuisses seraient bien trop dévoilées. Le dilemme était de taille.

— J'ai une nouvelle règle de vie, si je peux me permettre.

— Vas-y, mais fais vite, riposta Mattie, la peau si rouge sous le coup de la honte qu'elle semblait cuire.

— On ne se balade plus à poil, s'insurgea-t-il, les joues aussi rouges que le corps à moitié dénudé de Mattie. Pas sans vêtements, en tout cas.

Les lunettes de Tom étaient tout embuées, mais elle devinait qu'il fermait les yeux. Ce couloir était très étroit. On y passait tout juste à deux.

— Ni en phase de déshabillage.

— Oui, j'ai compris, pas besoin de me faire un dessin. Message reçu cinq sur cinq.

Mattie fulminait de se promener en serviette alors que c'était une chose qu'elle ne faisait jamais. Il fallait que le seul soir où elle oubliait de prendre son pyjama dans la salle de bains soit justement celui où Tom rentrait tôt. Comme par hasard !

— Tant mieux.

Tom déglutit difficilement. Elle n'avait jamais remarqué qu'il était si grand. Il semblait occuper tout l'espace du couloir, ce qui laissait à Mattie l'occasion de sentir sur lui l'air de l'extérieur mêlé à ce parfum frais qu'elle lui associait toujours. Pourtant, il aurait dû sentir la naphtaline, le vieil habit renfermé et le bouquin poussiéreux. Il croisa soudain son regard.

— Qu'est-ce que… Eh, tu me renifles ?

— Hein ? Non ! Pas du tout !

Mattie voulut reculer mais le mur était trop près. Ce qu'elle n'aurait pas donné pour s'éclipser dans le sanctuaire de sa chambre ! Mais Tom lui barrait le passage.

— Je peux… ?

— Peux quoi ?

La situation était désespérante. Ils n'arrivaient même plus à former de phrase cohérente.

— Ma chambre.

Les deux mains sur le haut de sa serviette, Mattie n'osait pas en décrocher une pour désigner la porte derrière Tom.

— J'aimerais accéder à ma chambre. Pour me rhabiller.

— Ah ! Oui, pardon. Vas-y.

Ils reprirent leur petite chorégraphie. Tom sur la gauche et Mattie sur la droite au même instant. Puis inversement. Et de nouveau. Comme s'ils dansaient.

— Stop, dit Tom en posant une main sur l'épaule de Mattie.

Sur son épaule nue. Ses doigts allumèrent un brasier sur sa peau. Elle eut un soubresaut et Tom retira vigoureusement sa main comme s'il s'était brûlé.

— Pardon. Je suis désolé.

— Non. Il n'y a pas de mal, marmonna Mattie même si elle sentait encore un picotement à l'endroit où s'était trouvée sa main, ce qui n'était pas désagréable. Écoute, j'aimerais seulement retourner dans ma chambre.

— Je sais, se désespéra Tom. Bon, ne bouge pas. Moi, je fais un pas de côté, comme ça…

Le champ était libre, elle pouvait filer dans sa chambre et lui claquer cette porte tant désirée à la figure. Seulement, elle resta clouée sur place. Tom lui désigna la porte, au cas où elle aurait oublié à quoi cela ressemblait.

— Tu peux y aller. Encore pardon.

Mattie le pouvait, mais n'en fit rien.

— Il n'y a pas de malaise, hein ? Demain, je m'achèterai la plus longue robe de chambre de l'histoire de la Création. Hum, tu peux m'aider ? ajouta-t-elle avec un signe de l'épaule lorsqu'elle comprit qu'il lui faudrait libérer une main pour ouvrir sa porte.

— Bien sûr.

Le geste incertain, Tom tourna la poignée en prenant soin de détourner le regard. Une galante attention qu'elle apprécia notamment pour les vêtements éparpillés par terre dans sa chambre.

— Moi aussi, je m'achèterai une robe de chambre.

— On sera assortis, opina Mattie en se faufilant – enfin ! – dans sa chambre dont la porte lui fit office de bouclier visuel. Désolée pour cette situation gênante.

Tom rasait le mur en direction de la zone de sécurité qu'était sa chambre à lui.

— N'en parlons plus jamais, proposa-t-il. Bonne nuit.

— Bonne nuit, Tom, répondit Mattie.

Et ils claquèrent leur porte dans l'harmonie la plus parfaite.

Chapitre 12

20 jours avant Noël

Le lendemain à la première heure, Phil avait envoyé un mail à Mattie pour lui donner le lieu et l'heure de la soirée de Noël. Le doute se dissipa bien vite quant à la posture de Phil vis-à-vis de la jeune femme, car il précisait :

> N'oublie pas de venir avec une copine minimum. Une JOLIE copine CÉLIBATAIRE. Ou plusieurs. UNE ou PLUSIEURS COPINE(S) CÉLIBATAIRE(S) prête(s) à tomber sous le charme de Phil à la Vanne.

Entre l'Archevanne et Phil à la Vanne, Mattie ne sut décider lequel était le plus désolant, mais elle dressa malgré tout la liste de ses amies ; toutes étaient JOLIES et beaucoup étaient CÉLIBATAIRES. Finalement, entre toutes, Pippa était la seule susceptible de pouvoir supporter les répliques de séduction des Vanneurs sans avoir la nausée.

— J'ai remarqué qu'une masculinité outrancière cachait généralement un manque de confiance en soi et des craintes mal assumées, résuma Pippa quand Mattie lui eut décrit ce que risquaient de lui réserver les personnes présentes à la soirée de Noël où elles se rendaient en ce jeudi soir, au bout de la ligne de métro Piccadilly Line.

— C'est quand même fou, ils habitent à Cockfosters, s'amusa Mattie tandis qu'elles passaient l'arrêt Holloway Road. Tu sais ce que « cock » veut dire ?

— Oui, je sais, soupira Pippa.

Mattie l'adorait, vraiment, mais Pippa était la première à se reconnaître un sérieux manque de second degré.

« Pourtant, c'est bizarre. Je suis quelqu'un de plutôt joyeux, d'optimiste, avait-elle un jour dit à Mattie. Mais je ne ris que des blagues qui se situent en dessous de la ceinture. »

Elles s'étaient rencontrées à quinze ans lors d'une colonie de vacances européenne à Düsseldorf. Contrairement à leurs camarades bilingues, ni l'une ni l'autre n'avait envie de boire du vin bon marché et de s'envoyer en l'air avec des garçons à la coupe mulet et au jean délavé acheté aux Pays-Bas. À l'époque, Mattie rêvait de partir à Paris vivre une amourette avec un Français vêtu tout de noir qui ne se déplacerait jamais sans son exemplaire de *La Nausée* de Sartre, sous le bras. Pippa, elle, était furieuse que ses parents aient payé si cher pour lui faire apprendre l'allemand alors qu'elle aurait préféré passer ses vacances à Newport Beach.

Sur le papier, Mattie et Pippa étaient aux antipodes. Mattie était lunatique et frivole (après tout, elle était partie faire ses études à L'Institut de pâtisserie de Paris avec seulement deux cents dollars en poche à la suite d'un défi lancé à un « action ou vérité »). Elle avait hérité à parts égales des gênes de ses parents : son père, pour qui changer de vie avec quatre sous en poche était un art de vivre, et sa mère, qui se faisait un avis arrêté sur toute nouvelle personne qu'elle rencontrait et refusait à jamais d'en démordre.

Pippa, à l'inverse, était le produit de deux enseignants originaires du Yorkshire, imperturbables, solides comme les pierres de leur corps de ferme aux abords de Halifax où elle avait grandi. Elle était fiable, robuste et bien déterminée à ne voir que le bon chez tous les gens qu'elle croisait, une qualité précieuse chez une employée de Sebastian Thorndyke, lequel mettrait à l'épreuve la patience d'un monastère entier de bénédictins.

Cela étant dit, elle avait également choisi Oprah Winfrey pour déesse, son messie à elle, et à cela s'ajoutait une année à l'école de commerce de Californie, où Pippa avait troqué son bon sens franchouillard du Yorkshire pour un jargon des affaires et des citations envolées. Mattie se conditionnait toujours avant de regarder le compte Instagram de Pippa, car à chaque nouvelle photo, on voyait un coucher de soleil agrémenté d'un dicton prémâché du type « N'attendez pas que quelqu'un arrange votre vie à votre place ».

Quand Mattie eut tenu Pippa au courant des derniers potins d'*Au Bonheur des tendres*, son amie adopta la posture d'une conseillère tranchante digne d'Oprah.

— Et donc, Posy, Verity et Nina me prennent pour une râleuse, mais c'est faux, ronchonna Mattie qui s'essayait à l'optimisme depuis que ses collègues la cataloguaient ainsi, mais trouvait cela épuisant. Tu me trouves négative ?

— Ce que les autres pensent de toi, tu t'en fiches, affirma Pippa en sortant son miroir de poche pour une vérification de dernière minute.

Physiquement, Pippa était toujours au top. Ses cheveux bruns étaient plus soyeux et brillants que ceux de la duchesse de Cambridge en personne, que Mattie avait rencontrée à l'occasion d'une soirée caritative.

Pippa prenait des cours de boxfit et de yoga un matin sur deux en semaine, pratiquait le flexitarisme en réduisant sa consommation de viande à une fois par semaine, et portait les leggings mieux que personne. Le legging était d'ailleurs sa tenue de prédilection lorsqu'elle ne travaillait pas. En fait, les deux amies n'avaient rien en commun, et pourtant, le courant passait. En outre, Pippa avait une particularité : si elle vous considérait comme un proche, elle pouvait remuer ciel et terre pour vous. Au sens propre.

C'était Pippa qui avait conduit la Clio de sa mère depuis Londres jusqu'à Paris deux jours avant Noël pour aller chercher Mattie et toutes ses affaires. C'était deux ans auparavant, et depuis, Mattie préparait un gâteau pour Pippa chaque semaine (un crumble à l'abricot, pour cette fois) en guise de remerciement.

— Mais ce sont eux qui me forcent à prendre en compte ce qu'ils pensent de moi, se chagrina Mattie tandis que Pippa appliquait du gel sur ses sourcils déjà parfaitement dessinés. Verity m'a appelée Bourriquet.

— Oh, je ne suis pas d'accord. Tu serais plutôt Porcinet.

— J'ai juste un seuil de tolérance très bas pour les choses que je ne tolère pas, c'est tout.

— Mais c'est à chacun de choisir son état d'esprit, rappela Pippa. Moi, je choisis d'être joyeuse, du coup je le suis. Ce qui m'aide, c'est d'écrire chaque jour dans mon journal du bonheur dix choses pour lesquelles je suis reconnaissante. (Elle reposa son miroir pour planter dans celui de Mattie un regard droit et sincère.) Est-ce que tu écris chaque matin dix choses qui te rendent heureuse dans le journal du bonheur que je t'ai offert à Noël dernier ?

— Oui, plus ou moins, hésita Mattie devant ce regard qui avait la réputation d'avoir même fait flancher Sebastian. Bon, j'ai fini par y écrire des recettes, mais l'astuce fonctionne puisque les nouvelles recettes me rendent toujours heureuse.

— Tu as arrêté d'écrire la liste de tes ennemis et la façon dont tu comptes te venger d'eux ? Waouh, quel progrès ! s'exclama Pippa en lui prenant la main pour la lever en l'air. Bravo ! Bon, au sujet des types qui organisent cette soirée, y en a-t-il au moins un de potable ?

Le dernier flirt en date de Pippa était un coach sportif vegan et holistique, elle en était ressortie avec des abdos en béton mais au détriment de « mes besoins émotionnels qu'il n'a pas su combler ».

Mattie poussa un soupir.

— À moins que tu n'aimes les vannes de mauvais goût – et j'en doute fort –, non, ils ne sont clairement pas potables.

La déception se lut dans les yeux de Pippa. Elle luttait pour rester joyeuse. Depuis l'arrêt Arnos Grove jusqu'à Cockfosters, Pippa redoubla d'efforts et parvint finalement à esquisser un semblant de sourire avec dents apparentes.

— Ça ne fait jamais de mal de rencontrer de nouvelles têtes. Et puis, j'ai eu un cours de boxfit ce matin, autant rattraper toutes les calories consumées. J'ai donc l'intention de boire jusqu'à plus soif.

— Voilà ce que je voulais entendre, se réjouit Mattie en suivant les panneaux indiquant la sortie du métro. Je n'ai pas fait de sport ce matin, mais ça ne m'empêche pas de vouloir me soûler ce soir.

Si elle comptait surprendre Tom en pleine action, elle allait devoir se montrer discrète, et ne pas se faire repérer. Tom avait dû oublier qu'elle se rendait à la fête. En quittant l'appartement une bonne heure avant Mattie, il ne lui avait pas dit « à plus tard », mais : « Je rentrerai tard, à moins que je ne sois foudroyé par un virus. Je te prie donc de ne pas oublier notre nouvelle règle de vie : immense robe de chambre en toute circonstance. »

C'était le moment. Mattie sortit un bonnet noir et une écharpe de son sac. Une fois les ajustements faits, on ne voyait plus que ses yeux.

— Je croyais que la soirée se passait en intérieur. Tu ne risques pas d'avoir trop chaud ? s'étonna Pippa lorsqu'elles sortirent de la station de métro. Tout en noir, en plus. On ne récolte que ce qu'on sème, tu sais. Voilà pourquoi j'ai enfilé une tenue qui scintille. Pour ça, et parce que c'est une soirée de Noël.

Elle déboutonna juste assez son manteau pour laisser voir à Mattie le tissu d'un argenté brillant à paillettes.

— Moi, je m'habille toujours en noir, rappela Mattie tout en consultant Google Maps sur son téléphone.

— Pas depuis toujours, nuança Pippa avec un regard en coin que Mattie fit mine d'ignorer. Avant Paris, il t'arrivait de porter des couleurs.

— Avant Paris, je faisais beaucoup de choses que je ne fais plus, marmonna Mattie. Il faut prendre cette rue à gauche.

— Rappelle-toi : chacun choisit son état d'esprit, lança son amie gaiement. Bref, d'où connais-tu les gens qui organisent cette fête ?

Mattie n'avait pas préparé de réponse à cette question. Elle opta pour une explication des plus vagues et basiques.

— Ce sont des copains de Tom.

— « Tom » ? Tu ne me parles jamais de lui alors que c'est le premier homme avec qui tu vis depuis…

Mattie secoua la tête si fort que le pompon de son bonnet manqua de filer droit vers les étoiles.

— Je ne vis pas avec Tom. On partage un espace de vie. Nuance.

— Tom cache son jeu. Il fait mine d'être détaché, sans esprit d'équipe – en réunion, il nous donne du fil à retordre –, mais au fond, je suis sûre qu'il donnerait sa chemise pour *Au Bonheur des tendres*. Comme je le dis toujours, être loyal c'est royal.

— C'est vrai qu'il cache bien son jeu, opina Mattie.

Au fond, elle brûlait de dire au monde entier que Tom avait passé quatre ans à décortiquer des œuvres de romance. Son secret pesait trop lourd, or Pippa était un satellite, une personne extérieure à l'affaire. Et puis, on pouvait lui dire tous les secrets, c'était une tombe. Et pétrie de principes, de surcroît. Pippa résisterait à la torture, elle ne cracherait jamais le morceau. Elle ferait une bonne espionne. Seulement, elle travaillait pour le mari de Posy, ce qui la rendait soudain moins impartiale, il valait donc mieux ne rien dire.

— Il a plusieurs strates, comme les mille-feuilles, reprit-elle.

— Et il est plutôt charmant, trancha Pippa d'un ton ferme qui ne laissait pas de place au doute quant à la beauté de Tom. On est arrivées ?

Elles se tenaient devant une maison mitoyenne des années 1930 semblable à toutes celles croisées sur leur route depuis le métro. Mais celle-ci, au 23 Hazeldene Avenue, était en moins bonne condition que ses voisines. Sa haie de troène avait besoin d'être taillée de toute urgence, il n'y avait aucun rideau aux fenêtres et, l'éclairage étant allumé partout, on voyait bien que lesdites fenêtres avaient grand besoin d'un coup de chiffon. Et si les voisins accueillaient la saison festive par des sapins bigarrés derrière des rideaux pour le coup bien présents, et par des éclairages féeriques sur leurs façades, (le numéro 27 avait même un Père Noël avec son traîneau de lumière sur le toit), les Vanneurs s'étaient contentés d'une piteuse guirlande au-dessus de la porte d'entrée.

C'était donc là que Tom habitait autrefois ? Encore une pièce qui s'ajoutait à un puzzle disparate.

Les deux amies se joignirent à un attroupement qui entravait le couloir, puis débouchèrent dans une cuisine tout aussi bondée que l'on avait dû équiper dans les années 1980.

— Waouh, souffla Pippa. Je ne savais pas qu'il existait autant de nuances de beige.

Mattie posa un regard de connaisseuse sur la cuisinière, un réflexe qui la suivait où qu'elle aille.

— La dernière fois que cette table de cuisson a été nettoyée, c'était sous le règne de la reine Victoria.

— « Victoria » ? Je ne l'ai pas vue depuis des lustres, dit une femme en tenue de sport, interrompant sa conversation avec une autre fille habillée pour la gym, près de l'évier qui avait également l'air de n'avoir pas vu d'éponge depuis des décennies. Comment va-t-elle ?

— Très bien, lui répondit simplement Mattie par paresse. Vous passez une bonne soirée ?

— Pas vraiment. Prenez garde, ils ont placé des branchettes de gui partout et des petits malins se tiennent prêts à nous sauter dessus pour réclamer un baiser. On ne va pas rester, on a un cours de RPM à Kings Cross tout à l'heure.

— J'adore le RPM ! s'exclama Pippa avec la ferveur d'une accro aux exercices de cardio. Je me demandais pourquoi vous étiez en tenue de sport. C'est un pantalon Lululemon ?

— Un Sweaty Betty, précisa l'autre. Il sculpte la silhouette et te fait des fesses d'enfer.

— Tu as raison, observa Pippa d'un air admiratif. J'aime bien ceux de chez Gap.

Pippa était comme un poisson dans l'eau. Si elle n'avait pas eu tant de principes, elle aurait sans doute abandonné Mattie ici pour se joindre au cours de RPM. Mattie les laissa toutes les trois sur un sourire vague et partit inspecter l'immense casserole de vin chaud qui frémissait sur la gazinière poisseuse.

L'alcool et la chaleur avaient forcément stérilisé d'éventuels microbes. Non ? Elle s'en servit une tasse et esquiva une branchette de gui sous la porte de la cuisine en sortant. Elle retint son souffle pour passer devant une clique de fumeurs agglutinés dans le patio et remonta un jardin d'une longueur surprenante jusqu'à l'imposant feu de camp où s'étaient rassemblés la plupart des convives. Quand elle voulut goûter à son vin chaud, elle manqua de le recracher aussitôt. Il n'avait rien de la recette originelle, aucune épice, pas le moindre clou de girofle. De la piquette chaude.

Le geste discret, elle versa le contenu de sa tasse dans une plate-bande de fleurs abandonnées. Ses narines s'emballèrent à l'odeur de saucisse chaude. En approchant du feu, elle crut voir deux potentiels Vanneurs (le dénommé Papa Vanne et un autre qu'elle ne reconnaissait pas) aux manettes d'un barbecue et – alléluia ! – ils avaient avec eux une poubelle remplie de glace et de bouteilles de bière.

— Les filles, je vous sers une saucisse ? lança le Vanneur non identifié à trois filles grelottantes dans leurs robes brillantes trop courtes tandis que Mattie s'immisçait dans les parages pour voler une bière avant de s'éclipser aussi vite, décapsulant son butin à l'aide de l'anneau de son couteau suisse. Quand vous y aurez goûté, je vous servirai une de ces chipolatas.

Il brandit une saucisse piquée au bout d'une longue fourchette. Sur un râle agacé, les filles s'éloignèrent.

Et à juste titre, se dit Mattie. Mais à peine avaient-elles fait trois pas que Phil et un autre inconnu les accostèrent.

— Les filles ! Que vous êtes charmantes, les salua Phil. Je m'appelle Phil mais mes amis m'appellent l'Archevanne.

Aucune d'elles ne manqua l'inscription sur son tee-shirt qui clamait « Si tu veux frôler la perfection, passe tout près de moi ».

— Et lui, on l'appelle Malongo. Comme le café, reprit Phil.

— Parce que j'aime les femmes brûlantes, sombres et sucrées, renchérit Malongo.

Celui-ci portait un tee-shirt sur lequel un renne s'exclamait « Rot-dolphe » en lettres capitales. Mattie manqua de s'étouffer sur sa bière. Elle recula dans l'ombre pour ne pas se faire repérer. Quel dommage que Pippa soit restée dans la cuisine, à probablement chanter les louanges des pantalons de sport moulants, car la scène méritait plus de témoins.

—Je ne bois que du thé, répondit l'une des filles, catégorique.

Ses deux copines gloussèrent.

—Moi, j'aime le thé comme j'aime les femmes, riposta Phil. (Mattie aurait bien aimé qu'il s'arrête là, malheureusement, il poursuivit.) Hum… corsées et, hum… corsées.

—Tu te répètes.

Elles étaient dures à cuire.

—Alors corsées et… hum, infusées à point, tenta-t-il encore.

Deux d'entre elles levèrent les yeux au ciel à s'en fendre la cornée tandis que celle qui avait eu le malheur de dire qu'elle préférait le thé fixait Phil d'un regard noir effrayant.

—C'est du charabia, mon vieux, marmonna-t-elle en pointant du pouce un vieil abri de jardin décrépit. Va voir là-bas si j'y suis.

Mattie grimaça. Phil ne méritait pas ça. Une fois qu'on avait appris à le connaître, il était plutôt gentil. Mais ces filles ne le sauraient jamais car il prit ses jambes à son cou, Malongo sur ses talons.

—Débile.

—Ouais, crétin.

—Qui c'était, ce type ?

—Je suis navré que vous ayez été, contre votre gré, les réceptacles de la pire technique de drague au monde, soupira une voix familière.

Tom apparut dans cet espace tout récemment libéré par son ami l'Archevanne. Mattie se tapit un peu plus dans l'ombre de la haie hirsute, invisible dans sa tenue noire, à moins de chercher un ninja en planque sirotant une bière.

— OK, et à quel genre de boisson chaude aimes-tu comparer les femmes, toi ? s'enquit Mademoiselle Thé, d'un air de défi.

— Je ne suis pas grand amateur de boissons chaudes, répondit-il. (Un mensonge gros comme lui, jugea Mattie en ajustant son écharpe de sorte à ne rien laisser paraître de son visage dans l'obscurité.) Et, s'il te plaît, évite de me mettre dans le même panier que ces *gamins* à qui vous parliez.

Tom prenait sa voix austère, celle qui faisait chauffer les joues des femmes ménopausées lorsqu'il refusait catégoriquement d'essayer un tee-shirt d'*Au Bonheur des tendres* qu'elles lui demandaient d'enfiler pour choisir une taille seyante à leurs maris.

Cela parut fonctionner également sur Mademoiselle Thé dont les yeux s'écarquillaient.

— Non, tu n'as rien à voir avec ces types-là, acquiesça-t-elle d'une voix suave.

— Du tout. Même s'ils vivaient jusqu'à cent ans, ces mecs ne comprendraient jamais les femmes, ajouta Tom en se penchant vers la fille.

Assez près pour lui chatouiller l'oreille de son souffle chaud, devina Mattie.

Le timbre rauque de sa voix profonde fit légèrement frémir Mattie en dépit des températures douces de ce mois de décembre. Mattie n'était pas la seule touchée : quand Tom prit congé des trois filles sur un sourire désolé en se touchant le front en guise de salut, elles eurent un soupir de pâmoison.

— Mais qui est cet homme ? demanda l'une d'elles, rêveuse.

— Mon futur mari.

Mattie en avait assez entendu, elle suivit Tom à bonne distance. Il remonta le jardin et contourna le feu de camp pour se tenir un peu à l'écart, tandis que Mattie l'épiait, dissimulée dans l'obscurité juste à l'extérieur du halo du feu de camp. Daquon, qui portait un tee-shirt arborant des cornes de diable et la fière proclamation « Je ne suis pas un gentil », peaufinait ses vannes sur de nouvelles victimes.

— Et je lui ai dit : « C'est une fusée, dans ta poche, ou est-ce ton bonheur de me voir ? » Attends, non… « C'est une fusée… » Mince, pardon. « C'est une fusée, dans ma poche, ou est-ce ton bonheur de me voir ? » Ah, non ! « Est-ce *mon* bonheur de te voir ! » Je reprends depuis le début ?

Tom n'y tint plus.

— Pitié, non, intervint-il en s'imposant aux côtés de Daquon qui dut se décaler sur le côté. Pardonnez ce… disons, « malotru », voilà le mot qui convient.

— Vieux, tu me fais toujours le même coup, marmonna Daquon en secouant la tête.

Mais il recula tout de même, laissant Tom avec cette fille coiffée d'un bonnet de laine rose à oreilles de chat.

— Je suis capable de me débarrasser des sales types toute seule, se défendit celle-ci.

— Je ne l'ai pas fait pour toi, répondit Tom avec un sourire amical comme s'il était un type normal et avenant. Je l'ai fait par pur égoïsme. S'il avait reformulé sa réplique stupide une seule fois de plus, je serais mort de honte pour lui.

La fille, d'un genre de beauté qui lui attirait toutes sortes de dragueurs bien malgré elle, se permit un timide sourire.

— Oui, il commençait à me faire de la peine.

— Oublie ça, lui conseilla Tom.

Et voilà qu'ils échangeaient des sourires. Mattie devait se rendre à l'évidence, c'était bien Tom, avec ses lunettes, son nœud papillon et son affreuse veste en tweed. Mais il souriait sans arrêt, or les sourires du Tom Greer qu'elle connaissait étaient en voie de disparition. Certaines comètes étaient plus fréquentes que ses plus modestes rictus.

— Je n'ai pas pu m'empêcher de remarquer ton bonnet, dit-il. Étais-tu à la Marche des femmes de l'an dernier ?

— Absolument. J'y suis retournée cette année. Et j'ai organisé plusieurs ateliers autour de l'activisme dans l'école de ma sœur. Au fait, je m'appelle Clea, ajouta-t-elle en lui tendant la main.

— Tom. (Ils échangèrent une poignée de main.) J'ai pris conscience qu'il fallait rejoindre la cause. La plus grande contribution que je puisse apporter au combat pour l'égalité des genres est avant tout de prêter l'oreille et mon soutien au lieu de penser que ma voix doit à tout prix être entendue.

— Waouh. Il me semblait que les hommes comme toi étaient aussi rares que les licornes, reconnut la fille en décochant un sourire à Tom sans se garder de le détailler longuement du regard – le nœud papillon n'avait pas l'air de la décourager. J'ai rencontré trop d'hommes désireux d'imposer leur vision masculine sur le sujet du féminisme.

Tom leva les mains.

— C'est ma pire crainte, qu'on puisse me croire capable d'une chose pareille.

— Ma foi, si tu me promets de ne pas le faire, j'aimerais vraiment qu'on se revoie, dans un endroit où il y aura moins de flammes, proposa le bonnet rose en s'écartant vivement du passage d'une personne armée d'un cierge magique. Mes vêtements sont en fibres synthétiques.

— Sans doute cousues par des femmes, à en juger par le manque de disparité parmi les petites mains de l'industrie textile, nuança Tom.

Et ils éclatèrent de rire en cœur.

Sans la fumée âcre qui lui piquait les yeux, Mattie aurait cru rêver. Ce ne pouvait être qu'un rêve, songea-t-elle encore en voyant Tom taper son numéro de téléphone sur le portable du bonnet rose, qui fit sonner celui de Tom. Juste pour être sûre.

— Je t'appellerai, promit-elle en lui faisant un petit signe avant de partir rejoindre ses copines.

Tom ne perdit pas une minute, s'en alla contourner le feu de camp pour expédier une nouvelle fois ce pauvre Daquon et, cinq minutes plus tard, flirtait sans gêne avec une pauvre nouvelle victime. Ce coin du jardin se dépeuplait peu à peu et Mattie n'eut plus le courage de risquer d'attirer l'attention sur elle en s'approchant davantage.

Elle se retrouva donc à observer Tom et sa troisième victime en plein échange de rires, de sourires et de caresses sur le bras, puis la fille en vint à essuyer quelque chose sur le visage de Tom.

— Un petit bout de cendre, l'entendit susurrer Mattie.

Tom sourit. Là-dessus, ils reprirent le chemin de la maison, bras dessus bras dessous.

C'était incroyable, Mattie n'en revenait pas. Comment Tom pouvait-il être toutes ces personnes à la fois ? Le mâle alpha austère, l'allié féministe, le flirt assumé. Et pourtant, pendant toutes ces années, il ne lui avait montré qu'un seul pan de sa personnalité : le casse-pieds morose et guindé.

Le véritable Tom Greer serait-il un chic type ? Question épineuse. Mattie y avait consacré cinq minutes de réflexion quand elle s'aperçut soudain que Tom était à ses côtés. On avait dû ajouter des bûches dans le feu de camp car les joues de Mattie étaient brûlantes. À moins que ce ne soit l'écharpe de laine noire qui lui bandait le visage.

— J'ai des cadeaux pour toi, annonça Tom en lui tendant une bouteille de bière. Pour t'épargner l'immonde mixture qu'ils font passer pour du vin chaud. Et tiens, un cierge magique. Tu veux allumer ma flamme ?

Mattie en avait assez entendu. Elle retira son écharpe pour le laisser découvrir sa mine agacée.

— C'est moi, dit-elle. Autant que tu le saches, je suis immunisée contre ton petit… stratagème.

Tom fronça les sourcils.

— Évidemment que c'est toi. Mais de quel stratagème me parles-tu ? On croirait entendre un personnage sorti de ces bouquins Régence dont Posy est raide dingue.

— Tu sais de quoi tu parles, marmonna-t-elle. (Mais tout bas, pour s'épargner cette conversation avec Tom car elle n'était pas prête, et il lui faudrait bien plus qu'une bière avant de se sentir d'attaque pour évoquer son sujet de thèse.) Je te laisse, je dois retrouver Pippa.

— Elle aide Mikey et Steve avec les feux d'artifice. Ils ne connaissent rien aux mesures de sécurité ni au fonctionnement des fusées. Bref, c'est elle qui m'a dit de venir te chercher. Elle m'a décrit une silhouette qui ressemblait à un membre de la Fraction armée rouge.

— Ah ! Ça m'étonnerait qu'elle ait parlé de cette fraction.

Si Mattie ne connaissait pas la Fraction armée rouge, elle ne voyait pas comment Pippa pouvait la connaître.

— C'était un groupe terroriste allemand.

Il n'en fallut pas plus à Mattie pour retirer son bonnet malgré les conséquences désastreuses de la laine sur sa frange. De toute façon, ce n'était que Tom. Si toutes les filles de cette soirée le prenaient pour l'incarnation d'un dieu du sexe, Mattie, elle, restait parfaitement de marbre.

Certes, il lui avait apporté une bière et un cierge, mais il essayait surtout de la conduire vers la maison, une main au creux de ses reins. Mattie allait s'en insurger quand Tom lui coupa l'herbe sous le pied :

— Il vaut mieux rester à distance du feu d'artifice, ces imbéciles de Mikey et Steve veulent l'allumer près du feu de camp.

— Bonne idée, dut-elle admettre en se laissant mener vers le patio. Au fait, pourquoi un feu de camp et des feux d'artifice ? Je croyais que le thème était Noël ?

— La fête devait se dérouler début novembre sur le thème de Guy Fawkes, mais ils ont tellement bu la veille de la date convenue que la gueule de bois a entravé tous leurs plans, expliqua Tom en la suivant dans le jardin. À force de la reporter, ils se sont vus contraints de la faire sur le thème de Noël.

— D'où les branchettes de gui et les affreux tee-shirts ?

Tom poussa un grognement.

— Ne dis pas à Posy qu'on m'a fait porter cette horreur, ça lui donnerait des idées. D'accord ?

L'idée même suffisait à la faire frémir d'effroi.

— D'accord.

À l'abri sous le patio, ils retrouvèrent Pippa qui décrivait gaiement à Phil l'atelier de développement personnel auquel elle avait assisté la semaine précédente. Pippa n'était jamais longtemps délaissée en soirée, elle trouvait toujours une oreille à qui parler et savait créer en un éclair un lien profond et personnel avec son interlocuteur. C'était en tout cas ce qu'elle prétendait, et ce n'était pas Mattie qui allait la contredire.

— Il faut savoir booster sa confiance en soi de temps en temps, dit-elle à Phil qui opinait en la regardant d'un air béat. C'est un peu comme faire un frottis ou une vidange, ça entretient.

— Pas faux, hésita Phil. Qu'est-ce qu'un frottis ?

— Un truc dont tu n'auras jamais à t'inquiéter, intervint Tom.

Pour le peu qu'il connaissait Pippa, il savait qu'elle n'aurait pas peur de mettre les deux pieds dans le plat. Au contraire, elle adorait ces questions gênantes.

— C'est une excellente question, Phil. Je me réjouis d'apprendre que tu t'intéresses à la santé féminine, commença-t-elle.

Si bien que Mattie n'eut d'autre choix que de l'attraper par le bras pour lui chuchoter à l'oreille :

— Si tu dis à Phil ce qu'est un frottis, j'interromps notre marché sur les gâteaux hebdomadaires pour une durée indéterminée.

— Mais le système reproductif féminin nous concerne tous, s'indigna Pippa.

— Phil n'a pas la force mentale pour supporter ta description d'un spéculum, désespéra Mattie. Et puis, on est là pour faire la fête ! Youhou ! Regarde, des feux d'artifice !

— Oh, j'adore les feux d'artifice ! s'exclama son amie.

Mattie se retrouva coincée entre Tom et Pippa dans une scène un brin chaotique où tous les convives de la soirée étaient rassemblés. Ce fut une explosion de formes, de roues et de cercles colorés dans le ciel de Cockfosters. Par chance, des voisins avaient eu la même envie et faisaient exploser leurs fusées, l'occasion de s'extasier sur d'autres belles lumières durant les longues pauses pendant lesquelles Sean et Mikey annonçaient qu'une fusée déraillait et qu'ils en cherchaient la cause. Tout cela pour les entendre hurler : « Lâche-la ! Vite, éloigne-toi ! »

Vingt minutes et une troisième bouteille de bière plus tard, il ne restait plus que le cierge magique de Mattie, que Tom alluma afin de lui permettre de poser pour un selfie avec Pippa.

— Viens, Tom ! insista Pippa en l'attirant entre elles. Tu as le bras plus long que nous, l'angle sera plus flatteur si tu prends la photo. Viens toi aussi, Phil.

Mattie arbora aussitôt sa pose à selfie : visage incliné sur la droite, menton baissé et yeux écarquillés. Pippa ouvrit la bouche pour un cri de joie muet, Phil leva les pouces d'un air loufoque et Tom se contenta de rester planté là comme s'il posait pour son dernier portrait avant de rejoindre les tranchées de la Grande Guerre.

— J'espère que ces photos n'atterriront sur aucun réseau social, grommela-t-il.

Intéressant. Il avait en effet réussi à ne jamais apparaître sur aucune photo du compte Instagram d'*Au Bonheur des tendres* alors que Nina passait son temps à mitrailler ses collègues pendant qu'ils travaillaient.

Mais c'était une très jolie photo de Mattie. Il serait dommage de la gaspiller.

— Désolée, Tom, je la mettrai sur ma page Instagram, insista-t-elle en cherchant déjà le filtre le plus avantageux. De toute façon, je n'ai presque aucun follower.

En réalité, elle en avait beaucoup, presque cinq mille la dernière fois qu'elle avait vérifié, et tous attendaient l'annonce du gâteau du jour.

— Je viens de te demander de ne pas la poster, insista Tom d'une voix autoritaire à laquelle Mattie resta insensible.

— Il ne fallait pas accepter de poser avec nous si tu refuses d'être sur les réseaux sociaux, trancha-t-elle en ajoutant des hashtags à foison.

#feuxd'artifice #feudecamp #ciergesmagiques #soiréedeNoël #Noëlçacraint #àbaslesrabatsjoie

— Aucune loi ne t'oblige à poster des photos sur Internet, reprit-il avec cet air moralisateur qui la hérissait à tous les coups.

— À quoi bon prendre une photo si on ne la publie pas ? demanda Pippa, d'une perplexité sincère.

Lorsqu'elle ne postait pas de couchers de soleil en fond de citations fantasques sur Instagram, Pippa postait des photos #fitspo sur son entraînement sportif quotidien ou des selfies #lheuredugin dans des bars prisés qu'elle allait tester après les avoir découverts sur le site du Londonist.

— Parfaitement, la soutint Mattie. Comment prouver l'existence d'une photo qu'on ne poste pas sur Internet ?

Après trois bières en l'espace d'une heure, elle était juste assez pompette pour se lancer dans sa quête préférée : agacer Tom, dont la lèvre plissée exprimait toute sa frustration. Mais elle avait une autre motivation. Tout autre. Elle s'était juré de ne plus jamais se laisser commander par un homme. Jamais. Cela pouvait commencer doucement, il vous disait préférer telle robe ou tel parfum, puis un beau jour, votre vie ne vous appartenait plus et vous calquiez vos goûts sur ceux d'un autre.

— Comme cette théorie du bruit de l'arbre qui tombe dans la forêt, tout ça.

— Je pense que la présence de cette photo dans ton téléphone suffit à prouver qu'elle existe, rétorqua Tom en regardant par-dessus l'épaule de Mattie tandis qu'elle taguait Pippa, détail parfaitement agaçant. Mais bon sang, Mattie, ne peux-tu donc pas respecter mes convictions ?

— Je les respecterais si tes convictions étaient un tantinet logiques, répliqua-t-elle en levant les yeux de son écran.

Donne-moi une seule bonne raison de ne pas cliquer sur « poster ».

Tom haussa un sourcil.

— Parce que je te le demande.

Oh, il lui donnait encore plus envie de cliquer. Mais Phil tirait une tête d'enterrement (pour quelqu'un qui se revendiquait roi de la vanne, il n'était pas solide devant les situations de conflit) et Pippa arborait sa mine du « Je ne t'en veux pas, mais suis déçue de te voir te comporter comme une crétine ». Or cette grimace était généralement réservée aux situations extrêmes.

— Bon, d'accord, capitula Mattie avec un soupir. (Elle brandit le téléphone sous le nez de Tom pour lui prouver qu'elle supprimait le brouillon.) Mais tu ne pourras pas échapper au XXIe siècle toute ta vie. Tu es vraiment bizarre. Voire louche.

— Mattie, on ferait bien de rentrer, décida Pippa. J'ai cours de Pilates demain matin à la première heure et, sans vouloir te faire la morale, je crois que tu as assez bu.

— Oui, elle a raison, confirma Tom, comme si on lui demandait son avis.

Il insista ensuite pour les raccompagner jusqu'au métro, prétextant qu'il était facile de se perdre dans le quartier. Mais pour Mattie, à présent plongée dans un agacement continu, c'était une nouvelle allusion à son ivresse et une insulte à son sens de l'orientation.

— Je devrais même te raccompagner jusqu'à la maison, opta Tom. Pour m'assurer que tu n'atterriras pas à l'autre bout de la ville.

— Tu me prends pour qui ? grommela Mattie en passant à maintes reprises sa carte de transport sur le lecteur qui ne lui affichait que cette satanée lumière orange. Pourquoi ça ne marche pas, ce truc ?

Parce que Mattie avait atteint les limites de son forfait. Une fois qu'elle l'eut renouvelé, elle emprunta le métro avec Tom et Pippa, cette dernière s'efforçant vaillamment de maintenir le fil d'une conversation sur sa nouvelle campagne contre l'usage d'objets en plastique. Mais elle dut descendre à Finsbury Park, laissant Mattie et Tom assis côte à côte en silence. Mattie ne comprenait pas pourquoi Tom avait insisté pour raccompagner jusqu'au bout sa carcasse pas si ivre que cela alors qu'il aurait pu passer la soirée à cueillir d'autres numéros de téléphone, ou pire – et l'idée n'était pas loin de lui soulever l'estomac –, ramener une nana à l'appartement.

— Dis-moi… Tu es plutôt populaire avec les filles. Je me trompe ? s'entendit-elle demander comme si sa bouche agissait indépendamment de son cerveau.

En bout de rame, des fêtards d'une quarantaine d'années, tous coiffés de bonnets rouges, se lancèrent dans une reprise fougueuse de *Il est né le divin enfant*. Tom leur lança un regard horrifié avant de revenir sur Mattie, laquelle ne pouvait se retenir de le dévisager. Ce type était si guindé, et pourtant, les filles tombaient toutes à ses pieds. Où était la logique ?

— Tu connais la règle, dit-il sèchement. Je ne parle jamais de ma vie privée.

Mattie pouffa.

— Si agaçante que soit la réalité pour toi comme pour moi, nous partageons le même appartement. Nos vies privées sont donc forcément amenées à se croiser. Je te rappelle que nous sommes allés à une soirée ensemble !

— Nous n'y sommes pas allés ensemble, la corrigea-t-il, pressé de balayer l'idée qu'il ait pu interagir avec Mattie en public. Tu es venue à cette fête sans que je le sache, mais surtout, sans me demander mon avis.

— Tu ne voulais pas que je vienne ? Pourquoi ? Parce que tu me détestes ?

Comment retenir la pointe d'amertume dans sa voix ? Impossible avec trois bières dans le sang.

— Je ne te déteste pas, soupira Tom sur le ton las qu'on adopte devant un enfant capricieux qui refuse d'aller se coucher.

Elle lui assena un petit coup de coude dans les côtes.

— Alors tu m'aimes bien ?

Une main sur le flanc, Tom souffla d'un air de souffrir le martyre.

— Qu'est-ce que ça peut te faire, puisque tu détestes *tous* les hommes ?

— Non, pas tous.

— C'est ce que tu dis tout le temps, mais j'ai des preuves du contraire, affirma-t-il. (Et comme Mattie allait se défendre, il la surprit en posant le bout des doigts sur ses lèvres.) C'est là que tu vas me dresser la liste des rares hommes que tu n'as pas encore pris en grippe, or juste pour cette fois, pourrais-tu me l'épargner ?

Mattie chassa vigoureusement sa main, mais la sensation de ses doigts s'attarda un instant sur sa bouche.

— Continue comme ça et je poste la photo sur Instagram après avoir zoomé sur ton visage.

La mine déconfite de son colocataire l'amusa beaucoup, à moins qu'elle ne soit provoquée par les Pères Noël en bout de rame qui entonnaient à présent *Mon Beau Sapin* à pleins poumons.

— Tu n'oserais pas, souffla-t-il.

— Pas un mot de plus, le menaça Mattie en levant son téléphone.

— OK. Parfait, céda Tom.

— Parfait.

Et ils continuèrent le trajet jusqu'à Russell Square dans un silence délicieux. Ou en tout cas, il aurait été délicieux sans les zouaves lancés dans une reprise de *Douce Nuit*.

Chapitre 13

19 jours avant Noël

Le lendemain matin, les rapports entre Mattie et Tom restèrent glaciaux.

Quand Mattie sortit de sa chambre bien plus tard qu'il ne le faudrait un jour de semaine, emmitouflée dans sa nouvelle robe de chambre avec une légère gueule de bois, elle tomba nez à nez avec Tom, déjà levé et occupé à préparer des œufs brouillés en cuisine. Mattie eut un vague sentiment de honte.

— Hum, désolée pour hier, lâcha-t-elle en se faufilant derrière lui. J'ai été pénible. Si tu veux que je supprime la photo, je le ferai.

— Rien ne t'y oblige. (Une pause. Longue et embarrassante.) Je te fais confiance.

À la façon crispée dont il lâcha ces mots, les yeux braqués sur sa poêle, il était évident qu'il ne les pensait pas une seconde.

Il avait mis un pantalon slim et une chemise mais n'avait pas eu le temps de nouer un nœud papillon ou d'enfiler un vieux chandail, ce qui laissait donc à Mattie l'occasion d'apercevoir une parcelle de peau en dépit de ses choix vestimentaires douteux. En parlant de choix…

— Tu ne manges pas ton panini, ce matin ? s'étonna-t-elle en masquant son agacement.

— Comme tu peux le voir, non.

Tom touillait ses œufs à même la poêle antiadhésive avec une fourchette, ce qui mit les nerfs de Mattie à rude épreuve. Il allait devoir cesser ce crime culinaire, et vite.

— Ah. Tu n'es pas obligé de mettre autant de lait dans tes œufs, ne put-elle se retenir de commenter. Moi, je mets seulement du beurre. Tout est meilleur avec du beurre. Et pourrais-tu arrêter d'utiliser une fourchette dans cette poêle, s'il te plaît ? J'ai une spatule en bois…

— Je n'ai peut-être pas le niveau d'un pâtissier de luxe français, mais je sais me faire des œufs brouillés.

De toute évidence, c'était faux, mais Mattie s'en voulait tellement pour son comportement de la veille qu'elle préféra ne pas relever. Dommage que cette pauvre poêle doive en faire les frais.

Le pire l'attendait en bas. Pendant que Mattie et Tom faisaient la fête – mais pas ensemble –, Nina avait travaillé jusqu'à 23 heures un jeudi soir pour terminer de décorer la boutique (un sacrifice qu'elle promettait de ne plus évoquer à partir de Pâques). Ce matin-là, *Au Bonheur des tendres* avait des airs de champ de bataille où Noël aurait éructé partout dans la pièce. Chose promise, chose due : Nina s'était surpassée.

Elle avait également profité de l'absence de Mattie pour envahir le salon de thé d'une explosion de confettis roses et gris. Heureusement, Nina avait réussi à maintenir sa folie créatrice à l'écart du comptoir où l'on préparait les commandes, si bien que Mattie ne se sentit pas l'envie de faire la moindre objection.

— Ces fichues lois sanitaires entravent ma créativité, se lamenta Nina alors que sa créativité avait l'air de s'être clairement exprimée.

Mattie suivit Nina dans la boutique, leur trajet freiné dans les antichambres par les étoiles roses et grises accrochées trop bas, au risque de percer les yeux des clients.

— Et maintenant, je te présente... mon chef-d'œuvre!

Nina lui présenta fièrement sa *pièce de résistance**, une vitrine arborant le sapin de Noël promis, intégralement constitué de livres aux couvertures vertes. Pour ce faire, Nina avait emprunté quelques précieux classiques modernes de la collection Virago de Verity dont la tranche était vert foncé, un sacrifice que Verity avait qualifié de bien pire que de rester au travail jusqu'à 23 heures. Des cadeaux étaient emballés dans du papier rose et gris au pied du vrai sapin, ils seraient offerts par les clients à d'heureux destinataires au foyer d'accueil du quartier.

Ne restait plus qu'à évoquer le sujet épineux du bébé renne grandeur nature dont Nina affirma n'avoir jamais entendu parler.

— Quel renne? demanda-t-elle innocemment, son coude posé sur la tête de la bête alors que Posy avait catégoriquement refusé la présence d'un renne grandeur nature dans sa boutique. Je ne vois pas de renne. Tom, tu vois un renne?

— Ne me mêlez pas à vos histoires, grommela Tom en passant sous une bannière « Joyeux Noël » suspendue sous l'arche qui menait au rayon des Classiques.

En passant devant Mattie, il lui lança un regard en coin puis disparut dans les profondeurs de la Régence pour y remettre des livres en rayon.

Le pire était toujours à venir. La pause-déjeuner marqua l'arrivée d'une équipe de la BBC London TV venue filmer l'inauguration du tristement célèbre Photomaton sous le gui. Malgré toutes les belles promesses de Nina, la cabine prenait autant de place que l'immense sapin et entravait totalement l'accès aux étagères du bas réservées aux dernières sorties.

— De toute façon, il y a peu de sorties en décembre, se défendit-elle gaiement.

Aux yeux de Mattie, cette cabine photo n'avait rien d'exceptionnel, outre les décalcomanies sur le thème des fêtes de Noël et le titre « Joyeux bonheur des tendres » en façade. Derrière le rideau, on découvrait une toile de fond enneigée avec des rennes, un grand écran pour voir sa pose, une belle branche de gui accrochée au plafond et un tabouret sur lequel les amoureux pouvaient échanger leur baiser.

— Ils s'embrassent, puis quand leur photo sort de la fente sur la gauche, le cliché est directement posté sur le compte Instagram d'*Au Bonheur des tendres*. Ils pourront ainsi la télécharger s'ils le souhaitent, expliquait Posy aux journalistes pour leur bref tour du propriétaire. (Puis elle lança un regard d'angoisse à Nina qui venait de passer une heure à la coacher pour cette interview, et Nina l'encouragea d'un pouce en l'air.) De plus, notre gui est d'origine bio, récolté dans un verger dans le Kent.

Hors champ, une cliente télégénique attendait avec son petit ami gêné, tous deux choisis par l'équipe pour être les premiers à essayer la cabine devant les caméras.

— En revanche, j'insisterai sur un point, reprit Posy, les joues aussi rouges que les boules de houx sur la couronne accrochée à l'entrée. Pour utiliser le Photomaton, il faut d'abord acheter un livre en boutique. Nous ne pouvons pas nous permettre d'accueillir tous les gens venus simplement se faire prendre en photo.

— Oui, bien entendu, ponctua le cameraman d'un ton qui semblait dire qu'ils couperaient la phrase au montage. Peut-on prendre en photo l'un de vos collègues sur le tabouret ?

— Pas moi ! scanda Verity derrière la caisse. Personne ne m'a prévenue qu'on passerait à la télé. C'est hors de question !

— Moi, je veux bien, à condition que vous me coupiez à partir du cou, négocia Posy. Quand je suis assise, prise sous le mauvais angle, on me croirait enceinte de sextuplés.

Mattie allait devoir retourner au salon de thé, mais Tom étant loin dans les rayons Régence, elle n'était pas contre l'idée de se divertir un moment de plus dans cette agitation. Encore que Sebastian Thorndyke venait de se joindre à elle et posait un regard sombre sur tout ce remue-ménage.

— Que se passe-t-il ? s'enquit-il. Qu'est-ce que cette cabine vient faire devant l'étagère des dernières parutions ?

— Ce n'est pas une cabine comme les autres. C'est un Photomaton sous le gui, expliqua Mattie. La *pièce de résistance** du programme des fêtes de Nina, si j'ai bien compris.

Sebastian pouffa.

— Je croyais que sa *pièce de résistance** était l'immense sapin de Noël, ou le faux sapin en livres de la vitrine, ou le renne grandeur nature.

— Le menu des fêtes de Nina compte plusieurs plats principaux, lança Tom depuis le rayon Régence. Je crois qu'elle n'a pas compris le concept de *pièce de résistance**.

— Personne n'a informé la Tatouée que toutes ses lubies occupaient un espace précieux qui devrait être consacré aux clients venus faire tourner la boutique ? demanda Sebastian.

— On a essayé, répondit Mattie.

Elle remarqua que Sebastian avait perdu son air habituellement hautain. À la place, il arborait un sourire attendri en observant sa femme qui refusait de s'asseoir dans la cabine tant qu'on ne lui garantissait pas qu'elle ne serait pas filmée sous les épaules.

— Je leur conseille de ne pas mettre ma Morland en colère, marmonna-t-il. Si sa pression artérielle grimpe en flèche, des têtes vont tomber. Au fait, si c'est un Photomaton sous le gui, les gens ne sont-ils pas censés s'embrasser ? Personne ne va embrasser ma Morland, j'espère !

— Ce n'est pas *ta* Morland, elle est sa propre Morland, clarifia Mattie qui considérait que Sebastian n'était pas le propriétaire de l'« objet Posy », si attendrissantes que soient les petites attentions du plus grossier personnage de Londres (ainsi décrit par *The Guardian*) envers sa femme. Or les baisers sont l'intérêt principal de cette cabine. Les gens achètent des livres, puis ont l'autorisation d'emmener leur partenaire dans la cabine pour se prendre en photo en train de s'embrasser alors qu'ils pourraient très bien le faire eux-mêmes avec leur téléphone.

Mais Mattie parlait dans le vide, Sebastian s'était retourné pour attraper un livre dans un rayon derrière lui. On alluma les caméras. Il traversa la boutique et, d'un mouvement fluide, contourna Posy pour s'asseoir sur le tabouret dans la cabine.

— J'ai l'intention d'acheter ce livre, Morland, annonça-t-il avant de l'attirer sur ses genoux pour un langoureux baiser.

Si quiconque osait jouer un tel coup à Mattie, même une personne à laquelle elle serait liée par des liens matrimoniaux, elle lui mettrait sa main dans la figure. Mais Posy attrapa les pans de la veste du costume sur mesure que Sebastian avait payé une fortune et eut un frisson de bonheur. À moins que ce ne soit sa pression artérielle qui s'emballait.

— Techniquement, tu es censé acheter le livre avant le baiser, le corrigea Posy une fois qu'elle put reprendre son souffle. (Elle prit l'exemplaire des mains de son mari pour y jeter un coup d'œil avant de lui donner une petite tape sur la tête avec la couverture.) J'ignorais que tu étais fan de George Eliot.

— J'adore ce mec, j'ai lu tous ses romans. J'ai mon jardin secret, figure-toi, rétorqua sombrement Sebastian.

— George Eliot était une femme, imbécile.

Sur ce, Posy lui réclama un autre baiser. Le journaliste, un brin agacé par l'intervention de Sebastian, eut la larme à l'œil. Mais à mesure que le baiser dura, cette larme sécha pour laisser de nouveau place à l'agacement.

— Vous gâchez tout ! s'exclama Nina, campée derrière l'équipe de tournage, les poings sur les hanches, fâchée comme Mattie ne l'avait jamais vue. Bon sang, je n'ai même pas encore pu essayer la cabine !

— Cette scène me met mal à l'aise, et pourtant, on reste tous plantés là, dit la voix de Tom derrière Mattie.

Tout proche. Assez pour sentir sa chaleur dans son dos. Elle avait envie de faire un pas en avant, de lui demander de respecter une certaine distance de sécurité, mais ils s'étaient lancés bien assez de piques en trente-six heures.

Et puis, une fois n'est pas coutume, Tom et Mattie étaient unis dans leur adversité contre la scène de ce Photomaton.

— Oui, toute cette décoration me pique les yeux, se lamenta Mattie. Et puis, je reste convaincue que cette cabine va causer de sérieux problèmes de harcèlement sexuel.

Pendant ce temps, Posy et Sebastian échangeaient des baisers passionnés sous l'œil de la caméra.

— Et des problèmes d'effusions en public, précisa Tom, sincèrement dégoûté.

— Ce bazar autour de Noël, quel ridicule.

Mattie donna une chiquenaude à la bannière au-dessus de sa tête.

— Tu as raison, c'est ridicule, opina Tom en soupirant sa lassitude dans les cheveux de Mattie, ce qui acheva de l'irriter. On devrait leur coller un procès. Pour avoir été obligés de travailler en milieu hostile.

—Le problème, c'est que je suis ma propre patronne. Sans compter que tu n'as pas plus envie que moi de mettre Posy en rogne en ce moment.

—À cause de sa grossesse…

—Et parce qu'elle ne nous demande aucun loyer pour notre appartement.

Mattie tourna la tête vers lui pour lui décocher un sourire qu'il lui rendit.

—C'est vous la cuisinière ?

La productrice de BBC London apparut devant Mattie, un roulé à la saucisse à demi entamé dans la main.

—Oui, c'est moi, hésita-t-elle devant l'expression mitigée de l'inconnue.

Son roulé n'était-il pas assez cuit ? Ou pire, avait-elle trouvé un cheveu dans la pâte ?

—Je n'ai jamais rien mangé d'aussi bon ! dit la productrice, les sourcils toujours froncés. On ne vous a jamais dit que vous aviez le physique pour passer à la télévision ?

—Non, pas vraiment, dut-elle admettre.

Derrière elle, Tom s'éloigna sur un ricanement, et ne la protégea plus du courant d'air qui circulait dans la boutique dès qu'un client entrait.

—Je dois trouver un sujet léger tous les jours sur le thème de Noël pour finir mes reportages. Chacun sa croix. Aujourd'hui, j'ai ce fichu Photomaton à couvrir. Nous pourrions terminer sur une interview au sujet de vos roulés à la saucisse. Après tout, les gens se bousculent à la porte de votre salon pour les savourer.

—Vraiment ? Oh, non ! Je dois filer.

Tout ce temps, Mattie était restée là à se moquer de cette affaire de cabine pendant que le pauvre Cuthbert gérait tout seul une vague de clients affamés.

— Attendez, il faudrait que vous me signiez ce formulaire, réclama la productrice en la suivant dans le couloir. Auriez-vous un nom plus vendeur à leur donner ? Je trouve que « roulé à la saucisse », ce n'est pas très fin.

Personne ne trouva d'autre nom pour cette merveille et l'équipe de tournage filma la queue de clients désireux de la goûter qui s'étirait jusque dans les Mews. Les journalistes menèrent ensuite une brève interview de Mattie, qui leur expliqua l'origine familiale d'une recette transmise de génération en génération (ce qui sonnait mieux que d'admettre l'arrivée soudaine de l'inspiration pour ce roulé à la saucisse une nuit où elle s'était levée pour aller faire pipi). Ils filmèrent en sus des clients ravis de louer les mérites de la pâte feuilletée et de ce porc succulent.

— Si vous préférez le sucré, ces boules de gâteau rouge velours déguisées en petits puddings de Noël vous mettront l'eau à la bouche, conclut le journaliste, un jeune homme au teint pâle qui, en dépit des cinq roulés engloutis au nom de la recherche journalistique, avait l'air d'avoir grand besoin d'un vrai repas copieux.

Puis il goûta volontiers à un petit pudding de Noël et, bien qu'il fût malpoli de clore un reportage la bouche pleine, clama :

— Miam ! Noël n'a jamais été aussi goûteux !

— J'espère que vous prévoyez d'embaucher du personnel, leur lança la productrice pendant que son équipe rangeait tout le matériel. Le lendemain de la diffusion de notre sujet sur le premier établissement de Londres consacré à la vente de cronuts, ils ont fait une journée à deux mille clients. Il leur a fallu mettre en place une liste d'attente.

— « Deux mille clients » ? répéta Mattie, non pas avec joie, mais avec horreur.

Elle pouvait encore préparer toute seule deux cents roulés à la saucisse lorsqu'elle n'avait aucun autre gâteau sur le feu, mais *deux mille* ?

— Ne me remerciez pas, c'est normal, dit la productrice en montant à bord de sa camionnette. En fait, vous m'avez rendu service car je ne savais pas comment clore mon billet de demain sur le professeur Zumba Noël qui s'est déchiré le ménisque.

Chapitre 14

19 jours avant Noël

Par chance, le seul endroit dans tout Londres qui échappait à la vague de la fête de Yule était l'appartement au-dessus de la librairie. Ni Mattie ni Tom (qui faisait toujours profil bas) n'avaient envie d'accrocher une carte de vœu au-dessus de la cheminée dans le salon ni d'installer une guirlande autour de la sonnette de majordome dans le couloir.

Une fois sa pâte prête à reposer pour le lendemain, Mattie était encore loin d'avoir fini sa soirée. Si ses roulés à la saucisse devaient attirer tout Londres, elle avait intérêt à s'y mettre. C'est ainsi qu'elle refusa l'invitation de Pippa qui souhaitait essayer un nouveau bar déjà prisé à Notting Hill et que, après avoir souhaité une bonne soirée à Tom, elle remonta l'un des tabourets de son salon de thé à l'appartement pour un maximum de confort dans la confection de quantités industrielles de pâte feuilletée.

Entre deux boules de pâte, elle passa commande chez son boucher pour des kilos de chair à saucisse et de bacon fumé et s'interrogea sur la place et le budget qu'impliquerait l'achat d'un frigo supplémentaire.

Des soirées, Mattie en avait connu de meilleures. À la cinquième boule de pâte, sa mère appela.

—*Mathilde, ma chérie! C'est maman**!

La voix de Sandrine jouait sur des décibels proches de la corne de brume. Mattie n'eut presque pas besoin de la mettre sur haut-parleur.

— Comment va ma fille préférée ?

— Ta fille est dans la pâte feuilletée jusqu'aux coudes, répondit-elle sombrement. Elle sera moins bonne que d'habitude, je n'ai pas assez de temps.

Elle résuma rapidement à Sandrine le tournage amusant, léger et drôle du reportage bientôt diffusé pour le journal local de 18 heures et dans lequel elle aurait l'honneur de voir apparaître sa fille.

— Mais c'est génial ! Tu illumineras l'écran ! se réjouit Sandrine tandis que Mattie coupait du beurre en petits cubes. Tu es télégénique avec tes grands yeux de biche et ton petit nez rond. Sans parler de tes lèvres. Un arc de Cupidon parfait. Ian ! *Ma petite Mathilde** va passer aux infos ! Toute l'équipe de la BBC adore ses roulés à la saucisse.

Un toussotement en fond. Puis un grognement.

— Bien joué, Mattie ! entendit-elle Ian lancer de loin.

Mattie plissa son arc de Cupidon pour réprimer un sourire. Son énorme commande chez le boucher pouvait la mettre sur la paille si son apparition aux informations faisait un flop, mais malgré tout, après ce coup de fil de sa mère, Mattie se sentait pousser des ailes. Sandrine était sa première fan et n'avait pas peur de crier sur tous les toits combien elle trouvait sa fille belle et talentueuse.

— C'était sympa de discuter avec toi, Mattie, mais tu as du pain sur la planche, lui dit Ian alors qu'ils avaient à peine échangé deux mots.

— Il n'a pas l'âme d'un poète, chuchota Sandrine dans le combiné tandis que Ian parut quitter la pièce où elle se trouvait. En revanche, il a le cœur sur la main.

— C'est bien vrai, opina Mattie. C'est un homme extraordinaire, tu as beaucoup de chance. Tu le sais, n'est-ce pas ?

— Oui, c'est vrai, soupira Sandrine sans en faire des tonnes pour une fois. C'est le meilleur. J'en sais quelque chose puisque j'ai connu les pires.

Telle mère, telle fille, songea Mattie. *Quelle poisse…* Elle entendit le bruit familier de pas dans l'escalier, les marches grimpées deux par deux. Un frisson la parcourut. La porte d'entrée s'ouvrit.

— Ce n'est que moi ! appela Tom si fort qu'il fut entendu par Sandrine à cause du haut-parleur dans la cuisine. J'ai oublié mon téléphone, je l'avais laissé charger. Tu comptes faire ta pâte toute la nuit ? ajouta-t-il en passant la tête dans l'embrasure pour découvrir les saladiers de pâte à divers degrés de repos sur la table et les deux chaises de la cuisine.

— Non, pas toute la nuit.

Quoique, Mattie eut le sentiment qu'elle ne serait pas couchée avant très, très tard.

— Bon, j'essaierai de ne pas te réveiller en rentrant, promit Tom avec un petit sourire et un signe de tête comme s'ils étaient de vrais colocataires et non deux personnes qui partageaient un espace de vie.

Ce sourire changeait radicalement la figure de Tom. Il avait l'air cent fois plus sympathique et cent fois moins guindé qu'à l'ordinaire. Mattie lui rendit son sourire.

— Amuse-toi bien, dit-elle par réflexe comme Tom allait repartir. Et ne fais rien que je ne ferais pas à ta place.

Il lui lança un regard surpris (sans doute parce que Mattie vivait actuellement comme une bonne sœur et que la liste des choses qu'elle ne ferait pas remplirait un roman). Mais au lieu de s'en aller, il resta dans le couloir et mit un temps fou à nouer son affreuse écharpe vert bouteille autour de son cou.

— Je suppose que c'est Tom, souffla Sandrine dans le téléphone, en ébullition à chaque mot. J'ai trouvé que c'était un bel homme, à l'inauguration de ton salon. Très beau ! Mathilde, petite coquine, pourquoi n'as-tu pas dit à ta maman chérie que vous vous mettiez à la colle, tous les deux ?

Mattie fut incapable de regarder Tom de crainte de surprendre son regard écœuré et de se changer en pierre. Elle entendit simplement un froissement de vêtement. Quelle honte !

— On ne se met pas à la colle ! Ce n'est pas ça du tout, parvint-elle à articuler malgré sa gorge serrée.

— On partage un espace de vie avec des règles bien précises et des limites à respecter, énonça Tom depuis le couloir, chaque mot précis et impactant comme une balle de revolver.

Mattie, elle, était transie d'effroi.

— Si vous le dites, roucoula Sandrine, n'en croyant pas un mot. Guy m'en a parlé, mais tu le connais, il aime faire planer le doute. Alors vous n'êtes que tous les deux ? C'est tellement cosy ! Tellement romantique !

— On peut difficilement faire moins romantique que ça, la contredit Mattie. (Tom eut un air pincé comme s'il retenait son souffle.) Bref, Tom doit filer. Il a sa vie et j'ai la mienne.

— Deux vies bien distinctes, renchérit Tom en ouvrant enfin la porte d'entrée, son portable en main à la manière d'un talisman de protection contre les pires espoirs de Sandrine pour sa chère petite fille. À plus tard. Et bonsoir, maman de Mattie ! dit-il plus fort.

— Tout le plaisir fut pour moi. Il me tarde de vous revoir, appela Sandrine.

Mais Tom était déjà parti et la porte claqua derrière lui.

Mattie porta une main pleine de pâte collante à son cœur lancé dans une course folle.

— Même Guy trouve que c'est un charmant garçon, se souvint gaiement Sandrine. Et pourtant, il est difficile. Raconte-moi comment est né votre amour.

Les pas de Tom moururent dans l'escalier, puis la porte d'entrée de la librairie claqua. Mattie put enfin se détendre. Elle s'appuya contre le réfrigérateur.

— Je n'ai rien à raconter puisqu'on n'est pas amoureux. Il est barbant à mourir, affirma-t-elle. Tout ce que je peux te dire d'intéressant sur son compte, c'est qu'il envisage de devenir prêtre jésuite et a fait vœu de chasteté.

— Quel ennui, se lamenta Sandrine. En parlant de chasteté, dois-je en déduire que ta vie amoureuse est toujours aussi déserte ?

Mattie fit la grimace au-dessus d'un saladier de pâte feuilletée.

— Oui, et je suis très heureuse comme ça. Question suivante !

— Tu ne pourrais pas te trouver un *sex friend*, mon petit ange ?

— Changeons de sujet, c'est un ordre.

— Bon, alors parlons de Noël, opta Sandrine, décidément butée. J'en ai parlé à Ian et Guy, ils sont d'accord avec moi. Tu ne peux pas refaire le même coup que l'année dernière.

L'évocation de Noël fit tomber les épaules de Mattie. L'allusion aux fêtes de l'année précédente acheva de la démoraliser. Elle fut surprise de ne pas s'effondrer mollement sur le sol.

— Vous ne pouvez pas me reprocher d'avoir été casse-pieds l'an dernier, rappela-t-elle à sa mère d'une petite voix tout en allant disposer ses saladiers dans le frigo.

— Tu t'es couchée le 24 avant minuit et n'es pas ressortie de ta chambre avant le soir du 26, se souvint tristement Sandrine. Tu refusais tous mes cadeaux alors que je t'avais acheté un joli coffret de chez Jo Malone.

— Je l'ai adoré, je t'ai même écrit un mot pour te remercier, souffla Mattie en reposant sa tête brûlante contre une bouteille de mayonnaise bien fraîche.

— Oui, le jour où tu m'as laissée te l'offrir. C'est-à-dire lors de ton anniversaire au mois de mars. (Sandrine semblait à présent inquiète, sinon alarmée.) Ma chérie, ça fait deux ans. Il est temps de laisser le passé derrière toi pour que ton cœur puisse chanter une nouvelle chanson.

« Deux ans » déjà ? Pour Mattie, c'était comme si c'était hier, et à la fois, comme si l'épisode remontait à des siècles, dans une vie antérieure.

— Franchement, maman, mon cœur et moi nous portons à merveille, insista Mattie qui répétait le même discours chaque fois que Sandrine ramenait ce fâcheux sujet sur la table. Pour ce qui est de Noël, je pense rester chez moi. Tu sais, le salon sera ouvert tous les jours jusqu'aux fêtes, on fermera plus tard le soir et les clients vont affluer, il faudra donc préparer plus de gâteaux... Bref, je serai épuisée et...

— *Mon Dieu** *!* Tu détestes toujours autant Noël et envisages encore de passer les fêtes au lit ! s'exclama Sandrine.

Si Mattie n'avait pas forcément ce programme en tête, elle devait admettre que c'était tentant. La couette tirée au-dessus de la tête. Attendre que le dernier pétard ait explosé, que la dernière part de dinde soit avalée et que tous les programmes de Noël aient disparu des chaînes de télévision avant de daigner sortir de sous ses draps.

Une fois que la tornade des fêtes serait passée.

— On en reparlera un autre jour, proposa-t-elle.

— Mais c'est dans moins de trois semaines, ma chérie !

— Nous en reparlerons plus tard. Donc, pas ce soir.

— Mais j'ai besoin de savoir combien nous serons à table pour le réveillon, protesta Sandrine.

Elle aimait préparer son menu à l'avance.

— J'ai dit, pas maintenant !

Mattie avait déjà du mal à supporter l'ambiance des fêtes au travail, ainsi agressée par des étoiles roses et argentées dès qu'elle traversait la librairie, et sa panique augmentait lorsqu'elle voyait approcher celles de cette année avec son lot de questions sur son avenir proche. Une fois qu'elle eut pris trois profondes inspirations, ainsi que le recommandaient tous les livres de Pippa sur la pleine conscience, Mattie retrouva un semblant d'apaisement.

— Lâche du lest, maman. Noël est encore très loin.

Seulement, il n'était pas si loin que ça. Il restait moins de vingt jours et le délai se réduisait comme peau de chagrin. Mattie sentait venir la menace de ce nuage gris comme une bruine fine au parfum nauséabond.

Chapitre 15

18 jours avant Noël

Le nuage gris planait encore au-dessus de sa tête le lendemain matin lorsqu'elle étala de la pâte pour ses tartelettes.

Cette triste matinée harcelée de pluie avait réussi à faire fuir jusqu'aux acheteurs de Noël les plus compulsifs. La librairie et le salon de thé étaient tous deux plongés dans un calme rare, et outre l'album de Phil Spector que Cuthbert passait en boucle, Mattie était en tête à tête avec ses pensées.

Des pensées moroses. Sa minuscule cuisine regorgeait de senteurs festives : clémentine, eau-de-vie et cannelle, alors qu'elle découpait d'un geste expert sa pâte parfumée aux agrumes pour disposer chaque disque sur une plaque huilée, prêt à recevoir sa cuillerée de hachis fait maison en son centre. Cette odeur de Noël la ramenait quelques années en arrière…

À une époque, il n'y avait encore pas si longtemps, deux ans pour être précis, Mattie adorait Noël. À peine Halloween était-il passé et les feux d'artifice de début novembre s'étaient-ils éteints que son sang pétillait de bulles fines comme du champagne à l'approche d'un Noël qu'elle se languissait d'accueillir.

Elle comptait les jours sur le calendrier, rongée par l'impatience, se lançait corps et âme dans l'achat des cadeaux parfaits pour chaque personne de son entourage, épluchait tout Pinterest à la recherche de nouvelles façons de nouer des rubans autour du papier bigarré, disposait les cadeaux au pied du sapin dressé depuis les premiers jours de décembre.

Quand, un beau jour, elle partit vivre à Paris. À la période des fêtes, cette ville respirait la magie. Les carrousels poussaient comme des champignons dans tous les quartiers et les Champs-Élysées avaient un air de forêt lumineuse féerique. La tour Eiffel, en costume pour l'occasion, scintillait de mille feux à l'horizon.

Et puis, il y avait le shopping. *Stohrer*, la plus vieille pâtisserie de Paris, faisait la meilleure bûche de Noël que Mattie ait jamais goûtée. Elle aimait choisir ses boules et ses guirlandes à *La Colomberie* de Saint-Germain et trouvait des idées de cadeaux au petit marché de Noël de Montmartre...

Seule dans sa petite cuisine, Mattie laissa son regard dévier vers la fenêtre, petite aussi, celle qui donnait sur l'arrière-cour crasseuse et ses toilettes extérieures. Mentalement, elle se trouvait ailleurs, dans une cuisine peut-être plus petite encore, devant une autre petite fenêtre dont la vue ne cesserait jamais de l'époustoufler chaque fois qu'elle y repenserait.

Toutes ces cheminées sur des toits parisiens pêle-mêle à perte de vue.

Si Mattie grimpait sur son évier grand comme un timbre-poste et passait la tête par sa fenêtre circulaire, elle apercevait même la tour Eiffel.

Il lui arrivait de se dire que la dernière fois qu'elle s'était sentie vraiment heureuse, c'était dans la cuisine de ce minuscule appartement à Paris, une chambre de bonne avec une alcôve où cuisiner et une salle de bains juste assez grande pour accueillir la douche et les toilettes, mais pas assez pour un lavabo, le tout au sixième étage d'un immeuble.

Elle passait ses journées à l'Institut de pâtisserie, ses soirées à servir dans un bistro dans le quartier du Marais et ses nuits à créer des gâteaux avec la pâte la plus légère, la crème au beurre la plus riche, les meringues les plus fermes au goût le plus délicat, la ganache la plus douce et lustrée comme un lac gelé. À peaufiner ses recettes jusqu'à la perfection, à griffonner les ingrédients, les instructions et les notes dans son livre de recettes. Ces efforts lui avaient valu l'approbation de Mme Belmont, professeure de Mattie à l'Institut de pâtisserie, avec sa toque d'un blanc immaculé et son fouet en acier.

Et puis, ses rares soirs de repos, Mattie n'avait pas d'autre occupation que faire tendrement l'amour à Steven, l'homme qu'elle avait rencontré le premier jour de sa formation à l'Institut. Ils s'étaient vu assigner les deux tables de travail voisines dans une cuisine d'essais bondée.

La dernière fois qu'elle avait vu Steven, cela remontait à deux ans, trois jours avant Noël, dans cette période où l'on ne pense qu'aux vacances et aux moments à passer avec ses proches. Au lieu de cela, le monde de Mattie s'était écroulé lorsqu'elle avait découvert son livre de recettes, à elle, dans ses mains à lui. Le livre qu'il lui avait volé.

« Comment as-tu pu me faire ça ? » lui avait-elle demandé d'une voix brisée qui avait fait faire la grimace à cet imbécile.

Il s'était senti insulté par sa mine déconfite et ses yeux mouillés de larmes qu'elle peinait à retenir.

« L'amour se fonde sur le partage, non ? C'est ce que tu dis toujours. »

Comme si, finalement, tout était sa faute. Tout était toujours sa faute.

« Matilda… »

— Mattie ! Mattie ! MATTIE !

Mattie fut brutalement tirée de son douloureux passé quand la voix de Steven fut remplacée par celle de Cuthbert qui se tenait sur le seuil de sa cuisine dans un état d'affolement qui ne lui ressemblait pas, un plateau rempli de tasses et d'assiettes vides à la main.

— Quoi ? marmonna Mattie, sur la défensive, en baissant les yeux sur ses tartelettes à demi achevées mais déjà censées cuire à l'heure qu'il était.

— Les gens font la queue jusqu'à la porte. On n'est pas loin du code rouge. Ton aide ne serait pas de refus.

Sans même attendre de réponse, Cuthbert repartit en salle.

Sur un soupir, Mattie chassa ses mauvaises pensées, se lava les mains et franchit les rideaux pour découvrir une salle bondée de clients. Les vitres étaient embuées par la chaleur, mais à voir les parapluies que repliaient les clients et les manteaux trempés qu'ils jetaient sur le dossier de leurs chaises, la pluie n'avait pas cessé.

Mattie prit une profonde inspiration, afficha un sourire sorti de nulle part et leva la tête vers la première personne de la file.

— Mon café habituel, commanda Tom en jetant un regard appuyé sur sa vieille montre affreuse. J'attends depuis des heures. Posy ne va pas tarder à envoyer les flics à ma recherche.

Mattie s'était juré de ne plus jamais laisser aucun homme prendre l'ascendant sur elle, et voilà qu'elle laissait Tom lui marcher sur les pieds depuis des mois, sans un merci ! Des mois, voire des années !

La tempête grise qui faisait rage au-dessus de sa tête se teinta de rose, puis d'une couleur plus profonde, plus sombre, et laissa finalement place à une bruine cramoisie au travers de laquelle Mattie n'y voyait plus. Elle décocha un sourire crispé à Tom et lui prit sèchement la tasse qu'il lui tendait.

Elle la posa sous les becs de Jezebel et tira sur un levier avec une force qui fit grincer des dents son ami Cuthbert.

— Doucement avec ma chère et tendre, s'indigna celui-ci en tapotant tendrement la machine en souffrance.

En guise de réponse, Mattie remit brutalement le levier en place et reposa la tasse de Tom sous le nez de son propriétaire, manquant de renverser le café dans l'élan.

— Ça fera une livre et vingt-cinq cents, s'il te plaît, dit-elle en appuyant ces derniers mots comme s'ils lui brûlaient les lèvres.

Tom ouvrit des yeux de chouette derrière ses lunettes.

— Je te demande pardon ?

— C'est une livre et vingt-cinq cents le café noir, répéta Mattie sur un nouveau sourire faussement radieux qui le fit reculer d'un pas. Avec la réduction de cinquante pence pour avoir apporté ta propre tasse. On participe à la sauvegarde de la planète.

— Tu veux que je *paie* mon café ? bredouilla Tom, incrédule. C'est une blague ?

— J'ai l'air de plaisanter ?

Toutes dents dehors, le sourire de Mattie était plutôt proche d'un rictus sauvage. Les clients dans la file observèrent un silence, l'oreille tendue pour ne rien manquer de ce qui s'annonçait comme l'échauffourée de leur journée.

— Me prendrais-tu pour une association de bienfaisance qui offre des cafés à des gens dont je sais qu'ils ont un travail rémunéré et aucun loyer à payer ?

Il arrivait régulièrement que Mattie offre un café (et à manger aussi, d'ailleurs) à quiconque entrait dans son salon avec l'air de traverser de grandes difficultés, mais Tom n'entrait pas dans cette catégorie.

Il sortit une poignée de petite monnaie de la poche de son pantalon, les lèvres plissées en une maigre ligne, et il tria les pièces qui l'intéressaient.

— J'ai cru que le personnel d'*Au Bonheur des tendres* avait droit à son thé ou son café gratuit, marmonna-t-il.

— En général oui, mais TOUT le personnel d'*Au Bonheur des tendres* à l'exception de toi m'achète régulièrement à manger…

— Tu nous envoies constamment des pâtisseries gratuitement, s'indigna Tom.

Et il n'avait pas tort, mais là n'était pas la question.

— C'est *mon* choix. Les autres ne mettent jamais les pieds dans mon salon avec de la nourriture achetée chez un concurrent, argumenta Mattie en désignant le sac en papier que Tom tenait dans sa main. Tous les matins, tu viens avec ton satané panini et attends de moi que je t'offre un café. Eh bien, c'est terminé. Il faudra désormais le payer.

— Parfait, grommela Tom, les joues rouges d'une émotion que Mattie ne sut si elle devait la classer dans la catégorie honte ou colère. Tu aurais dû me le dire plus tôt. Mais puisque ma présence et mon panini te dérangent à ce point, je me préparerai mon propre café désormais.

— Parfait, riposta Mattie.

C'était pile ce qu'elle voulait entendre. Sauf que… Elle ne ressentit aucun soulagement. Bien au contraire. Comme si c'était elle qui dépassait les bornes. Elle était pourtant certaine d'être dans son droit ; il était temps de mettre un terme à ces cafés gratuits, mais elle avait eu une façon de présenter la chose qui laissait à désirer. Elle avait laissé la colère prendre le dessus et son ton sec avait balayé tous ses arguments légitimes.

Tom s'en alla, emportant avec lui deux ou trois clients dont l'envie de fuir l'emportait sur l'envie d'une pâtisserie ou d'un café chaud. Si c'était pour se faire insulter à la commande, non merci.

— Tu sais quoi ? Je vais m'occuper tout seul de ces braves gens, proposa Cuthbert en prenant Mattie par le bras afin de l'éloigner du comptoir. Et si tu retournais en cuisine ?

— Mais il y a du monde, se défendit Mattie en désignant la longue queue de clients qui détournèrent aussitôt le regard.

— Je t'appelle si j'ai besoin d'aide. De toute évidence, tu as besoin d'être seule, ça arrive à tout le monde.

Mattie se laissa finalement conduire d'une main tendre mais ferme derrière le rideau à motifs de théières pour retourner à ses tartelettes et réfléchir à son comportement.

Elle n'avait rien fait de mal. C'était la faute de Tom qui avait abusé sans le moindre scrupule de la gentillesse de Mattie et du système de bienveillance complexe qui régissait le salon de thé et la librairie. À sa place, n'importe qui aurait réagi comme elle…

Chapitre 16

18 jours avant Noël

— Je ne prends pas parti, je suis la Suisse. N'empêche, comment as-tu pu être aussi virulente envers Tom ? lui reprocha Posy.

Mattie avait eu des factures à apporter à la librairie. Elle s'était préparée psychologiquement avant de s'y rendre, armée d'un plateau de restes de pâtisseries du petit déjeuner qui ne se vendraient plus à présent que la pause de midi était passée.

— Il mange le même panini tous les matins depuis quatre ans. Où est le mal ? ajouta-t-elle.

— Il n'y a pas de mal, répondit sombrement Mattie, encore que cette mixture graisseuse et bourrée de calories fût une insulte à ses délices bio faits maison. Mais il n'est pas obligé de me l'agiter sous le nez tous les matins. Bref, pour les factures… ce sont les ingrédients qui m'ont servi à préparer les gâteaux de la séance de dédicaces du mois dernier. Tu t'en souviens ? Ils voulaient la couverture du livre en gâteau.

— Verity s'en occupera, promit Posy.

Sur ce, Mattie n'avait plus de raison de s'attarder et tant mieux, car de toute évidence, la patronne de la librairie était loin d'être aussi neutre que la Suisse. Elle fila rejoindre Verity.

Derrière elle, Posy poussa un soupir en se redressant depuis les profondeurs de son canapé.

— Il n'empêche qu'il va falloir régler votre problème.

Tom était occupé en caisse lorsque Mattie s'approcha.

— Excellent choix, dit-il à une cliente fatiguée à qui il tendit un sac en toile à l'effigie d'*Au Bonheur des tendres* en lui décochant un sourire franc et chaleureux.

Son visage en fut méconnaissable. La femme lui rendit son sourire, et d'un coup, sa fatigue parut s'envoler. Le regard brillant, elle repartit le pas léger.

Lorsque Tom surprit Mattie qui se glissait derrière le comptoir pour rejoindre Verity dans le bureau, son sourire chaleureux s'effaça comme d'un coup de gomme. Le geste appuyé, il s'empara de la tasse remplie d'un café noir qu'il n'avait certainement pas eu gratuitement, ni même à une livre vingt-cinq au salon de thé. Il en sirota une gorgée sans quitter Mattie du regard, puis soupira son approbation, comme s'il s'agissait de la meilleure gorgée de café qu'il ait jamais savourée, alors qu'elle aurait parié toute sa collection de livres de recettes d'époque que sa mixture était née de grains congelés dans une boîte en plastique.

Elle lui lança un regard noir auquel il répondit par un air innocent. Ce n'était pas l'envie qui manquait à Mattie de lui donner un coup de coude en passant, pour lui faire renverser son café sur son affreux gilet en laine.

Mais elle se retint et gagna le bureau où Verity fronçait les sourcils devant un tableur affiché sur son écran.

— Des factures, annonça Mattie en déposant les papiers sur le bureau de Verity. Et quelques douceurs pour mieux faire passer la paperasse. Il me restait du caramel, j'ai donc expérimenté un pain au caramel au lieu de mon pain au…

— Non ! se força Verity. On ne peut plus accepter tes gourmandises gratuitement.

— Elle a raison, opina tristement Posy qui avait suivi Mattie et se laissait tomber sur la première chaise à sa portée. D'ailleurs, Verity a fait le calcul de tout ce que le personnel de la librairie a consommé gratuitement dans ton salon depuis son ouverture…

— Oh, c'est ridicule ! s'exclama Mattie en reposant le plateau car, pour cette discussion, les poings sur les hanches s'imposaient.

— Très approximativement, précisa Verity, il semblerait que nous te devions plusieurs centaines de livres.

L'idée d'offrir à Verity, Posy et Nina des gourmandises pour des centaines de livres était loin de lui procurer le même agacement que Tom qui venait tous les matins réclamer son café gratuit en agitant son panini sous son nez.

— Et bien sûr, il faudra également mettre un terme au thé et au café, ajouta Posy en caressant son ventre.

Les poches sous ses yeux trahissaient une période de sommeil agité. Mattie se sentait terriblement mal d'ajouter à son stress en pleine grossesse.

— Mais ça n'a rien à voir avec vous, scandait-elle à présent vigoureusement, les poings toujours sur les hanches et des éclairs plein les yeux. C'est entre Tom et moi. Il abuse de notre système. Moi, je suis ravie de vous fournir du thé et du café gratuitement parce que vous venez toujours acheter une pâtisserie chez moi le matin. C'est une règle tacite. Tom, lui, ne paie jamais rien, il réclame. Il lui arrive même d'oublier le mot magique !

— C'est faux, je dis « s'il te plaît » chaque fois, intervint Tom qui laissait traîner une oreille, sans-gêne.

— Je peux t'assurer que tu as tort, rétorqua Mattie avec la frustration de ne pouvoir lui claquer la porte au nez, n'étant pas chez elle. Bref, je refuse d'être payée pour de la nourriture que je vous offre de bon cœur et je suis vexée, mortellement vexée, que cette idée vous vienne à l'esprit. Comme si j'étais un grippe-sou calculant secrètement la moindre miette que vous me devez.

— Oh, bonté divine, marmonna Posy, caressant son ventre avec plus de vigueur.

Pendant ce temps, Verity avait tellement baissé la tête que l'on ne voyait plus son cou. Elle détestait les conflits et n'osait plus regarder Mattie en face. Cette dernière eut encore un flash de son époque avec Steven, lorsqu'elle passait sans arrêt pour la méchante alors qu'elle était convaincue de détenir la vérité.

— De toute évidence, il va falloir instaurer de nouvelles règles, dit Verity avec une grimace. Je ne voudrais pas que tu penses que c'est nous qui abusons de ta gentillesse.

— Mais pas du tout !

Mattie faisait des moulins avec ses bras, un peu à la façon des héroïnes de ces romances pour lesquelles tout le personnel d'*Au Bonheur des tendres* se prenait de fascination. Même Tom. Ah, *surtout* Tom !

— La seule personne à abuser de moi, c'est Tom ! Qu'il m'achète son petit déjeuner et il profitera d'un café gratuit. Sinon, il paie son café. Et s'il ne veut faire ni l'un ni l'autre, qu'il aille boire son jus de chaussette ailleurs. Je trouve ma proposition parfaitement raisonnable.

En quoi n'était-ce pas clair ? À voir leurs mines déconfites, elles n'avaient pas saisi la logique de son offre.

— Je comprends que tu sois agacée par Tom qui n'achète rien chez toi. Et nous devrons tous arrêter de profiter de ta générosité. Mais hormis cette histoire de café, je ne comprends pas pourquoi tu t'acharnes sur ce pauvre Tom, dit Posy d'un ton réprobateur. C'est quelqu'un d'adorable lorsque tu apprends à le connaître. Il n'est pas guindé pour un sou.

— Merci pour ta défense, Posy, appela Tom. Non, pardon, ce n'est pas à vous que je parlais. Ça fera vingt-sept livres et trente-cinq cents, en carte ou en espèces ? précisa-t-il à la personne qu'il aurait mieux fait de servir au lieu d'écouter aux portes une conversation qui ne le concernait pas, même s'il était directement visé.

— Oui, Tom est quelqu'un de génial, renchérit Verity, volant toujours au secours de son collègue. Tu vis avec lui depuis maintenant deux semaines, tu as forcément découvert quel nounours se cachait derrière son enveloppe guindée et austère.

— Je ne dirais pas que c'est un nounours, démentit Posy. Plutôt un matou qui se donne des airs détachés alors qu'en réalité il ronronne comme un chaton à la moindre caresse.

— Non pas qu'on caresse Tom, s'empressa de clarifier Verity. Mais Tom est un garçon charmant et attentionné, c'est autant un ami qu'un collègue et… et…

— Il faut vraiment que vous régliez vos problèmes, tous les deux. Vous ne pouvez pas continuer à vous chamailler tout en vivant sous le même toit. Et puis, si le moindre problème persistait entre vous, nous serions tous concernés, rappela Posy sur un triste soupir. Or moi, je ne veux pas de problèmes. Les problèmes sont nocifs. Ils aggravent mes brûlures d'estomac et font grimper ma pression artérielle.

Ces prétendus problèmes seraient-ils réglés si Mattie cédait à Tom sa tasse de café noir chaque matin ? Plutôt se faire arracher les ongles un à un avec une vieille pince rouillée.

Mattie trouvait ses conditions parfaitement raisonnables. Posy elle-même reconnaissait que Tom avait eu tort d'exploiter sa générosité. Le problème ne venait donc pas de Mattie, mais de Tom, car il était bien loin du nounours charmant et guindé, c'était un…

— Tom n'est pas un matou détaché, c'est un coureur de jupons, un magouilleur ! lâcha Mattie sans détour, comme si sa gorge s'exprimait sans l'aval de son cerveau. C'est un Casanova sans scrupule !

— Quoi ?

— Non !

Posy et Verity portèrent la main à leur bouche, les yeux ronds comme des billes.

— Si ! En outre, il vous ment depuis des années car c'est un expert en littérature romantique. Il a écrit une thèse sur le sujet !

— Je n'y crois pas ! s'écria Posy en posant les deux mains sur son ventre. Non ! Tu nous fais marcher.

— Quand bien même, ça ne regarde que Tom, le défendit Verity qui n'avait plus aucun mal à regarder Mattie dans les yeux avec, cette fois, un air réprobateur. S'il avait voulu qu'on le sache, il nous en aurait parlé.

— Oui, tu as raison, dut reconnaître Posy, bien malgré elle.

Son regard alternait entre Mattie, Verity et la porte ouverte donnant sur le comptoir où Tom servait les clients. Il observait un silence troublant maintenant que son sombre secret était dévoilé.

Mattie, loin d'en être fière, avait le même sentiment que le jour où Sandrine l'avait surprise à voler des bonbons en libre service. La mère avait aussitôt demandé à parler au responsable afin de dénoncer le crime de sa propre fille. Mattie refit l'expérience de cette sueur froide et brûlante, terriblement familière.

— J'essaie juste de vous dire que Tom n'est pas aussi parfait que vous semblez le croire.

Pourquoi Mattie ne pouvait-elle pas la mettre en veilleuse ? Elle ne faisait qu'aggraver une situation déjà mal engagée. Mais après tout, Posy et Verity avaient réclamé à Mattie des informations sur Tom. Quelle hypocrisie d'agir à présent comme si Mattie avait trahi un secret national! Elle parvint toutefois à s'abstenir de commentaire.

— Tu devrais retourner au salon de thé, observa froidement Verity en soulevant le plateau de douceurs. Quant à elles, on ne peut pas les accepter.

— Non, elle a raison, renchérit Posy, un regard affamé sur les pâtisseries. (Puis elle leva la tête vers Mattie sans toutefois croiser son regard.) L'heure est venue d'instaurer des règles plus formelles entre nous et le salon.

Tout cela ne sentait pas très bon. Dans l'état actuel des choses, Mattie payait un loyer à Posy, en échange de quoi le salon demeurait son territoire, mais il n'y avait rien d'officiel à cet arrangement. Verity l'aidait pour le côté administratif, acquérait les permis auprès du conseil pour toutes sortes de demandes, depuis la vente d'alcool lors d'événements à la boutique jusqu'aux tables dressées en extérieur l'été, entre autres choses. Mattie faisait le traiteur pour tous les événements d'*Au Bonheur des tendres* et offrait de bon cœur tous ses ratés, ses invendus et ses prototypes en plus du thé et du café aux clients acheteurs.

Sans parler du fait que Mattie habitait gratuitement, et au bon vouloir de Posy, l'appartement au-dessus de la librairie. Du jour au lendemain, Posy pouvait mettre Mattie dehors si elle ne l'estimait plus de confiance. Et puis, le loyer que payait Mattie pour le salon était bien en dessous du prix du marché au centre de Londres.

Quelle idiote! Elle avait eu de bonnes raisons de s'indigner, Posy et Verity le lui avaient confirmé, mais il avait fallu que Mattie ouvre sa grande bouche. *Oh, non!* Elle avait tout fichu en l'air. Tom devenait la victime dans cette affaire et elle en avait profité pour froisser son propre sens moral au passage. Personne n'aimait les mouchards, et Mattie non plus, elle s'en voulait terriblement.

Elle emporta son plateau, esquissa un sourire si timide que le coin de ses lèvres se crispa, et quitta le bureau pour tomber nez à nez sur Nina, derrière le comptoir, le regard noir.

— Comment oses-tu trahir ainsi la confiance de Tom ?

Mattie grinça des dents. Comme ses deux copines, Nina ne s'était pas privée de lui réclamer quelques détails croustillants sur la vie privée de Tom, et maintenant que ces détails ressortaient au grand jour, voilà qu'elle ne voulait pas en entendre parler. Mattie devait se rendre à l'évidence : elle avait été la première à refuser de se mêler de ce qui ne la regardait pas, et voilà le résultat.

— Désolée, murmura-t-elle sans vraiment savoir si elle s'adressait à Nina ou à Tom.

Tout ce qu'elle voulait, c'était quitter cette librairie pour aller se réfugier dans son sanctuaire : la cuisine de son salon de thé.

— « Désolée » ? gronda Nina. Tu crois pouvoir t'en sortir avec ça ?

Mattie risqua un coup d'œil en direction de Tom, mais celui-ci s'attaquait résolument à une pile de commandes comme si la préservation du monde en dépendait. Ce qui lui fit remonter de douloureux souvenirs. En retournant à son salon, elle se souvint qu'après chacune de ses disputes avec Steven, il était toujours le premier arrivé en cours le lendemain matin à l'Institut de pâtisserie. Même s'il avait tort, il faisait passer Mattie pour l'hystérique de service qui dramatisait tout et qui se vengeait froidement de lui en faisant de sa vie un enfer.

Ce n'était pas étonnant qu'elle n'ait pas eu d'amis à l'Institut. Steven disait toujours qu'elle n'avait besoin de personne puisqu'elle l'avait lui. Mais dès qu'il la prenait en grippe, ce qui arrivait souvent, elle se sentait seule au monde.

— Est-ce que tu me détestes ? À cause de ce que j'ai fait à Tom ? demanda-t-elle à Cuthbert à peine arrivée derrière le comptoir de son cher salon.

Cuthbert, occupé à faire chauffer du lait bio, marqua une pause pour lui lancer un regard stupéfait.

— Bien sûr que non. « Détester » est un mot très fort ! Je crois que je ne déteste personne, se fit-il la réflexion.

Mais ce n'était pas la réponse qu'espérait Mattie.

— Alors je t'agace ? insista-t-elle.

— Je t'apprécie beaucoup, trancha Cuthbert en reportant son attention sur son lait. Et mon attachement à toi est parfaitement indépendant du salaire que tu me verses. Est-ce que je trouve que tu as mal géré cette affaire avec le jeune Thomas ? Oui. Mais comme le dit toujours ma Cynthia, il faut laisser la digestion se faire.

Mattie poussa un soupir. Tout se serait arrangé avec le temps si elle n'avait pas transformé l'anecdote en incident diplomatique.

Le soir même, Tom ne rentra pas à l'appartement. Mattie attendit le grattement de sa clé dans la serrure, mais il n'y eut que le silence et elle finit par glisser dans un sommeil agité à plus de 2 heures du matin.

Il ne rentra pas le soir suivant non plus, ni celui d'après, et ce n'était pas plus mal. Mattie allait devoir cesser de fouiner dans les affaires de Tom. S'il voulait sortir toute la nuit et s'envoyer en l'air aux quatre coins de Londres avec de pauvres naïves sensibles à ses flatteries, libre à lui.

Mattie n'avait pas à s'en mêler et c'était très bien comme ça.

Chapitre 17

15 jours avant Noël

À l'approche des journées glaciales qui viendraient supplanter la bruine humide, il y eut de l'électricité dans l'air, une sensation irritante que Mattie mettait sur le compte de Noël. Dès lors que Verity et Mattie retournaient leurs pancartes respectives annonçant que *Au Bonheur des tendres* et le salon de thé étaient « ouverts », les deux établissements ne désemplissaient pas.

Mattie aimait à penser, surtout depuis les récents événements avec Tom, que le salon ne serait pas moins fréquenté s'il n'était pas relié à une librairie en vogue dédiée aux romances. Elle avait sa clientèle de réguliers en partie grâce à d'élogieux articles dans les blogs culturels *Time Out* et *Evening Standard* et autres innombrables pages dédiées au lieu. Entre ça et ses gâteaux parfaits pour Instagram (Cuthbert avait appris, non sans mal, à tracer des motifs à la poudre de cacao dans la mousse des cappuccinos), l'entreprise faisait son bout de chemin en parfaite autonomie.

Elle ne se plaignait pas du coup de pouce du reportage sur le Photomaton sous le gui de Nina qui avait titillé la curiosité de tous les Londoniens romantiques, ni de la hausse de fréquentation pour les achats de Noël. Son interview consacrée au salon de thé en fin de reportage avait clairement fait mouche ; de toute évidence, les amateurs de friands étaient encore plus nombreux que les romantiques en mal d'amour, et la queue pour ses roulés à la saucisse à la pause-déjeuner s'étirait dans les Mews et jusque dans Rochester Street.

Mattie était ravie de crouler sous le travail. Elle fut d'autant plus heureuse de voir arriver les vacances scolaires. Petite Sophie et Sam n'avaient plus cours, Sophie put ainsi servir en salle à plein-temps ; l'occasion pour Mattie de rester enfermée dans sa cuisine. Non contente d'y faire tranquillement profil bas, elle mit tout ce temps à profit pour penser, concocter et cuire ses créations dans les règles de l'art. Au risque d'enfreindre toutes les règles de sécurité sanitaire, elle en vint même à utiliser le four de l'appartement à l'étage. Sa journée entière de travail était ponctuée par trois différents réveils lui rappelant les divers degrés de cuisson en cours dans le bâtiment.

Et lorsqu'elle n'avait pas de bip pour la tourmenter, c'étaient ses pensées moroses qui s'en chargeaient. Posy, Nina et Verity se montraient cordiales lorsqu'elles la croisaient dans les couloirs, mais c'était rare depuis qu'elles ne prenaient plus leur thé ou leur café au salon tous les matins. À la place, elles faisaient encore pire que d'acheter leur boisson chaude chez un concurrent : elles se préparaient leur propre mixture sur ce coin d'évier qu'elles osaient appeler « cuisine ». C'était l'insulter que de préférer ingérer du café soluble ou du mauvais thé industriel plutôt que les mélanges sur mesure préparés spécialement par Mattie. Quant au déjeuner qu'elles avaient l'habitude de venir prendre au salon ? C'était terminé. Fini.

Mattie s'était infligé une torture en s'imaginant les quatre compères de la librairie assis au café italien autour de paninis en médisant dans son dos, mais la réalité était bien plus tragique encore. Au lieu de profiter de ses délicieuses spécialités, Verity et Posy apportaient des gamelles de leurs restes peu ragoûtants. Des pâtes molles datant de la veille, des plats préparés à réchauffer au micro-ondes, oubliés au frigo et qui puaient jusque dans la rue. Un jour que Mattie était entrée dans le bureau pour apporter des factures à Verity, elle l'avait même surprise à manger le plus dégoûtant des sandwichs de toute l'histoire : une tranche de jambon flasque et un bout de laitue flétrie coincés entre deux tranches de pain blanc rassis.

Et puis, il y avait Tom. La raison de la tourmente de Mattie. Il dormait sur le canapé d'un copain, avait-il raconté à Nina, laquelle en avait parlé à Sam qui l'avait répété à Sophie. Et Sophie le rapporta à Cuthbert lorsque celui-ci jugea que Tom avait mauvaise mine.

« Mauvaise mine » ? Mattie n'avait rien remarqué. En même temps, elle faisait tout pour ne pas le croiser. Mais lorsque Sophie et Cuthbert évoquèrent le mal de dos de Tom à cause du vieux canapé et la colère de Posy qui rageait de ne plus pouvoir lui faire porter de lourds cartons de livres, pour Mattie, ce fut la goutte d'eau.

Elle était dans son droit lorsqu'elle s'insurgeait contre le café gratuit que s'était longtemps octroyé Tom (« Mais bon sang, change de disque ! » avait grommelé Sophie lorsqu'elle était revenue sur le sujet), mais pour autant, elle n'aurait jamais dû révéler la nature séductrice de Tom et sa connaissance aiguë des romances. C'était donc à elle d'arranger les choses. N'ayant pas le courage d'affronter Tom (de toute façon, il tournait les talons dès qu'il risquait de la croiser), elle regretta qu'ils n'aient jamais échangé leurs numéros. Étrange, pour deux personnes qui partageaient le même espace de vie. Mattie n'eut d'autre solution que de lui envoyer un mail à son adresse professionnelle.

À : tom@aubonheurdestendres.co.uk

De : mattie@salondethéaubonheurdestendres.co.uk

Tom,

Cette histoire me chamboule. Je suis désolée d'avoir si mal réagi (même si je trouve toujours aussi peu délicat de m'avoir agité le panini d'un concurrent sous le nez tous les matins pendant des années, mais passons, je m'en remettrai) et je suis désolée, transie de honte, d'avoir révélé à Posy et Verity ton sujet de thèse. Et de t'avoir traité de Casanova. Bon, je t'ai vu à l'action chez les Vanneurs, et il faut admettre que tu étais armé. Mais bref. Il est idiot que tu doives dormir sur un mauvais canapé à une heure de route alors qu'un lit confortable t'est réservé juste au-dessus de ton lieu de travail. S'il te plaît, reviens vivre à l'appartement et reprenons les choses comme elles étaient avant. Je te laisserai tranquille. Je peux rester dans ma chambre et ne sortir que lorsque tu m'en donnes le droit, je t'assure que ça ne me dérange pas.

Mille excuses.

Mattie

Mattie passa la journée sur des charbons ardents, les yeux rivés sur son portable, l'oreille tendue pour l'alerte qui signalerait l'arrivée d'un nouveau mail, à en oublier les bips rappelant les fins de cuisson. Elle laissa d'ailleurs brûler une fournée de biscuits.

Arriva enfin le moment où, le regard tristement posé sur le dos d'un client qui réduisait ses deux tartelettes en miettes avant de les déguster, Mattie sentit son téléphone vibrer dans son tablier.

À: mattie@salondethéaubonheurdestendres.co.uk
De: tom@aubonheurdestendres.co.uk

Notre cohabitation ne pourra fonctionner que si nous convenons de ne plus nous adresser la parole.
Cordialement,
Tom

C'était brutal. Presque aussi virulent que la grimace de Tom lorsqu'il croisa Mattie une heure plus tard alors qu'elle conduisait un client de son salon au rayon Régence de la librairie. Une grimace proche de celle qu'il aurait arborée s'il avait marché sur une chose répugnante par la faute de Mattie.

Au comble de la culpabilité, Mattie lui répondit :

À: tom@aubonheurdestendres.co.uk
De: mattie@salondethéaubonheurdestendres.co.uk

Très bien.

Dans son état actuel de fatigue, une bonne nuit de sommeil aurait fait son bonheur. Malheureusement, ce ne fut pas pour cette nuit. À tourner et retourner la situation dans sa tête, elle en vint à la comparer à celle dans laquelle elle s'était trouvée deux ans plus tôt. Ses souvenirs de Steven n'étaient jamais agréables, ils étaient comme ces types qui s'incrustent à une soirée et refusent d'en partir, mais lorsque Mattie ne pensait pas à Steven, elle pensait à Tom et cherchait une solution pour mettre un terme à leur guerre froide.

Chapitre 18

14 jours avant Noël

Aux grands maux les grands remèdes. Arrivée fraîche et dispo le lendemain matin, une stagiaire entama son premier jour en cuisine. Mattie avait été contrainte de limiter ses ventes à deux roulés à la saucisse maximum par personne et de ne plus en servir après 17 heures, sans quoi elle aurait passé son temps sur les roulés et n'aurait rien pu cuisiner d'autre.

Meena était en deuxième année d'école de cuisine et, à en juger par l'aspect divin des gâteaux postés en photo sur sa page Instagram, elle savait manier la spatule.

Au début, Mattie n'était pas rassurée à l'idée de partager sa cuisine déjà trop petite avec une deuxième personne, mais, non contente de faire une pâte feuilletée à se damner, Meena était toute menue et pas bavarde pour un sou. Et elle était particulièrement consciencieuse dans son travail. À 15 heures ce premier après-midi, elle avait la situation en main et Mattie eut l'agréable sensation que leurs clients ne manqueraient pas de denrées pâtissières si elle devait s'éclipser une heure pour entamer ses achats de Noël.

Armée de sa liste, elle se rendit directement à la boutique de soins sur Rochester Street pour acheter à Sandrine son parfum préféré et une bougie parfumée. Tant qu'elle y était, elle se permit un achat imprévu, celui d'un nécessaire de soins masculins basiques pour Ian car Sandrine le disait de plus en plus inquiet de voir les petites rides au coin de ses yeux se changer en pattes-d'oie.

Dans une boutique de vêtements pour hipsters, elle acheta des boutons de manchettes en forme de trèfles à quatre feuilles pour Guy, l'homme le plus superstitieux de la Terre. Il évitait tous les parcs municipaux de crainte de tomber nez à nez avec une pie, c'est dire.

Elle marqua une pause devant une vitrine de nœuds papillon. Et pensa à Tom, bien contre son gré. Tom n'apparaissait pas sur sa liste d'achats de Noël ; ils avaient beau partager un espace de vie, sans même parler de leur différend du moment, ils n'avaient jamais été assez proches pour se faire des cadeaux.

De toute façon, si Mattie devait acheter quelque chose à Tom, ce ne serait pas un objet neuf, rien sous blister. Son truc, c'était l'ancien. Un livre relié de cuir sur l'histoire de la critique littéraire qui puerait le renfermé, par exemple, ou une veste en tweed qui aurait connu son heure de gloire dans l'entre-deux-guerres, aux poignets et aux poches bordés de cuir. Un stylo plume, comme neuf, oublié dans un tiroir pendant des années, qui attendrait d'être ramené à la vie par une main douce et ferme à la fois.

Oui, Tom devait préférer les babioles d'occasion. Le regard de Mattie s'attarda sur un jeune couple. La femme tira doucement sur l'écharpe de son compagnon pour réclamer un baiser. Mattie eut les yeux humides. Incroyable, une larme s'échappa même pour entamer une lente descente sur sa joue.

Son cœur était aussi une vieille babiole d'occasion. Elle s'était essayée à l'amour, lequel l'avait rongée, mâchouillée, puis recrachée. Si jamais ça lui arrivait encore (et à en juger par le palmarès de sa mère, un record de trois maris et quatre autres tentatives ratées avant de rencontrer Ian, le gène du grand amour ne coulait pas dans ses veines), Mattie serait à ramasser à la petite cuillère. Elle n'aimait pas se ranger dans la case des dégonflées, mais s'était rendue à l'évidence, l'amour n'était pas pour elle.

Mattie rejoignit Rochester Street. Elle crut plonger dans une scène d'un roman de Dickens, avec ses rues pavées et ses devantures de boutiques aux vitrines en saillie, à l'ancienne, parées de mille lumières féeriques. La petite rue regorgeait de couples, bras dessus bras dessous, dans leurs achats de Noël, en quête du cadeau parfait qui porterait le symbole de ce qu'ils représentaient l'un pour l'autre.

Au lendemain du réveillon, Mattie retrouverait son plaisir d'être célibataire. Mais l'approche des fêtes éveillait chez elle un sentiment de mélancolie. Pas seulement parce qu'elle fêterait l'anniversaire de son plus gros chagrin d'amour, mais parce que c'était une période de retrouvailles en famille. Pas seulement la famille qui nous accueille à la naissance, mais celle que l'on se crée.

En faisant une croix sur l'amour, Mattie faisait une croix sur la famille que l'on se crée à deux.

Elle se mordit la lèvre inférieure, luttant pour retenir ses larmes, et rentra aux Mews. Elle ferait bien de se concentrer sur le positif : elle avait bien avancé sur sa liste d'achats de Noël, financés par un métier qu'elle aimait plus que tout. Combien de gens pouvaient dire qu'ils aimaient leur boulot ? Qu'ils avaient trouvé leur vocation ? De bien des façons, Mattie avait beaucoup de chance. Mais quand elle ouvrit la porte du salon et se trouva enveloppée dans l'odeur accueillante du café fraîchement moulu, du parfum sucré de tartelettes à peine sorties du four, lorsqu'elle entendit le murmure des conversations, le ronronnement de Jezebel lancée à plein régime et Cuthbert qui chantait gaiement avec

Mariah Carey *All I Want for Christmas Is You* qui tournait sur son vieux poste radio, elle ne tira aucun plaisir de ce monde qu'elle avait créé.

— Mattie ! Tu peux me relayer une minute ? J'ai besoin d'aller au petit coin !

Petite Sophie sautillait sur place, la pauvre. Mattie la rassura d'un signe de la main et se glissa rapidement derrière le comptoir.

La demi-heure suivante, elle se laissa emporter par l'affluence de l'heure du thé. À faire des allers et venues dans la cuisine pour sortir des douceurs du four et les remplacer par une nouvelle fournée, à chercher la source du problème de sa pâte à gâteau rouge velours qui refusait de s'homogénéiser. Puis retour au salon, où il fallut rembarrer un client fermement décidé à leur acheter tout leur stock de roulés à la saucisse. Elle prit les commandes des boissons, nettoya les tables et lança gaiement « Oui, joyeux Noël également » aux clients sur le départ.

Pour un tel morceau de bravoure, Mattie méritait un Oscar. La fréquentation diminuait, mais il y aurait un regain d'affluence en fin de journée avec les acheteurs de Noël une fois leur tour des boutiques du quartier terminé.

Les larmes longtemps contenues manquèrent de couler lorsqu'elle retourna en cuisine et découvrit que Meena avait déjà préparé plusieurs plaques de pâte feuilletée, laquelle refroidissait sagement au frigo pour les roulés du lendemain.

— Tu me changes la vie, dit-elle à Meena qui rangeait son tablier pour enfiler un manteau, une écharpe et un bonnet. J'espère qu'on ne t'a pas fait peur et que tu reviendras demain.

— C'est bien plus amusant ici qu'à l'école de cuisine, déclara son apprentie. Là-bas, je finis toujours par jouer les assistantes d'un type qui cuisine comme un manche mais se prend pour Gordon Ramsey. À demain 8 heures, donc.

Meena à peine partie, Mattie s'appuya lourdement sur son frigo. Mercure devait être en phase rétrograde, ce qui expliquerait son humeur maussade, songea Mattie en s'écartant du frigo pour ouvrir sa porte et en sortir des œufs, du beurre et de la crème.

Quitte à se morfondre, autant le faire de façon productive. Hors de question de pleurer, il n'y avait aucune raison de verser une larme. Si elle n'était pas aimée, c'était par choix. Et elle allait d'autant moins pleurer en battant du beurre et du sucre avec une pointe de crème ; sa grand-mère française disait toujours qu'en cuisinant on mettait son humeur dans le saladier avec tous les ingrédients, or les larmes noyaient toute la saveur des aliments.

Elle préparerait un gâteau pour Tom. Les gâteaux réglaient tous les problèmes. Avant, elle faisait des gâteaux tout le temps, pour des anniversaires, de naissance comme de mariage, pour des noces, et même un jour pour un enterrement. Elle avait fait un gâteau de la forme de l'opéra de Sydney pour une amie sur le point de prendre l'avion. Lorsque Ian avait pris sa retraite après quarante ans de gestion immobilière, elle lui avait préparé un gâteau en forme de boîte à outils, avec de minuscules boulons en fondant.

Toutes les occasions étaient bonnes pour préparer un gâteau. Quoique, Mattie n'avait encore jamais écrit au glaçage : « Désolée d'avoir trahi tes plus sombres secrets auprès de tes collègues de boulot », sur un gâteau. Mais elle tenterait le coup.

Voilà qu'elle pensait à Tom plus que de raison. Elle se refit la liste de toutes les pâtisseries qu'elle avait offertes lors d'événements littéraires à la librairie, ou les lundis matin sous prétexte que tout le monde avait besoin de baume au cœur.

La réaction de Tom chaque fois lui revint clairement en mémoire.

Contrairement à Nina et Posy, il ne se confondait pas en cris d'extase devant une profiterole, des noix de pécan ou des donuts au caramel. Même Verity se laissait aller à un soupir élogieux lorsqu'elle croquait dans son crumble pomme cannelle préféré.

Mais les cris d'extase et les soupirs élogieux, très peu pour Tom. Une vague d'irritation soudaine fit serrer les poings à Mattie. Ce n'était pas seulement une histoire de café noir. Ces dix-huit derniers mois, il avait englouti quantité de tartes, de gâteaux et de douceurs salées préparés de la main de Mattie et n'avait jamais marmonné le moindre « merci ».

Voilà où cela l'avait menée : elle en arrivait à s'excuser auprès de lui par la pâtisserie. Elle allait même envisager de lui préparer un gâteau au café quand la petite voix de Guy l'en dissuada : *« Je n'ai jamais connu une harpie aussi passive-agressive que toi. »*

Mattie opta finalement pour un pain d'épice, c'était moins litigieux. Et puis, c'était l'un des incontournables de sa carte festive de saison, il lui faudrait donc en préparer pour le lendemain quoi qu'il advienne. Elle allait également devoir préparer ce qu'elle appelait les « baisers d'épice » car Nina avait rapporté plus de Hershey's Kisses qu'il n'en fallait de son voyage aux États-Unis. Avant que les rapports entre le salon de thé et la librairie ne tournent au vinaigre, Nina avait proposé à Mattie d'utiliser ces « kisses » pour ses créations.

— Je préfère me régaler de vrais baisers que de leur équivalent chocolaté, lui avait-elle expliqué avec ce regard lointain qui trahissait une pensée pour Noah. Je crois que les baisers sont devenus ce que je préfère. C'est encore mieux qu'un vêtement aux motifs léopard.

Tandis que Mattie glissait les Hershey's Kisses dans les creux prévus pour eux au cœur de son pain d'épice tout juste sorti du four, elle songea aux baisers. Elle n'embrasserait probablement plus personne. Et ne se laisserait plus jamais embrasser. Ni serrer dans les bras par quelqu'un.

— Et ça me va très bien, marmonna-t-elle à voix haute pour donner plus de poids à ces mots.

Sur ce, elle coupa cinq tranches de pain d'épice, les disposa dans une assiette et sortit de sa cuisine.

— Je les emporte à la boutique, annonça-t-elle à Cuthbert en passant.

Il était bientôt 20 heures, la librairie allait fermer et les derniers clients quitteraient son salon lorsqu'ils auraient reposé leurs pieds gonflés par des achats de Noël compulsifs, leurs sacs entassés sous la table, picoré les dernières miettes de leur casse-croûte et bu la dernière gorgée d'un café revigorant.

La librairie était elle aussi presque déserte : deux ou trois curieux flânaient encore, quelqu'un payait en caisse et une cliente réglait sa facture en ligne avec Sam installé sur le canapé son iPad en main. Même le Photomaton sous le gui était esseulé. Au moment de passer sous l'arche, les yeux de Mattie tombèrent sur Tom, à mi-hauteur de l'escabeau roulant tandis qu'un homme d'âge mûr se tenait en bas, une liste à la main.

— Non, pas celui-ci. Elle l'a déjà, c'est sûr, se désespérait le pauvre homme. Êtes-vous certain que Jilly Cooper n'a pas écrit d'autres romans ?

— Je peux vérifier en ligne, mais j'en suis sûr à quatre-vingt-dix-neuf pour cent, souffla Tom, lui aussi visiblement las, à croire que le client le tourmentait depuis un petit moment. Et si je vous conseillais un auteur équivalent à Jilly Cooper ?

— Il faut que ça parle de chevaux, précisa l'homme. Ma mère ne lit que les romances équestres.

Tom serrait les dents. Mattie le connaissait désormais suffisamment pour reconnaître lorsqu'il retenait un grognement ou une réplique cinglante. Tom se retourna sur son escabeau pour croiser un regard de soutien, mais malheureusement pour lui, Nina était repartie au rayon Érotique où elle conseillait à deux jeunes femmes des titres sur le thème du ménage à trois.

— Vivre avec un homme, c'est déjà compliqué, leur expliquait-elle. Alors deux, ce doit être épuisant. Surtout en sachant qu'aucun n'aura le réflexe d'abaisser la lunette des toilettes.

Tom dut se contenter du regard de Mattie, laquelle tenta un sourire pour lui faire comprendre qu'elle venait enterrer la hache de guerre. Mais il était bien trop à cran pour répondre autre chose qu'une grimace, puis il détourna les yeux vers son client qui restait scotché à sa liste.

Pour Mattie, le moment serait parfaitement choisi pour tendre son plateau et lancer à la cantonade :

— Qui veut un baiser ?

Seulement, on parlait bien de baisers *d'épice*, les seuls baisers que Tom pourrait espérer de sa part. Mais à l'instant où elle levait son plateau, la porte de la boutique s'ouvrit sur un tintement de sonnette.

Mattie se tourna vers l'entrée de la librairie. Elle devint blême. Un frisson glacé la parcourut et la fit trembler.

Le plateau quitta ses doigts amollis et s'écrasa sur le sol, du pain d'épice éparpillé partout par terre.

— Mattie ? Ça ne va pas ? entendit-elle Posy s'inquiéter derrière elle.

Mais Mattie n'avait d'yeux que pour l'homme qui venait de faire irruption dans la boutique.

— Matilda, dit celui-ci de la voix de velours dont elle fut amoureuse avant qu'elle ne soit utilisée comme une arme contre elle. Ça fait trop longtemps. Quoi de neuf, ma chérie ?

Chapitre 19

14 jours avant Noël

Steven était aussi beau que dans les souvenirs de Mattie. Plus beau, même, car elle avait laissé la colère et le chagrin altérer le brillant de ses cheveux sombres, éteindre l'étincelle dans ses yeux d'un marron chaleureux, brouiller le saillant de ses pommettes et de sa mâchoire carrée.

Sa mémoire lui avait joué des tours en dépouillant Steven de sa beauté, de son charme, de tout. Lorsque Mattie cherchait comment elle avait bien pu tomber amoureuse de lui, le Steven de son souvenir n'était plus si grand, plus si charmant.

Mais comme il s'approchait dangereusement, Mattie, sous le choc, resta vissée sur place au lieu de reculer et d'esquiver ses mains qui s'emparaient déjà des siennes tandis qu'il déposait un baiser sur chacune de ses joues. Elle avait même oublié qu'il sentait si bon, mélange de figues et d'épices exotiques.

Ce qu'elle n'avait pas oublié, c'était que son charisme emplissait toute la pièce. Plus rien n'existait autour de lui.

—Matilda, répéta-t-il d'un ton taquin qui sonnait presque comme un reproche. On croirait que tu as vu un fantôme. Tu ne dis pas bonjour à ton vieil ami ?

—Que viens-tu faire ici ?

Elle fut surprise de pouvoir former ces quelques mots et de sentir ses jambes la porter jusqu'au canapé où elle put se laisser choir de tout son poids.

—Je suis dans le coin pour quelques jours, dit-il tranquillement alors que tous les regards étaient tournés vers lui.

Posy et Verity le lorgnaient sans détour, et Nina revenait du rayon Érotique pour détailler la silhouette leste de Steven, comme prête à le croquer à pleines dents.

—Je n'allais tout de même pas venir à Londres sans passer te dire bonjour!

Seul Tom semblait rester de marbre. Il lui lança à peine un regard de dédain depuis son perchoir roulant, puis retourna à la liste de son client.

—J'ai des livres de Fiona Walker. Y a plein de chevaux. Votre mère adorerait.

—J'aurais préféré que tu t'abstiennes, rétorqua Mattie à Steven en regrettant soudain amèrement que Tom ne soit pas les deux pieds sur le sol à scander sa désapprobation ou à se plaindre que les employés fassent entrer leur vie privée dans la boutique, comme il le faisait chaque fois que Posy et Nina s'épanchaient au sujet de leurs maris. Pour ce qui était de casser l'ambiance, Tom était redoutable, aussi efficace qu'une casserole d'eau brûlante pour tuer l'intégralité d'une fourmilière. Mais dans l'immédiat, il ne lui était d'aucun soutien. Ce n'était pas bien grave, Mattie pouvait gérer toute seule cette visite surprise aussi soudaine qu'irritante. Elle leva le menton comme elle le faisait dès qu'un nouveau défi se présentait.

—Qui a bien pu te faire croire que je serais contente de te revoir?

Steven eut un sourire triste.

—Tu es injuste, tu ne crois pas?

Il se détourna et glissa une main dans ses cheveux soyeux, les ébouriffant juste comme il fallait. Un geste qui avait donné des bouffées de chaleur à Mattie dans les premiers temps de leur relation, à l'époque où elle n'en revenait pas d'avoir mis le grappin sur un type aussi sexy. À présent, elle découvrait qu'elle avait développé une immunité contre lui.

— Mattie ? Tu ne nous présentes pas ? demanda Posy, le souffle court.

En dépit de l'existence de son divin mari, elle n'était visiblement pas insensible aux charmes d'un homme qui avait les critères pour poser pour Calvin Klein.

— Steven, dit sobrement Mattie. Il était en cours avec moi à l'Institut de Paris.

— Nous étions un peu plus que de simples camarades, précisa Steven. Beaucoup plus, même.

— Moi, c'est Posy. Je possède cette librairie. Mattie gère le salon de thé attenant.

Pauvre Posy, elle était sous le contrôle total de ses hormones en ébullition. Nina et Verity, en revanche, percevaient maintenant la détresse de Mattie dans sa posture crispée, sa voix éraillée et les éclairs de désespoir que lançait son regard.

— Il est 20 h 01, annonça Nina plus fort que de raison. Les gens, nous vous laissons cinq minutes pour vous rapprocher d'une caisse. Certains ont une vie après le travail !

— Ce n'est pas poli, Nina ! la gronda Posy.

— Elle n'a pas tort, soutint Verity avec un regard entendu adressé à Steven, car elle n'était pas du genre à se laisser charmer par un sourire et des pommettes saillantes. Nous ne voulons plus de clients de dernière minute.

— Un « salon de thé » ? Comme c'est charmant, adressa-t-il à Mattie comme s'il ne se sentait pas concerné par l'avertissement de Verity. Je suis fier de toi.

— Je n'ai pas besoin de ta fierté, rétorqua Mattie, les jambes en coton.

Ses membres engourdis retrouvaient toute leur vigueur sous sa colère. Et plus elle regardait Steven, avec son sourire mielleux et son intonation régulière, plus elle s'en agaçait.

— Eh bien, je suis fier quand même. Je ne t'ai pas vue depuis deux ans et tu gères un empire à toi toute seule.

À croire qu'ils ne s'étaient jamais séparés sur une dispute étourdissante après la pire des trahisons. Aurait-elle inventé tout ce qui s'était passé ? Avec le temps, aurait-elle amplifié la réalité, pas seulement de leur dernière querelle mais de toutes celles qui y avaient mené ? Toutes ces fois où Steven l'avait humiliée, où il avait claqué la porte et l'avait laissée pleurer des heures sans lui donner de nouvelles ?

Non, elle n'avait rien inventé.

Elle se releva du canapé, un brin chancelante.

— Quel bazar, observa-t-elle.

Et elle ne parlait pas seulement de la visite surprise de Steven et de toutes les émotions contradictoires qui l'assaillaient, mais aussi de la vaisselle brisée sur le sol et des baisers d'épice éparpillés partout par terre.

— Je vais chercher un balai, ajouta Mattie.

— Non, ne t'embête pas, lança Nina, désinvolte. J'allais faire un brin de ménage, de toute façon. Et puis, tu dois avoir une tonne de pâte à préparer pour demain.

Mattie saisit à pleines mains la perche que venait de lui tendre Nina.

— Oui ! Oui, j'ai du travail ! s'empressa-t-elle de dire avant de se forcer à se tourner vers Steven avec un semblant de sourire. Bien, c'est gentil d'être passé, mais il faut que j'aille…

— Faire ta préparation pour demain ? Je viens t'aider, offrit Steven, même si cela sonnait comme un ordre dans la bouche de ce rustre. Ce sera comme au bon vieux temps. De la pâte feuilletée pour les viennoiseries du matin ?

— Oui, mais…

— Croissants ou brioche ?

— Les deux, mais…

— Je m'en serais douté. Tu ne fais pas les choses à moitié, s'amusa Steven comme s'ils étaient de vieux amis. (Il se permit même une main au creux des reins de Mattie pour la guider vers l'arche menant aux Classiques alors même qu'elle connaissait le chemin.) Il me tarde de découvrir ton joli salon de thé.

— Je ne fais que louer les locaux, répliqua sèchement Mattie.

Elle avait rarement désiré une chose aussi fort que de voir ce sale type quitter les lieux et s'apprêtait à le lui faire comprendre dès qu'ils seraient loin des oreilles indiscrètes. Mais une fois les portes vitrées de son salon franchies, sa fierté bouscula ses plans.

Mattie avait fui Paris sans rien dans ses valises. Elle avait laissé derrière elle son cœur brisé, ses vieux rêves, et pourtant, elle s'était reconstruite, peu à peu, et, par un travail acharné, avait créé ce salon de thé de toutes pièces. Ce n'était pas seulement un endroit où l'on venait acheter des boissons chaudes et des gâteaux. C'était un sanctuaire, un abri loin de l'agitation du monde extérieur. Un endroit où les clients reposaient leurs pieds et leurs âmes meurtris, où ils pouvaient se noyer dans le meilleur café de tout le centre de Londres (à en croire les critiques du *Evening Standard*), et se faire plaisir avec les meilleurs gâteaux et tartes préparés avec amour par une pâtissière hors pair (et là encore, *Evening Standard*, *Time Out*, *The Guardian* et quantité d'autres blogs culinaires et autres piliers d'Instagram se rejoignaient sur ce point.)

Le salon de thé était sa plus grande réussite et personne ne pourrait jamais le lui enlever.

— C'est vrai que c'est un endroit charmant, dit Steven juste derrière elle.

Mattie se retourna pour le voir découvrir les lieux. Durant les quelques minutes où elle s'était absentée en librairie, l'atmosphère au salon avait changé du tout au tout. Les derniers clients étaient partis. Les tables étaient débarrassées et nettoyées, on avait rangé le bazar sur le comptoir et Cuthbert avait récuré Jezebel au point qu'elle en était rutilante.

Le sourire de Steven était déjà moins assuré et s'apparentait plutôt à un rictus.

— À l'époque, tu disais vouloir monter une pâtisserie de luxe, mais cet endroit est… assez mignon. Vraiment, c'est bien joué.

Hors de question pour Mattie de laisser Steven piétiner le résultat d'un dur labeur.

— Je disais beaucoup de choses à l'époque, se défendit-elle d'un air entendu qui échappa totalement à Steven.

Il s'approcha du comptoir derrière lequel Cuthbert enfilait son chapeau et son manteau.

— Bon, je file, annonça Cuthbert en lançant un regard en coin à Steven qui étudiait le menu annoncé sur le tableau accroché au mur. Cynthia me fait savoir que le dîner est servi dans dix minutes. Du hachis Parmentier, mon plat préféré.

— J'aimerais avoir une Cynthia, soupira Mattie. (C'était ce qu'elle disait chaque fois que Cuthbert évoquait l'une des innombrables raisons pour lesquelles Cynthia était folle de lui, et Mattie leur enviait ce quotidien apaisant.) Encore deux semaines et l'on pourra à nouveau fermer à 18 heures.

— Alléluia, ponctua Sophie qui sortait justement de la cuisine armée d'un seau et d'un balai. Quoique, je ne dis pas non à la paie des heures supplémentaires. À demain, papi. Bisous à Nanna.

Cuthbert s'en alla en leur faisant un petit signe de la main et referma la porte derrière lui.

— Qu'est-ce qu'un « croque-lady » et un « croque-mister » ? demanda soudain Steven, les yeux décidément plus perçants que jamais.

— Mêle-toi de...

— Mattie adore angliciser les grands classiques français, intervint Sophie en retournant une chaise sur une table. On adapte nos croque...

— Top secret ! aboya Mattie, avec un sourire qui dévoilait ses crocs. Je ne révélerai plus mes précieuses recettes. C'est fini.

— Que tu es bête, ma petite Mathilde, pouffa gentiment Steven, allant jusqu'à oser lui prendre le menton bien qu'elle se dégageât vigoureusement. Je vois que tu n'as pas changé de disque. Je suis simplement venu prendre des nouvelles d'une vieille amie et lui donner un coup de main. (Il quittait déjà son manteau.) Où puis-je poser ça ?

— Tu peux le garder sur tes épaules, rétorqua Mattie, un regard de détresse vers Sophie.

Mais celle-ci était concentrée sur le sol qu'elle balayait.

Quand elle tourna la tête, Mattie remarqua les écouteurs dans ses oreilles, ce qui expliquait pourquoi elle balayait sur un rythme aussi cadencé.

— Et dis-moi, où est ta cuisine ? voulut savoir Steven, sourd aux piques de Mattie. Ah ! La voilà ! Tiens, je peux accrocher mon manteau sur la patère de la porte. C'est donc ici que la magie opère. Mon Dieu, mais c'est tout petit ici...

Mattie n'avait rien vu venir. Rien de toute cette situation. Steven était le roi pour provoquer ce sentiment. Il en faisait voir des vertes et des pas mûres à tout le monde en leur faisant croire que c'était pour leur bien, pour qu'ils se sentent redevables. Et il était capable de bien pire encore…

Elle se précipita vers le placard à gauche de la cuisinière et en sortit son livre de recettes. L'étincelle dans le regard de Steven n'était clairement pas une vision de l'esprit lorsqu'il reconnut ce qu'elle tenait dans ses mains.

—Puisque tu tiens à m'aider, le beurre est au frigo. Utilise le beurre doux, pas le salé. La farine et tous les ingrédients secs sont dans ce placard. Tu te rappelles comment on prépare une pâte feuilletée, j'espère!

Le sourire aux lèvres, Steven fit comme chez lui et fouilla dans le frigo.

—Cette question est une insulte à mon savoir-faire.

—Parfait, je reviens tout de suite, dit Mattie en attrapant au passage quelques feuilles volantes sur son plan de travail, des recettes en cours de finition, avant de partir à la librairie.

Elle arriva juste à temps. Posy sortait de son pas dandinant, suivie par Nina et Verity, qui s'apprêtait à fermer la porte.

—Je n'ai qu'une idée en tête: un plat indien à emporter. Et peut-être un épisode des *Queers*, disait Posy juste à l'instant où Mattie déboulait sous l'arche.

—Attendez! Ne partez pas! s'écria-t-elle.

Toutes les trois firent volte-face.

—Il y a un problème? s'inquiéta Verity. Ça va prendre longtemps?

—Deux minutes, promit Mattie. J'aimerais seulement que tu enfermes mon livre de recettes dans le coffre-fort.

—Hum, d'accord… C'est une chose que je peux faire, mais y a-t-il une raison particulière à cette demande pour le moins inhabituelle?

—Oui, c'est pour qu'on ne me le vole pas.

Tant pis si Mattie passait pour une folle. Tout ce qui comptait, c'était de ne pas perdre encore deux ans de recettes créées à la sueur de son front, peaufinées et perfectionnées au fil des saisons.

— Qui ferait une chose pareille ? s'indigna Posy en s'appuyant contre le chambranle de la porte. La réponse à cette question peut attendre demain ? Sebastian est garé devant.

— File, je te raconterai tout demain, opina Mattie.

Ravie, Posy s'en alla et Mattie suivit Verity dans le bureau, talonnée par Nina.

— Ce type est toujours là ? demanda cette dernière. Un ex à toi, de toute évidence.

— Comment as-tu deviné ?

Pendant ce temps, Verity faisait tourner la molette du vieux coffre-fort. C'était là qu'elle rangeait les bénéfices du jour lorsqu'elle n'avait pas eu le temps de passer à la banque. Il contenait également le fonds de caisse, et surtout, il résistait aux incendies, et c'était pour cette raison que Posy y rangeait l'objet le plus précieux en sa possession : une première édition de *Ballet Shoes*, de Noël Streatfeild.

— Si je devais participer à un jeu télévisé de culture générale, je prendrais le thème des ex-petits amis, annonça Nina en enfilant ses gants et son bonnet. C'est un sale type, pas vrai ? Ça se sent à un kilomètre à la ronde.

— Un sale type, c'est le mot, reconnut Mattie, soulagée de voir Verity ranger son livre de recettes et ses travaux du moment en sécurité dans le coffre-fort et en refermer la porte.

— Tu veux que je me débarrasse de lui pour toi ? proposa Nina, parfaitement sérieuse.

L'offre était tentante. Mattie ne doutait pas de la capacité de son amie à envoyer paître Steven avec maestria. Elle ne serait pas du genre à se laisser intimider par ses grands airs. La connaissant, Nina était capable de lui bâiller au visage en grommelant : « Toujours pas parti ? »

Mais Mattie devait affronter seule ses démons.

— Non, mais merci de le proposer. Il faut que je gère la situation par moi-même. J'ai deux ou trois choses à lui dire.

— N'oublie pas que Tom est là-haut si tu as besoin de lui, lança Nina comme Mattie s'éloignait.

Mais elle n'avait pas besoin de Tom. Hors de question que l'homme à cause duquel Mattie détestait tous les hommes rencontre l'homme convaincu à tort qu'elle détestait vraiment *tous* les hommes.

Elle songea à tout l'amour qu'elle s'empêchait de donner ou de recevoir à cause de Steven, et cette pensée accéléra son pas dans les antichambres pour rejoindre son fief.

Elle était prête à l'affronter.

Chapitre 20

14 jours avant Noël

— Te revoilà ! Comme je n'étais pas sûr des quantités, j'ai commencé avec cinq cents grammes de farine pour environ vingt-cinq viennoiseries, expliqua Steven.

Il était déjà occupé à mélanger la pâte avec le précieux mixeur KitchenAid de Mattie qui avait appartenu à sa grand-mère.

— Hum, généralement j'en fais deux fois plus, rétorqua Mattie en ouvrant le frigo pour en sortir de la pâte préparée plus tôt et un pain de son beurre doux de Normandie préféré. Écoute, je peux m'en occuper toute seule. J'ignore ce que tu viens faire ici et, pour tout te dire, je n'ai aucune envie que tu restes, donc…

— Tu m'as manqué, Matilda, dit doucement Steven. Tout ce que tu es, ça m'a manqué.

— Vraiment ? s'étonna-t-elle en s'attelant à sa pâte. Parce que, d'après ce que tu m'as dit, il n'y avait rien de bon chez moi.

— Tu es injuste, soupira Steven, tête baissée et sourcils froncés avec une mine de penseur en pleine réflexion existentielle, comme il le faisait toujours avant de se poser en victime. Tu sais que je t'ai aimée, même s'il y a eu des jours où tu étais compliquée.

Par chance, Mattie en était à l'étape de sa préparation où il fallait coincer du beurre entre deux feuilles de papier cuisson et l'écraser de toutes ses forces au rouleau à pâtisserie. Un geste qu'elle appréciait beaucoup. C'était aussi efficace pour la décharger du stress de la journée que les cours de Boxfit pour Pippa, à cela près qu'elle avait moins mal aux bras. Mais jamais de toute l'histoire de la confection de pâte feuilletée une femme ne s'était autant acharnée sur du beurre que Mattie à cet instant précis.

— Je. N'étais. Pas. Compliquée, souffla-t-elle entre deux passages de son rouleau. (Steven reçut ces mots comme autant de gifles en pleine figure.) C'est. Toi. Qui. Me. Rendais. Compliquée.

— Non, c'est faux. Ce n'est pas le souvenir que j'en garde. Tu fais fausse route.

— Je. Sais. Ce. Que. Je. Dis.

— Tu te laisses submerger par tes émotions. Calme-toi, ma puce.

— Si. Mon. État. Te. Dérange. Tu. N'as. Qu'à. Ficher. Le. Camp, rétorqua Mattie en pointant la porte avec son rouleau à pâtisserie. La sortie, c'est par là.

— Ne dis pas de bêtises. J'ai promis de t'aider avec ta pâte et c'est ce que je compte faire, riposta-t-il calmement. (Il recula d'un pas en la voyant s'emparer d'un couteau pour couper le beurre en morceaux.) Je ferais de plus gros morceaux si j'étais toi.

— Eh bien, tu n'es pas moi, grommela Mattie. Pardon de ne pas écouter tes conseils culinaires alors que c'est toi qui m'as volé mon livre de recettes…

— Tu n'as aucune preuve, se défendit nonchalamment Steven. Et tu deviens complètement folle.

— Je ne deviens pas folle.

Et elle en était encore loin. Un souvenir lui revenait des passages qu'elle avait rapidement survolés de la thèse de Tom au sujet des hommes qui aimaient à qualifier les femmes de « folles » dès qu'elles osaient hausser le ton pour se défendre.

— Tu cries.

Cet état de fait servi d'une voix douce provoqua chez Mattie un élan de culpabilité alors qu'elle n'avait rien à se reprocher. Bon, peut-être avait-elle un tout petit peu crié. Elle n'était plus très sûre.

— Désolée.

Le mot sortit tout seul de sa bouche. Une vieille habitude.

— Excuses acceptées, déclara Steven, magnanime.

Après quoi ils travaillèrent en silence, quoique le calme fût brisé à l'occasion par Steven qui réclamait des instructions puis les critiquait en affirmant que sa technique était meilleure. Mattie avait bien envie de jeter à la poubelle jusqu'au dernier gramme de pâte que concocterait Steven, mais ce serait se punir elle-même en premier lieu, sans parler du gâchis de nourriture.

Une fois la préparation terminée, quarante-cinq minutes étaient passées et Mattie n'en pouvait plus. La fatigue n'était pas seulement physique après cette journée passée debout, mais également mentale et émotionnelle à cause de lui, de ses critiques constantes.

— Je te raccompagne, décida-t-il.

Mais Mattie n'avait qu'une envie : qu'il parte.

Elle n'avait plus la force de supporter son petit jeu, ni de se résoudre à lui servir le fervent discours qu'elle avait peaufiné ces deux dernières années. Elle voulait seulement qu'il s'en aille.

— Ce n'est pas la peine, j'habite au-dessus de la librairie, dit-elle en quittant son tablier, ravie de savoir qu'il n'allait pas s'attarder. Bon, c'était sympa de se rev…

— Ma pauvre Matilda, tu as l'air épuisée, l'interrompit Steven. Je monte avec toi.

— Non, je t'en prie.

Elle se figea, affolée.

— Ce n'est pas très gentil. Tu as eu besoin de mon aide pour ta pâte et même pas un merci.

C'est fou comme le temps balaie le souvenir de certains détails. Par exemple cette voix chagrinée dont il se servait comme d'une arme redoutable. Elle en avait la chair de poule.

— Tu pourrais au moins me proposer une tasse de thé, dit-il encore.

— Non, je ne te proposerai pas de thé, refusa catégoriquement Mattie, les bras croisés. Merci pour ton aide. Voilà, je t'ai remercié, tu peux t'en aller.

Steven fit la sourde oreille et sortit de la cuisine. Aurait-il enfin entendu raison ?

— Tu as bien dit au-dessus de la librairie ? Donc je reviens sur mes pas, c'est bien ça ?

Comment avait-elle pu oublier que Steven n'était doté d'aucune raison ?

Lorsqu'elle le rejoignit, il était déjà dans la grande salle de la boutique et se glissait derrière le comptoir.

— C'est par cette porte où il est écrit « privé » ? demanda-t-il.

— Arrête, Steven. Ce n'est pas écrit « privé » pour rien.

Autant pisser dans un violon. Il l'attendait au pied des marches.

— S'il te plaît, Steven. Va-t'en.

Elle usait sa salive pour rien. Il désigna l'escalier.

— Après toi.

— Je t'ai demandé de partir…

— Et moi, je t'ai demandé une tasse de thé. Tu me la refuserais ? s'insurgea Steven. Je ne te savais pas aussi égoïste.

De quel droit la traitait-il d'égoïste alors que c'était lui qui agissait comme bon lui semblait ?

— Bon, très bien. Une tasse de thé et tu t'en vas. Je suis sérieuse, Steven.

Il opina d'un signe de tête. Le regard plus glacial que jamais. Mattie le sentait peser dans son dos comme deux dagues saillantes tandis qu'elle montait l'escalier. Elle avait travaillé dur pour le sortir de sa vie, pour se reconstruire sans lui, et voilà qu'il venait envahir les rares lieux où elle se sentait chez elle : le salon de thé, sa cuisine de travail, et maintenant son appartement.

De la lumière filtrait sous la porte. Elle l'ouvrit et marqua un arrêt brutal. De sentir la présence de Steven à cet endroit, c'était insupportable.

Mattie se retourna.

— Vraiment, Steven, que viens-tu faire ici ?

Elle posa sa question sans émotion, neutre, pour ne pas être taxée d'hypersensibilité ou d'hystérie ou d'on ne sait quoi d'autre.

Il porta une main à son cœur, les yeux écarquillés comme si elle venait de l'accuser injustement des pires méfaits.

— Je te l'ai dit. Je viens prendre des nouvelles.

— Ben voilà, j'ai un salon de thé…, dit-elle froidement.

— Ce n'est pas le tien. Tu le loues. N'est-ce pas ce que disait la femme enceinte ?

— … et je me fiche de savoir où tu en…

— Un petit conseil, Matilda. Personne n'aime les femmes aigries. Ce n'est pas très sexy. Pour tout te dire, ma vie est parfaite en ce moment.

Il marqua une pause. Qu'attendait-il ? Qu'elle lui réponde qu'elle était ravie pour lui ? Il pouvait attendre longtemps.

— Tant mieux pour toi. Voilà, maintenant que nous avons pris des nouvelles l'un de l'autre…

— Oui, ce que je vis est assez exaltant, fanfaronna Steven. J'ai un livre de recettes sur le point d'être publié et une émission télévisée de cuisine en projet. Mon éditeur m'imagine déjà comme le pendant masculin de Nigella Lawson. C'est assez flatteur, je trouve. Quoique j'aimerais devoir ma notoriété à mes recettes plutôt qu'à mon physique. Nous pourrions peut-être en discuter autour d'un thé ?

Mattie avait toujours rêvé, et rêvait encore, de signer son propre livre de recettes et d'avoir son émission télé, mais Steven ne lui inspirait étrangement aucune jalousie. Il avait de nombreux défauts et quelques qualités, mais une chose était certaine : ce n'était pas un bourreau de travail. Mattie connaissait mieux que personne sa tendance à laisser les autres faire le travail pour ensuite s'en attribuer tout le mérite. Le jour où Mattie aurait l'occasion de publier un livre, de passer à la télévision ou d'ouvrir sa propre chaîne de salons de thé, ce serait pour son travail, accompli à la sueur de son front. Elle fut donc fière et ravie de se surprendre à lui sourire en répondant sans chevroter :

— Félicitations, tu dois être content.

— Merci, Matilda. Venant de toi, ça me touche beaucoup, attesta Steven avant de laisser son regard s'attarder vers la porte entrouverte.

Mais Mattie tenait bon.

— Autre chose à me dire ? Je suis vraiment fatiguée, trop fatiguée pour te faire du thé, décida-t-elle en croisant les bras.

Le sourire de Steven la prit par surprise. Lorsqu'il souriait, son visage était d'une beauté époustouflante, ses dents brillaient, ses yeux pétillaient comme s'il était le soleil et les gens, des planètes gravitant autour de lui. C'était éblouissant, mais Mattie avait appris à ses dépens à ne pas se laisser aveugler et à se protéger de ses rayons brûlants.

— Je sais que ça ne s'est pas très bien terminé entre nous et je suis désolé pour la souffrance que je t'ai *peut-être* infligée, admit Steven, s'approchant ainsi des seules excuses qu'il ait jamais prononcées. (Puis il se fit plus sévère.) Mais j'ai besoin de m'assurer que tu ne viendras pas me mettre de bâtons dans les roues.

— Comment ça ? Mais pourquoi ? se vexa Mattie.

Ses fantasmes de vengeance sur Steven n'évoquaient jamais de mal à lui infliger. Elle s'imaginait plutôt un avenir radieux, puis un beau jour, elle tombait par hasard sur Steven et découvrait qu'il vendait du mauvais matériel électronique à la sauvette sur Oxford Street.

— Si tu crois que c'est mon genre, c'est mal me connaître.

— Ah, tu me rassures, soupira Steven. (Et, ne lui laissant pas le temps de réagir, il prit sa main qu'il serra tendrement.) Je suis rassuré d'apprendre que tu n'irais pas, par exemple, crier sur tous les toits que mes recettes viennent de toi.

Ah, c'était donc ça la véritable raison de la venue de Steven. Elle pouvait enfin lui servir le discours maintes fois répété, quoique l'introduction soit désormais inutile, aussi elle entra dans le vif du sujet.

— Mais Steven, ces recettes viennent de moi ! Tu me les as volées le jour où tu as pris mon…

— On ne peut pas revendiquer les droits d'une recette, Matilda, dit-il au-dessus de la tête de Mattie, comme il aimait tant à le faire. Toute personne sensée te dira qu'il faut une certaine quantité de farine, de sucre, de beurre et d'œufs pour faire une bonne génoise.

À présent, il serrait sa main si fort qu'elle aurait probablement crié si les mots n'étaient pas coincés dans sa gorge comme autant de bribes inarticulées.

— Tu… tu…

— Bon, vous pourriez la mettre en veilleuse ? (La porte, jusque-là entrouverte, s'ouvrit grand sur un Tom en colère.) La journée au front littéraire a été rude et j'aimerais un peu de calme. (Regard noir pour Mattie.) En plus, il me semble que nous étions d'accord : pas de rencard à l'appartement.

— Ce n'est pas un rencard ! s'énerva tout autant Mattie en dégageant vigoureusement sa main de la prise de Steven.

— Dans ce cas, toutes mes excuses, rétorqua sèchement Tom. Mais s'il vous plaît, reprenez votre conversation sans crier.

Sur ce, il laissa la porte ouverte et remonta le couloir en direction de la cuisine. Mattie n'avait jamais autant regretté de voir Tom s'éloigner. Elle se retourna vers Steven, qui avait laissé tomber son sourire pour une mine crispée.

— Je disais donc : il n'y a pas de droits sur une recette, donc nous aurions tous les deux intérêt à ce que tu signes un accord de confidentialité attestant que tu n'es pas l'auteure des recettes. Je te dédommagerai.

— Tu veux me payer pour les recettes que tu m'as volées ? clarifia Mattie.

Ça n'effacerait pas tout le contentieux, mais au moins, elle serait rétribuée pour tout le temps passé à les concocter, sans parler du prix des ingrédients.

Steven agita son index.

— Je ne te les ai pas volées. Bon sang, tu ne lâcheras donc jamais l'affaire. Ma petite Mattie, je pourrais te trouver un petit boulot pour mon émission.

Il porta son doigt à son menton comme s'il cherchait une solution qui serait dans leur intérêt à tous les deux.

Un geste qu'il avait l'habitude de faire lorsqu'il cherchait un moyen de se rattraper après une dispute. C'était en général lorsqu'il avait humilié Mattie, que ce soit en flirtant avec une autre femme juste sous son nez ou en revendiquant la création des madeleines de Mattie. Puis une fois qu'elle avait fondu en larmes et hurlé qu'elle allait le quitter, Steven se murait dans le silence et faisait passer Mattie pour un monstre de glace. Comme si tout était sa faute à elle.

« Je déteste cette situation, disait-il. Il y a forcément un moyen d'arranger les choses. (C'est là qu'il portait l'index à son menton.) Je sais : tu pourrais me présenter tes excuses. »

Mais au cours des deux années passées depuis que Steven avait rompu avec elle, Mattie ne s'était pas contentée de s'en remettre. Elle était devenue plus forte. Plus solide. Elle ne laisserait plus personne lui donner le sentiment qu'elle ne valait rien alors qu'elle valait cent fois mieux que lui.

— Je n'ai aucune envie de travailler pour ton émission, répondit-elle lentement.

— Je savais que tu serais jalouse, s'amusa-t-il avec son rictus satisfait, qui fit regretter à Mattie de n'avoir plus son rouleau à pâtisserie sous la main. Mais je t'offre une occasion en or. Tu pourrais être mon assistante en recherche. Ton travail serait de trouver de nouvelles recettes ! Ça te plairait, non ?

Elle n'en croyait pas ses oreilles.

— Tu plaisantes ?!

— Je sais, ça fait beaucoup d'informations d'un coup. N'accepte pas trop vite, prends le temps d'y réfléchir, on en reparle demain, lui conseilla-t-il gentiment. (Puis il poussa l'un de ses soupirs qui ne présageaient jamais rien de bon.) Quoique, je… Comment le formuler sans te bouleverser ?

Comment ai-je pu tomber amoureuse de ce type ?! Elle avait vingt-quatre ans et n'avait encore jamais connu l'amour, voilà comment. Mattie avait confondu son attirance physique pour Steven et sa fierté de lui avoir mis le grappin dessus pour de l'amour alors qu'on en était bien loin. Elle ne l'aurait jamais cru capable de lui faire du mal, de la manipuler, parce qu'ils étaient amoureux, or on ne fait pas ce genre de chose à la personne qu'on aime. Mais le coup fatal porté par Steven et les deux années qui avaient suivi avaient retiré ses œillères à Mattie. Bon sang, il ne cherchait même pas à être crédible!

Elle rentra la tête dans les épaules, prête au combat.

— Je pense que tu n'arriveras plus à me bouleverser.

Maintenant qu'il n'avait plus cette emprise sur elle, un profond sentiment de libération la submergea. Enfin libre! Elle avait envie d'en rire, mais se contenta d'un petit sourire en coin.

— En tout cas, que les choses soient claires, je ne viens pas te reconquérir. Désolé de te décevoir, tu es superbe, mais j'ai quelqu'un dans ma vie. Un mannequin, précisa-t-il avec un gloussement faussement embarrassé. Je me demande ce qu'elle peut trouver à ma vieille carcasse.

— Mmh, je me le demande aussi.

— Mais je ne voudrais pas qu'il y ait de malaise si nous venions à travailler ensemble.

Steven allait tenter de reprendre sa main mais elle s'y était préparée et, toujours avec ce sourire aux lèvres, elle leva les mains en l'air pour ne pas se laisser toucher. Le rictus de Steven s'évanouit.

— Bref, il me tarde d'entendre tes nouvelles idées de recettes. La fille qui passait le balai tout à l'heure – et à propos, à ta place j'embaucherais une serveuse plus jolie pour le service en salle – disait que tu concoctais des mini-gâteaux rouge velours en forme de puddings de Noël. C'est brillant!

— Oui, ça l'est, opina Mattie.

— Comment t'y prends-tu exactement…

Elle comprit alors que Steven ne partirait pas. Il allait rester planté sur le seuil de sa porte avec ses railleries et son sarcasme tant qu'elle ne lui ferait pas lever le camp.

— Bon, je pense que les actes marcheront mieux que les paroles. Reste dehors !

— Je ne peux pas entrer ? demanda Steven.

— Tu as vu mon colocataire, dit Mattie avec une grimace en direction de la cuisine où Tom, le dos crispé, trifouillait probablement dans une poêle antiadhésive de Mattie avec des couverts en métal. Il a mauvais caractère et est ceinture noire de karaté. Je te conseille de m'attendre ici.

Elle recula dans le couloir, le sourire toujours béat. Huit pas, puis Steven passa la tête par l'embrasure pour voir ce qu'elle fabriquait.

— Alors. Il te faut de la farine et du sucre, annonça-t-elle bien fort en s'emparant des ingrédients sous le regard estomaqué de Tom.

À croire qu'il assistait à une scène de *L'Exorciste*. À sa décharge, Mattie devait avoir l'air d'une folle, versant sa farine et son sucre dans un saladier en criant vers le couloir.

— Bien sûr, il te faudra connaître les mesures, lança-t-elle à Steven qui l'observait toujours depuis la porte tout en prenant des notes sur son téléphone, ce chacal ! Moi, je ne mesure rien. Pas besoin, je suis une pro chevronnée. Disons, deux cents grammes de farine, deux cents grammes de sucre.

— Tu te sens bien ? murmura Tom. (Mais Mattie était trop occupée à fouiller dans le frigo pour l'écouter.) On dirait que tu es… possédée.

— Du beurre. Du lait, lista-t-elle en sortant chaque ingrédient. Des œufs. Où sont les œufs ?

— Sur le plan de travail. J'allais en faire cuire deux, dit Tom. Sois franche, est-ce que tu as besoin que j'intervienne ?

— Je suis sincèrement désolée pour ce que je m'apprête à faire, s'excusa Mattie en s'emparant des deux derniers œufs pour les casser d'une seule main dans son saladier. Mais j'en ai vraiment besoin, ajouta-t-elle en versant un peu de lait, avant d'arracher un morceau de beurre à mains nues. Tu prends ensuite une cuillère en bois et tu mélanges le tout.

— Tu ne fais pas d'abord monter le sucre et le beurre ensemble ? s'étonna Steven alors que Tom tendait une cuillère en bois à Mattie avec un soupir résigné.

— Non, c'est la technique du saladier unique, tout-en-un. C'est tellement simple, même toi tu pourrais y arriver.

— Attends, je note…

Tom lui murmura :

— Pourquoi donnes-tu l'une de tes recettes à ce type ?

Elle lui décocha un sourire digne d'une publicité pour du dentifrice.

— Parce que, du fond du cœur, il la mérite. (Elle-même avait l'impression d'entendre parler une possédée.) Tu arrives à suivre, Steven ?

Le saladier sous le bras, elle mélangea les ingrédients tout en remontant le couloir vers lui.

— Tu as mis de la cannelle ?

— Non, j'ai mis une généreuse pincée de va-te-faire-foutre, répondit Mattie en retournant le saladier et son contenu gélatineux (elle avait mis trop de lait) sur la tête de Steven. Maintenant fous le camp et ne remets plus jamais les pieds ici !

De la pâte dégoulinait de ses cheveux bruns jadis soyeux sur son manteau de cuir hors de prix. Il avait des grumeaux de farine et de sucre sur les épaules et un filet de blanc d'œuf pendait de son nez.

— Comment… Comment oses-tu, espèce de garce ! Il t'a toujours manqué une case, à toi ! Il faut te faire interner !

Si tu me frappes, tu me blesses. Mais tes mots n'ont plus aucun impact sur moi. C'était décidé, les paroles de Steven avaient perdu leur pouvoir sur Mattie.

— Figure-toi que renverser un saladier de pâte à gâteau sur ta tronche a des vertus thérapeutiques, dit Mattie sur un grand sourire.

— Tu as un grain, ma pauvre ! ragea Steven.

Ce qui la fit reculer par réflexe, et marcher sur le pied de Tom.

— Ouch ! Mattie, bon sang, on en a déjà parlé, gronda Tom de sa voix la plus sévère. (Celle que Mattie n'avait entendue qu'à une seule occasion : lorsque Nina avait tenté de le convaincre de poser dans son plus simple appareil pour le compte Instagram de la boutique, son intimité seulement cachée par l'un des tote bags chéris de Posy.) Que fait-il encore là, ce mec ?

— Aucune idée, lui répondit-elle, un brin désespérée.

Elle aurait cru que la pâte suffirait à faire fuir Steven, mais il était toujours là, dégoulinant sur la moquette du couloir. La présence de Tom derrière elle était toutefois réconfortante, lui donnant la sensation d'avoir d'une muraille de muscles prête à la défendre.

— Tu vas laisser ton nouveau petit ami se battre à ta place ? A-t-il seulement conscience du cauchemar qu'il s'inflige en vivant avec toi ? Pour l'amour du ciel, Mathilde, tout le monde sait que tu n'étais rien avant de me rencontrer et que tu n'es plus rien depuis qu'on est séparés.

Autant de paroles que Steven lui avait déjà servies. Sauf que cette fois, Mattie savait qu'il avait tort. Elle n'était pas rien. Elle valait son pesant d'or. Elle était devenue quelqu'un.

Avant qu'elle n'ait eu le temps de se défendre, Tom se pencha par-dessus son épaule.

— En fait, je ne suis pas le petit ami de Mattie, et pour ton information, elle n'est pas « rien », comme tu aimes à le scander sans plus d'imagination. C'est une femme forte et intelligente qui n'a certainement pas besoin de moi ni de quiconque pour se défendre. Mais comme je ne supporte plus de t'entendre lui faire subir ce *gaslighting*, je vais te demander de foutre le camp. Tout de suite !

Tom contourna Mattie pour aller prendre Steven par le bras et l'accompagner dans l'escalier.

— Enlève tes sales pattes ! beugla Steven en voulant se dégager.

Mais Tom tenait bon.

— Tu préfères qu'on appelle la police pour débordement et agression verbale…

— L'agression verbale n'est pas un délit. Et elle m'a renversé de la pâte à gâteau sur la tête !

— Tu es coupable de causer du trouble à l'ordre public, or si Mattie a trébuché et t'a couvert de pâte, ça ne pèsera pas lourd au tribunal, renchérit Tom. J'en sais quelque chose, j'ai un diplôme en droit. Maintenant, débarrasse le plancher.

— Vous vous méritez, tous les deux, marmonna Steven. Et puis, je ne lui fais rien subir du tout ! (Il marqua une pause sur la première marche.) Le « gaz » quoi ? Je ne vois pas le rapport.

— C'est un terme qui vient de la pièce intitulée *Gas Light* ou *Hantise*, en français, si tu préfères. Le film avec Ingrid Bergman est très bon au demeurant. Bref, je m'égare. Un mari tente de convaincre sa femme qu'elle se fait des films et perd la tête. En l'occurrence, dans la pièce de théâtre, elle croit que la lumière des lampes à gaz vacille et il maintient que non. En réalité, le mari s'est infiltré dans l'appartement du dessus dont il a allumé les lampes à gaz, ce qui retire de leur puissance aux lampes de son appartement. Allez, mon vieux, accélère le pas !

— Ouais, fiche le camp, approuva Mattie en poussant Steven entre les omoplates avec la cuillère en bois qu'elle tenait toujours dans sa main couverte de pâte.

— On parle de *gaslighting* pour décrire cette technique abjecte et coercitive par laquelle les hommes, qui ne méritent même pas d'être qualifiés d'hommes, tentent de manipuler leur partenaire. Ils lui font croire qu'elle souffre de toutes sortes de pathologies alors qu'en réalité c'est un leurre.

— Oh, mon Dieu ! s'exclama Mattie. C'est exactement ce que tu m'as fait subir ! Je ne savais même pas que ça avait un nom. J'étais convaincue d'avoir toutes sortes de défauts. Tu m'as fait croire que j'avais de la chance que tu me supportes !

À l'époque, il l'avait poussée à un tel point de remise en question qu'il aurait pu lui faire croire qu'il faisait jour en pleine nuit. Mais Steven n'allait pas lâcher l'affaire.

— Je ne t'ai jamais manipulée. N'oublie pas que c'est vrai, tu avais beaucoup de chance de m'avoir, ce n'est pas comme si tu avais d'autres amis à l'époque… Aïe ! Ça fait mal !

Mattie continua d'assener des coups de cuillère en bois dans son dos tandis que Tom le forçait à descendre les deux premières marches.

— C'est à cause de toi si je n'ai jamais eu d'autres amis à l'Institut. Tu retournais tout le monde contre moi avec des mensonges sur mon caractère insupportable…

— Le *gaslighting*, confirma sèchement Tom. Et je parie qu'il te disait que tes autres amis n'en étaient pas et que seul lui t'aimait vraiment.

— Comment le sais-tu ?

— Dans le registre de l'abus émotionnel, c'est un classique, répondit Tom, à présent sincèrement en colère. On isole quelqu'un en le convainquant qu'il ne vaut rien et que la seule personne qui l'aime est celle-là-même qui abuse de lui. C'est toxique, le pire comportement au monde.

— Je n'ai jamais abusé de personne, gronda Steven, malmené par Tom qui le forçait à traverser la boutique déserte. Je n'ai jamais levé la main sur toi.

Mattie agita les doigts que Steven avait serrés trop fort quelques minutes plus tôt. Il ne l'avait jamais battue. Mais à de nombreuses reprises, il lui avait pris la main si fort qu'elle en avait longtemps gardé la douleur, l'avait pincée si fort qu'elle en avait gardé la marque, lors de sorties avec des amis, quand elle disait ou faisait quelque chose qui lui déplaisait.

— Merci, dit-elle.

Mais elle ne parlait pas à Tom, bien qu'elle sache qu'elle lui serait reconnaissante jusqu'à la fin de sa carrière de pâtissière.

C'était Steven qu'elle remerciait, lui qui restait planté là, les bras ballants en attendant que Tom ouvre la porte d'entrée de la librairie.

— Merci de m'avoir brisé le cœur et d'avoir volé mon livre de recettes. Merci de m'avoir fait subir toutes ces choses affreuses, car si tu ne l'avais pas fait, je n'aurais jamais trouvé le courage de te quitter.

— En fait, Mathilde, je crois que c'est moi qui t'ai quittée, riposta Steven. (Mais Tom le poussait par la porte à présent béante.) Et crois-moi, je n'ai aucune intention de revenir une nouvelle fois.

— Tant mieux. Peux-tu le mettre par écrit ? aboya Mattie en suivant les deux hommes dehors.

La main calée sous le bras de Steven, Tom lui fit traverser la cour devant la boutique. Il faisait un froid de canard et les pavés brillaient sous une couche de gel, mais Mattie avait beau ne porter qu'un pull fin, elle n'avait pas froid du tout. Au contraire, elle bouillonnait de rage.

— J'ai pitié de ta copine du moment, la pauvre, lança-t-elle. Le gouvernement devrait lancer un avertissement de santé pour toutes celles qui risquent de vouloir te fréquenter.

— Elle vaut bien mieux que toi, grommela Steven.

Ils étaient arrivés au portail électrique qui, du côté de la boutique, s'ouvrait par un simple bouton. Mattie l'actionna et Tom donna un grand coup dans l'arrière-train de Steven pour lui faire franchir le passage.

— Il est temps de retourner d'où tu viens, cracha-t-il en lui refermant le portail au nez.

Steven leur vociféra un torrent d'insultes grimaçantes. Comment Mattie avait-elle pu le trouver charmant ? Ça la dépassait.

Elle attendit qu'il se lasse de s'adresser à leur mur d'indifférence.

— Tu crois qu'il a terminé ? s'enquit Tom.

— Je n'en sais rien et m'en fiche royalement. Bon, je te dois deux œufs. Un sandwich aux œufs brouillés te tente ?

— Avec plaisir, je suis affamé, déclara Tom en tendant son coude auquel Mattie s'accrocha volontiers. On rentre ?

— On rentre.

— Je vous défends de me tourner le dos ! s'égosilla Steven.

Mais Mattie tourna les talons. Quoique… Elle n'avait aucune envie de lui laisser le dernier mot et lui lança un regard par-dessus son épaule.

— Joyeux Noël, Steven, lui adressa-t-elle gaiement. Et je te souhaite une nouvelle année bien pourrie !

Chapitre 21

14 jours avant Noël

Après un détour par le salon de thé où Mattie récupéra une boîte d'œufs, ils traversèrent la librairie armés d'éponges mouillées pour nettoyer la pâte à gâteau tombée par terre.

Au sommet de l'escalier, c'était un véritable champ de bataille, mais Tom déclara être prêt à tout nettoyer si Mattie lui préparait quelque chose de plus excitant qu'un simple sandwich aux œufs.

— L'une de ces omelettes quatre fromages dont tu as le secret, par exemple ? suggéra-t-il.

Elle donna une seconde vie à un vieux morceau de pain au levain en le passant sous un filet d'eau puis le mit quelques minutes au four avant de battre des œufs et de râper du fromage. Son bout de ménage terminé, Tom s'assit à la petite table de la cuisine où Mattie lui servit une omelette trois fromages sur des toasts au levain, agrémentée de persil. Puis elle fondit en larmes.

— Oh, Mattie. Je suis affamé mais je ne peux pas manger si tu pleures.

— Ce n'était pas prévu. Je ne sais même pas pourquoi.

— Essaie de te passer de l'eau froide sur la figure. C'est ce que fait Posy quand elle a envie de pleurer, marmonna-t-il autour d'une bouchée d'omelette, car il se révéla parfaitement capable de manger en présence d'une femme en sanglots. Elle en sait quelque chose puisqu'elle a les larmes aux yeux cinq fois par jour ces derniers temps.

— Mais moi, je ne peux même pas le mettre sur le compte des hormones de grossesse.

Haletante, elle se détourna de son assiette pour se lever de table et se passer de l'eau fraîche sur le visage, ce qui lui fit grand bien.

— J'ai une bouteille de malbec pas trop mauvais sur la seule étagère du seul placard où je peux mettre mes affaires, lui indiqua Tom. Si tu en veux un verre. Et si tu en prends, il serait impoli de ma part de ne pas t'accompagner.

Elle ne se fit pas prier. Une fois leur dîner englouti avec un verre de vin, elle se sentit déjà beaucoup mieux. Sans doute était-ce parce que Tom ne lui avait posé aucune question et se contentait de rester assis là en silence. Ce n'était pas ce silence gêné auquel ils étaient souvent confrontés, mais un silence chaud, voire plutôt plaisant.

— Merci, souffla-t-elle comme il leur servait un deuxième verre. Pas pour le vin, enfin si, merci aussi pour le vin, mais surtout pour ce que tu as fait tout à l'heure. Pour m'avoir débarrassée de lui.

— Tu avais l'air de maîtriser la situation, assura Tom, bien qu'ils soient tous deux conscients que c'était faux. Je le pensais lorsque je disais que tu étais une femme forte et intelligente qui n'avait besoin de personne, mais je ne pouvais pas rester là sans rien faire alors qu'il te parlait comme à un chien. Ça m'a rendu dingue, ajouta-t-il tout bas en contenant sa rage.

— Ces deux dernières années, je l'ai haï parce qu'il a gâché ma vie. Mais je m'aperçois à présent qu'il ne mérite même pas ma haine. Détester quelqu'un demande beaucoup d'énergie et je ferais bien de garder la mienne pour travailler sur de nouvelles recettes.

Tom but une longue gorgée de vin, pensif.

— Il a vraiment volé tes recettes ?

— Oui. J'avais un gros cahier dans lequel j'avais tout noté, soupira Mattie, prête à sentir monter cette boule de rage si familière, mais ne ressentant finalement qu'une vague amertume. Parfois, il faut des mois avant de parfaire une recette. Un peu plus d'une chose, un peu moins d'une autre, jouer avec les goûts, les textures. C'était l'œuvre d'une vie. Je n'avais que vingt-quatre ans mais j'avais commencé ce cahier à l'âge de dix ans. Et il me l'a volé.

— Tu l'as mis au pied du mur ?

— Pas tout de suite. D'abord, il m'a fait croire que je l'avais perdu. Que je ne pouvais m'en prendre qu'à moi-même et à ma négligence.

Mattie avait le regard perdu dans le vide, elle était loin, deux ans plus tôt et dans un autre univers. Dans un appartement minuscule donnant sur les toits de Paris.

Noël était dans deux semaines. Elle avait accroché des guirlandes lumineuses au plafond et dégotté le plus petit sapin de tout Paris qu'elle avait paré de boules miniatures avant de l'installer sur le bord de sa fenêtre.

Leur cocon était chaleureux et cosy avant que Mattie ne le mît sens dessus dessous à la recherche de son cahier de recettes qui n'était plus à sa place, à savoir dans le tiroir de la cuisine.

On aurait cru qu'une tornade avait retourné l'appartement.

— Tu as dû l'oublier à l'Institut, avait supposé Steven d'un air placide.

— Je ne l'emmène jamais là-bas, tu le sais bien, avait-elle insisté, allongée par terre pour passer une main sous le canapé convertible comme le lui avait conseillé Steven.

— Tu perds le nord. Tu l'auras emporté à l'Institut et oublié dans ton casier, à moins qu'il ne soit tombé par terre dans le métro.

— Non, avait tranché Mattie.

— Tu en es sûre ? À cent pour cent ? Je me souviens d'une fois où tu croyais avoir perdu tes clés...

— C'est toi qui avais perdu les tiennes ! Et du coup, tu avais pris les miennes sans me le dire.

— Si, je te l'ai dit. Plusieurs fois, s'était impatienté Steven en se pinçant le nez. Bon, tu peux ranger ce bazar ? Je ne peux pas réfléchir dans ce chaos, j'ai des examens à réviser.

— Oui, moi aussi, c'est pourquoi il est vital que je retrouve mon cahier de recettes !

Mattie avait repassé la main sous le canapé mais n'y avait trouvé que des moutons de poussière.

— Je n'aime pas le ton sur lequel tu me parles. Nous en avons déjà discuté. De ta voix criarde, de tes réflexions, de ton hystérie.

Face contre terre, Mattie avait marqué un arrêt. Avait-elle crié ? Possible. Steven détestait ça.

— Pardon, Steven, je suis désolée, avait-elle regretté sincèrement. Je n'avais pas conscience que je criais si fort. C'est la panique.

Comme Steven n'avait rien dit, Mattie s'était redressée par terre. Il avait les bras croisés et ce regard menaçant qui lui avait toujours donné froid dans le dos.

— Pardon, pardon, pardon, avait-elle dit, mettant toute sa sincérité dans ses mots. Le minuscule chauffage dans un coin du salon ne chauffait pas beaucoup, si bien que Mattie pouvait voir de la buée sortir de sa bouche quand elle parlait. Je ne devrais pas passer mes nerfs sur toi. Tu me pardonnes ?

Il avait opiné sèchement.

— Excuses acceptées. Si tu as perdu ton cahier, c'est ta faute, il fallait faire plus attention.

Mattie avait pourtant le souvenir d'avoir rangé son cahier dans le tiroir de la cuisine le matin précédent, après y avoir noté la recette en cours d'un financier aux amandes et aux mûres. C'était un cahier épais avec une couverture ternie par les années et un autocollant « J'aime Paris ». Elle l'avait rangé dans le tiroir, l'avait affectueusement caressé comme chaque fois, et avait refermé le tiroir. Elle en était sûre.

— T'ai-je dit que c'était ta faute et que tu aurais dû faire attention ? avait répété froidement Steven.

Mattie avait rougi.

— Oui, c'est ma faute, avait-elle confirmé bêtement. Je ne peux m'en prendre qu'à moi-même.

— C'est mieux, avait-il dit avec un sourire.

De voir qu'il avait perdu son air crispé avait été un tel soulagement qu'elle s'était surprise à sourire en retour.

— Toutes les recettes sur lesquelles tu travaillais pour tes examens étaient notées là-dedans ?

Le sujet n'avait rien de réjouissant, pourtant Mattie s'était forcée à répondre avec désinvolture pour ne pas crier.

— Oui ! Les ingrédients, les temps de cuisson, tout y était si précis que je ne pourrai jamais les reproduire. Je vais devoir tout recommencer depuis le début.

— Ce doit être fatigant d'être toi ! avait mollement soupiré Steven en se laissant choir sur le canapé. Tu me prépares le dîner ? C'est la moindre des choses après la scène que tu viens de me faire.

Mattie avait acquiescé, ce devait être déplaisant pour Steven de rentrer après une longue journée à l'Institut et d'être confronté à l'un de ses caprices. Bien qu'il ne lui restât que trente minutes avant que son service ne commence au bistro, à un quart d'heure à pied, elle avait sauté sur l'occasion de se rattraper.

— Je n'ai plus jamais parlé du cahier de recettes après ce soir-là, raconta-t-elle à Tom qui écoutait attentivement le récit de ses tristes mésaventures, le menton sur sa paume. J'ai tenté de me souvenir de mes recettes, de les refaire de mémoire, mais elles m'avaient pris des mois et les examens étaient une semaine plus tard. Le Concours du meilleur gâteau parigot, qu'on l'appelait.

Pour valider leur formation à l'Institut de pâtisserie, les élèves devaient chacun préparer trois gâteaux différents sous l'œil de trois instructeurs et il fallait incorporer certaines techniques dont la meringue, la ganache, la douille et le travail du sucre.

Le thème de Noël n'était pas imposé mais Mattie adorait tellement cette période que ses trois gâteaux étaient aux couleurs des fêtes, et bien sûr pour un résultat succulent, magnifiquement présenté et aux techniques finement élaborées. Mattie avait préparé un mille-feuille aux abricots et à la crème de brandy surmonté de minifruits en pâte d'amande ; un croquembouche de choux à la crème de châtaigne délicatement parés de décorations de Noël en sucre filé ; et un modeste cupcake. Sauf qu'il n'y avait rien de modeste dans un cupcake doté de la plus légère des pâtes, parfumé au pudding et glacé de crème au beurre au champagne étincelante.

Elle avait passé plus d'un an à parfaire ses trois gâteaux. Sachant qu'elle avait dû faire sans ses notes détaillées, elle avait estimé ne pas s'en être trop mal sortie. Mais ses instructeurs étaient restés de marbre. M. Brel avait refusé de goûter aux créations de Mattie et s'était lancé dans une diatribe envolée sur la gravité du plagiat avant de la traiter de petite voleuse.

Il s'en était fallu de peu que Mattie fonde en larmes, et lorsque madame la directrice avait déboulé dans la cuisine de l'examen en pointant sur elle un doigt accusateur et en disant : « Vous êtes malhonnête ! » Mattie avait eu beaucoup de mal à ne pas se faire pipi dessus.

Il s'était avéré qu'un autre élève avait concocté les trois mêmes gâteaux, et d'une qualité largement supérieure à ceux de Mattie. Cet étudiant avait passé des mois à affiner sa technique, à ajuster les ingrédients et à prendre des notes méticuleusement, tandis que Mattie n'avait eu que trois feuilles de papier brouillon pour prouver l'originalité de sa recette.

— C'est parce qu'on a volé mon cahier ! n'avait-elle cessé de répéter, les joues rouges et la voix chevrotante, de plus en plus criarde, à en alerter tous les chiens de Paris.

La journée avait été longue. On lui avait demandé de sortir pour se calmer en attendant que l'autre étudiant soit convoqué à son tour au bureau de la directrice pour avoir le fin mot de l'histoire.

Mattie était restée assise une éternité sur cette chaise trop dure, dans le couloir. La nouvelle de ce scandale s'était répandue dans tout l'Institut comme une traînée de poudre d'amande et tous les étudiants trouvaient le moyen de passer par le couloir où elle était assise pour lui lancer des regards réprobateurs. Comme si Mattie était déjà jugée coupable. Elle n'était pas vraiment populaire, contrairement à Steven, que tout le monde adorait et prenait en pitié car il devait supporter Mattie. Il n'avait cessé de répéter à leurs camarades : « Mathilde est très difficile à aimer, mais il faut bien que quelqu'un s'y colle. »

Mattie s'était efforcée d'ignorer les mines hostiles dans le couloir pour peaufiner le discours qu'elle tiendrait à cet autre élève qui, de toute évidence, avait volé son cahier de recettes. Cette personne regretterait d'être venue au monde ! Elle demanderait que l'on fasse fouiller son casier et qu'on lui donne l'autorisation de parcourir toutes ses notes…

— Mathilde !

Tous ses rêves de vengeance avaient été interrompus par Steven qui remontait le couloir d'un pas franc avec madame la directrice.

Elle n'avait jamais été aussi rassurée de le voir. Il savait qu'elle avait passé des mois sur ces recettes, il la défendrait, se battrait pour elle – il avait goûté d'innombrables versions de ses créations, le pauvre avait fait le cobaye contre son gré…

— Tu ne devineras jamais ce qui s'est passé ! s'était-elle exclamée en se levant d'un bond pour le rejoindre.

Elle avait voulu se jeter à son cou pour qu'il la réconforte, qu'il lui promette de tout arranger.

Mais au lieu de la serrer contre lui, il avait vivement repoussé Mattie, les doigts enfoncés douloureusement dans ses clavicules.

— Oh, Mathilde, comment as-tu osé ? s'était-il écrié, la voix brisée. Je t'ai pourtant répété qu'il te fallait te mettre aux fourneaux et réviser, mais au lieu de ça, tu as préféré choisir la solution de facilité en volant mes recettes !

— *Quoi ?*

Sous le choc, Mattie en avait gloussé. Le gloussement était devenu un rire, c'était forcément une plaisanterie. Et finalement, le rire s'était changé en larmes, celles qui menaçaient de couler depuis deux bonnes heures.

— C'est faux. Tu sais que c'est faux !

C'était elle qui répétait à Steven qu'il devait se mettre au travail lorsqu'il se moquait d'elle qui, tous les jours en rentrant de l'Institut, s'entraînait sur au moins l'un de ses trois gâteaux avant d'enchaîner avec son service au bistro. Mais elle avait vite cessé de lui faire la morale car la discussion se terminait immanquablement en dispute puisque Steven ne supportait pas qu'elle lui fasse la moindre réflexion et se sente un pouvoir d'influence sur lui.

— Non, assume ce que tu as fait, avait-il insisté solennellement en détournant la tête. Bon sang, je n'arrive plus à te regarder en face.

Il était très doué.

— Il sortait de nulle part un cahier de recettes qui n'existait pas une semaine auparavant, raconta amèrement Mattie à Tom, avec toujours le sentiment d'avoir été salie, malgré le temps passé depuis. J'ai vécu deux ans avec lui. S'il avait eu ce cahier avant, je l'aurais vu. Il a recopié toutes mes recettes, pas seulement celles des examens finaux. Il a recopié jusqu'à la moindre rature, la moindre rectification. Il a même taché quelques pages avec du beurre, de la pâte et Dieu sait quoi d'autre pour lui donner un air authentique.

Mattie en était même venue à douter. Steven était si convaincant dans son rôle de victime innocente, blessé d'avoir été une fois de plus floué par sa petite amie lunatique, révolté que l'on remette sa parole en question. Le cahier de recettes de Mattie avait-il seulement déjà existé ou l'avait-elle inventé ?

— Ça paraît idiot lorsque je le dis tout haut, mais c'est dire s'il était doué pour manipuler les gens, et pas seulement moi. Tout le monde.

Elle laissa tomber sa tête dans ses mains.

— J'ai cru en voir un aperçu. C'est pas du joli, acquiesça Tom. J'aimerais te dire qu'il finira par payer pour tout ce qu'il a fait, mais la vie ne fonctionne pas toujours comme on voudrait, pas vrai ?

— Non. Le karma est rarement aussi cruel qu'on le voudrait, soupira Mattie.

— Comment t'en es-tu sortie ? demanda Tom en versant ce qui restait de malbec dans leurs verres.

— Je ne me suis pas laissé faire. J'ai tenu bon en affirmant que je n'avais pas volé ses recettes, et comme j'avais d'excellentes notes dans toutes mes matières et pour tous mes devoirs, ils m'ont donné mon diplôme. Mais tout juste, alors que j'aurais facilement décroché la mention. J'aurais même pu être nommée « élève d'honneur », titre accordé au meilleur élève de chaque promo.

Le souvenir de cet épisode lui arracha un soupir. Si Mattie avait eu son diplôme, c'était avant tout grâce à l'une des instructeurs, la vieille Mlle Belmont, crainte par tous les élèves. Elle avait défendu Mattie non seulement parce qu'elle avait été une brillante élève pendant deux ans, mais aussi parce que Mlle Belmont avait assisté en personne à l'élaboration des prototypes de deux des gâteaux finaux de Mattie.

« Si *charmant* soit ce jeune Steven, avait craché Mlle Belmont, il n'a rien prouvé d'autre en deux ans que sa capacité à tout juste friser la moyenne. »

Elle avait marqué un point. En outre, les épisodes les plus violents avec Steven tombaient chaque fois sur les jours où Mattie avait excellé à l'un de leurs cours.

On avait donc permis à la jeune élève de décrocher son diplôme, bien qu'on lui eût battu froid lors de la cérémonie de remise des diplômes, deux jours avant la veille de Noël. Toute sa promo était sortie pour fêter la fin des cours ensemble, mais Mattie avait senti qu'elle n'était pas la bienvenue.

Steven n'était jamais rentré à l'appartement depuis l'examen de Mattie, mais il était rentré après cette fameuse soirée, soûl et pas honteux pour un sou. Mattie n'avait plus envie de pleurer. Elle n'avait même pas trouvé l'énergie de lui crier dessus pour se voir ensuite accuser d'avoir crié. Elle avait toutefois eu la force de ranger toutes les affaires de Steven dans des sacs-poubelle et de demander à Edouard, leur propriétaire, de faire changer les serrures. Le fait que les chèques de Steven pour le loyer aient toujours été sans provision et que Mattie offrait des gâteaux à Edouard et à sa famille chaque semaine avait joué en sa faveur.

— C'est terminé, avait dit Mattie par la porte entrebâillée, bloquée par la chaînette de sécurité, lorsque Steven avait demandé à entrer. Tu aurais dû t'en douter à partir du moment où tu as volé mon cahier de recettes.

— Tu veux parler de ce cahier ? avait-il demandé, puant l'alcool à plein nez, en brandissant l'objet du délit. En amour, on partage tout, pas vrai ? C'est ce que tu me disais toujours. Et puis, tu as ton diplôme alors pourquoi en fais-tu tout un fromage ?

— Comment as-tu pu me faire ça ? À moi, celle que tu aimes ? Si tu avais besoin d'aide pour réviser, il fallait me demander...

— Qui te dit que je t'aime ? avait ricané Steven. Qui pourrait t'aimer ?

— C'est la dernière fois que je l'ai vu. Jusqu'à aujourd'hui, conclut Mattie. Pippa m'a ramenée à la maison deux jours avant Noël. Six mois plus tard, je louais le salon de thé et commençais à me reconstruire.

Tom se frotta le front comme s'il peinait à digérer autant d'informations. Cette histoire, elle la partageait rarement. Même jamais. Elle avait trop honte de s'être laissé berner, d'être passée pour une imbécile, d'avoir été trahie par celui qui prétendait l'aimer. Sa mère et Guy, eux-mêmes, ne connaissaient que les grandes lignes de l'histoire : la situation avait tourné au vinaigre avec Steven, si bien que son nom était désormais tabou. Lorsqu'ils l'avaient rencontré, Steven avait été charmant. Ils n'avaient pas compris d'où pouvait venir la détresse de Mattie.

— Pourquoi aurait-il volé ton cahier ? Il faut être un salaud fini pour faire une chose pareille, avait dit Guy. Or Steven n'était pas un salaud fini. Je veux dire, il n'arrêtait pas de répéter qu'il t'aimait. Il se disait le plus heureux des hommes.

Pour Mattie, il était impossible de leur répéter ce qu'il avait dit : que personne ne pouvait l'aimer. Elle avait peur que ce soit la vérité. Peur de posséder tous les défauts que Steven lui avait prêtés, peur que les gens le pensent également, secrètement.

Mattie ne s'était confiée qu'à Pippa car celle-ci n'était pas du genre à juger qui que ce soit, bien au contraire. Lorsque Mattie avait ouvert ce qui lui restait de cœur sur le trajet de Paris à Londres, Pippa ne lui avait servi aucune de ses grandes phrases toutes faites. Pas même : « Tu te fiches de ce que les autres peuvent penser de toi. » Non, elle avait seulement dit : « Si je croise un jour ce Steven, je vide son corps de tous ses organes avec mes mains, ma pince à épiler et mon recourbe-cils. »

C'est ainsi que Tom devenait la seconde personne à qui elle racontait toute l'histoire, or il ne lui avait encore servi aucune des piques sarcastiques dont il avait le secret. Il se leva pour aller prendre une autre bouteille de malbec dans le minuscule espace que Mattie n'avait pas réquisitionné dans la cuisine. Ni elle ni lui ne seraient en état d'affronter les foules d'acheteurs de Noël le lendemain matin. Et il lui dit :

— Maintenant, je comprends mieux ta haine pour tous les hommes.

Sa tête étant cachée derrière la porte du placard, Mattie ne put savoir s'il plaisantait ou non. Sa voix changeait rarement de ton, que ce soit pour faire une boutade ou pour débattre des méfaits du capitalisme.

— Je ne hais pas *tous* les hommes. Par exemple, je ne te hais pas. Je crois même que je te dois désormais un gâteau par semaine, comme pour Pippa.

— Je ne refuse jamais un gâteau gratuit, mais tu ne me dois rien, tu sais.

Le sourire qui se dessina lentement sur sa figure était différent de ceux qu'elle avait l'habitude de surprendre chez lui. C'était un sourire gentil, elle en eut presque envie de pleurer. Et puis, la journée avait été longue, clôturée par une confrontation émotionnellement épuisante, sans compter les trois verres de vin qui en annonçaient dangereusement un quatrième.

— J'étais sincère lorsque je disais que tu n'avais besoin de l'aide de personne. Tu te débrouillais très bien toute seule et j'ai été fier de sacrifier deux œufs pour te voir renverser un saladier de pâte sur sa tronche de débile.

— Mais si tu n'avais pas été là…, murmura Mattie en secouant la tête. J'étais presque prête à lui donner d'autres recettes pourvu qu'il parte pour de bon.

— Non, tu aurais trouvé une autre solution. Mais il est vrai que tu as eu de la chance, j'aurais pu être absent ce soir, occupé à parcourir tout Londres pour draguer de pauvres naïves sensibles à mes flatteries.

Si Mattie avait déjà les joues rougies par le vin, elle était désormais écarlate de honte.

—Je me suis excusée, me semble-t-il. En tout cas, j'ai essayé, mais mon mail était un peu passif-agressif, je l'avoue.

—Un peu, c'est vrai, opina Tom avec un autre de ses sourires inhabituels.

—Le plateau de pain d'épice qui a fini par terre devait servir à enterrer la hache de guerre...

—Je crois qu'elle est bien enterrée. Il n'y a rien de tel que de se liguer contre l'ennemi, attesta Tom, tout sourires, en débouchant sa bouteille avec emphase. Mais pour ma défense, je tiens à préciser que je ne suis pas un Casanova sans scrupule et ne suis pas intéressé par les pauvres naïves sensibles de tout Londres. Je préfère les filles de plus de vingt-cinq ans avec un minimum de jugeote.

Sur ce, Tom se rassit sur sa chaise. Elle avait beau essayer, Mattie n'arrivait décidément pas à le cerner.

—OK, ravie de l'apprendre. Tu es un homme plein de mystère.

—Il faut bien. Pour le bien de ma santé mentale et de ma vie privée.

Tom desserra sa cravate (en tricot jaune moutarde tout juste bonne à être brûlée) et défit les deux premiers boutons de sa chemise. Voir Tom se mettre ainsi à l'aise en sa compagnie était si grisant que Mattie se tint au bord de la table pour ne pas basculer.

—Au risque de tenir le même discours que ta copine Pippa, je crois qu'un bon équilibre entre vie privée et vie professionnelle, c'est important.

—Pippa ne jure que par ça. Elle me dit toujours que je travaille trop, que je dois apprendre à déléguer, et me conseille ses bouquins sur le développement personnel.

— Toutes les trois en auraient bien besoin aussi, renchérit Tom en désignant le sol. Verity n'est pas la pire, mais Posy et Nina n'arrêtent pas de mêler leur vie privée au travail. On ne fait plus la distinction entre les deux.

— Il faut dire que Posy a fini par épouser le petit-fils de votre Lavinia adorée, donc je comprends que la maison et le travail tendent à se mélanger…

— Ils ne sont pas obligés de se bécoter en public, insista Tom, incapable de lâcher le morceau. (Il se pencha vers Mattie.) Nina n'a strictement aucune barrière. Un jour, elle m'a demandé d'aller lui acheter deux litres de jus de cranberry.

— Ça ne semble pas si grave, répondit Mattie.

Par rapport aux conversations et aux demandes habituelles de Nina, cela semblait assez léger.

Tom se pencha encore, si près que Mattie remarqua un détail dans ses yeux. Derrière ses lunettes, ses iris n'étaient pas simplement marron, ils avaient de petites taches ambrées. Un verre de vin en plus et elle allait lui demander de prouver qu'il avait vraiment besoin de ces lunettes. Mais pas pour le moment, car il était si adorable qu'elle l'aurait croqué en dessert.

— Elle a insisté, dans une boutique pleine de clients, pour que j'aille lui acheter du jus de cranberry contre sa cystite. Je cite : « J'arrive même plus à marcher. »

— Oh, Tom.

Dans la soirée, Mattie s'était demandé si elle parviendrait à nouveau à rire un jour, mais maintenant qu'elle pensait à Nina réclamant du jus pour sa cystite, et face à la grimace outrée que lui faisait Tom à cet instant, les narines dilatées à l'évocation de cette scène choquante, elle ne put réprimer un gloussement.

— Je n'ai aucun mal à imaginer Nina te demander ça.

— Tu comprends maintenant pourquoi je m'efforce de ne révéler aucun détail de ma vie privée ? Toutes les trois, mais Nina tout particulièrement, seraient constamment sur mon dos, soupira Tom avec un frisson d'horreur. Elle me charrie sans arrêt depuis qu'elle a appris pour le sujet de ma thèse.

Mattie laissa retomber sa tête dans ses mains.

— Oh, je te le répète, je suis profondément désolée !

— Et tu as de bonnes raisons, confirma Tom sans l'ombre d'un sourire pour mieux faire passer la pilule. (Puis il soupira.) Mais bon, je l'avais laissée traîner sur une étagère dans la salle commune, je ne peux m'en prendre qu'à moi-même.

— Nina est si cruelle que ça ?

— Elle commence à m'appeler Docteur Love.

Un rictus se dessina brièvement au coin des lèvres de Tom.

— Doctor Luv', imita Mattie d'une voix suave digne d'une choriste de R'n'B. Techniquement, on peut dire que tu as obtenu un doctorat en amour.

— Non, j'ai un doctorat de littérature…

— Pourquoi avoir choisi le thème des romances ?

Les coudes sur la table et le menton dans les mains, elle plongea son regard dans celui de Tom, prête à découvrir enfin le talon d'Achille de son mystérieux colocataire.

Mais il lui rendit son regard avec un petit sourire.

— Je garde cette histoire pour la prochaine fois.

— Rabat-joie, marmonna Mattie en lui tirant la langue.

Elle avait vraiment trop bu.

Peut-être était-ce un jeu de lumière sur ses lunettes, mais le regard de Tom parut s'assombrir.

L'atmosphère de leur chaleureuse petite cuisine se chargea soudain d'une tout autre ambiance. Mattie n'arrivait plus à détacher son regard du sien et Tom le lui rendait bien. Elle déglutit, avec l'impression de faire un bruit de tous les diables. Tom se pencha vers elle. Ils étaient assis à un angle de cette minuscule table, aussi, lorsqu'il bougea, leurs genoux se frôlèrent, ce qui provoqua une réaction en chaîne en Mattie. Depuis son genou droit, un courant électrique parut secouer son corps tout entier.

Tom dut sentir la même chose car il se redressa, toujours sans quitter Mattie du regard, comme si elle était l'une des Sept Merveilles du monde.

— Je me demande quel effet ça ferait… de t'embrasser.

Quoi ? Elle avait dû mal entendre.

Pourquoi Tom voudrait-il l'embrasser ? Et elle, pourquoi voudrait-elle qu'il l'embrasse ? En tout cas, elle en avait envie. Vraiment. L'air lui manquait.

— Tu crois que c'est une bonne idée ? haleta-t-elle.

— Non, je pense que c'est une très mauvaise idée, dit-il d'un ton grave.

Mattie se sentit toute ramollie, comme un ballon de baudruche perdant son air.

— Oh, dit-elle. Bon, OK.

— Mais j'en ai toujours envie, précisa Tom en détournant le regard.

Il tendit ses longues jambes de sorte qu'elles ne viennent plus se frotter aux genoux sans défense de Mattie. L'instant suspendu n'était plus. Si tant est qu'il ait jamais existé. Elle avait dû se l'imaginer.

— C'est dommage, mais c'est vraiment une mauvaise idée, insista-t-il.

Avec un profond soupir, elle prit solidement appui sur la table pour se redresser sur ses jambes aussi flageolantes que les pattes d'un poulain nouveau-né.

— Il nous faut une nouvelle règle de vie !

— Nous en avons trop instauré, j'en perds le fil, se lamenta Tom en levant des yeux las au plafond. On devrait imprimer notre règlement et le feuilleter… hum non, le *glacer* ?

— Tu veux dire, le plastifier ? s'amusa Mattie face au choix de vocabulaire de pâtisserie employé par Tom. Bref, nouvelle règle de vie : ce qui se passe dans cet appartement reste dans cet appartement. Solidarité de colocataires. Ça te va ?

— Excellente idée ! Serre-moi la pince.

Mattie avait les mains plus moites que jamais.

— On est obligés ?

— Tu préfères valider cette règle par un baiser ?

— Tu fais une fixette sur ma bouche, ma parole ! marmonna-t-elle, décidément à court de souffle.

Cette gentillesse la déstabilisait. C'était peu dire. Et puis, elle trouvait flatteur qu'un homme veuille l'embrasser. En particulier Tom, envers qui elle avait été si méchante. Bien sûr, lui non plus n'avait pas été très sympa avec elle, et il avait beau le nier, il n'en restait pas moins un coureur de jupons.

— Non, tiens ! On se serre la pince.

Main chaude contre main chaude. Leurs doigts se joignirent, leur peau s'embrasa. C'était plus une étreinte qu'une véritable poignée de main.

Mattie et Tom baissèrent les yeux sur leurs mains jointes. Il passa lentement le pouce sur la peau douce particulièrement sensible à l'endroit où Mattie s'était brûlée avec un beignet tombé de sa poêle. Elle en gardait une cicatrice.

— Au lit, dit-elle en détresse.

— Avec plaisir. Tu veux dire, chacun le sien ? C'est toujours d'actualité ?

— Oui ! trancha Mattie en retirant doucement sa main. Comment peux-tu envisager le contraire ? Ce sera *toujours* d'actualité !

Elle recula d'un pas décidé. Puis d'un autre. Et un autre qui la mena sur le seuil de la cuisine.

— Quel dommage, marmonna Tom si bas que Mattie ne fut pas certaine d'avoir bien compris.

Mais elle fuyait déjà vers le refuge rassurant de sa chambre.

Chapitre 22

13 jours avant Noël

Mattie avait à peine posé sa tête lourde et embrumée sur son oreiller, convaincue qu'elle ne parviendrait jamais à trouver le sommeil, que son réveil se mit à hurler quelques secondes plus tard.

Jetant un bref regard à l'heure, elle s'aperçut qu'il s'était écoulé plus de quelques secondes. Elle avait tout de même dormi cinq heures, ce qui était peu, mais jouable. Elle avait déjà fait de grosses journées de travail après cinq heures de sommeil, ce ne serait pas une première, mais jamais après avoir affronté l'ancien amour de sa vie puis englouti deux bouteilles de vin rouge tout en se confiant à cœur ouvert à l'homme qui partageait son espace de vie.

Qui croyait-elle duper ? Elle vivait avec Tom. Ils étaient colocataires, point final. Et après ce qui s'était passé la veille, sans doute pouvait-on les qualifier d'amis. Tom avait clairement évoqué l'idée d'un baiser, ce qui avait poussé Mattie à se demander quelle sensation ça ferait…

Mattie se rua dans la salle de bains pour se passer de l'eau glacée sur la figure. Le choc thermique suffit à lui faire reprendre ses esprits mais pas à chasser la barre en travers de son crâne ni le goût amer dans sa bouche.

Une douche fraîche vivifiante et une vigoureuse session de brossage de dents plus tard, Mattie ne se sentait guère mieux. Elle sortit de sa chambre en essayant de nouer ses lacets tout en marchant et lança au passage un regard envieux à la porte de Tom derrière laquelle il dormait paisiblement car *Au Bonheur des tendres* n'ouvrait pas avant 10 heures.

Il était même 10 h 30 lorsque Tom fit enfin une apparition au salon. Le teint gris, les cheveux en bataille comme s'ils avaient affronté une tempête de sable. Mattie allait prendre un croissant mais s'arrêta dans son mouvement quand elle remarqua qu'il avait mal boutonné son affreux chandail au niveau du ventre. Avec sa pince à pâtisserie ainsi figée dans les airs, elle devait avoir l'air fine. Elle rougit.

Heureusement, Tom n'était pas en état de remarquer où le regard de Mattie s'était promené.

— Ça va ? demanda-t-il sur le ton que l'on adopte pour prendre des nouvelles d'une vieille tante. Moi, pas. J'ai l'impression de m'être fait piétiner par un troupeau d'éléphants.

Depuis son poste derrière le comptoir, Cuthbert lança un regard à Tom. Il avait décidé de porter une cravate aux motifs de petits sapins de Noël. Sophie commençait à croire qu'il finirait déguisé en Père Noël d'ici à l'arrivée des fêtes.

— Jeune homme, c'est ce qu'on appelle les ravages du gin.

— Le gin n'a rien à voir là-dedans, marmonna Mattie, qui avait déjà souffert d'une leçon de morale de Cuthbert ce matin-là sur les dangers de l'alcool. C'est la faute au vin rouge. Je ne me sens pas très bien non plus, ajouta-t-elle à voix basse pour ne pas être entendue par le couple qui attendait sa commande, de crainte qu'ils ne l'accusent de contaminer ses pâtisseries avec des bactéries. Je ne souhaite à personne de devoir manipuler de la chair à saucisse avec une gueule de bois. Pas même à mon pire ennemi.

— En parlant de pire ennemi…, dit Tom. Tu t'es remise de ce qui s'est passé avec Steven ?

—Je crois que oui, répondit doucement Mattie.

Trop écrasée par la sensation d'être souillée, plutôt physiquement que mentalement, et sans avoir eu une minute à elle depuis qu'elle avait rejoint le salon de thé, Mattie n'avait pas pris le temps de faire l'inventaire de ses sentiments.

—Pour être franche, j'ai seulement l'impression de sortir d'un mauvais rêve. Je suis surprise que tu gardes le moindre souvenir d'hier soir. On était pompettes.

—Je n'étais pas pompette, j'étais complètement soûl, nuança Tom. (Puis il marqua une pause, un petit sourire en coin.) Quoique… En fait, je me souviens très bien d'hier soir. C'est justement pour cette raison que je suis mal ce matin. Ce n'est pas seulement la gueule de bois, j'ai terriblement honte aussi.

—« Honte » ? Mais de quoi ?

Le teint gris de Tom se colora de rose. Mattie se sentit rougir à son tour. Si elle n'avait pas eu le temps de repenser à Steven, elle n'avait pas plus réfléchi à la longue confession à cœur ouvert qui avait suivi avec Tom.

Elle fit avance rapide dans ses souvenirs, jusqu'au passage où ils parlaient de s'embrasser et où Tom envisageait qu'ils dorment dans le même lit. Et comment avait-elle pu oublier qu'ils s'étaient tenu la main, s'étaient même caressés ?

Elle vira au cramoisi.

—Je suis désolé, se lamenta Tom.

Mais Mattie leva la main pour l'interrompre.

—Puisque tu te souviens de tout, tu te rappelles notre nouvelle règle de vie, n'est-ce pas ?

—Ce qui se passe à l'appartement reste à l'appartement, récita-t-il d'un ton grave.

—Et que se passe-t-il à l'appartement ? voulut savoir Sophie en prenant la pince des mains de Mattie pour attraper une viennoiserie difforme à servir à une table.

Elle avait noué ses cheveux avec un foulard aux motifs de rouges-gorges.

— Rien, répondit Mattie, les joues désormais colorées d'un camaïeu vermillon.

— Rien du tout, confirma Tom. Nous vivons un quotidien d'un ennui mortel.

— Bien, je suis contente que l'on ait réglé cette affaire et crevé l'abcès…

— Parfaitement, le sujet est clos, renchérit-il, la voix un brin tendue. Bref, je suis venu acheter l'une de tes délicieuses pâtisseries.

— Oh, tu n'es pas obligé !

Tom s'appuya sur le comptoir comme s'il allait se confier.

— Écoute, la seule raison pour laquelle j'achète un panini au café italien chaque matin, c'est parce que Chiro me fait de la peine, avoua-t-il timidement. Son loyer a drastiquement augmenté, ses taxes aussi, et il a le malheur d'avoir mauvais caractère.

Chiro était en effet assez lunatique. Mattie n'allait jamais au café mais passait devant suffisamment souvent pour constater que Chiro était tout sourires un jour, à chantonner *That's Amore* et à danser avec ses clients, puis le lendemain fronçait les sourcils et hurlait sur sa clientèle lorsqu'elle gâchait un plat avec du ketchup, s'attardait trop à l'heure de la fermeture ou lui commandait une carafe d'eau. Comme l'avait dit un jour Nina : « Un Londonien n'est pas un vrai Londonien tant que Chiro ne lui a pas crié dessus. »

— Ma foi, tu fais preuve de civisme, c'est tout à ton honneur, jugea Mattie qui, en repensant au caractère excessif de Chiro, culpabilisait déjà moins pour ses coups de sang.

— Et ses paninis sont divins, mais j'avais envie d'autre chose ce matin, insista Tom.

— Mais Chiro doit faire face à l'augmentation de son loyer et je ne voudrais pas te priver de ton petit déjeuner préféré.

Ce matin, Mattie était décidée à repartir de zéro. Tom glissait déjà un regard gourmand sur les croissants, pains aux raisins et pains au chocolat exposés en vitrine. Beaucoup de ses viennoiseries étaient difformes aujourd'hui, la faute aux mains tremblantes de Mattie et à sa migraine, que deux cachets de Nurofen et une théière entière n'avaient pas suffi à chasser. Ses croissants auraient causé son renvoi de n'importe quel institut culinaire en Europe et ses pains aux raisins n'auraient convaincu aucun follower sur Instagram. Mattie restait convaincue qu'elle devait leur difformité aux mauvaises ondes insufflées à la pâte feuilletée lorsque Steven lui avait donné un coup de main la veille.

— J'ai trop de mal à choisir, soupira Tom. Vu mon état de fébrilité, je me dis qu'il me faut des féculents.

— Du salé, peut-être ? suggéra Mattie. Je te prépare un croque-mister en deux minutes, si tu veux.

— C'est une sorte de croque-monsieur ? demanda Tom, suspicieux.

— Sa version britannique. Du levain, du beurre, du cheddar, du jambon de premier choix, de la sauce béchamel au fromage et un peu de moutarde, lista Mattie en se penchant sur le comptoir. Et j'y ajoute de la noix de muscade, précisa-t-elle dans un murmure pour garder sa recette secrète.

— Parfait !

Mattie était prête à parier que son croque enterrerait le panini de Chiro. Mais pour aller encore plus loin…

— Tu sais quoi ? Je te propose de te faire plutôt un croque-lady en ajoutant un œuf au plat par-dessus. Je te l'apporte à la librairie. Tu veux aussi un café ?

— Oh oui, du café, grogna-t-il en tendant sa tasse d'une main peu stable. Bon sang, j'ai besoin de plus de café que le corps humain ne peut en supporter.

— Ça fera quatre livres et quatre-vingt-quinze cents, et le café est offert, annonça Mattie comme il sortait son portefeuille.

— C'est écrit *six* livres et quatre-vingt-quinze cents sur le tableau, désigna Tom.

— Le personnel de la boutique bénéficie de prix préférentiels, expliqua Cuthbert en s'emparant de la tasse de Tom.

Mattie s'abstint de faire remarquer que si Tom avait acheté à manger plus tôt au salon de thé, il serait déjà au courant. Vraiment, elle s'estimait raisonnable. Et Tom semblait vouloir prendre le même chemin car il lâcha une belle pièce d'une livre dans le bocal à pourboire.

— Pour mon café, dit-il. En compromis.

Ce n'est qu'une fois Tom reparti que Mattie s'autorisa un petit sourire satisfait.

Lorsqu'elle voulut lui apporter son petit déjeuner, la librairie grouillait déjà de clients flânant devant les étagères enguirlandées en esquivant les étoiles roses et argentées. Mattie ne s'habituerait jamais à cet immense sapin multicolore planté à l'endroit où se trouvaient autrefois deux des canapés de la boutique.

Elle avait également oublié la place que prenait ce Photomaton sous le gui. Malgré la publicité apportée par le reportage télé et l'effervescence des premiers jours, un seul couple attendait devant l'appareil la photo de son langoureux baiser. La cabine occultait complètement l'étagère des dernières sorties littéraires.

Tom était assis derrière le comptoir, occupé à gifler Bertha, la vieille caisse d'*Au Bonheur des tendres*, avec un exemplaire de *Guerre et Paix*, sous le regard noir de Nina.

— Ne la brusque pas comme ça. Il faut y aller doucement, lui reprocha-t-elle. Franchement, Docteur Love, je pensais que tu avais plus d'égards pour les fictions romantiques. Je parie que tu as dédié un chapitre entier de ta thèse à de la littérature russe barbante. Je me trompe ?

— Arrête de m'appeler par ce surnom idiot, et je te rappelle que l'autre jour tu as frappé Bertha avec ta chaussure.

Tom s'interrompit. Il reniflait l'odeur de son petit déjeuner.

— Un croque-lady pour monsieur, annonça gaiement Mattie en posant l'assiette avec un couteau et une fourchette enveloppés dans une serviette. Rapporte-moi l'assiette et les couverts quand tu auras un moment.

Tom dévora son plat du regard.

— Ça a l'air délicieux. Merci.

Il leva ses yeux toujours dévorants vers Mattie et répéta :

— Merci.

— Tu l'as déjà dit, nota Nina en lançant un regard curieux à Tom, puis à Mattie, laquelle regardait Nina avec le sourcil levé comme s'il n'y avait strictement rien d'anormal à apporter son petit déjeuner à Tom et à ce que Tom lui en soit si profondément reconnaissant.

— J'ai beaucoup de « merci » à rattraper, marmonna Tom en déballant les couverts de sa serviette. Oh, Mattie ! Pourquoi ces serviettes sont-elles décorées de gui ? Aurais-tu basculé du côté obscur et décidé d'accueillir l'arrivée de Noël ?

— Pas du tout ! se vexa Mattie. J'ai envoyé Sophie acheter des serviettes unies au magasin à prix unique et elle est revenue avec ça. Nous sommes toujours unis dans notre haine pour Noël.

— Tant mieux.

Si incroyable que cela puisse paraître, Tom lui tendit son poing et elle le cogna du sien sous les yeux d'une Nina médusée. Puis, alors qu'il allait mordre dans son croque, il s'arrêta.

— Vous n'allez pas me regarder manger, toutes les deux !

Sur ce, il était temps pour Mattie de repartir. Sa soirée avec Tom avait définitivement enterré leur différend. À peine repensa-t-elle à l'étrange façon dont s'était terminée cette soirée, cet instant où elle avait cru que Tom allait l'embrasser, qu'elle se sentit rougir, un bref tic à la lèvre.

— Bon, je dois commencer mes tartes de midi, dit-elle avec un pas en arrière. (Elle se retint de se toucher la bouche.) *Bon appétit**!

Mattie arrivait sous l'arche des Classiques lorsqu'elle entendit Nina l'appeler.

— Oui ?

Une pause sur le seuil. Elle aurait déjà dû avoir les mains dans la farine à l'heure qu'il était.

— Est-ce que… tu pourrais me mettre deux roulés à la saucisse de côté ? Je ne prends ma pause qu'à 15 heures, il n'y en aura déjà plus, ronchonna Nina.

— Oui, pas de souci.

— Maintenant que Tom et toi avez brisé la glace, est-ce qu'on a de nouveau droit aux tarifs préférentiels et au café ou thé gratuit ?

— Tu n'as vraiment aucune honte, marmonna Tom, son croque déjà à moitié englouti, pour le plus grand plaisir de Mattie. Et je tiens à préciser que j'ai donné une livre de pourboire pour mon café. Mattie a des frais pour le café et le lait, sans parler des factures d'électricité…

— Bon, d'accord, ça me paraît raisonnable, reconnut Nina. Bon sang, j'étais au fond du trou à devoir me satisfaire de jus de chaussette instantané. As-tu seulement conscience du prix que fait payer Chiro pour son café italien ? Trois livres ! Et on m'a fait la morale sur l'augmentation des taxes lorsque j'ai demandé du lait dans mon café.

Une fois la voie ouverte par Tom et Nina, Posy et Verity suivirent ; toutes les deux se mirent en tête d'acheter leur déjeuner au salon de thé. Seulement, la queue pour les roulés à la saucisse était si longue que Mattie dut fermer les portes vitrées qui menaient à la librairie pour dissuader les petits malins tentés de doubler dans la file.

Posy fut contrainte de sortir du *Bonheur des tendres* par la porte d'entrée et de jouer des coudes pour se frayer un chemin à travers la file d'attente et dans le salon de thé en criant :

— Laissez passer ! Propriétaire du bâtiment et enceinte jusqu'aux dents !

Une fois entrée et assise sur le tabouret gracieusement rapporté par Sophie, elle ajouta :

— Je suis bien contente que Tom et toi ayez réglé votre différend. Comment avez-vous fait ?

Si Mattie n'avait pas déjà été rouge comme une pivoine après avoir remis une plaque de gâteaux au four, elle aurait probablement piqué un fard.

— Nous avons trouvé un compromis et Tom m'a rendu un fier service hier soir lorsque mon ex m'a donné du fil à retordre. En fait, je dirais même que Tom et moi sommes désormais amis.

C'est pourquoi elle allait devoir cesser de penser à l'embrasser.

— J'en suis ravie, se réjouit Posy. J'ai voulu rester neutre mais c'était plus difficile que prévu. Après tout, je connais

Tom depuis des années, je cerne vite les gens. Quoique, je trouvais ton ex plutôt charmant. Et très beau.

— Ce qu'il a de moche, c'est sa personnalité. Bref, il n'y a plus de souci entre Tom et moi. Tout va pour le mieux, tu n'as plus à t'en inquiéter.

— Tant mieux. En ce moment, j'ai assez de soucis avec ma pression artérielle. Bon, puis-je avoir deux roulés à la saucisse et une tartelette pour le goûter ?

— Une livre dans le bocal à pourboire pour les boissons chaudes, ça me paraît une bonne solution, déclara Verity après une demi-heure d'attente avant de pouvoir commander son assiette de dinde et œufs à l'écossaise parfumés au cranberry. Mais franchement, Mattie, j'ai fait le calcul, tu te mets dans le rouge chaque fois que tu fais traiteur pour nos événements. Ce n'est pas en faisant uniquement payer les ingrédients que tu couvres les frais de préparation et le matériel. Sans même parler des petits gâteaux que tu nous apportes régulièrement. Il va falloir trouver un compromis financier.

— Tu ne vas pas me mettre à la porte dès que le bail de location arrivera à terme ?

Verity ouvrit de grands yeux.

— Bien sûr que non ! Pourquoi ferais-je une chose pareille ?

— Parce que j'ai trahi le secret de Tom, lui rappela Mattie d'une petite voix.

— C'est vrai. Et depuis, il refuse d'ouvrir la bouche à ce sujet, c'en est agaçant, soupira Verity en prenant l'assiette que lui tendait Sophie par-dessus le comptoir. Je ne suis pas curieuse, mais maintenant que la vérité a éclaté au grand jour, Tom va devoir l'assumer. Tu le disais coureur de jupons, ça me paraît impossible venant de notre Tom. Peux-tu m'en dire un peu plus ?

— Motus et bouche cousue, répliqua Mattie d'un air théâtral. Tout ce que je peux te dire, c'est que Noël est dans deux semaines et que les gens font la queue jusqu'au coin de la rue, or tu m'empêches de travailler.

Chapitre 23

11 jours avant Noël

Noël approchait à une vitesse effrayante.

Chaque matin, Posy envoyait à tout le monde par texto le compte à rebours des jours restants avant la date fatidique, et le nombre de points d'exclamation en fin de message augmentait chaque fois.

Mattie en venait à rêver de roulés à la saucisse, de plaques entières de pâte feuilletée qui l'attaquaient par tous les côtés et qu'elle chassait à grands coups de rouleau à pâtisserie.

Maintenant, elle comprenait mieux l'expression « être victime de son succès ». La queue pour ses roulés se formait désormais bien avant l'heure d'ouverture du salon de thé chaque matin. Meena avait recruté son ami le plus fiable, un certain Geoffrey, de son école de cuisine, pour rejoindre l'équipe que Mattie envoyait dans la cuisine de l'appartement à l'étage – une extension au salon que Verity soupçonnait de les mettre dans l'illégalité en matière de mesures d'hygiène.

De cette façon, Mattie pouvait tranquillement occuper la cuisine de son salon de thé pour les centaines de tartelettes, de boules de gâteau rouge velours et de sablés aux épices de Noël, sans compter les pâtisseries habituelles.

Les achats de Noël mettaient vraiment les gens en appétit. Ils arrivaient au salon épuisés, frustrés, et lorsqu'ils repartaient, leurs jauges d'énergie et de bonne humeur étaient remontées à leur capacité maximum.

— Joyeux Noël ! scandaient-ils en sortant.

Et Mattie, si elle n'était pas saturée de travail en cuisine, leur répondait de même.

Une ambiance festive grandissait dans son salon à mesure que la date approchait Elle en venait même à soupçonner Nina de s'y introduire en pleine nuit pour étendre encore le véritable système solaire d'étoiles roses et argentées qui pendait du plafond. Mais Nina ne ferait rien qui puisse impliquer des heures supplémentaires. Et Mattie ne pouvait pas dire avec certitude qu'il y avait plus d'étoiles qu'avant.

— Tu n'as pas remarqué du changement, ici ? demanda-t-elle à Tom lorsqu'il vint réclamer son café et son croque-lady qui remplaçaient désormais définitivement son panini pourtant chéri.

Tom balaya les alentours d'un regard évasif. Il n'était que 10 h 15, les tables étaient déjà toutes occupées et la queue s'étirait jusqu'à l'entrée. Malgré la porte ouverte, de la condensation se formait sur les fenêtres tant l'intérieur était bondé.

— Oui, tu viens d'ouvrir et ton salon est déjà plein, observa-t-il. Chez nous, il n'y a pas tant de monde et Posy regrette amèrement d'avoir installé ce Photomaton qu'elle trouve trop gros. Les gens font la queue partout dans la boutique pour l'essayer et il nous faut chaque fois vérifier qu'ils ont un ticket de caisse avant de leur libérer l'accès. Et une fois qu'ils se sont bécotés sous le gui, ils flânent encore en attendant que leur photo se développe. Mais évidemment, Nina ne dit pas un mot contre ça.

Il regarda encore autour de lui.

— Pourquoi as-tu mis des sapins miniatures sur tes tables ?

— « Des sapins » ? Change de lunettes !

En y regardant bien, Mattie s'aperçut en effet que chaque table avait son petit sapin pas plus grand qu'une bouteille de ketchup et qui scintillait de petites ampoules LED.

— Mince, tu as raison ! se corrigea-t-elle. Comment ont-ils atterri là ?

— Tu m'abandonnes ? s'offusqua Tom, une main sur le cœur. Une fervente fan de Noël se cachait en toi depuis le début !

— Non, je déteste Noël, dit-elle assez fort pour que plusieurs clients dans la file d'attente prennent un air offusqué. Je n'ai aucune idée d'où sortent ces sapins.

— Du magasin à prix unique, répondit Sophie en se glissant derrière Mattie pour venir remplir le lave-vaisselle sous le comptoir. Papi a dit que je pouvais dépenser la monnaie qu'on me rendrait.

— Oui, je confirme, assuma joyeusement Cuthbert au grand désarroi de Mattie.

— Cuthbert ! Tu sais ce que je pense de Noël, grinça-t-elle tout bas pour ne pas indigner d'autres clients.

— Elle n'est pas fâchée, elle est seulement très déçue, intervint Tom, un brin austère envers Cuthbert. Et moi aussi, d'ailleurs.

— Votre déception, je m'en accommoderai, riposta Cuthbert en se reculant pour enclencher son magnétophone et emplir le salon de thé des cris de Noddy Holder qui clamait « It's CHRISTMAAASSSS ! »

— Et tu n'as pas encore vu la bannière, ajouta Sophie en désignant le mur du fond où Nina avait accroché l'une de ses affreuses banderoles au-dessus de l'ardoise des menus. Comme c'est écrit « *Joyeux Noël** » en français, on a pensé que ça ne te dérangerait pas.

— Si, ça me dérange ! protesta Mattie.

Mais Cuthbert et Sophie échangeaient un sourire, pas embarrassés le moins du monde.

Non contents d'être allés contre les volontés de Mattie, ils avaient suspendu une bannière criarde derrière le comptoir, où pouvaient gaiement pulluler toutes sortes de germes et autres bactéries.

— Je dois vous laisser, dit Tom, le regard sur sa vieille montre au lieu de vérifier l'heure sur son téléphone comme une personne normale. (Il tendit son poing à Mattie.) Tiens bon, ne lâche rien.

Mattie heurta le poing de Tom de bon cœur.

— Je t'apporte ton croque-lady dès qu'il est cuit.

Tom se faufilait déjà dans la file pour repartir.

— Merci, lança-t-il par-dessus son épaule. Et si tu pouvais m'épargner les serviettes vert et rouge, j'apprécierais.

Pas de doute, Noël approchait et Mattie ne pouvait rien faire pour l'en empêcher. Encore que, cette année, son aversion pour les fêtes lui semblait moins prégnante que les années précédentes.

Le fait d'avoir affronté Steven et chassé ses vieux démons devait y être pour quelque chose. Depuis qu'elle avait renversé un saladier de pâte à gâteau sur sa tête et lui avait dit droit dans les yeux ce qu'elle pensait de lui, Mattie se sentait mieux. Plus légère. Comme si elle ployait depuis deux ans sous une masse qu'on venait enfin de lui retirer. Au lieu de regarder en arrière, elle regardait droit devant, et l'avenir semblait lui sourire.

Lorsqu'elle descendait chaque matin et ouvrait son salon de thé, puis sortait attendre le livreur dehors, Mattie se délectait de la fraîcheur matinale, de la façon dont son souffle se cristallisait devant son visage. Elle conservait une petite pointe d'ivresse à l'approche des fêtes, bien que toujours aussi peu emballée à l'idée de fêter Noël.

— Pour le réveillon, je ne me suis toujours pas décidée, dit-elle à sa mère, le téléphone coincé entre l'épaule et le menton tandis qu'elle ouvrait le four de sa petite cuisine pour descendre d'un cran la grille de ses tartelettes et glisser une nouvelle fournée de petits sablés. Je n'ai donc pas d'avis sur la question. Dinde ou chapon, fais comme tu veux.

— Oui, mais est-ce bien la peine de préparer de la sauce au pain trempé si Ian est le seul à en manger ? s'enquit Sandrine comme si Mattie avait prévu de passer son Noël en cuisine avec sa mère. Et les choux de Bruxelles ? C'est *infâme* ! Nous pourrions les émincer et les faire revenir dans du bacon. Quant au pudding de Noël, personne n'en est adepte. Pourrais-tu nous préparer une bûche ?

On étouffait dans cette petite cuisine. Mattie referma le four et demanda :

— Je peux te préparer une bûche, mais ce n'est pas dit que je vienne fêter le réveillon.

— Mais tu disais avoir vu Steven et passé l'éponge…

— J'ai surtout passé l'éponge après lui avoir renversé de la pâte sur la tête, il y en avait partout…

— Tu n'as donc aucune raison de te cacher sous tes draps cette année, se réjouit Sandrine.

Si Mattie suait à grosses gouttes, ce n'était plus à force d'ouvrir son four mais à cause de sa mère qui ne cessait pas de la harceler avec le programme de son réveillon.

Mattie ouvrit la porte de la cour pour respirer un peu de cet air frais de décembre et surprit Sophie et Sam, occupés à se dévorer mutuellement la bouche. Ils bondirent au grincement de la porte sur ses gonds.

— Je te laisse, maman.

— Mais comment agrémenter cette satanée sauce au pain pour la rendre…

— Je dois raccrocher ! insista-t-elle en s'exécutant.

Sophie et Sam, séparés d'un bon mètre, n'osaient plus se regarder ni risquer un coup d'œil vers Mattie.

Petite Sophie et Sam ? Ensemble ?

Elle savait que Sam avait un faible pour la jeune serveuse. Tout le monde était au courant à Bloomsbury ; il regardait Sophie d'un air rêveur dès qu'elle avait le dos tourné et les asphyxiait tous de son eau de Cologne le samedi lorsqu'il savait qu'elle travaillerait non loin de lui.

Quant à Sophie, elle s'était toujours amusée à entrer dans son jeu. Mais là, ils passaient à la vitesse supérieure.

Posy était-elle au courant ? Et Cuthbert ? Était-ce à Mattie de les informer ?

Elle prit conscience qu'elle était plantée là, bouche bée, depuis deux bonnes minutes.

— Hum, vous voulez en parler ?

— Par pitié, non !! s'alarma le jeune Sam en osant un bref coup d'œil vers Sophie dont la grimace témoignait de sa panique.

— Il n'y a rien à dire. Jamais, établit-elle fermement. Surtout pas à mon grand-père. Il m'interdit d'avoir un copain avant au moins trente ans. Je t'en prie, Mattie, ne lui dis rien. Tu le promets ?

Ce n'était pas à Mattie d'en parler à quiconque. Ni d'entraver un amour naissant.

— Votre secret sera bien gardé, leur dit-elle en souriant, avant de se rappeler que ledit amour naissait sur des horaires de travail. Bon, peux-tu retourner faire ce pour quoi je te paie ?

— Oui, bien sûr, opina Sophie en se précipitant dans la cuisine sans oser croiser le regard de sa chef.

Sam s'approcha de Mattie, aussi penaud qu'un chien surpris le museau dans le bocal de sucrerie.

— On a le droit de faire des pauses, marmonna-t-il dans son absence de barbe pour se prouver qu'il n'était pas intimidé.

Mais devant la réaction glaciale de Mattie, il fila comme s'il avait le diable aux trousses.

Plus tard, quand elle fit un crochet par la librairie pour leur apporter une assiette de tartelettes invendables car trop grasses, Sam n'osait toujours pas la regarder en face. Mattie venait surtout pour s'asseoir cinq minutes, mais elle en fut empêchée car deux canapés avaient disparu depuis l'arrivée de l'immense sapin de Noël. Quant au seul canapé restant, il était envahi par des types renfrognés qui avaient été traînés de force dans cette librairie par leurs compagnes. Mattie dut se satisfaire de la deuxième marche de l'escabeau roulant pour soulager ses jambes fatiguées.

— Il y a du monde, dis-moi.

— Oui, c'est affreux, rétorqua Nina en scannant les achats d'une cliente avec son iPad avant de les ranger dans un tote bag. Vous avez droit à un sac gratuit si vous achetez plus de trois livres. Joyeux Noël, et ne revenez pas avant l'année prochaine ! C'est une blague !

— Je dois encore acheter un nouveau pantalon à mon mari, et ensuite, j'ai terminé, déclara la cliente avec emphase.

Mattie avait rarement vu la boutique aussi pleine et le sapin géant, le bébé renne grandeur nature et le Photomaton sous le gui n'arrangeaient rien à l'encombrement du lieu. Tout le personnel avait beau être armé de iPads pour encaisser les clients, il y avait du monde en caisse, où Posy était perchée sur son tabouret face à Bertha, la vieille caisse enregistreuse caractérielle qui piquait sa crise au moins une fois par jour.

Les gens attendaient également en masse pour se faire prendre en photo et la queue s'étirait jusque dans la rue dans une ambiance bon enfant, contrairement à la queue pour les roulés à la saucisse où l'atmosphère était plus crispée. Pour l'année prochaine, Mattie prévoyait d'installer un stand éphémère de vente de roulés à la saucisse devant le salon de thé pour ne pas déranger sa clientèle habituelle. Peut-être pourrait-elle même y vendre du chocolat chaud et des petits pains. Sophie, désireuse de se rattraper auprès de Mattie depuis qu'elle s'était fait surprendre à rouler des galoches à Sam, parcourait les deux files avec des menus plastifiés et prenait les commandes.

Tom gérait le Photomaton car il s'estimait « le plus à même de vérifier les tickets de caisse et d'instaurer un délai maximum de deux minutes en cabine », répéta Nina. Voilà qui expliquait son air surmené et le chronomètre dans sa main. Croisant le regard de Mattie, il fit la grimace, comme confronté à un ennemi invisible redoutable.

— Tom et toi m'avez l'air très copains ces derniers temps, observa Nina dont le regard suspicieux alternait entre les deux.

Ce dernier cessa aussitôt ses singeries et retrouva sa mine austère.

— Tu trouves ? Oui, peut-être. De vivre ensemble, ça crée des liens.

Mais Mattie avait beau dire, elle ne voyait pas Tom comme un copain. C'était autre chose. Ce pourrait-il qu'il soit... plus qu'un ami ?

— Il est gentil de te pardonner alors que tu as révélé tous ses secrets, jugea Nina d'un air décidément inquisiteur. Nous n'avons jamais reparlé de la thèse de Tom ni de toutes les femmes qu'il...

— On arrête de papoter et on travaille, Nina !

Mattie parvint à ne dévoiler aucun autre secret de Tom grâce au passage de Verity, chargée d'une pile de livres et suivie par trois femmes en file indienne.

— Verity sert les clients ? dit Mattie, dont l'étonnement sincère lui permit de changer de sujet.

Verity détestait entrer en contact avec la clientèle et préférait encore se cacher dans le bureau pour batailler avec ses tableurs Excel.

— Tu as vu le monde qu'on a ? marmonna Nina avant de se tourner vers deux jeunes femmes d'une vingtaine d'années qui erraient dans les rayons. Je peux vous renseigner ?

Concert de gloussements.

— Quel est le livre le plus vulgaire que vous ayez en magasin ?

— Et à moins de dix livres. C'est pour le Noël entre collègues.

Nina retrouva le sourire. Pile le genre de clientes qu'elle aimait servir.

— Tout dépend de ce que vous cherchez. Plutôt de l'obscène distingué ou du hard sans concession ?

Les deux femmes échangèrent un regard, pouffèrent de plus belle et répondirent d'une seule voix :

— Du hard, s'il vous plaît.

— Dans ce cas, suivez-moi au fond de notre section Érotique, les invita Nina en leur offrant un bras à chacune afin de se faufiler dans la foule de clients. En parlant de Noël entre collègues, Mattie, j'espère que tu tomberas sur moi et que tu m'offriras un cadeau à base de chocolat. À ce soir !

Chapitre 24

10 jours avant Noël

C'était dimanche, et puisque, en ce jour saint, la librairie avait pour obligation de fermer à 17 heures, toute l'équipe s'en alla fêter Noël au *Midnight Bell*. Le pub organisait son légendaire quiz de Noël et Posy ne laissait le choix à personne : participation obligatoire.

Chaque jeudi, le *Midnight Bell* organisait un quiz. Le personnel d'*Au Bonheur des tendres* y participait régulièrement mais n'avait gagné qu'une seule fois, le soir où le Noah chéri de Nina s'était révélé un véritable Wikipédia ambulant. Malheureusement, Noah était actuellement au Danemark où il mettait en place une stratégie holistique au sein des RH d'une entreprise de marketing. Mattie s'attendait donc à ce qu'ils se classent parmi les derniers, comme à leur habitude.

Non qu'elle s'en souciât. Une fois les portes fermées à 17 heures, elle s'était mise aux fourneaux pour le lendemain et avait exceptionnellement terminé sa préparation à 18 heures. Quinze minutes plus tard, elle occupait la banquette en velours de leur coin habituel au *Midnight Bell* devant une assiette remplie de nourriture qu'elle n'avait pas préparée elle-même.

Carol et Clive, les propriétaires du lieu, n'étaient pas les rois du bon goût en matière de décorations de Noël. Des guirlandes criardes aux couleurs bigarrées pendaient à tous les coins, y compris tout autour de la collection de médailles d'équitation de Clive, au-dessus du bar.

Un faux sapin de Noël (« Acheté en 1985, l'année de notre mariage, et il tient encore la route ») était chargé d'une telle quantité d'ampoules qu'il mettait en danger l'intégralité du bar, et la scène de la Nativité était représentée sous une cloche de verre.

— Joseph et Marie font peur à voir, commenta Mattie à Tom en évitant de trop regarder ces figures angoissantes. Ils me font penser à ces poupées victoriennes qui s'animent la nuit pour tuer les gens dans leur sommeil.

— Et tu as vu leurs yeux ? On dirait qu'ils ont la gale, renchérit-il en la regardant mordre dans son sandwich qui se résumait à une généreuse part de dinde étalée dans de la sauce au cranberry entre deux tranches de pain croustillant.

— J'ai une faim de loup, marmonna Mattie entre deux généreuses bouchées. Quand on passe sa journée à cuisiner, on n'a jamais envie de manger.

— Ce qui explique sans doute que tu sois si svelte, observa Tom en promenant son regard sur les jambes de Mattie.

Pour l'occasion, elle avait troqué son ensemble de travail, pantalon et pull noirs, pour une robe à rayures gris et bleu marine avec des collants noirs et des Converse. Personne n'avait vu les jambes de Mattie depuis des mois, mais à en juger par l'intérêt que continuait de leur porter Tom, elles n'étaient pas trop mal.

— « Svelte » ? répéta Mattie, les joues soudain rouges au souvenir que Tom l'avait déjà vue en tenue autrement plus légère.

— Très svelte, acquiesça-t-il de cette même voix rauque dont il avait usé en soirée sur les jeunes filles sans défense pour obtenir leur numéro.

Il cherchait probablement à la taquiner. Elle ne voyait pas d'autre raison qui puisse justifier que Tom fasse une remarque sur sa silhouette avec sa voix de Don Juan. Une taquinerie entre amis à laquelle, après tout, ils pouvaient s'amuser à deux.

— Toi aussi, tu es plutôt svelte, renchérit-elle. Et pourtant, tu es un gros consommateur de féculents. Comme quoi, passer toutes ses journées debout a du bon. À moins que ce ne soit le football.

Ce qui eut le mérite de détourner l'attention de Tom des jambes de Mattie.

— Du « football » ?

— Oui, Phil m'a parlé des parties que tu disputais avec tes copains, précisa-t-elle. (En levant les yeux de son énorme sandwich à la dinde, elle s'aperçut que Tom se décomposait.) Nous n'en avons jamais parlé, il me semble.

— Et nous n'en parlerons jamais, trancha-t-il.

— Est-ce que tu portes la tenue complète ?

Au tour de Mattie de prendre sa voix suave. Tom en short de foot ! Ce fut à elle de laisser son regard se promener sur les jambes de son colocataire, bien qu'elles soient couvertes d'une fine couche de tweed en laine.

— Ce que tu peux être cruelle, marmonna Tom avec toutefois un petit sourire en coin qu'il cacha aussitôt derrière une gorgée de bière. Tu me déçois.

— Ah ! C'est l'arroseur arrosé !

— Vous ne pourriez pas vous trouver un coin tranquille ? ricana Sam, assis à côté de Tom et qui laissait traîner une oreille incrédule.

Mattie et Tom se retournèrent vers lui avec un regard qui le fit se recroqueviller sur son siège.

— Pour quoi faire ? Nous sommes simplement deux amis en pleine conversation. Où est le mal ? releva sèchement Tom.

— Et puis franchement, Sam, tu es mal placé pour donner des leçons d'intimité, renchérit Mattie.

Sophie, qui était assise en face d'eux, lança un regard affolé en direction de son grand-père occupé à débattre du nom de leur équipe avec Verity et Nina.

— J'ai raté quelque chose ? demanda nonchalamment Tom en s'amusant de voir Sam pâlir.

— Mattie, s'il te plaît…, gémit-il.

Elle avait promis.

— Cela restera entre nous. En revanche, tu garderas désormais tes remarques cinglantes pour toi, d'accord ?

— Pas de problème, acquiesça le jeune homme, dont les joues retrouvaient peu à peu des couleurs.

Pendant ce temps, Clive, le patron du pub, avait distribué les questionnaires du quiz de Noël et entamait la très longue liste de règles à respecter pour participer à ce type de jeu au *Midnight Bell*. Et comme il s'agissait d'une édition spéciale, la liste s'allongeait.

— Tous les noms d'équipe doivent être dans le thème mais je ne tolérerai aucun blasphème. Les petits malins y perdront des points, menaça Clive.

Mattie leva les yeux au ciel.

Que fait-on coincés ici en plein quiz de Noël ? On déteste Noël.

— Rien ne nous oblige à participer, lui répondit Tom pendant que Clive parlait des stylos à paillettes qu'il distribuerait et qui devraient lui être rendus en fin de session, ajoutant qu'il ne faudrait pas oublier de refermer le capuchon entre deux questions pour qu'ils ne sèchent pas.

— De toute façon, on ne saura répondre à aucune question, ajouta Mattie. Autant attendre tranquillement la fin du jeu. On ne gagnera jamais, on le sait.

Sur ce, elle désigna du menton la table des Ravageurs en pleine discussion, l'équipe de réparateurs informatiques dont la boutique se situait au coin de la rue et qui gagnait haut la main tous les quiz du *Midnight Bell*.

— Quels rabat-joie, ronchonna Nina tandis que le jeu commençait.

Mattie et Tom discutèrent en aparté de la petite chambre, où ils pourraient installer des étagères à se partager.

Mattie ne suivait que d'une oreille l'avancée du quiz. Verity s'échauffa sur la série de questions consacrées aux chants de Noël.

— C'est « résonnez musettes », pas « chantonnez musettes ». Révisez vos classiques, bon sang !

La série de questions cinématographiques fut menée par Cuthbert et Sophie dont la connaissance des films de Noël dépassait l'entendement.

— Papi connaît tous les dialogues de *La vie est belle* et de *Noël chez les Muppets*, claironna fièrement Sophie.

Mais lorsqu'ils passèrent à la littérature sur le thème des fêtes, sujet qui aurait dû tous les inspirer, les réactions furent mitigées.

— Tom ! Tom ! siffla urgemment Posy depuis l'autre bout de la table. Sur quelle phrase se termine *Un chant de Noël* ?

— Pourquoi me poses-tu la question à moi ? C'est toi la propriétaire d'une librairie.

— Une librairie dédiée aux romances, rappela Posy. Je ne connais pas grand-chose à Dickens, c'est trop sérieux pour moi, mais je parie que tu as lu ses plus grands ouvrages. Allez, pour l'esprit d'équipe. Quelle est la dernière phrase ?

Tom poussa un soupir et, avec un regard désolé pour Mattie, chuchota :

— « Seigneur, bénissez-nous. »

Ce n'était que le début. On demanda ensuite à Tom de répondre aux questions concernant les récits de Noël de J.R.R. Tolkien, Mark Twain et Hans Christian Andersen.

— Traître, lui souffla Mattie. Je croyais qu'on ne participait pas au quiz.

— Je ne voudrais pas que Posy fasse sauter mon treizième mois, lui rétorqua-t-il.

Mais lorsqu'on aborda les questions gastronomiques, Tom prit le relais de la mine déconfite tandis que Mattie se vit contrainte de lister trois ingrédients de la sauce au pain trempé à l'exception du pain, de donner la date du *Stir-up Sunday* de l'église anglicane et de donner le nom allemand du *stollen*.

Finalement, l'équipe *Au Noël des tendres* remporta le quiz avec un point d'avance parce qu'il y avait deux noms allemands pour désigner le *stollen* et que Mattie les connaissait tous les deux.

— Pour deux blasés de Noël, je trouve que vous en connaissez un rayon, s'exclama Nina pendant que les Ravageurs (renommés les *Foies Gravageurs* pour l'occasion) doutaient de la partialité des résultats et réclamaient de revoir le comptage. Je parie que si je montais à l'appartement pendant que vous travaillez, je découvrirais une usine à guirlandes électriques.

— Tu serais déçue, l'avertit Tom qui revenait du bar avec un plateau de boissons. Et puis, ce serait une violation de propriété privée.

Posy tapota doucement son ventre plus rebondi que jamais, quoiqu'il restât encore un mois avant la date présumée de l'accouchement. Carol avait réclamé à Clive qu'il rapproche un grand fauteuil rembourré bordeaux de leur table avec le repose-pieds assorti. Posy en était ravie. Quoique son bonheur pût également s'expliquer par la fermeture de sa boutique à une heure décente, elle pouvait enfin reposer ses jambes lourdes.

— Pas de chamailleries, gronda-t-elle. Nous sommes dans une période de fêtes, de joie et de partage. D'ailleurs, c'est l'heure de nous offrir nos cadeaux.

Chacun sortit son paquet rectangulaire de son sac ou de sa poche de manteau. En dépit du vœu de Nina de recevoir des sucreries en chocolat faites maison, la tradition d'*Au Bonheur des tendres* voulait que les cadeaux entre collègues soient exclusivement des livres.

— Ils n'en ont pas marre de tous ces bouquins, à force ? avait grommelé Sophie lorsque le mail avait circulé parmi tous les membres du personnel.

Elle-même était une fervente lectrice, mais ce Noël entre collègues l'avait refroidie car le hasard avait voulu qu'elle offre un cadeau à Posy. Par chance, sur un éclair d'inspiration, elle s'était souvenue que Posy attendait un enfant qui n'avait encore lu aucun livre. Son choix s'était donc porté sur une superbe collection de contes de fées féministes.

Mattie était tombée sur Verity, qui fut ravie de son édition des années 1960 d'*Orgueil et Préjugés*, son livre préféré, dont la couverture criarde était typique de l'époque. Mattie pensait avoir déjà lu tous les livres de recettes jamais parus sur Terre, mais lorsqu'elle ouvrit son cadeau, emballé dans du papier marron, elle s'étonna de constater que le Père Noël de la librairie avait trouvé un inédit : une édition de 1953 de la grande cuisinière et romancière Elizabeth Craig. Il s'agissait des *Recettes préférées de la cour royale*, dans son manteau de poussière d'origine.

— C'est le plus beau cadeau de Noël entre collègues qu'on m'ait jamais fait, déclara-t-elle en présentant la couverture à tous les regards perplexes qui l'entouraient. Elizabeth Craig était la Mary Berry de son temps. Pour tout vous dire, la recette de mes tartelettes s'inspire de sa tourte à la viande dans son recueil de 1932, *Aux fourneaux avec Elizabeth Craig*.

Les regards perplexes se faisaient vitreux.

Sauf celui de… Cuthbert, trop poli pour montrer son ennui, à moins que…

— C'est toi, l'auteur secret de mon cadeau de Noël ? lui demanda Mattie.

Mais il répondit par la négative et Nina brandit son livre à elle, une collection de cartes postales d'époque aux illustrations coquines dont Cuthbert avait avoué être le pourvoyeur (avec l'aval de Cynthia).

— Essaie encore, proposa Verity.

Ce n'était pas Sophie, puisqu'elle avait eu Posy, ni Sam car il ne connaissait pas Delia Smith, alors Elizabeth Craig encore moins. Posy avait tiré Tom au sort et lui avait offert un exemplaire des *Mémoires* de Casanova, un choix non dépourvu d'un certain humour. Nina avait tiré Sam, à qui elle avait offert le manuel des astuces du dernier jeu vidéo qui l'obsédait tant.

— Bon, j'abandonne, déclara Mattie.

— C'était moi !

— C'est Tom !

Mattie et Tom se tournèrent l'un vers l'autre, et ce ne fut pas une mince affaire sur cette banquette pour trois personnes, surtout avec Sam qui s'étalait.

— Merci ! s'écria-t-elle en lui adressant un grand sourire, qu'il lui rendit après un clin d'œil. Comment as-tu deviné ?

— Quand on met ses livres dans les espaces communs d'un appartement commun, on doit en assumer les conséquences, déclara-t-il avec noblesse.

Ah ! Il avait donc enfin pardonné à Mattie d'avoir fouiné dans sa thèse et dévoilé son contenu à tout le monde.

— J'adore. Je te préparerai un repas avec l'une de ces recettes, promit Mattie.

Et comme elle s'apprêtait à feuilleter le volume, Tom l'interrompit en posant sa main sur la sienne.

— Pitié, non ! Je l'ai rapidement parcouru et il n'y a que des ingrédients dégoûtants. De la gélatine, beurk ! Tu me détestes donc à ce point ?

— Tu sais, je suis loin de te détester ces derniers temps.

Il avait toujours la main posée sur la sienne, sa paume était chaude et non plus moite et brûlante. Un tic secoua ses doigts, sorte de brève caresse, et quand il retira sa main, Mattie ressentit comme un manque.

— Pas de doute, vous ne vous détestez plus, ponctua Nina. Je vous dirais bien d'aller vous trouver une chambre mais vous en avez déjà plusieurs à votre disposition, et allez savoir ce que vous y fabriquez.

— Je leur ai dit d'aller se trouver un coin tranquille, osa Sam, visiblement prêt à le payer très cher.

— Taisez-vous un peu, tous les deux, gronda Tom.

Mais le ton manquait de son grinçant habituel.

Quant à Mattie, sur qui tous les regards étaient tournés, elle se recroquevilla sur sa chaise.

— C'est Noël, murmura-t-elle. On a décidé d'enterrer temporairement la hache de guerre. Comme les Anglais et les Allemands qui ont joué au foot dans le *no man's land* le jour de Noël pendant la Première Guerre mondiale.

— Si touchante que soit ton histoire, je reste convaincu que c'est une légende urbaine, lança Tom, aussitôt interrompu par une protestation générale.

Pour changer de sujet, Posy demanda à chacun ce qu'il comptait faire le soir du réveillon.

— Sebastian, Sam et moi passerons Noël tous les trois tranquillement, pour la dernière fois en trio avant l'arrivée du bébé, dit-elle avec un petit soupir satisfait.

— Elle ment, précisa Sam. En fait, elle aimerait que Sebastian et moi préparions la chambre d'enfant. Il arpente *Ikea* à l'heure qu'il est. Elle refuse même de faire venir un professionnel pour la peinture !

— La déco sera plus personnelle si vous la faites vous-mêmes, soutint Posy. Quand il sera là, le bébé pourra dormir dans une chambre peinte par son papa et son tonton. C'est plein de bonnes ondes, je l'ai lu dans l'un de mes livres sur la maternité.

— Le bébé ne sera conscient de rien du tout avant des mois ! protesta Sam.

Une remarque d'une insensibilité telle que Posy eut les larmes aux yeux.

— Que tu es méchant, jugea-t-elle, la gorge serrée. Tu parles de mon enfant comme s'il était un extraterrestre tiré de l'une de tes émissions de science-fiction.

N'importe qui s'en serait excusé, mais Sam avait seize ans et, au contraire, était bien décidé à enfoncer le clou.

— Ton bébé y verra trouble jusqu'à ses trois mois, insista-t-il.

C'en était trop, Posy fondit en larmes et tous échangèrent des regards impuissants, à la recherche d'une chose à dire qui pourrait la calmer et faire revenir la bonne humeur générale.

Mattie donna un petit coup de coude à Tom.

— Tu n'as pas une idée qui pourrait lui remonter le moral ?

Pressant le bout de ses doigts contre ses lèvres, Tom réfléchit, en vain.

Et même Nina, habituellement toujours partante pour partager sa vie sexuelle et celle d'autrui, affichait la même panique que les autres.

— Je pense que ça porte malheur de pleurer à une fête de Noël, Posy, finit-elle par dire. Ça veut dire qu'à partir de maintenant tu pleureras chaque fois que tu fêteras Noël.

— Non. Ça, c'est valable pour les anniversaires, sanglota Posy.

À ce train-là, Mattie s'attendait à la voir quitter précipitamment la soirée.

— Oh, bon sang Posy, arrête de pleurer ! s'irrita Verity. Il va falloir arrêter de chouiner tout le temps. Pense à quelque chose de joyeux.

— Je vais donner naissance à une créature à peine consciente. Ce n'est pas très joyeux !

— Tu exagères, Posy.

Cette remarque valut à Sam un regard noir de Sophie. Il ne restait plus à Verity qu'à bondir de son siège pour annoncer à la joyeuse assemblée :

— Je suis fiancée !

Nina tourna la tête si vite qu'elle faillit se faire un torticolis.

— Tu es *quoi* ?

— Johnny m'a demandée en mariage jeudi soir après une dispute sur la litière de Gourgandine, qu'on ne laisse toujours pas sortir depuis l'histoire du portail électrique, expliqua Verity, comme si la litière de Gourgandine intéressait quelqu'un à cet instant précis. Bref, j'ai dit oui et maintenant nous sommes fiancés et vous ne devez le dire à personne. Posy, pourquoi pleures-tu encore ?

— Ce sont des larmes de bonheur, se justifia Posy en reniflant sans gêne.

Tous se levèrent pour prendre Verity dans leurs bras, mais elle recula, les mains en bouclier.

— Vous savez que je n'aime pas les câlins. Ce n'est pas parce que je me fiance que je veux vous serrer contre moi.

Tom se contenta donc de lui tapoter le bras, visiblement décontenancé.

— Encore une qui se marie ? Est-ce qu'il y aurait un sérum dans l'eau du robinet de la librairie ? Je vais me mettre à l'eau de source.

Sophie ricana.

— Tu es sûr que tu n'es pas déjà marié, Tom ?

— Non, je ne cache pas d'épouse avec cinq enfants et je ne suis pas un agent secret russe en attente de mission, s'impatienta-t-il en se rasseyant. Je sais parfaitement ce que vous dites dans mon dos.

— Tu es loin du compte. Bon, Very, viens par là, je veux un câlin, réclama tendrement Nina en embrassant son amie affectueusement. C'est tellement grisant ! Moi, j'ai à peine eu le temps d'organiser mes noces à cause du séjour à Vegas. Oh ! Tu pourrais te marier à la librairie ! On demanderait une autorisation à la mairie. Ça ferait le buzz sur Internet !

L'idée ravit Posy, dont le grand sourire remplaçait déjà ses sanglots.

— Ce serait parfait !

— Ou bien, je pourrais me marier dans l'église du village dont mon père s'avère être le pasteur attitré, rétorqua Verity, acerbe, avant d'accepter la poignée de main de Cuthbert. Bon, pourrait-on se rasseoir et éviter davantage d'effusions ? Vous savez que je n'aime pas faire de vagues.

Pour une jeune femme fraîchement fiancée, Verity n'avait pas l'air de sauter au plafond. À sa place, si Mattie avait trouvé la personne avec qui elle souhaitait passer le restant de ses jours, elle serait déjà plus guillerette. Elle s'attendit à ce frisson affolé à l'idée de se remettre un jour en couple, mais rien ne vint. À la place, elle fut vaguement exaltée de se dire qu'un homme l'attendait peut-être quelque part.

— Prends garde, j'ai vu ton sourire benêt, lui glissa Tom à l'oreille. Ne me dis pas que tu es la prochaine sur la liste. J'ai la flemme de me chercher un nouveau colocataire.

Cela valut la disparition immédiate du sourire prétendument benêt de Mattie.

— C'est peu probable, se défendit-elle tout bas. Je te rappelle que je déteste tous les hommes.

— « Pas tous », la cita Tom avec un sourire sournois qui donna envie à Mattie de lui rendre son rictus en lui enfonçant un doigt taquin dans les côtes.

— Et puis, comme tu l'as justement rappelé lorsque tu essayais de me chasser de la colocation, tu travailles à la librairie depuis plus longtemps que moi, c'est donc à toi de te marier le premier. De toute évidence, cet environnement romantique littéraire embrouille l'esprit du personnel.

À la façon dont Tom plissait les yeux, les narines dilatées, il cherchait une réplique bien pensée à lui servir en retour, mais Verity attira à nouveau l'attention de la tablée. Elle venait de se rasseoir, Nina à sa gauche, Posy à sa droite et toutes les deux lui braillaient dans les oreilles. C'est donc à juste titre qu'elle se redressa brutalement.

— Stop ! Ça suffit ! Du calme, tout le monde. Je n'avais pas prévu de vous parler de mes fiançailles. Si je l'ai fait, c'est uniquement pour égayer Posy, alors jurez-moi de garder le secret ! Personne ne doit le savoir. Merry n'est même pas au courant !

Verity était la troisième de cinq sœurs, or les quatre autres étaient toutes plus bavardes les unes que les autres, sans la moindre notion de pudeur. Un peu comme Nina et la mère de Mattie. Mais bien qu'elle soit très différente de ses sœurs, Verity était très proche d'elles, en particulier de Merry (Mercy de son vrai prénom). Il était donc surprenant qu'elle ne sache pas encore que sa sœur allait se marier.

— Nous voulons faire les choses dans l'ordre, expliqua-t-elle avant de se rasseoir. Johnny aimerait demander ma main à mon père, en personne, autour de pintes au pub du quartier, comme le veut la tradition.

Nina fit la grimace.

— C'est un peu vieillot et machiste, tu ne trouves pas ?

— Il ne demande pas la permission, je ne suis la propriété de personne, mais je suis fille de pasteur. Johnny dit que, puisqu'il a l'intention de se marier une seule fois dans sa vie, il veut faire les choses dans les règles.

Un sourire de bonheur se dessina sur les lèvres de Verity, mais elle le perdit presque aussitôt.

— Seulement, on a déjà promis de fêter Noël avec le père de Johnny et sa compagne Celia. Il nous faudra donc partir après le réveillon. Nous n'irons donc pas dans le Lincolnshire avant la nouvelle année. Alors seulement, j'aurai l'occasion de l'annoncer à mes sœurs.

— De toute façon, elles auraient craché le morceau à tes parents, mais sans mauvaise intention, opina Tom.

Car ils avaient tous rencontré les sœurs Love et, si gentilles soient-elles, il était évident qu'elles ne savaient pas garder un secret.

— Précisément, confirma tristement Verity. Cette nouvelle me met du baume au cœur et je suis frustrée de devoir la taire pendant des semaines au lieu de la crier au monde entier. Non pas que je sois du genre à hurler, mais j'aimerais au moins le dire à mes parents…

— Je te donne ton week-end de congé, et c'est un ordre ! clama Posy. Ce sera mon cadeau pour tes fiançailles.

— Il faut faire un cadeau pour des fiançailles ? s'étonna Nina. Comme pour les mariages ? Avec un enterrement de vie de jeune fille et… ?

— Hors de question de faire un enterrement de vie de jeune fille, refusa en bloc la future mariée. (Puis elle prit la main de Posy.) Et je ne prendrai pas mon week-end de congé. C'est le dernier week-end avant Noël.

— Et alors ? Tout le monde aura acheté ses cadeaux, argumenta allégrement Posy, comme si elle n'avait pas travaillé dans le commerce pendant huit ans et n'avait jamais été témoin de la frénésie qui agite un centre-ville le week-end qui précède Noël.

— De toute façon, c'est la période de l'année où papa travaille le plus, ajouta Verity.

— Vraiment ? Pourquoi ? s'enquit Nina.

— Aucune idée, intervint Sam avec une grimace typique d'un adolescent de seize ans. Ça doit avoir un rapport avec la naissance de Jésus.

— Dans ce cas, prends-toi deux jours de congé cette semaine. Mercredi et jeudi, par exemple, persista Posy, que rien n'allait empêcher d'offrir les fiançailles parfaites à Verity, et tant pis pour la frénésie de Noël. L'amour est plus important que Noël, et comme ça, tu seras rentrée pour le week-end.

— Je ne sais pas trop, Posy, marmonna Verity en se tripotant les doigts. Johnny ne pourra peut-être pas prendre deux jours de congé.

— Mais il est à son compte, rappela Nina. Il prend les jours qu'il veut, ce veinard.

— Tu as ton mercredi et ton jeudi, un point c'est tout, trancha Posy en reposant ses mains sur son ventre. Sinon, je te vire. Et crois-moi, j'en suis capable. Au cas où tu ne l'aurais pas remarqué, ma grossesse me fait faire un tas de choses irrationnelles.

Chapitre 25

9 jours avant Noël

Bien qu'il n'en ait rien dit sur le moment, Tom était furieux à l'idée que Verity abandonne le navire en pleine tempête pour aller roucouler dans le Lincolnshire.

— Je sais qu'elle passe généralement son temps enfermée dans le bureau, mais il va nous falloir à présent gérer les commandes en ligne en plus du reste, sans parler du Photomaton, geignit Tom le lendemain matin.

Mattie était dans la cuisine du salon de thé, occupée à préparer sa pâte tout en concoctant son croque-lady à Tom. La porte de la cour restait ouverte pour aérer la cuisine embuée mais il ne fallait pas que sa pâte tiédisse.

— Posy ne parlait pas d'embaucher plus de personnel ? demanda Mattie en battant gaiement un gros morceau de beurre.

— Elle dit qu'on s'en sortira, répondit Tom, perché sur un tabouret haut entre la salle et la cuisine du salon de thé. J'aimerais lui dire que j'en doute fortement mais on m'accuserait de vouloir gâcher le bonheur de Verity.

— Les hormones de Posy vont de mal en pis, soupira-t-elle. Ne le lui répète pas…

— Ne pas répéter quoi ?

Posy s'était glissée derrière Tom sans se faire remarquer.

— Que se passe-t-il ? Le conseil nous envoie les flics pour l'utilisation du four de l'appartement ? Je savais que ça finirait par arriver ! À moins que vous n'ayez empoisonné les clients avec du bacon périmé dans les roulés à la saucisse ?

— Comment peux-tu me soupçonner d'une chose pareille ? se vexa Mattie.

Mais elle n'eut pas le temps d'implorer Tom du regard ; ce traître s'empressa de se servir d'elle comme d'une couverture.

— Mattie ne sait pas mieux que moi comment gérer l'absence de Verity, dit-il à sa patronne en poussant un soupir. Je redoute la gestion des commandes en ligne en son absence. Il reste peu de jours pour les livraisons si l'on veut qu'elles arrivent avant Noël.

— Oh non, pourquoi n'ai-je pas pensé à ce détail ? s'affola Posy, une main au front. (Sans qu'on le lui demande, Tom quitta son tabouret pour la prendre par le bras et l'aida à s'y hisser.) À trop vouloir servir l'amour, voilà ce qu'on récolte.

— Tu as seulement voulu faire plaisir à Verity, nuança Mattie, ravie d'en arriver à l'étape où elle pétrissait sa pâte, un geste familier idéal pour l'apaiser dans de tels moments d'angoisse. Je suis sûre que tout se passera bien.

Posy en était à huit mois de grossesse et semblait arriver au point de rupture. Ne devrait-elle pas déjà entamer son congé maternité ?

— Vous me stressez, c'est très mauvais pour moi.

Posy semblait friser la crise de nerfs quand soudain, fidèle à ses célèbres sautes d'humeur, elle reporta son attention sur Tom, appuyé contre le chambranle de la porte, puis sur Mattie qui recouvrait un saladier de pâte d'un film étirable.

— Mais que faisiez-vous tous les deux à papoter dans cette cuisine ? Seriez-vous devenus *amis* ?

Elle prononça ce dernier mot comme s'il lui piquait la langue.

— « Amis » ? pouffa Tom, une réaction qui piqua Mattie. Non, seulement deux collègues qui partagent un espace de vie.

— Je pense qu'il est temps d'utiliser le terme « colocataires », personne n'en sera choqué, rétorqua sèchement Mattie. Après tout, nous avons dîné deux fois ensemble, on ne fait pas que partager un espace de vie. On vit… disons… en communauté.

— Vous avez « dîné deux fois ensemble » ? répéta Posy.

— Et une troisième fois s'annonce à l'horizon. Mattie débauche de plus en plus tard, la préparation de sa pâte feuilletée n'en finit plus. J'ai pensé que, pour ce soir, nous pourrions emporter du *fish and chips* de chez *No Plaice Like Home.*

Mattie esquissa un petit sourire. Voilà que leur amitié évoluait au point que Tom se montrait désireux de passer la soirée avec elle.

— Bonne idée. Je suis trop fatiguée pour me remettre aux fourneaux ce soir, déclara Mattie en sortant le dernier bol de pâte de son frigo.

— Et moi, je ne sors pas à cause de Posy pour qui je travaille comme un acharné. Et je n'ai aucune envie de cuisiner pour notre chère pâtissière qui pinaille sur le moindre ingrédient que j'aurais mal dosé, rechigna Tom en agitant vaguement la main vers Mattie, qui répondit en lui tirant la langue. Elle ne m'a fait aucun cadeau sur mon utilisation prétendument sacrilège de sa poêle à frire.

— Au lieu de se servir d'une cuillère en bois, il racle le fond de mes poêles avec des ustensiles en métal, se plaignit Mattie en dénouant son tablier. Ma patience a des limites.

— Bon, comme vous voudrez, marmonna Posy sans les quitter de son regard insistant. Je suis tentée de dire que vous m'avez l'air de colocataires presque amis, et d'amis presque autre chose, allez savoir quoi. (Elle secoua la tête.) Je ne suis pas venue me tourner les pouces avec vous, je viens chercher un casse-croûte pour mon petit creux de la matinée.

— Il est à peine 10 h 30, je n'ai même pas pris mon petit déjeuner, appuya Tom avec un regard goulu sur le croque-lady que Mattie sortait du gril pour le placer sur une assiette. Il a l'air délicieux, et si tu pouvais ajouter une noisette...

— De sauce Worcester, je sais, l'interrompit Mattie en s'emparant de la bouteille pour couvrir de sauce l'intérieur brûlant du sandwich. Au fait, je préfère te prévenir, nous n'avons plus de serviette qui ne soit pas estampillée d'un motif de Noël.

— C'est scandaleux, s'amusa Tom en prenant son assiette. Je ne sais pas pourquoi j'honore encore cet établissement de ma fidélité. J'espère que Cuthbert m'a préparé mon café.

Il se retira sur un petit signe de la main qui provoqua la consternation de Posy, laquelle sortit laborieusement son téléphone de la poche arrière de son jean de grossesse, comme il se mettait à sonner.

— Mattie et Tom ? Qui l'eût cru, marmonna-t-elle.

— C'est un peu tôt pour la pause matinale, non ? Bon, voyons ce qui pourrait réjouir cette mine maussade, lança Mattie dans l'espoir de faire oublier à Posy ses réflexions sur sa relation avec Tom.

La future maman avait les yeux rivés sur son iPhone dont trois applications différentes s'emballaient simultanément pour annoncer un gros épisode de neige en fin de semaine. Comment Tom et ses copains allaient-ils pouvoir jouer au football avec ce temps ?

— Je comptais sur les bénéfices des ventes de Noël pour compenser les maigres recettes du reste de l'année, gambergea-t-elle en emboîtant le pas à Mattie, qui sortait de la cuisine pour rejoindre le salon de thé. Tu sais, j'ai goûté plusieurs fois tous tes gâteaux et j'ai envie d'autre chose, mais je ne sais pas quoi.

Mattie voulait bien être gentille mais Posy allait trop loin en passant ainsi devant les premiers clients d'une longue queue sans même leur glisser un « pardon ».

— Lorsque ma Cynthia était enceinte de notre Shane, la pauvre avait de telles envies de tartines de fromage qu'elle en dévorait à tous les repas, raconta Cuthbert en guise de soutien.

Posy y réfléchit un instant.

— Non, je n'ai pas envie de fromage. Je veux autre chose, et puis, je ne veux pas qu'il neige, et je ne veux plus avoir la sensation de couver deux bébés éléphants. J'aimerais simplement redevenir moi-même, vous comprenez ?

Mattie n'avait pas d'enfant, mais pour ce qui était de ne pas se sentir soi-même, elle en connaissait un rayon. Pendant ses deux ans de relation avec Steven, elle s'était efforcée de correspondre à la femme qu'il désirait car il trouvait trop de défauts à celle qu'elle était. Et pendant les deux années qui avaient suivi leur rupture, elle s'était efforcée de devenir la femme qu'elle voulait être, une femme capable de vivre sans amour, puisqu'elle ne méritait pas d'être aimée.

Voilà que Mattie se demandait à présent si, finalement, elle n'aurait pas le droit d'être aimée. Comme l'ancienne Mattie. Celle qui adorait Paris, Noël et les cupcakes...

— Je vois ce que tu veux dire, dit-elle doucement à Posy. Pas au sujet des éléphants que tu couves, mais concernant ta propre personnalité que tu crois perdre. Tu ne te vois plus qu'au travers du regard des autres.

— Waouh, comme c'est profond ! s'épata Posy.

— Mesdames, grogna Cuthbert. C'est bien beau toute cette philosophie, mais vous bloquez le passage de respectables clients venus chercher leur boisson chaude.

D'un regard circulaire, les deux femmes constatèrent que la queue n'avait pas désempli. Au contraire, elle s'étendait à vue d'œil et les gens commençaient à ronger leur frein.

Plus tard dans la journée, comme le four faisait une pause et Meena et Geoffrey de l'excellent travail dans la cuisine à l'étage, Mattie repensa à celle qu'elle était quelques années plus tôt et à la nouvelle Posy, qui semblait au fond du trou ces jours-ci. Plus stressée que jamais. À ce stade de la grossesse, elle n'aurait pas dû subir une telle pression, Mattie devait agir pour l'apaiser. Pour lui redonner le sourire.

Elle examina sa petite cuisine. Ce carrelage vert et violet la mettait toujours de bonne humeur. Il lui rappelait lady Agatha et lui faisait chantonner « Mes sœurs suffragettes », de *Mary Poppins*. Ces pots et bocaux remplis d'ingrédients, ces casseroles et ces poêles où la magie opérait, ou du moins, où cuisaient des douceurs caloriques faites de ses propres mains.

Posy se révéla finalement facile à contenter. Mattie avait ressorti une recette qui dormait dans son cahier depuis deux ans, mais elle la connaissait par cœur et n'eut qu'à récupérer sur les étagères les bocaux dont elle avait besoin. À l'époque, elle en faisait une, deux, parfois trois fois par semaine et, dès lors qu'elle se mettait à mesurer ses ingrédients, une sorte de mémoire musculaire culinaire se remettait en marche.

Quatre-vingt-dix minutes plus tard, incluant le temps de refroidissement, la décoration et une demi-heure de rush en salle, Mattie alla retrouver Posy dans son bureau pour lui apporter le plateau de sa création.

— Douze cupcakes au pain d'épice et glaçage cannelle, annonça Mattie en posant son précieux chargement d'un geste théâtral. Un petit cadeau pour toi, parce que je t'aime bien et que je m'inquiète pour toi.

Posy, dont les joues rouges laissaient penser qu'elle venait de pleurer, baissa les yeux sur les cupcakes. Mattie arbora un sourire digne d'une présentatrice posant devant le gros lot d'un jeu télévisé.

Et puis, chose inévitable, Posy fondit en larmes.

— Ce sont des larmes de bonheur ? espéra la cuisinière, perplexe. Pitié, dis-moi que tu es heureuse.

— Je ne sais plus, haleta Posy. C'est la chose la plus gentille qu'on ait jamais faite pour moi.

— Permets-moi de nuancer ton propos, intervint Tom qui passait la tête par l'embrasure. Un jour, lorsque tu habitais encore là-haut, je t'ai sauvée des griffes de la plus petite araignée au monde. Posy est restée perchée sur la table de la cuisine pendant une demi-heure, précisa-t-il à Mattie.

— Cette araignée était énorme ! pantela Posy en tendant une main timide vers le cupcake le plus proche comme si elle craignait qu'il s'agisse d'un mirage. Comment as-tu deviné que j'avais besoin de cupcakes ?

Mattie haussa modestement les épaules.

— Un pressentiment.

— Je croyais que les cupcakes représentaient pour toi un complot patriarcal à l'encontre de la cause féministe, rappela Tom.

— Les besoins de Posy l'emportent sur les tristes desseins patriarcaux dont souffrent les femmes, argua vaguement Mattie en regardant Posy mordre dans le premier cupcake qu'elle avait fait depuis deux ans.

— Oh ! soupira Posy sur une bouchée de pain d'épice et de crème au beurre parfumée à la cannelle. (Puis elle ferma les yeux dans un instant de pur délice où femme et cupcake ne faisaient plus qu'un.) Oh !

— Ça te plaît ? s'angoissa Mattie.

— Oh oui, c'est délicieux, la rassura-t-elle en lui intimant le silence d'une main levée pour reprendre une copieuse bouchée.

— Je peux me joindre à votre goûter ? s'immisça Tom, se laissant cette fois entrer jusqu'au torse.

Posy retira vivement le plateau hors de portée.

— C'est à moi, aboya-t-elle. Mattie les a préparés rien que pour moi ! Ils sont tellement bons que j'en oublierais presque ma grossesse. Alors non, je ne partage pas.

— La prochaine fois, je te laisserai te débrouiller toute seule avec tes araignées, grommela Tom en repartant en boutique comme Posy croquait un nouveau morceau.

Deux bouchées de plus et le cupcake avait disparu.

— Prends-en un autre, l'invita Mattie. Après tout, tu manges pour deux.

Posy fit la grimace en se choisissant un autre gâteau.

— Malheureusement, c'est un mythe, bien que mon appétit batte des records. D'après mon médecin, je ne dois manger que trois cents calories de plus par jour.

— Je pensais que la création d'un être humain pompait davantage d'énergie, s'étonna Mattie tandis que Posy approchait un autre cupcake de sa bouche comme un satellite prêt à rejoindre sa base.

— Oh, nom d'un chien ! s'exclama-t-elle en reposant vigoureusement le gâteau sur son plateau. Ces cochonneries, c'est le mal !

— Tu n'aimes pas ? s'alarma Mattie, déjà agrippée au bord du bureau.

— Oh. Oooh ! gémit Posy, ce que Mattie voulut prendre pour une jouissance à retardement. Oh, mon Dieu. Oh, non.

Ce fut au tour de Posy de s'accrocher au bord de la table de toutes ses forces. Elle pâlit.

— Tout va bien, Posy ?

Visiblement, non. Elle put seulement secouer la tête.

— Est-ce que tu… tu vas accoucher !

Mattie sentit la panique la saisir comme une pâte lève sans crier gare. Elle opéra un tour complet sur elle-même. Il faudrait des serviettes ! Et de l'eau chaude ! Et…

— Non, je ne vais pas accoucher. J'ai juste une drôle de sensation, parvint à articuler Posy comme elle reprenait des couleurs, les traits toutefois tirés.

— Posy, ça suffit ! Tu devrais rentrer chez toi. T'asseoir un peu. Ou mieux, te coucher.

— Non, ça va aller, affirma-t-elle en relâchant le pauvre bureau, décochant un sourire forcé. Il a fait une drôle de pirouette, voilà tout. Je m'en retourne à mes bouquins. Et toi, tu n'as pas un salon à gérer ?

— Si, mais…

— Dans ce cas, file.

Posy se releva avec peine et se dirigea lentement vers la sortie, ne laissant d'autre choix à Mattie que de la suivre dans la boutique où régnait une chaleur étouffante malgré la fraîcheur de cette journée.

Nina semblait s'inspirer de Cuthbert et de ses réserves illimitées de vieilles chansons de Noël ; couvrant le murmure constant d'acheteurs enjoués, l'album de Phil Spector braillait dans les enceintes. Difficile de se faire entendre dans ces conditions.

— Posy, tu devrais te reposer ! conseilla Mattie.

Mais la libraire ne se retourna pas, bouscula deux clients qui attendaient devant le Photomaton sous le gui et se heurta au grand sapin, qui oscilla dangereusement sur son tronc dans une pluie d'épines éparses. Quelques boules tombèrent sur le sol, faisant sursauter quelques acheteurs. Par miracle, le sapin maintint son équilibre, contrairement à Posy qui se serait probablement effondrée si le bras solide de Tom n'était pas apparu à son côté.

— Que se passe-t-il ici ? demanda sèchement Nina depuis l'arche qui menait au rayon Régence. J'essaie de vendre des livres, moi ! Pourquoi personne ne s'occupe de gérer le Photomaton ?

— Pourquoi tout ce raffut ? intervint Verity qui apparut sous l'arche qui menait aux Classiques. On ne s'entend plus penser avec cette musique.

Tous les regards se tournèrent vers Posy qui, une main sur le ventre, avait le teint blême. Elle se laissa conduire par Tom vers le canapé, que quittèrent aussitôt les deux hommes boudeurs qui s'y étaient assis.

— Posy ! s'écrièrent Nina et Verity d'une seule voix.

— Tout va bien, affirma celle-ci d'une petite voix aiguë qui laissait transparaître tout son désarroi. Un simple vertige.

Nina et Verity prirent les choses en main. On éteignit la musique, Nina s'occupa des clients attroupés à la caisse pour payer, Tom géra le Photomaton et Verity rafraîchit le front de Posy avec un linge humide. Puis on ferma temporairement la boutique.

— Mes bénéfices de vente, gémit faiblement Posy, sans toutefois émettre davantage d'objection. Je n'ai pas perdu les eaux, c'est juste un coup de fatigue.

Mattie ne savait pas quoi faire.

— Je te prépare une tasse de thé. Un bon thé bien corsé.

Dans son élan pour rejoindre le salon, elle surprit Sophie et Sam qui s'enlaçaient dans un coin tranquille de l'antichambre de la Non-Fiction et de la Littérature étrangère.

— Vous deux, je vous jure ! s'exclama-t-elle. (Les tourtereaux s'écartèrent sur un sursaut.) Pour deux amants qui préfèrent garder le secret, je ne vous trouve pas très discrets.

Sophie se tordit nerveusement les doigts.

— On peut difficilement ignorer des sentiments…

— Eh bien, faites un petit effort, rétorqua sèchement Mattie sans vouloir leur être désagréable, mais le moment était mal choisi. Sam, Posy ne se sent pas bien ! Elle dit qu'elle n'a pas perdu les eaux mais…

Les deux adolescents filaient déjà dans des directions opposées.

— J'appelle Sebastian, lui lança Sam avant de disparaître dans la grande salle.

— Et moi, j'appelle ma grand-mère ! cria Sophie en se dirigeant vers le salon de thé. Elle saura quoi faire !

Le chaos régnait au salon. En l'absence de Mattie et Sophie, Cuthbert s'était vu forcé de prendre les manettes tout seul, or comme les clients renvoyés de la librairie s'étaient rabattus sur le salon, il avait dû appeler Meena en renfort.

— Je suis vraiment désolée, ne cessa de répéter Mattie en ondoyant entre les tables, jonglant avec des commandes et des assiettes vides, réapprovisionnant les vitrines ou gérant les clients venus payer en caisse.

Quarante minutes venaient de passer lorsque Mattie put enfin s'éclipser du salon pour retourner en boutique avec une tasse de thé sucré bien corsé pour Posy, toujours avachie sur le canapé, auprès de Sebastian qui grimaçait d'inquiétude.

— Franchement, Morland, je t'ai pourtant dit de rester à la maison aujourd'hui, et de préférence à l'horizontale. Comme d'habitude, je me suis laissé embobiner, intimider, manipuler…

Sebastian arrivait à court de synonymes pour désigner combien Posy lui en faisait voir des vertes et des pas mûres dès lors qu'il s'efforçait de prendre soin d'elle.

En dépit de l'agitation ambiante, Mattie n'eut d'yeux que pour la femme qui se tenait derrière eux, la soixantaine bien passée, aussi élégante que son époux.

En d'autres circonstances, il aurait été exaltant de faire enfin la rencontre de Cynthia, la reine de Cuthbert, car il mettait un point d'honneur à ne pas mêler vie privée et vie professionnelle. Infirmière des urgences à la retraite, elle avait accouru dix minutes après l'appel de Sophie et était à présent occupée à examiner Posy avec des gestes doux mais précis, sourde au brouhaha d'explications qu'on lui bafouillait de tous côtés.

— Je trouve votre pouls rapide et votre pression artérielle peu satisfaisante, observa-t-elle avec délicatesse en poursuivant son examen.

— Elle pleure tout le temps, lui dit Sam. Comme il faut éviter de la stresser à cause de sa pression artérielle, on a fini par la laisser faire un tas de choses qui n'ont fait qu'aggraver sa tension.

— Je suis enceinte, pas handicapée, protesta Posy en s'agitant sur le canapé pour ramener ses pieds sur le sol.

Sebastian tomba à genoux sans se soucier de son costume de luxe ni de son pantalon trop serré, pourvu qu'il fasse barrage de son corps et l'empêche de se relever du canapé.

— Morland, je sais que j'ai parfois été insistant pour faire ce que j'estimais être le mieux pour nous deux sans te demander ton avis et j'en suis sincèrement navré…

— Enfin ! Des excuses, l'interrompit Posy, le souffle court comme elle tentait une manœuvre pour écarter le barrage qu'était Sebastian Thorndyke.

— … mais tu resteras tranquillement assise sur ce canapé, point final. Je suis prêt à t'attacher s'il le faut.

Mattie échangea un regard outré avec Tom qui se tenait sur le seuil de la porte, chassant d'un geste les passants tentés de s'approcher. Il valait mieux garder privés les échanges torrides entre Posy et Sebastian, et personne n'avait besoin de savoir ce qui se passait dans l'intimité de leur propre maison.

— Une tasse de thé, Posy ? s'aventura Mattie. Cynthia, du thé ? Nina ? Quelqu'un en veut ?

— On a fermé depuis une heure. Ne devrait-on pas transporter Posy à l'étage pour rouvrir le magasin ? proposa Tom.

Les têtes se tournèrent vers la porte derrière laquelle un petit groupe de gens attendaient de pouvoir entrer.

— Arrêtez de parler de moi comme si je n'étais pas là ! s'indigna la libraire.

— Je veux bien un thé, avec un nuage de lait et deux sucres, commanda Cynthia, penchée au-dessus de Posy avec une mine décidée, ce qui fit fermer son clapet à la future maman dont elle s'empara délicatement du poignet, les yeux sur sa montre.

— Je vais bien, insista Posy. Regardez, il y a des clients, ils ont besoin de moi !

— Hum, dit Cynthia, peu convaincue, une main sur l'épaule de la malade pour la maintenir en place. La seule chose qui a besoin de vous, jeune fille, c'est votre lit. Quelle est la date présumée de l'accouchement ?

— Je ne suis enceinte que de huit mois… !

— Dans trois semaines, lui répondit Sebastian, ce qui lui valut un regard noir.

Mattie décida qu'il était temps d'aller préparer le thé et de voir si Cuthbert et Sophie s'en sortaient en salle.

Elle se réjouit de constater que la clientèle était encore présente dans son salon et qu'une nouvelle fournée de roulés à la saucisse était disposée sur le comptoir, titillant les narines de chacun.

Une fois Cuthbert et Sophie au courant des dernières nouvelles de Posy, qu'elle qualifia de « assez difficile », le grand-père entreprit de préparer le thé de sa femme dont il était le seul à connaître la couleur idéale et dit avec tendresse :

— Cynthia sait gérer les patients difficiles. Elle saura remettre Posy à sa place, faites-lui confiance.

Lorsque Mattie retourna en boutique avec son thé et une assiette de tartelettes, Cynthia faisait une leçon de morale à une Posy visiblement assagie, à nouveau allongée sur le canapé.

— ... la dernière chose dont les urgences ont besoin en plein cœur d'une épidémie de grippe en hiver, c'est de voir un précieux lit occupé par une femme dans votre genre parce qu'elle a refusé d'écouter les conseils de son médecin, de sa sage-femme, de son gynécologue et d'une ancienne infirmière qui a donné quarante ans de sa vie aux urgences. Avez-vous consacré quarante ans de votre vie aux urgences ?

Posy, les yeux écarquillés, secoua la tête.

— Bien, votre charmant mari et le jeune Sam vous accompagneront à votre voiture, et une fois à la maison, j'aimerais que vous vous couchiez et que vous ne quittiez plus votre lit jusqu'à la naissance de cet enfant. Est-ce bien clair ?

Posy opina.

— J'ai besoin d'une réponse verbale, insista Cynthia.

— Oui ! s'agaça la future mère sans cacher sa frustration. Mais il ne reste que neuf jours avant Noël ! Qui va tenir la boutique en l'absence de Very ?

— Ne sois pas ridicule, s'insurgea Verity. Comme si j'allais partir deux jours en te voyant dans cet état.

J'annoncerai la nouvelle à mes parents après les fêtes. Ça peut attendre.

— Mais l'amour n'attend pas ! s'exclama Posy au bord des larmes. Je ne le supporterai pas.

— Tu ne supporteras rien tant que tu ne resteras pas au lit, décida Verity d'une voix calme mais ferme qui ne laissait pas de place aux tergiversations.

— C'est moi ta patronne, n'inverse pas les rôles, rétorqua tout de même Posy, qui rougit en tentant de ramener les jambes sur le côté du canapé. J'ai décidé que tu prendrais tes deux jours de congé dès demain et… ooooh. Oh ! Mon Dieu, souffla-t-elle en se laissant retomber sur les coussins, les mains sur son ventre. Ce n'est rien, il fait des sauts périlleux.

Sebastian retomba à genoux, les mains jointes en prière.

— Chère fille de pasteur, implora-t-il.

— J'ai un prénom, je te signale.

— Verity, se corrigea-t-il. Ma douce Verity. Peux-tu, s'il te plaît, accepter les deux jours de congé offerts par ta patronne en plein cœur de la plus grosse période de travail de l'année afin que ma tendre épouse et notre enfant à naître rentrent tranquillement à la maison ? S'il te plaît, peux-tu le faire pour moi ?

— Mais qui va tenir la boutique ? se désespéra Verity en balayant le groupe d'un regard comme s'il ne s'y trouvait aucun adulte responsable.

— Moi ! Je gère ! se proposa Nina en levant la main. Je peux le faire. Je vais assurer. J'adore endosser de nouvelles responsabilités.

Verity semblait en douter.

— Tu es sûre ?

— Tes réserves sont vexantes, gronda Nina en agitant un doigt accusateur. Regarde comme j'ai révolutionné la partie marketing et les réseaux sociaux de notre entreprise.

— C'est moi qui tiens le compte Twitter, rappela Tom. Mes tweets sur *Les Douze Jours de Noël* font un carton.

— Bien joué, grommela Nina, condescendante. Écoute, Very, je suis parfaitement prête à assumer les rênes du pouvoir.

Mattie compatit avec Tom d'un regard en coin. Heureusement qu'elle n'intervenait pas dans ce débat.

— Bon, si tu t'en sens la carrure, soupira Verity.

— La Tatouée va s'en sortir, assura Sebastian. Et tous les diplômes de Tom vont forcément se révéler utiles. Quant à Sam, il a la librairie dans le sang. Que risque-t-on ?

— Vu comme ça…, dit Posy en étudiant ce qui resterait de son équipe pour le moins disparate. Tu garderas un œil sur eux, Mattie, pas vrai ? Entre femmes d'affaires, on se comprend. Je compte sur toi.

Comme si Mattie n'avait pas déjà suffisamment de choses auxquelles penser !

— Je viendrai jeter un coup d'œil avec plaisir, mais je suis sûre qu'ils n'auront pas besoin de moi.

— C'est on ne peut plus vrai, attesta Nina avec emphase.

— Avant de partir, je te préparerai une notice pour anticiper tous les problèmes, promit sombrement Verity à Nina, comme si elle regrettait amèrement d'être fiancée à l'amour de sa vie et de devoir prendre deux jours de congé forcé. Et n'hésite pas à m'appeler s'il y a quoi que ce soit.

— Ce ne sera pas nécessaire, dit Nina en tapant dans ses mains d'un air désinvolte comme si elle leur souhaitait déjà bon vent. Pas vrai, Tom ?

— Ouais, opina ce dernier avec un soupir de tourment. Je travaille ici depuis cinq ans, donc depuis plus longtemps que Nina, au cas où vous l'auriez oublié. On devrait pouvoir s'en sortir.

— Si tu le dis, marmonna Posy, qui ne semblait pas en croire un mot, mais reprenait au moins des couleurs. Très bien. Sebastian, tu peux me ramener à la maison.

— J'adore lorsque tu fais croire que la décision vient de toi, Morland, nota Sebastian avec une tendresse évidente dans le regard.

Il aida sa femme à se relever du canapé.

Chapitre 26

8 jours avant Noël

Après l'épisode chaotique des décorations de Noël, ils auraient dû se douter que les responsabilités monteraient à la tête de Nina.

En dépit d'un vent mordant, d'un froid de canard et d'une couche de gel cristallisée sur les pavés, tous se rassemblèrent le lendemain matin dans les Mews pour dire au revoir à Johnny et à une Verity au comble de la gêne (qui avait insisté pour venir les voir avant de partir afin de parcourir une dernière fois le protocole des commandes en ligne avec Tom et Sam). À croire qu'ils s'en allaient en guerre, et non sur l'autoroute pour le Lincolnshire. Lorsque la voiture de Johnny disparut au coin de Rochester Street, Nina tapa dans ses mains.

— Bon, au travail ! déclara-t-elle, un brin agressive. Je ne vous paie pas pour vous tourner les pouces.

— Quelle poisse, marmonna Sam nonchalamment tandis que Tom tournait son nez rosi par le froid vers sa collègue autoritaire.

— En fait, Nina, je te rappellerais que ce n'est pas toi qui me paies, fit-il remarquer.

— Et moi, je suis ma propre patronne, renchérit Mattie.

Ce qui lui attira les foudres de Nina, mais elle s'éclipsait déjà vers son salon de thé.

Il faisait trop froid pour rester dehors sous le seul prétexte d'aimer taquiner une collègue.

Et puis, son salon était chauffé et l'air y était chargé des senteurs du café fraîchement moulu et des cupcakes à la cannelle et au pain d'épice. Car oui, il semblait que Mattie avait finalement balayé sa haine des cupcakes. Pourquoi priver le monde de ces petits bonheurs pour la seule raison qu'ils lui rappelaient la perfidie de Steven ? Les cupcakes de Mattie étaient délicieux et le monde avait besoin d'eux.

En outre, pour quatre livres le cupcake (un tarif raisonnable au centre de Londres), la marge n'était pas négligeable. On comprenait donc aisément que Mattie fût de si bonne humeur qu'elle choisit d'ignorer les bonnets de Noël assortis que portaient Sophie et Cuthbert.

— Ils viennent du magasin à prix unique, entendit-elle Sophie en informer fièrement un client.

Mattie avait accepté d'aller régulièrement vérifier que *Au Bonheur des tendres* se portait bien, mais cette promesse n'était pas facile à tenir, affairée comme elle l'était dans son salon de thé bondé. Quand elle put enfin faire un saut à la boutique dans la matinée, munie d'un plateau de petits pains dont elle assura à Nina qu'ils étaient gratuits car elle avait oublié d'y ajouter des fruits secs, Nina lui répondit sans sourciller :

— Ne m'apporte pas des problèmes, Mattie. Seulement des solutions.

— Je ne suis pas sûre de tenir deux jours, marmonna alors Mattie à l'oreille de Tom en quittant la librairie.

— Dis-toi que c'est encore pire pour Sam et moi, lui chuchota-t-il en retour, posté devant le Photomaton sous le gui.

En s'éloignant vers les antichambres, Mattie entendit Nina crier :

— Je ne te paie pas pour discuter, Tom !

À 16 heures, le salon de thé, si bondé soit-il, devint plus gérable et Mattie s'estima en mesure de retourner voir si Tom et Sam n'entamaient pas de grève pour dénoncer leurs conditions de travail déplorables.

Pas de grève en vue. Mais Sam disparaissait derrière l'immense pile de livres qu'il portait.

— Je file. Le facteur passe récupérer les commandes en ligne dans trente minutes.

Mattie se précipita pour lui faire esquiver de justesse le bébé renne grandeur nature.

Nina montait la garde au Photomaton tout en gérant les paiements des clients depuis son iPad. Elle avait perdu sa bonne humeur. Lourde est la tête qui porte une couronne. Ou en l'occurrence, une couronne de guirlande.

— Mattie ! l'appela-t-elle, désemparée. Sois un amour, apporte-moi une poignée de marque-pages, de sacs plastique et de tote bags. Ils sont à côté de la caisse, dans le tiroir du bas.

Les cinq minutes qui suivirent, Mattie rangea les livres payés dans des sacs et y glissa des marque-pages dans le but d'apaiser sa collègue.

— Je pensais passer un bon moment en prenant les rênes de la boutique, mais ça n'a rien d'amusant, soupira Nina avant de tambouriner contre la paroi du Photomaton. Ça suffit, vous y êtes depuis deux minutes. Laissez la place aux suivants !

Ce n'était pas le moment d'évoquer le fait que la présence de cette cabine n'était pas l'idée du siècle. Mattie opta pour un sujet moins controversé :

— Où est Tom ?

Nina émit un grognement.

— Dans l'une des antichambres, il aide une cliente. D'ailleurs, il y est depuis un moment. Pourrais-tu aller lui demander de se dépêcher ?

Sa mission sacs et marque-pages terminée, Mattie traversa le rayon Régence, puis Historique en passant par la Non-Fiction et le département de Littérature étrangère avant de rejoindre la minuscule pièce qui abritait la réserve de Littérature érotique d'*Au Bonheur des tendres*. Elle y trouva un homme et une femme, et Tom en équilibre sur une vieille échelle branlante, à descendre des livres rangés sur la dernière étagère.

Mieux valait éviter de l'effrayer dans une posture aussi précaire les mains pleines. Il n'était pas seulement encombré de plusieurs volumes de la collection Érotica (comment Posy pouvait-elle vendre l'œuvre si peu romantique du marquis de Sade ?) mais aussi des instructions despotiques de sa cliente.

— Non, mon chou, gronda-t-elle. Je ne veux pas de la version abrégée de *Ma vie secrète*. Je veux les onze volumes. C'est fou comme le service clientèle n'est plus ce qu'il était.

Quelle grossièreté, songea Mattie en foudroyant du regard le dos de la bonne femme. Sa silhouette était frappante, grande et tout en finesse, ce qui mettait en valeur son pantalon de cuir noir moulant et la veste de cuir assortie, le tout accessoirisé par des talons si hauts que même Nina réfléchirait avant de s'y risquer. De profil, son visage était encadré par un carré noir brillant et net.

Elle était finalement plus âgée que Mattie ne l'aurait cru. Environ le même âge que Sandrine, qui approchait de la soixantaine et arborait un physique tout aussi flatteur, si bien qu'un bon éclairage la ferait passer pour une quadragénaire. À la différence que Sandrine n'était pas du genre à porter du cuir moulant. Sans vouloir porter aucun jugement.

— Mon chéri, pardon de t'imposer cette épreuve, roucoula-t-elle en se tournant vers son compagnon, un grand gaillard que Sophie aurait volontiers qualifié de « bel homme ».

Lui aussi était vêtu de cuir de la tête aux pieds, et lorsqu'il vint frotter son museau contre le cou de sa compagne, Mattie s'aperçut qu'il était bien plus jeune qu'elle. Et peut-être même plus jeune que Mattie, or elle allait fêter ses vingt-neuf ans. Encore une fois, sans vouloir porter aucun jugement. L'âge n'était qu'un nombre, or l'amour ne demandait pas d'acte de naissance pour se manifester.

— En effet, quelle épreuve, reconnut le jeune homme avec un dédain assumé, comme si la moindre émotion risquerait d'entraver son allure de mec cool. Cette boutique est d'un ennui ! Toutes ces romances, beurk !

À l'entendre, cette littérature se situait entre le jus de poubelle et les fourmis volantes sur l'échelle du dégoût.

— Ma foi, il faut bien que les vieilles filles et les ménagères se divertissent.

Sur ce, la femme éclata d'un rire rauque et, oui, Mattie se permit alors de la juger, car elle la trouvait pathétique. La cliente reporta son attention sur Tom lorsqu'il émit un toussotement nerveux.

— Hum, bien. Je vais… Laissez-moi compter combien de…

Tom peinait à terminer ses phrases.

— Combien de quoi ? Qu'il crache le morceau, bon sang, je n'ai pas la journée, s'impatienta la femme.

— Nous… Nous avons les onze volumes de *Ma vie secrète*, dit Tom, le bout des doigts blancs à force de trop serrer la pile de livres. Je vous les descends ?

— Que je réfléchisse, dit la femme en se tapotant la lèvre inférieure de sa longue griffe rouge. Un peu trop mièvre à mon goût. Qu'as-tu d'autre, Tommy ? Je sais que ce n'est pas ton truc, mais pourrais-tu au moins essayer de sortir du cadre des conventions ?

Cette harpie toute vêtue de peaux de bête connaissait Tom ? Elle le tutoyait et l'appelait *Tommy* ? Et voilà qu'elle posait à présent une main possessive sur une des fesses du jeune homme qui l'accompagnait.

Mattie réfléchit à s'en court-circuiter les neurones. Que se passait-il ici ?

L'espace d'un instant, Tom reposa son front contre le barreau supérieur de l'échelle, les épaules tombantes. Il prit une profonde inspiration.

— Pour sortir du cadre, je peux vous proposer le rayon Érotique mythologique. Les tritons ont du succès parmi nos lectrices les plus aventureuses, proposa-t-il aussi poliment que possible.

— Barbant ! scanda la cliente. Je ne vois pas pourquoi je m'acharne avec toi, Tommy.

Trop c'est trop ! Mattie ne permettait pas que l'on parle à Tom sur ce ton. Elle-même était la seule à avoir le droit de le malmener, et encore, cela remontait à une époque révolue car ils étaient désormais amis. On ne laisse pas son ami se faire traiter de la sorte.

Mattie recula pour entrer à nouveau dans la pièce, faisant mine d'arriver à l'instant.

— Tom ! Te voilà ! appela-t-elle en se donnant l'air essoufflée.

Tous les trois se tournèrent vers elle. La femme détailla son tablier sur lequel était cousu son nom, puis se détourna avec dédain, bientôt imitée par l'adolescent qui lui servait de compagnon. Pourquoi Tom affichait-il cet air déconfit alors que Mattie venait lui sauver la mise ? Il aurait dû être rassuré, au contraire.

— Oui, je suis là, confirma-t-il. Tu as besoin de moi ?

— Il y a du monde en boutique. Et un client italien que personne ne comprend. Comme tu parles latin, j'ai pensé que tu pourrais nous donner une vague idée de ce qu'il recherche, demanda-t-elle en papillonnant des cils tant qu'elle put.

— Effectivement, le latin ancien et l'italien moderne pourraient bien avoir certaines similitudes linguistiques, supposa Tom d'un air grave.

Mattie aurait payé cher pour l'un de ses petits sourires complices. Elle se serait même contentée d'un rictus, alors qu'ils avaient le don de l'agacer au plus haut point.

— Il y a aussi une cliente qui demande dans quel ordre lire les romans de Jane Austen. On a pensé que tu étais le mieux placé pour la conseiller. En outre, les iPads ont un bug informatique et, là encore, tu es le seul à te débrouiller avec ces machines et… et…

Mattie marqua une pause pour reprendre son souffle et accentuer l'effet dramatique.

— Et ? l'encouragea Tom.

Sur un gloussement, elle baissa la tête et ajouta :

— Et tu m'as manqué.

— Ah bon ? hésita Tom, car il avait beau accumuler les diplômes, il manquait parfois de jugeote.

— Évidemment, opina Mattie en exagérant toujours le battement de ses cils tandis qu'il descendait de son échelle. À ta place, je me dépêcherais. L'Italien commence à s'impatienter.

Menton baissé, Tom passa devant les jumeaux de cuir. Arrivé au niveau de Mattie, il lui tapota le bras d'un air de dire : « Merci. » À moins que ce ne soit : « Tu me bloques le passage, laisse-moi sortir de cet enfer. »

À présent que Tom s'était éclipsé, Mattie put enfin regarder la femme droit dans les yeux. Elle lui dit d'une voix glaciale :

— Puis-je vous aider ?

L'autre lui rendit son regard d'un air amusé.

— Non, ma chérie. J'attendrai le retour de Tommy.

Bras croisés, Mattie se crispa et dut faire peur à voir car l'homme-enfant recula d'un pas.

— *Tom* ne reviendra pas. En tant que manager de la librairie…

— … spécialisée en romance, nuança la femme comme si l'on pouvait à peine qualifier ce genre de littéraire.

— En sa qualité de manager de la librairie, répéta Mattie, marquant combien il était malpoli de l'interrompre ainsi, il a beaucoup à faire en cette semaine avant Noël. Si vous cherchez un livre, je peux vous aider. Mais si vous cherchez seulement à nous faire perdre notre temps, je vous accompagne à la porte. À vous de choisir.

La femme plissa ses fines lèvres couleur rouge sang, si fort qu'elles disparurent dans sa bouche. Elle lui était clairement hostile.

Un silence s'installa, si dense, si épais que Mattie aurait pu le trancher avec l'un de ses couteaux bien affûtés, puis Miss Cuir 2019 baissa les yeux la première car, sur ce coup-là, Mattie marquait un point.

— Rassurez-vous, ma chère, nous nous en allons. Viens, Ally.

D'un claquement de doigts, elle l'appela comme on commande un chien. Il lui emboîta le pas aussitôt, articulant à peine :

— C'est Alex. Et je n'ai pas encore acheté mon cadeau pour ma sœur. C'était pour cela que nous étions venus ici au départ.

— On s'en va, trancha furieusement sa petite amie en disparaissant de l'antichambre dans un nuage de *Poison*, de Dior, sur fond de cuir noir.

Dans la grande salle, elle fut forcée de ralentir son pas et se faufila parmi la foule compacte en parvenant même à marmonner un « excusez-moi » entre ses dents serrées aux deux jeunes couples qui bloquaient la sortie en attendant que leur cliché sorte du Photomaton sous le gui.

— Je suis confus, glissa Ally/Alex à Mattie alors même qu'il n'avait rien à se reprocher, si ce n'est son goût douteux en matière de femmes.

Et ils s'en allèrent.

Mattie poussa un profond soupir de soulagement et chercha Tom du regard dans le magasin. Il était occupé à maltraiter Bertha avec un tournevis quand Nina vint le toiser.

— Vas-y doucement avec elle, le gronda-t-elle. Vos manières sont peu distinguées pour un roi sous la couette, Docteur Love.

— Oh, pour l'amour du ciel, arrête avec ce surnom, aboya Tom sans plus aucun sarcasme, ni aucun mépris, mais seulement l'irritabilité d'un homme arrivé à bout de patience.

Puis il leva les yeux de la caisse et croisa rapidement le regard de Mattie, mais ça ne dura qu'une seconde. Même moins. Une fraction de seconde. Il se détourna comme s'il ne supportait pas de sentir ses yeux sur lui à cet instant précis.

Chapitre 27

8 jours avant Noël

Si sa mémoire était bonne, chaque fois que Mattie préparait des brownies au chocolat pimenté pour des événements littéraires, Tom ne décrochait plus du buffet. C'est pourquoi, ce soir-là, une fois sa pâte prête pour le lendemain, elle se mit aux fourneaux dans la petite cuisine de son salon de thé et tripla les doses afin de garder suffisamment de restes pour vendre quelques brownies le lendemain.

Il était bien plus de 22 heures lorsqu'elle quitta enfin le salon avec un plateau où trônait une belle tour de vingt-quatre brownies au chocolat pimenté. Elle était à peu près sûre que Tom n'était pas sorti. En montant l'escalier, son cœur s'emballa un peu plus à chaque marche et atteignit une allure folle quand elle franchit la porte et trouva Tom penché au-dessus de la cuisinière.

Il leva les yeux juste assez longtemps pour laisser paraître toujours la même gêne profonde et retourna à son plat.

— Je t'apporte des cadeaux, annonça Mattie, guillerette, ce qui lui seyait assez mal. Ne dit-on pas que le chocolat est le remède à tous les maux ?

— Je ne suis pas gourmand de sucré. Et puis, je n'ai pas besoin qu'on répare mes maux, rétorqua Tom sèchement sans plus oser la regarder.

Voilà qui refroidit Mattie. Elle n'avait pourtant rien fait de mal ! Au contraire, elle avait sauvé Tom des griffes de… Oh ! C'était donc ça. Elle comprenait à présent l'attitude fuyante de son colocataire, quoiqu'elle ignorât le passif entre lui et cette horrible femme en cuir qui avait mis un point d'honneur à l'humilier. Cela lui rappelait étrangement le soir où Tom avait assisté à l'acharnement malsain de Steven sur elle.

Personne n'aime avoir du public lorsqu'on piétine son ego. Mattie aurait préféré que Tom ne voie pas cela, mais bien qu'elle fût tout à fait capable de se débrouiller seule, elle était finalement bien contente qu'il ait volé à son secours.

— Tom, souffla-t-elle doucement en entrant dans la cuisine et en posant le plateau de brownies sur la table. Je sais que tu es un homme fort et intelligent et que tu n'as besoin de personne, mais tout comme tu m'as aidée avec Steven, je n'ai pas supporté de voir cette sorcière te traiter comme un moins-que-rien. Ne m'en veux pas d'être intervenue. Et puis, qui était-ce ?

Sans lui répondre, il remua ce qu'il était occupé à faire cuire, un geste qui produisit un son grinçant à faire crisser les oreilles de Mattie.

— Oh mon Dieu, c'était… c'était ta mère ?

— Non ! Quelle horreur, pas du tout ! s'insurgea Tom en faisant volte-face. Non mais quelle idée, franchement !

Mattie se défendit en levant les mains.

— Tu ne parles jamais de ta famille ! Tu ne m'aides pas beaucoup, tu sais.

Elle s'approcha de Tom, assez pour venir poser doucement une main sur son bras de sorte qu'il sentit tout juste son contact sous la couche de coton de sa chemise et sous la laine de son immonde chandail.

— Rappelle-toi notre règle de vie…

— Laquelle ? Nous en avons instauré des dizaines, j'en ai oublié la moitié, admit Tom avec un brin de sarcasme.

Elle retrouvait enfin le Tom qu'elle connaissait.

— Ce qui se passe entre ces murs reste entre ces murs. S'il y a quoi que ce soit que tu souhaites me confier, je jure de l'emporter dans la tombe, promit Mattie.

Et, parce que c'était plus fort qu'elle, elle s'empara de la fourchette que tenait Tom et avec laquelle il détruisait le fond de ses poêles antiadhésives et la jeta nonchalamment dans l'évier.

— J'ai une bouteille de vodka dans le frigo, reprit-elle. Un cadeau de Stefan, le livreur suédois, pour me remercier de l'avoir aidé à se procurer…

— Je n'accepte aucun cadeau de Noël, c'est contre mes principes. Tu sais ce que j'en pense…

— Oh, tais-toi donc, ronchonna Mattie en attirant Tom vers une chaise. On ne refuse pas une bouteille de vodka de premier choix, ça ne se fait pas. C'est la boisson parfaite pour adoucir le piquant de mes brownies pimentés.

Elle sortit deux verres à shooters et deux assiettes à dessert du placard pendant que Tom savourait la moitié d'un brownie et deux longues gorgées de vodka. Puis elle relança l'offensive.

— Bon, cette femme… Ce n'est pas ta mère, alors ?

Il eut à peine le temps de boire un peu plus de vodka, sans doute la cause du frisson qui le secoua.

— Non, je t'en prie, arrête avec ça, supplia-t-il en reposant son verre d'un air grave et en joignant ses doigts comme il le faisait dès que l'angoisse le saisissait. Elle a été ma directrice de thèse pendant quelque temps, et ma petite amie un peu plus longtemps que ça.

Les efforts requis pour ne pas recracher sa vodka demandèrent toute la volonté de Mattie qui déglutit avec peine, les yeux humides, sous le regard exaspéré de Tom.

— « Petite amie » ? bredouilla-t-elle. (Et comme elle cherchait un moyen de digérer l'information, ses yeux se posèrent sur les manches effilochées du chandail de Tom.) Pourtant, on pourrait croire que tu n'es pas son genre.

Il se fit amer.

— Au contraire, j'étais pile son genre : jeune, naïf à l'excès, sensible aux flatteries, tout ce que Candace adore. Mais, ironiquement, lorsque j'ai décidé de centrer ma thèse autour des conséquences du féminisme sur les fictions de romance, elle a perdu tout intérêt pour moi.

Là encore, l'information était indigeste.

— Pardon ? Tu peux rembobiner ?

C'est ainsi que Tom remonta au jour de son arrivée à Londres pour sa thèse avec, en poche, un diplôme décroché avec les félicitations du jury de l'université de Durham et très peu d'expérience avec les femmes à l'exception de quelques relations courtes et de six mois passés avec une dénommée Lizzie, qui avait trompé Tom avec son propriétaire.

— Candace me fascinait. Elle avait écrit trois livres, c'était une pointure en sémantique de la littérature érotique. À la fac, tout le monde la connaissait pour avoir jeté un exemplaire de la *Psychologie des masses et analyse du moi* au visage d'un élève qui avait eu le culot de s'endormir pendant l'un de ses cours. J'étais fou amoureux. Et loin de me douter que je n'étais qu'un jeune premier de plus parmi tous les étudiants qu'elle avait séduits puis remodelés à son image.

Deux verres de vodka plus tard, Mattie trouva le courage de poser la question qui la taraudait depuis quinze bonnes minutes.

— Est-ce qu'elle… elle t'a habillé en cuir ?

Tom ferma les yeux.

— Oui, souffla-t-il dans un faible murmure. Et ce n'est pas tout. J'allais écrire ma thèse sur le thème récurrent du sadomasochisme dans la romance. La mère de Candace était une romancière à succès dans les années 1980, spécialisée dans la romance, or Candace détestait autant sa mère que ce genre littéraire. Évidemment, je m'aperçois aujourd'hui que c'est le schéma classique anti-œdipien et...

— Hein ?

— Peu importe. En tout cas, ma thèse promettait de porter un coup dur au genre littéraire. J'allais secouer les lectrices prêtes à se laisser dominer par un mâle alpha sur qui se décharger de toute responsabilité pour le triste chemin que prenait leur vie.

— Oh, Tom.

Son discours décevait profondément Mattie. Sans s'y connaître vraiment, elle avait tout de même lu assez de romances racontant la vie d'entrepreneuses montant leur propre café ou pâtisserie pour savoir que :

— Cette littérature souffre terriblement des préjugés.

— Oui, c'est vrai. J'en suis arrivé à cette même conclusion dès lors que j'ai commencé à en lire un certain nombre pour mes recherches. J'ai découvert que la romance, en grande majorité écrite par des femmes pour des femmes, représentait une documentation historique et sociale fascinante sur les rôles alloués aux deux sexes au fil des cinquante dernières années. J'oserais même dire, comme je l'ai fait lorsque j'ai présenté mon oral, que plus que tout autre genre, la romance compte des textes féministes insoupçonnés.

— Candace aurait dû se réjouir de ton éveil pour la cause féministe, s'étonna Mattie.

Candace donnait pourtant l'apparence d'une femme qui ne se laissait impressionner par aucun macho.

— Elle était furieuse. Elle n'aimait pas les marginaux ni quoi que ce soit qui puisse interférer avec sa vision académique de la société.

Tom poussa un soupir en se servant un nouveau verre de vodka, qu'il vida d'un trait avec une grimace.

— Elle m'a humilié devant ma classe lorsque j'étais jeune professeur intervenant. Elle m'a traité de chiffe molle et a prétendu que si mon frêle cerveau de thésard pathétique refusait l'idée de mâle alpha, c'était uniquement parce que j'en étais l'opposé absolu.

À son tour, Mattie grimaça.

— Aïe. C'est brutal.

— Surtout que je me tenais là, saucissonné dans le pantalon de cuir qu'elle m'avait fait porter, précisa Tom avec un frisson. Ça m'a détruit. J'ai perdu le peu d'assurance que j'avais durement gagnée.

— Elle ne t'a pas détruit, le corrigea Mattie. Tu es toujours là. En un seul morceau. Et tu as malgré tout consacré ta thèse au féminisme, aux mâles alpha et aux romances. Et aujourd'hui, te voilà officiellement *docteur*.

— Tout ça, c'est grâce à Lavinia, précisa Tom. (Et ce seul prénom suffit à illuminer son visage et à adoucir le ton de sa voix.) Afin de rassembler de la matière pour mes recherches, je suis venu à *Bookends* dans l'espoir de pouvoir acheter tranquillement mes bouquins de fesses sans croiser personne de ma connaissance.

De *Bookends*, Mattie ne gardait que peu de souvenirs. Elle s'y était rendue à deux occasions pour discuter avec Posy de l'éventualité de reprendre le salon de thé. C'était alors une boutique délabrée chargée de bois foncé et de coins sombres. Posy l'avait métamorphosée avec sa peinture grise et rose pâle, ses spots de lumière stratégiquement placés et sa décoration bien pensée. Sans parler de la refonte de toute l'image de marque du lieu, qui était devenu « un lieu unique qui répondra à tous les besoins des lecteurs de romance ».

— Tu as eu de la chance. Tu aurais pu être servi par Posy, Verity ou Nina, s'amusa Mattie.

Ce à quoi il répondit par une grimace.

— J'en ai des sueurs froides. Mais c'était avant l'arrivée de Verity et Nina, heureusement. Et Lavinia m'a abordé avant Posy. Je revenais régulièrement. Pas seulement pour acheter des livres, mais pour discuter de littérature avec Lavinia. Et puis, bien sûr, elle m'a encouragé à suivre mon instinct et ma raison au lieu de les forcer à entrer dans le moule étriqué que voulait leur imposer Candace.

— J'aurais adoré rencontrer Lavinia.

Tout ce qu'elle avait entendu au sujet de l'ancienne propriétaire des lieux n'était que louanges. Une femme pleine de malice, de gentillesse et de prévenance qui ne supportait pas les imbéciles, quoique Mattie se considérât parfois comme frisant cette catégorie. À mesure que Tom s'était confié sur le naïf qu'il était à l'époque, celui dont Candace n'avait fait qu'une bouchée, Mattie avait repensé à la jeune fille crédule et impulsive qu'elle avait été. Une fille peu maligne qui avait gâché deux ans de sa vie à aimer Steven.

— Lavinia t'aurait beaucoup aimée, attesta Tom avant de les resservir en vodka, la main à présent moins stable. Elle serait aux anges si elle voyait le salon de thé à nouveau ouvert. Lavinia adorait les gâteaux.

— Pas de doute, on s'entendrait bien.

— Le vendredi, elle allait faire son « tour pâtissier », se remémora-t-il, le regard perdu dans le vide. Elle se rendait en taxi à la *Pâtisserie Valérie*, dans le quartier de Soho, et nous en rapportait nos gâteaux préférés. Lavinia adorait la tarte Bakewell. Pour ses quatre-vingts ans, on lui en a commandé une énorme avec son prénom écrit au sucre, importée directement de la ville de Bakewell.

Mattie avait elle-même un faible pour cette tarte et eut aussitôt des tonnes d'idées sur tout ce qu'elle pourrait inventer à base de frangipane en hommage à Lavinia. Une version de cette tarte avec des framboises fraîches et…

— … bref, lorsque Candace a tenté de couper le financement de ma thèse, Lavinia a volé à ma rescousse. Par chance, elle était très proche du doyen du département anglais. On m'a alors assigné un autre directeur de thèse autrement plus sympathique et Lavinia m'a offert un poste à temps partiel, ce qui m'a permis de laisser tomber la livraison de pizzas.

Les révélations pleuvaient.

— Tu sais conduire une mobylette ?

Tom sourit, ce qui effaça toute la crispation que lui causait ce saut dans le temps.

— C'est ce que tu retiens de mon histoire ?

Mattie lui rendit son sourire.

— Eh bien, oui. Toi, en mobylette ! Mais dis-moi… Pourquoi n'as-tu rien dit à Posy et Verity ? Elles t'auraient soutenu.

— Ben voyons, elles ont passé les quatre dernières années à vouloir me dénoncer dans le registre du harcèlement sexuel, rappela Tom sèchement.

— Je croyais que c'était une invention de Nina.

— De Verity, confirma Tom.

— Non !

— Si !

Tom rechaussa ses lunettes. Mattie le préférait sans. Non pas qu'elle le trouvât plus charmant sans ses lunettes (et d'où venait ce questionnement, d'ailleurs ?) mais elle le trouvait ainsi plus spontané, plus abordable.

— C'est drôle, tout de même, que *Bookends* soit devenue une librairie spécialisée dans la romance, s'étonna Mattie.

— Oui, c'est amusant. J'ai tenté de convaincre Posy que c'était une mauvaise idée mais elle n'a rien voulu savoir.

— Et pendant tout ce temps, tu faisais semblant de détester ce genre littéraire.

— En fait, je n'ai jamais dit que je le détestais. Tout le monde s'en est convaincu tout seul.

— Tu as l'air d'en avoir bavé, observa-t-elle.

Et comme Tom lui rendait son regard insistant, elle prit un recul soudain sur sa propre posture et s'aperçut qu'elle le fixait intensément. La gêne s'empara d'elle mais elle ne pouvait pas détourner son regard de lui et ne savait plus quoi faire de sa bouche. Lécher ses lèvres, les mordiller, ou même les entrouvrir, tout lui semblait inapproprié. Et plus elle tordait sa bouche, plus Tom la regardait. Qui pourrait l'en blâmer ?

Le Tom qui la scrutait aujourd'hui était bien loin de celui qu'il décrivait de cette époque.

— Et donc… c'est la raison pour laquelle tu portes ces vieux vêtements ? Les nœuds papillon, les chandails ? Pour être aussi loin que possible de l'image du look total cuir ?

— Peut-on bannir à jamais le sujet du cuir noir, s'il te plaît ? soupira Tom. (Puis il baissa les yeux sur sa tenue.) Tu as sans doute raison. Ma garde-robe est à l'inverse de ce que je portais autrefois. Mais elle s'explique aussi par mes difficultés financières de doctorant à mi-temps en librairie. Je ne pouvais me permettre que des vêtements de seconde main. Finalement, j'ai trouvé cela amusant d'incarner l'image stéréotypée que l'on pourrait se faire d'un universitaire ou d'un libraire.

— S'ils sont nés au siècle dernier, nuança Mattie en levant les mains. Sans vouloir porter aucun jugement.

— Si, tu juges un peu quand même, dit-il en plissant les yeux. Et venant de quelqu'un qui porte tous les jours la même tenue, je refuse la moindre critique sur mes choix vestimentaires.

— Je ne porte pas tous les jours la même tenue. J'ai plusieurs exemplaires, se défendit-elle. C'est comme un uniforme. Ça m'évite d'avoir à réfléchir à ce que je dois mettre chaque jour. À quoi bon, mes vêtements sont cachés sous mon tablier.

— Je me demandais si tu n'essayais pas de t'enlaidir par tous ces habits noirs.

— Pardon ?

Ce fut presque aussi caustique que le shooter de vodka que Mattie venait d'engloutir d'un trait.

— Oui, puisque tu détestes tous les hommes. À l'exception de ton frère et de Cuthbert…

S'il marquait une pause, ce n'était pas parce que Mattie rougissait de colère mais simplement pour se servir un autre verre.

— Qui d'autre ? reprit-il. Sam, peut-être. À ce propos, je l'ai surpris avec Petite Sophie. Ils se bécotaient au rayon Littérature étrangère, c'était bizarre. Mais je digresse. Il me semble que tu ne détestes pas non plus le type qui te livre les fruits et légumes. Voilà, je crois avoir fait le tour.

Mattie fit grincer sa chaise sur le sol pour se lever face à Tom qu'elle fusilla du regard.

— Je ne porte pas du noir pour me rendre laide au regard des hommes. Cette idée est ridicule. Tu es ridicule !

Lui aussi irrité, Tom se leva à son tour.

— Tu es plus ridicule que moi !

Ils se retrouvèrent nez à nez, ou presque, car Tom mesurait tout de même une vingtaine de centimètres de plus qu'elle. Elle dut lever la tête.

— Non ! Je suis certaine que tu es plus ridicule que moi.

La scène était drôle, mais d'un drôle étrange. En levant les yeux vers lui, Mattie pensait surprendre Tom sous un angle peu flatteur, mais il baissait le menton pour la regarder de son air guindé, ce qui soulignait ses pommettes. Tom avait des pommettes ?

— Tu es la personne la plus ridicule au monde depuis les premiers records enregistrés, soutint Tom.

Un argument que Mattie considéra comme le plus futile, le plus stupide, oui, le plus *ridicule* qu'elle ait jamais entendu.

— Tu… Tu es plus ridicule que moi avec tes lunettes dont tu n'as même pas besoin.

Elle se surprit à lui retirer ses lunettes avant qu'il n'ait le temps de comprendre ce qui lui arrivait.

Mais Tom ne cligna pas des yeux comme une chouette en plein jour, ce qu'il aurait fait s'il avait eu des problèmes de vue. Il les plissait, pupilles dilatées.

— Tu n'aurais jamais dû faire ça, souffla-t-il d'une voix rauque qui procura à Mattie un frisson surprenant.

Et agréable.

— Pourquoi ? le mit-elle au défi de ce menton levé que ses proches ne connaissaient que trop bien, cette mine qu'elle faisait lorsqu'elle s'apprêtait à se défendre bec et ongles. Que comptes-tu y faire ?

Un silence. Ponctué par leur souffle lourd. On aurait presque pu entendre le battement sourd du cœur de Mattie.

Elle fixa les yeux de Tom, leva le menton de plus belle…

— Je compte faire ça.

Avant qu'elle ne pût demander plus de précision, Tom l'embrassa.

Et elle lui rendit son baiser !

Il taquinait sa bouche avec insistance et patience, avec une maîtrise déstabilisante. Les compétences de Mattie en matière de baisers étaient certes rouillées par les années mais tout lui revint vite.

Comme il était bon d'être serrée dans les bras d'un homme, de sentir ses mains sur ses hanches tandis qu'elle enfouissait les siennes dans ses cheveux comme pour l'empêcher de partir.

Mais il n'avait pas l'air de vouloir s'éclipser. Au contraire, il avait l'air plutôt heureux de l'embrasser, remontant une main sur son corps langoureusement, prenant tout son temps jusqu'à sa joue, qu'il épousa de sa paume.

La bouche de Tom se fit plus insistante, plus exigeante. Il leur imposa un demi-tour pour la presser contre le bord de la table. Mattie fut loin de s'en plaindre et enroula ses jambes autour de sa taille pour céder à son insistance et à son exigence. Elle laissa tomber les barrières, accueillit cette chaleur mêlant vodka, chocolat et piment, et qui n'arrivait pourtant pas à la cheville du brasier qui s'éveillait en elle. Comme si elle venait de passer deux ans sous la glace et que Tom débarquait soudain armé d'une torche…

Une minute! Elle ne voulait pas être libérée. Elle se satisfaisait pleinement de sa prison de glace. Il n'y faisait pas si froid. On s'y sentait en sécurité. Les prisons n'avaient pas seulement la particularité d'enfermer les gens, elles pouvaient également les protéger du monde extérieur. Mattie s'arracha aux bras de Tom et porta le bout des doigts à ses lèvres encore chaudes.

— Waouh, que s'est-il passé? demanda-t-elle tout bas. Qui a embrassé l'autre?

Tom secoua la tête en touchant lui aussi sa bouche qui semblait avoir enflé sous la force de leur passion. Il avait les joues rouges et le regard sombre. C'était un peu comme si Mattie le découvrait pour la première fois. Il n'était pas le genre d'homme que l'on pourrait avoir honte d'embrasser, en dépit de ses affreux chandails aux empiècements de cuir sur les coudes.

Il récupéra ses lunettes sur la table et les chaussa en digne Superman redevenu Clark Kent. D'un pas en arrière, il se libéra de l'étau des jambes de Mattie et s'adossa au frigo comme s'il ne tenait plus sur ses jambes.

Elle avait embrassé Tom ! Ce n'était pas un baiser qu'elle avait subi mais bien une étreinte mutuelle.

— Que s'est-il passé ? répéta-t-elle.

Elle s'attendit à une réplique cinglante sur le fait qu'elle était toujours ridicule, et qu'en plus, ses baisers l'étaient tout autant. Il s'éclaircit la voix. Mattie se tint prête à une volée de bois vert.

— Oh, mon Dieu, Mattie. Je suis désolé. Pardon. Que vas-tu penser de moi ?

Il retira à nouveau ses lunettes pour les essuyer avec le pan de sa chemise déboutonnée. Par Mattie. Elle remarqua sa peau douce, ses muscles saillants, retrouva le souvenir de leur sensation sous ses doigts… et piqua un fard.

— Je te jure, je suis désolé, insista Tom, prenant les rougeurs de Mattie pour de l'indignation. Je ne sais pas ce qui m'a pris, à me jeter sur toi…

— Je t'arrête tout de suite. Tu ne m'as forcée à rien. Je me suis volontiers laissé faire. Mieux que ça. Je t'ai embrassé, moi aussi. Qu'est-ce qui *nous* a pris ?

— Aucune idée.

Ils échangèrent un long regard empreint d'une confusion partagée.

— Je n'ai aucune vue sur toi, voulut-elle clarifier.

— Moi non plus, tu peux me croire, se renfrogna Tom.

— Il ne faut pas que ça se reproduise.

— Tout juste, opina-t-il en se laissant tomber lourdement sur la chaise qu'il avait occupée plus tôt, comme si ses jambes ne pouvaient plus le porter. Écoute, tu n'as aucune raison de t'inquiéter. Je… Je vais déménager.

— Franchement, ce n'est pas nécessaire. C'était une simple pulsion dans l'euphorie du moment.

Tom dissimula mal son soulagement.

— Bon, si tu le dis. Je te jure de ne jamais recommencer. Ça ne doit pas devenir une habitude.

— J'espère bien !

Il était temps de détourner le regard de Tom, assis là avec sa chemise ouverte, ses lèvres gonflées, ses longues jambes tendues. Elle débarrassa leurs verres et les assiettes de brownies pour rejoindre prestement l'évier et s'épargner la vue qu'il lui offrait, de crainte de fondre sur place.

— Nouvelle règle de vie : on ne s'embrasse plus ! D'accord ?

— D'accord, acquiesça aussitôt Tom. Donc pas de malaise entre nous ?

Un malaise, il y en avait clairement un. Ils n'avaient instauré d'amitié que tout récemment, elle ne tenait encore qu'à un fil, et pour rendre leur cohabitation plus complexe, voilà qu'ils venaient de s'embrasser à bouche que veux-tu.

— Bien sûr que non, aucun malaise ! lui assura Mattie en se retournant pour lui décocher un grand sourire forcé.

— Dans ce cas, le problème est réglé. Tout va bien, dit Tom.

— Au poil ! souligna-t-elle en revenant à son évier pour céder à une grimace crispée au-dessus du verre qu'elle rinçait.

Chapitre 28

7 jours avant Noël

Mattie dormit très mal cette nuit-là. Chaque fois qu'elle fermait les yeux, la sensation des baisers de Tom lui revenait en mémoire. En version HD, 3D et avec le son Dolby surround. Tom dévorant sa bouche, Mattie s'agrippant à lui comme s'il partait en guerre. Elle eut soudain trop chaud et rejeta ses couvertures.

Elle avait dû finir par s'endormir car elle fut réveillée en sursaut par les vibrations de son téléphone.

— Je suis en bas avec tes fruits et tes légumes, je bloque le passage, dit Charlie lorsqu'elle décrocha.

Panne de réveil. Il lui fallut voler jusqu'au rez-de-chaussée en pyjama pour réceptionner sa livraison. La nuit avait été glaciale et c'est avec des doigts gelés qu'elle fit au revoir à Charlie.

Ce réveil brutal fut à l'image du reste de la journée. Mattie n'avait toujours pas trouvé le temps de s'habiller et se débattait tant bien que mal avec la préparation de ses viennoiseries lorsque Meena, Cuthbert et Sophie arrivèrent à tour de rôle.

Si Mattie n'avait pas une minute à elle, ce n'était pas plus mal car à la moindre accalmie, ses pensées se tournaient systématiquement vers Tom. Vers ses lèvres. Ses mains sur les hanches de Mattie… et son arrivée dans le salon de thé à 10 h 13 précises, fidèle à son habitude. Comme si rien ne s'était passé.

Bien sûr, il arriva pile au moment où Mattie sortait de la cuisine pour disposer sa seconde fournée de viennoiseries encore chaudes sur le comptoir.

— Bonjour, dit-il, déglutissant avec peine.

— Bonjour, lui répondit Mattie en serrant ses pinces à pâtisserie aussi fort que si elles étaient le dernier gilet de sauvetage sur le *Titanic*. J'ai un peu la gueule de bois ce matin. Au point d'interdire à Cuthbert de passer la moindre chanson de Noël avant midi.

— On frise le blasphème, s'en insurgea Cuthbert avant de siffloter un air religieux de Noël qui, sifflé comme chanté, pouvait donner la migraine à n'importe qui, avec ou sans gueule de bois.

L'effet sur Mattie fut donc redoutable, elle qui avait mal dormi et avait les lèvres douloureuses d'avoir embrassé Tom la veille. Et d'avoir été embrassée.

— Bref, je ne me souviens plus de tout ce qui s'est passé hier, mentit-elle. Trop de vodka.

Tom opina avec reconnaissance.

— Oui, beaucoup trop. J'ai tout oublié aussi. Au fait, je sors ce soir.

Il appuyait cette information avec une insistance presque douteuse, comme s'il craignait qu'elle ne réclame une nouvelle soirée en tête à tête à s'embrasser langoureusement. Quoiqu'il dît ne se souvenir de rien. C'était en tout cas ce qu'il prétendait. Pourtant, ce n'était pas le genre de baiser facile à oublier.

— Moi aussi, j'ai prévu quelque chose, renchérit Mattie, qui n'avait pourtant rien d'autre au programme que de manger une pizza et se coucher tôt.

— Parfait, dit-il.

— Parfait, confirma-t-elle. (Puis elle brandit ses pinces.) Bon, qu'est-ce que je te sers ?

Le croque-lady de Tom était entré dans les habitudes, mais ce matin, il expliqua que Meena lui avait préparé un sandwich au bacon, profitant de faire frire la viande des roulés à la saucisse dans la cuisine à l'étage.

— Je prendrai seulement un café. Le plus noir possible. Finalement, j'ai encore un petit creux. Pourquoi pas deux croissants, ils me feront tenir jusqu'à midi.

Après cela, Mattie n'aurait pas été mécontente de ne plus voir Tom avant un petit moment, mais elle avait promis à Posy d'aller vérifier régulièrement que tout se passait bien à la boutique. Or Posy n'était pas censée savoir que Mattie venait de goûter aux lèvres de son employé. *Mais bon sang!* Quand allait-elle cesser de repenser à cette soirée ? À ce divin baiser ? Après tout, Tom n'en gardait aucun souvenir.

Heureusement, son petit crochet par la librairie se résuma à passer la tête sous l'arche des Classiques en criant par-dessus les clients dispersés dans la zone :

— Tout va bien, Nina ?

— Je crois, oui, gémit-elle.

Si Nina avait vraiment besoin d'aide, elle le ferait savoir. Elle n'était pas du genre timide et ne faisait pas sa timorée lorsqu'il était question d'exprimer ses besoins et désirs.

Ce n'est qu'après le pic de fréquentation de la pause-déjeuner que Mattie trouva le temps de poser les yeux sur son téléphone. Cinq appels manqués de Posy et une quantité astronomique de messages réclamant de savoir pourquoi Mattie ne répondait pas à ses appels.

— Ce n'est pas trop tôt ! brailla Posy dans le combiné quand Mattie finit par la rappeler. Mets-moi sur haut-parleur et fais-moi circuler en boutique !

— Tout va bien, Posy ? demanda Mattie en s'abstenant de préciser qu'elle appréciait moyennement son ton péremptoire. Pourquoi n'as-tu pas appelé directement Nina ou Tom ?

La libraire poussa un grognement agacé.

— Ils ne décrochent pas.

Les clients étaient nombreux au salon de thé mais le rythme restait raisonnable et Sophie, qui avait abandonné son poste une dizaine de minutes plus tôt, reparut les cheveux ébouriffés et les lèvres rougies. Mattie pouvait donc répondre à la demande de Posy.

— Tu as tenté de les joindre à plusieurs reprises ? supposa-t-elle en se dirigeant vers les antichambres.

— Disons deux ou trois fois. Ou presque… Écoute, un appel toutes les trente minutes, je ne trouve pas cela abusif, estima Posy.

— Un peu quand même. Bon, tu arrives à te reposer ?

— Je suis dans mon lit en ce moment même. Couchée. Et calme. Mais bon sang, tu en mets du temps pour rejoindre la boutique !

— « Calme », tu dis ? nota Mattie en pénétrant dans la grande salle de la boutique. (Elle attrapa Nina par le bras comme elle passait par là.) Je viens de récupérer Nina.

Nina essayait déjà de s'enfuir tout en promettant par des gestes de tuer Mattie en bonne et due forme.

— JE SUIS BIEN SUR HAUT-PARLEUR ?

— Oui. Inutile de crier, tu me perces les tympans, souffla Nina d'un air dramatique. (Elle se libéra de la prise de Mattie pour sortir un livre d'une étagère avant de se tourner vers la cliente sur ses talons.) Celui-ci est très bien. Une version contemporaine de *La Foire aux vanités* qui vous épargnera de vous coltiner l'original.

La cliente opina et se laissa conduire vers la caisse. Mattie les suivit comme un petit chien tandis que Posy ne cessait de se plaindre de l'incapacité de Nina à répondre à un appel.

— Je suis parfaitement capable de répondre au téléphone, se défendit Nina. Seulement, je n'avais pas envie de te parler vingt fois dans l'heure.

— Tu exagères !

— Si c'était Verity, tu ne serais pas autant sur son dos.

Posy grommela de plus belle. Ce ne devait pas être bon pour sa tension.

— C'est à ce sujet que j'appelle. J'ai parlé à Verity et elle dit qu'elle ne reviendra pas demain !

— Hein ! Pourquoi ? intervint Tom, passant la tête sous l'arche des livres Régence, car Posy avait la voix qui portait si loin qu'on devait l'entendre jusque dans Rochester Street. J'espère pour elle qu'elle a une bonne raison. Demain, c'est le dernier vendredi avant Noël !

— La neige ! s'égosilla Posy. Il neige fort dans le Lincolnshire. D'après Verity, toutes les routes sont bloquées. Personne ne peut entrer ni sortir du village.

— La neige du nord est différente de celle du sud, observa savamment Tom en s'emparant de la carte de crédit d'une cliente pour la scanner sur son iPad. Elle est bien plus abondante et tenace.

— Je suis sur la page de la BBC, les informa Posy. Alerte jaune, ce n'est pas bon signe, pas vrai ? C'est même très mauvais signe.

— Pas étonnant que Very soit coincée, dans ce cas. Mais on va s'en sortir sans elle, promit Nina, confiante, avec toutefois une étincelle affolée dans le regard.

— D'après les infos, cette neige viendra recouvrir le sud-est dans la nuit, ronchonna Posy. C'est nous, le sud-est !

Pourquoi faut-il qu'il neige juste avant Noël ? Et mes bénéfices, alors ? Tout ça avec un bébé dans le bide.

— Nous ne sommes pas vraiment dans le sud-est, nuança Mattie tandis que Tom pouffait dans son coin. Enfin si, mais à Londres. Le centre de Londres. Ils sableront les routes. Le métro est sous terre, il ne sera pas impacté. Tu n'as rien à craindre.

— Tu en es sûre ? voulut se rassurer Posy, comme si Mattie avait soudain la science infuse en météorologie.

— Certaine, opta celle-ci malgré une légère pointe de panique. Mais mieux vaut prévenir que guérir. Je vais appeler mes livreurs pour voir s'ils peuvent m'apporter ce soir tout ce qui leur reste.

— Merci de me rassurer, grommela Posy.

Mais Mattie retournait déjà au salon au pas de course et tentait de calculer les quantités de beurre, d'œufs et de lait qu'il lui faudrait en cas de blocage par une tempête de neige.

Chapitre 29

6 jours avant Noël

À l'heure où Mattie partit se coucher ce soir-là, il n'y avait pas le moindre flocon en vue malgré le « froid polaire » et les « huit centimètres de neige » annoncés par les prévisions météo après 22 heures.

— Il y aura trois minuscules flocons, se dit-elle en se brossant les dents. Mais ce sera suffisant pour bloquer tous les trains sous prétexte que cette neige-là est plus dangereuse qu'une autre.

Seulement, à son réveil le lendemain, Mattie sentit que quelque chose avait changé. Elle resta un long moment dans le noir à chercher de quoi il s'agissait, quand elle comprit soudain. Le silence.

Elle s'était habituée au ronronnement du centre-ville. Au murmure lointain du trafic permanent. Au déchargement des camions de livraison tôt le matin. Au bruit métallique des camions poubelles qui choisissaient toujours de faire leur tournée pile au réveil de Mattie.

Mais ce matin-là, on avait éteint le son du monde extérieur. Déjà frissonnante d'exaltation, Mattie rejeta sa couverture, posa les pieds au sol et chercha ses pantoufles à tâtons. Enveloppée dans la couette, elle s'approcha de la fenêtre à pas de loup en croisant les doigts. Tira le rideau.

Pendant un instant, elle se crut aveugle tant elle n'y voyait que du blanc. Un coin de sa couette lui servit de chiffon pour essuyer la condensation sur la vitre, mais tout restait blanc.

Effectivement, il avait bien neigé cette nuit. Et les flocons tombaient encore. Une véritable tempête. La météo avait vu juste. Mattie doutait fortement que l'on trouve assez de sable dans tout Londres pour permettre à la ville de reprendre une activité normale dès aujourd'hui. Les acheteurs allaient devoir faire une pause dans leurs courses de Noël.

Elle prit toutefois la peine de se doucher (remerciant tous les dieux de n'avoir pas gelé les arrivées d'eau… en tout cas, pas encore), s'habilla et fila au rez-de-chaussée.

Ils éteignaient toujours toutes les lumières du salon de thé pendant la nuit. Le lieu était donc plongé dans le noir lorsqu'elle traversa la librairie. Ce n'était pas étonnant, au vu de la quantité de neige qui dansait derrière les vitres.

Mattie alluma les lumières et entama sa routine du matin : faire préchauffer le four, puis allumer Jezebel pour se servir un café en calculant les temps de cuisson de ses gâteaux. Mais pourquoi se fatiguer à cuisiner si personne ne pouvait traverser Londres, sans parler des Mews, pour venir déguster ses gâteaux ?

Mattie alluma la radio mais les informations furent loin d'être encourageantes. Aucun train ne circulait en ville. Les bus étaient bloqués au pied des collines trop abruptes, de nombreuses stations de métro n'étaient pas desservies, les écoles étaient fermées et on invitait les gens à ne sortir de chez eux qu'en cas d'urgence.

Pas de doute, elle n'allait pas doubler ses quantités de viennoiseries habituelles comme elle le faisait depuis quelques jours. Son téléphone sonna en affichant la photo de Sandrine à l'écran.

— *C'est abominable*!* J'allais me rendre en ville aujourd'hui pour terminer mes achats de Noël mais je ne peux même pas quitter Hackney, dit Sandrine en guise de bonjour. Quel pays affreux! Deux petits flocons et la Terre s'arrête de tourner.

— Il y a un peu plus de deux flocons.

Mattie coinça le combiné contre son oreille pour libérer ses mains et sortir sa pâte du frigo. Une fois Sandrine lancée dans les critiques de son pays d'adoption où elle vivait heureuse depuis trente-cinq ans, le temps avait tendance à filer.

Et en effet, Mattie avait enfourné sa première grille de croissants quand Sandrine finit par raccrocher. Elle avait un autre appel en attente. Meena, toute désolée, restait coincée à Muswell Hill.

— Aucun bus ne peut passer à cause des deux pentes raides par lesquelles on accède à mon quartier. Ici, il y a un microclimat à cause de l'altitude, expliqua-t-elle avant de promettre de vérifier la situation des bus dans deux heures.

Deux de moins, songea Mattie tout en entamant ses pains aux raisins. Mais pourquoi s'embêter? Y aurait-il seulement le moindre client au salon aujourd'hui? Voire le moindre personnel?

— Il a neigé, dit une voix de l'autre côté de la porte de sa petite cuisine.

Mattie manqua de faire tomber sa grille.

— Bon sang, j'ai failli avoir une crise cardiaque! reprocha-t-elle à Tom. Il n'est que 8 heures, que fais-tu déjà debout?

— Il a neigé, répéta Tom.

— Oui, je suis au courant, répliqua-t-elle, penchée devant son four pour abaisser la grille de croissants et glisser celle des pains aux raisins. Pourquoi es-tu levé alors qu'il n'est même pas 9 heures?

— Le silence m'a réveillé, dit-il en se grattant la tête.

Visiblement, il n'avait pas pris le temps de coiffer ses cheveux en bataille, un peu comme le soir où Mattie y avait généreusement glissé ses doigts. Elle déglutit et détourna le regard.

— C'était trop calme pour mon sommeil, ajouta-t-il. J'ai l'habitude d'entendre les voitures.

— Il ne risque pas d'y avoir beaucoup de circulation aujourd'hui.

Mattie se redressa pour détailler Tom pour la première fois de la journée. Elle pensait avoir tout vu de ses choix vestimentaires intrigants et datés, mais ce vieux duffel-coat bleu marine avait réussi à lui échapper.

— Joli manteau.

— Le sarcasme te va très mal, marmonna-t-il, encore visiblement mal à l'aise en sa présence. J'ignore d'où vient ce civisme soudain de ma part, mais il me semble avoir vu une pelle dans la cave à charbon. Je pourrais dégager un chemin pour les clients.

— En effet, ce civisme détonne sur toi, reconnut Mattie.

Elle commençait à en avoir assez de cette gêne persistante entre eux. Ils s'étaient embrassés, et alors? Ce n'était un problème que s'ils le voulaient bien.

— Tu veux d'abord un café?

— Oui, dit-il.

Mattie lui sortit un croissant du four.

Ils traversèrent ensemble la librairie, récupérant la clé de la cave en passant. Un regard dehors, l'hiver dans son plus beau manteau. La neige continuait de tomber, mais un peu moins fort qu'avant, alors Tom ouvrit la porte d'entrée et sortit. Mattie referma vite derrière lui pour ne pas laisser le froid entrer et l'encouragea d'un petit signe derrière la vitre.

Le pas lourd, Tom progressa sous les flocons dont une couche recouvrait déjà ses épaules. La cave à charbon se situait juste en face de la boutique, on y accédait par une trappe. Aujourd'hui, elle ne servait plus tant pour du charbon. On l'utilisait plutôt comme une réserve. Posy avait eu le malheur de s'y retrouver enfermée à deux reprises. Une première fois par Sebastian lorsqu'ils étaient petits, et plus récemment par un promoteur immobilier véreux, mais cette fois, Sebastian avait été son sauveur. Tom déverrouilla la trappe et disparut. Il fut parti assez longtemps pour laisser à Mattie l'occasion de retourner en cuisine sortir ses grilles et les remplacer par deux nouvelles fournées avant de revenir à son point de départ d'où elle ne le revoyait toujours pas émerger.

Avec un soupir, elle sortit la tête dehors et lança dans le grondement du vent et les tourbillons de neige :

— Tom, tout va bien ?

La réponse était étouffée.

— Je ne peux pas sortir. Je pourrais me hisser, mais mon manteau et mes bottes m'en empêchent, or si je les retire pour sortir, je ne pourrai plus les récupérer là en bas.

Levant les yeux au ciel, Mattie fut presque aveuglée par ce blanc cristallin.

— Je ne suis pas sûre de pouvoir t'aider, cria-t-elle. Je n'ai aucune force dans les bras.

— Menteuse ! Je t'ai vue battre du beurre froid avec un fouet minuscule à la vitesse de la lumière, répliqua Tom. Pourrais-tu aller me chercher le marchepied dans la boutique ?

— C'est dans mes cordes.

Mattie s'en alla chercher le petit tabouret qui leur servait à descendre les livres des étagères qui n'étaient pas desservies par l'escabeau roulant. À regret, elle sortit dans les Mews et regretta aussitôt de ne porter que ses Converse, aussitôt trempées, et de n'avoir pas pris de manteau. Elle regarda au fond de la cave à charbon où se trouvait Tom, la tête presque à hauteur de la trappe.

— Tu n'as qu'à sauter pour sortir de là.

— Merci mais tu ne m'aides pas, ronchonna Tom en brandissant la pelle. On échange ?

Non sans mal, car il n'était pas évident de trouver ses appuis avec des baskets glissantes et toutes ses extrémités sur le point de geler, Mattie lui tendit le marchepied contre la pelle.

— Il y a aussi deux sacs de sable là-dedans, l'informa Tom. On les sort ?

— S'il le faut, acquiesça-t-elle, pas mécontente que Tom porte ce lourd fardeau pour qu'elle ait seulement à le traîner sur quelques mètres.

Après quoi, malgré son gros manteau et ses bottines encombrantes, Tom parvint à se hisser hors de la cave grâce au marchepied qu'il observa ensuite d'un air dubitatif avant de se tourner vers Mattie.

— Si je te suspendais, tu pourrais le récupérer, tenta-t-il.

— Hors de question de me suspendre. Je ne risquerai pas un accident du travail, refusa Mattie en tirant sur son pull noir trempé. Je rentre enfiler des vêtements secs. En tout cas, c'est gentil de proposer de dégager les Mews.

— Merci l'égalité des sexes, grommela Tom.

Mais elle fit la sourde oreille et s'empressa de rentrer.

Elle eut à peine le temps de se changer et d'enfourner une nouvelle vague de viennoiseries que la porte du salon de thé s'ouvrit. Cuthbert s'annonça.

— Toute cette neige ! s'exclama-t-il en quittant son chapeau de feutre.

— Oui, j'ai vu, sourit Mattie en réprimant une envie folle de serrer son barista contre elle. Je suis tellement contente de te voir !

— Mon trajet de cinq minutes à pied s'est transformé en dix minutes ce matin, expliqua Cuthbert en désignant les vieux caoutchoucs noirs qui recouvraient ses mocassins marron préférés. Dis-moi, le jeune Tom a l'air d'avoir besoin d'un coup de main.

Mattie s'approcha de la fenêtre. Tom s'était frayé un chemin dans la neige et jetait à présent du sable sur sa route. Elle toqua sur la vitre pour attirer son attention. Il se retourna en la saluant.

Difficile de mimer : « Voudras-tu un croque-lady une fois que tu auras terminé ? Oui, avec un œuf au plat sur le dessus ? » Mais Tom parut comprendre car il leva le pouce et se remit au travail.

Lorsqu'il vint réclamer sa pitance, il était accompagné de Petite Sophie.

— Maman a insisté pour que je vienne travailler à pied. Elle dit que je n'ai pas été éduquée pour baisser les bras à la première difficulté, se lamenta-t-elle. Apparemment, les dégonflés ne vont pas loin dans la vie.

— Moi, je t'adore quoi qu'il advienne, mais je suis contente que tu sois là.

À 9 heures passées, pas un seul client en vue. Tout en rapprochant deux tables pour qu'ils prennent le petit déjeuner tous ensemble, Mattie se demanda si elle ne devrait pas renvoyer tout le monde chez soi dans une heure s'il n'y avait toujours aucun client.

— Devrait-on appeler Posy ? demanda-t-elle à Tom qui avait le visage dans son croque et se contenta d'un haussement d'épaules. Devrais-je commencer les roulés à la saucisse ? Y avait-il le moindre signe de vie dans les Mews, Sophie ?

Celle-ci répondit que les sableuses étaient passées sur Grays Inn Road et Theobald Street. Elle avait poursuivi son « périlleux voyage » et avait croisé quelques marcheurs traînant péniblement la patte d'un air lugubre.

— C'est plutôt amusant, vous ne trouvez pas ? se réjouit Cuthbert. Il faut toujours voir le verre à moitié plein. Je suis sûr qu'un peu de neige ne découragera pas les gens dans leurs derniers achats de Noël.

— Rien ne peut venir entraver un capitalisme galopant, dit Tom, qui venait de terminer son petit déjeuner. Mais il ne me tarde pas de devoir gérer *Au Bonheur des tendres* tout seul. Cela dit, Sam devrait pouvoir nous rejoindre, il habite le quartier. Je vais lui écrire un message. Ensuite, je publierai un tweet pour faire savoir qu'on est ouverts. (Il lorgna son iPad flambant neuf d'un air dubitatif. Il préférait son vieux Nokia qu'il trouvait plus fiable.) Parfois, j'ai l'impression d'être Schubert.

Sophie se tourna vers Mattie et demanda en silence :

— Qu'est-ce qu'il raconte ?

Mattie secoua la tête.

— « Schubert » ? répétèrent-elles en chœur.

— Quand il est monté au paradis, les anges lui ont remis une couronne de lauriers car personne n'avait jamais apprécié les cadeaux qu'il avait faits de son vivant, raconta tristement Tom dans un élan dramatique ridicule.

— Je t'ai fait un croque-lady ! lui rappela Mattie.

Elle se leva d'un bond en voyant deux de ses clients réguliers pousser la porte de son salon et taper du pied pour en chasser la neige agglutinée.

— Bonjour ! les salua-t-elle.

— Il fait assez froid à ton goût ? lui demanda Gerald, marchand de bonbons sur Rochester Street.

— La température idéale, répondit Mattie en se glissant derrière son comptoir. Comme d'habitude, Gerry ?

Ce n'était pas la grosse affluence d'une matinée ordinaire, mais le flot d'habitués et autres clients occasionnels fut constant, tous heureux que le salon soit ouvert et de pouvoir siroter un café bien chaud. La situation était suffisamment gérable pour que Mattie se lance dans la confection de ses tartes de midi et d'autant de roulés à la saucisse qu'il lui était possible d'en préparer à elle seule.

À 10 heures, il n'y avait toujours aucun membre du personnel d'*Au Bonheur des tendres* sur le pont, à l'exception de Tom qui venait au salon régulièrement, l'air abattu, pour se plaindre de toutes les pénibles missions qu'il devait assumer tout seul.

— Dommage qu'Internet n'ait pas été coincé par la neige, lui aussi, regretta-t-il amèrement lors de sa dernière incursion. Tous ces gens s'y prennent à la dernière minute pour commander tant que c'est encore livrable pour Noël. Ils auraient dû être plus prévoyants.

Tom était plutôt attendrissant avec ses airs d'employé surmené. Touchée, Mattie le renvoya à ses livraisons avec une pâtisserie pour lui redonner du cœur à l'ouvrage. À ce rythme-là, il allait grossir à vue d'œil.

Elle s'approcha de la porte vitrée pour contempler les Mews. Il ne neigeait presque plus. Seuls quelques flocons dérivaient paresseusement sous la brise, et là, une silhouette familière se dessina, toujours vêtue d'une tenue peu appropriée pour le climat ambiant.

Nina portait l'un de ses chers manteaux en fausse fourrure de léopard, un béret noir perché de biais sur ses cheveux blond platine, et aux pieds, ses bottes de moto préférées. Mais Mattie n'aurait pas été surprise de la voir en talons hauts tant l'allure était d'une importance capitale pour sa collègue.

La voyant derrière la vitre, Nina lui fit un petit signe de la main. Puis, sur un petit pas de danse, elle amusa Mattie, et fière de son succès, enchaîna sur une glissade latérale à la manière de Tom Cruise dans *Risky Business*.

Seulement, il n'était pas question d'un plancher ultra lisse mais de pavés que Tom avait rapidement déneigés et sablés. Il restait encore des zones dangereuses entre les pierres.

Nina continuait de glisser, mais son sourire se changea en hurlement de panique et elle fit de grands moulins avec ses bras. Elle se heurta à l'un des bancs avec une telle force qu'elle voltigea en l'air.

Mattie ouvrit la porte à la volée mais Tom l'avait devancée, déboulant de la librairie pour rejoindre Nina tandis que Mattie progressait par petits pas.

Quand elle les rejoignit enfin, Nina ouvrait les yeux et poussait des gémissements.

— Où as-tu mal ? demanda doucement Tom en lui prenant la main sans s'inquiéter d'avoir les genoux trempés dans la neige.

— Partout, geignit Nina. Partout.

— Nina ! Oh, mon Dieu, Nina !

Mattie se retourna vers Sam qui pataugeait maladroitement jusqu'à eux, les deux bras en l'air.

— Elle va bien ?

— Elle a une plaie à la tête, glissa Tom à l'oreille de Mattie qui se détourna de Nina pour découvrir les taches de sang écarlates maculant le tapis blanc. Appelle une ambulance. Je pense qu'elle s'est cassé quelque chose.

— Je ne pourrai plus jamais danser, se lamenta Nina, le souffle lourd. Ils devront trouver une autre ballerine pour me remplacer.

— Et elle a reçu un choc à la tête, ajouta Tom.

L'ambulance mettait longtemps à arriver. Visiblement, ils étaient nombreux à tomber comme des quilles, souvent plus âgés et dans des situations plus critiques que celle de Nina. On appela donc à nouveau Cynthia qui les rejoignit aussi vite qu'elle le put à la demande de Cuthbert.

Vêtue de son spectaculaire manteau de laine orange et coiffée de son chapeau assorti, Cynthia évalua rapidement la situation.

— De toute évidence, vous avez quelques côtes cassées, et possiblement la clavicule, annonça-t-elle. Ainsi qu'une éventuelle commotion. Je n'aime pas les coups à la tête. Ils peuvent être trompeurs. En d'autres circonstances, je vous aurais conseillé de ne pas bouger, mais vous n'allez pas nous faire une crise d'hypothermie en plus du reste.

Elle balaya d'un regard le petit groupe de collègues affolés et de badauds attirés par l'agitation, et pointa Tom et Sam du doigt.

— Il me faudrait deux gaillards bien bâtis, mais vous deux ferez l'affaire.

Pendant qu'on transportait Nina jusqu'au canapé dans un concert de gémissements grimaçants, Mattie s'en alla récupérer une couverture à l'étage.

Le temps de redescendre l'escalier, elle retrouva Nina tremblotante.

— Emmitouflez-vous là-dedans, lui intima Cynthia en prenant la couverture des mains de Mattie. Vous autres n'êtes pas d'une utilité capitale si c'est pour rester là à regarder ce qui se passe.

— Je n'ai toujours pas eu le temps de faire le fonds de caisse et les gens commencent à faire la queue dehors, se désespéra Tom.

Les regards se tournèrent vers la porte que l'on avait verrouillée après avoir rentré Nina et derrière laquelle un petit groupe de clients claquant des dents attendaient de pouvoir entrer.

Mattie se sentit soudain impuissante. Elle ne connaissait qu'un moyen de se rendre utile.

— Quelqu'un veut du thé ?

— Avec un nuage de lait et deux sucres, s'il vous plaît, commanda Cynthia en finissant d'enrouler la couette autour d'une patiente que l'on avait rarement connue aussi silencieuse. Pas de thé pour elle au cas où il faudrait l'opérer à son arrivée à l'hôpital.

Lorsque Mattie reparut avec le thé de Cynthia préparé par un époux aux petits soins, Nina n'avait pas bougé de son canapé et Posy était sur haut-parleur.

— Il reste moins d'une semaine avant Noël ! Qui va gérer la boutique en l'absence de Verity alors que Nina a une plaie béante au crâne ?

La détresse de Posy tira brutalement Nina de son inertie.

— Qui a parlé de plaie béante ? Personne !

— Non, elle n'est pas béante, confirma Tom depuis le comptoir où il servait la seule cliente qui n'était pas occupée à jouer les voyeuses vers le lit d'hôpital improvisé sur le canapé. Posy en fait toujours des tonnes. Je m'occuperai de la boutique. Je vous rappelle que je travaille ici depuis cinq ans, ajouta-t-il sans masquer son agacement.

— Je m'occuperai des commandes en ligne, proposa Sam, lui qui devait habituellement être flatté, soudoyé puis menacé avant d'accomplir la moindre tâche pour laquelle on le payait. De toute façon, si la neige freine la fréquentation de la boutique, j'aurai vite terminé.

— Tu peux demander à Petite Sophie de t'aider, suggéra Mattie.

— C'est bien beau tout cela, mais d'après la météo, la neige arrêtera de tomber dès demain, se lamenta Posy. Les affaires reprendront de plus belle et j'aurai besoin d'un adulte responsable pour prendre les choses en main. Sans vouloir te vexer, Tom.

— Raté, je suis vexé, grommela-t-il. Je suis un adulte responsable. Je suis même docteur…

— Un docteur académique spécialisé en gymnastique intellectuelle, pas un vrai médecin, lui rappela Nina qui semblait se porter déjà mieux. En plus, tu ne t'es jamais occupé des comptes.

— Verity n'a jamais voulu me laisser faire, se défendit Tom. Je suis convaincu que je m'en sortirais comme un chef. Je serais doué !

— Posy Morland-Thorndyke, que vous ai-je dit au sujet de votre pression artérielle il y a deux jours ? gronda Cynthia en direction du combiné.

— Ma pression artérielle se porte à merveille ! Je suis couchée !

Si cette tempête de neige infernale cessait dès le lendemain, le salon de thé retrouverait son effervescence et Mattie aurait beaucoup à faire, mais pour le bien de Posy et de son enfant à naître…

— Je peux m'occuper des comptes, proposa-t-elle. J'aiderai Tom, mais seulement s'il en a besoin. C'est un adulte parfaitement capable.

— Je suis plus que parfaitement capable, dit Tom. Je pense que vous constaterez que je suis un adulte exemplaire.

— Un adulte normal ne passe pas son temps à se vanter qu'il est un adulte exemplaire, grinça Posy qui semblait toutefois rassurée par cette proposition. Très bien, Mattie, je compte sur toi. Et Nina, remets-toi vite. Très vite.

La sirène de l'ambulance résonnait au loin et Posy raccrocha.

— J'espère qu'on me dopera. Même pour mes tatouages, je n'ai jamais eu aussi mal, se lamenta Nina, blottie sous la couverture de Mattie. Quand je ne souffrirai plus le martyre, je ferai payer à Posy d'avoir détourné l'attention de ma personne pour parler d'elle et de ses bénéfices de vente.

Chapitre 30

5 jours avant Noël

La neige cessa de tomber le lendemain autour de midi, et vers 15 heures, le monde avait envahi les lieux, autant à la librairie qu'au salon de thé.

Après s'être laissé engourdir par l'épisode neigeux, les gens prenaient conscience qu'ils avaient perdu un temps précieux sur leurs achats de Noël. À croire que la moitié de Londres s'était donné rendez-vous à Rochester Mews dans la panique la plus totale.

Forte de ses nouvelles responsabilités en boutique, Mattie était bien contente que son salon de thé tourne comme une machine bien huilée. Elle pouvait compter sur Cuthbert pour y faire régner l'ordre et la justice. Lorsque Sophie n'était pas réquisitionnée en boutique, elle gérait avec grâce et efficacité le service en salle. Quant à Meena et à son ami Geoffrey, leur généreux taux horaire leur permettait d'alterner entre la cuisine du salon de thé et la cuisine de l'étage sans trop se plaindre de la corvée. Mattie ne prêtait même plus attention aux décorations de Noël qui semblaient se déployer un peu plus chaque jour. Si ces quelques guirlandes électriques en forme de gâteaux (au moins, ils étaient dans le thème) faisaient plaisir à ses clients, alors soit.

Mattie devait bien admettre qu'il était agréable de sentir son salon tenu d'une main de fer. Tout le monde filait droit.

À la librairie, au contraire, le chaos régnait en l'absence de Verity.

Si Tom se proclamait « adulte exemplaire », c'était surtout pour justifier sa lenteur méthodique digne d'un retraité comptant ses cachets. Après cinq ans d'expérience, il enfonçait toujours les boutons de Bertha d'un geste maladroit à faire grincer les dents de Mattie.

Sam, au contraire, bâclait sa mission par souci de rapidité. Il fallait donc que quelqu'un (Tom, en l'occurrence) repasse derrière lui pour vérifier les commandes en ligne, ce qui avait le don de provoquer la colère de l'adolescent qui appréciait moyennement d'être ainsi traité comme un enfant.

Seule Petite Sophie se révélait un membre efficace du personnel de la boutique lorsqu'elle n'était pas au salon ou occupée à se laisser peloter par le jeune Sam. Mattie les avait encore surpris dans le petit bureau, peu après que Tom les eut sortis du couloir près de l'escalier où ils se cajolaient quelques instants plus tôt.

Pour ne rien arranger à l'affaire, Sebastian avait cédé aux caprices de Posy en installant une caméra dans la librairie. Au lieu de se reposer et d'éviter toute cause de stress, la patronne espionnait ses employés.

— Elle ne s'en cache même pas. C'est une violation de notre liberté, se plaignit Tom lorsque son iPad émit un bip à la réception d'un énième message de Posy.

Elle lui reprochait la lenteur avec laquelle il gérait la queue pour le Photomaton sous le gui et le service client. Elle s'indignait également de voir son personnel boire et manger en boutique (alors qu'aucun client ne lui avait jamais reproché d'en faire autant jusqu'à présent). Tom avait fini par jeter un tote bag sur la caméra pour l'aveugler.

Rien ne resserrait mieux les liens dans l'adversité que de se trouver un ennemi commun. C'est ainsi que le personnel du salon de thé et d'*Au Bonheur des tendres* se soutint mutuellement en cassant du sucre sur le dos de Posy. Même Sam s'y mettait, et avec entrain. S'ils avaient tous à souffrir de la webcam et des textos de Posy, expliquait-il, lui devait la supporter tous les soirs en chair et en os lorsqu'il rentrait à la maison.

Mattie aurait depuis longtemps perdu son sang-froid, mais elle se rassurait en se disant que Verity rentrerait bientôt. Elle ramènerait l'ordre et la discipline au sein du personnel de la librairie. Si introvertie et mal à l'aise avec les clients soit-elle, Verity n'avait pas son pareil pour remettre à sa place un collègue trop arrogant, et ce d'un seul regard foudroyant.

Mais ce n'était pas pour aujourd'hui. Verity les avait informés que la tempête continuait de s'acharner sur le Lincolnshire. Ils avaient appelé l'armée pour se faire ravitailler. Venant de quelqu'un d'autre – Nina, par exemple –, Mattie aurait cru à un prétexte pour faire l'école buissonnière, mais la télévision donnait raison à Verity : tous les flashs infos rapportaient des images du manteau de neige qui recouvrait les régions du Nord. Circulation ralentie, enfants aux joues roses s'amusant à faire de la luge sur les collines, voitures abandonnées au bord d'autoroutes désertes couvertes de neige, moutons coincés dans des congères, tout y était.

— Dans ces situations-là, je ne suis pas mécontent d'être un sudiste frileux, conclut Tom en se joignant à Mattie sur le canapé de leur salon.

C'était le premier jour sans neige depuis le début de la tempête. Un vendredi. Il ne restait que cinq jours avant Noël. Dont un dernier week-end.

Ce qui expliquait les pieds de Mattie plongés dans un seau d'eau tiède agrémentée d'une généreuse poignée de sel anglais. Plutôt que de réclamer à sa colocataire épuisée un repas goûteux pour le dîner, Tom avait proposé de tirer à pile ou face pour savoir qui irait récupérer leur commande à *No Plaice Like Home*. Au menu, un cabillaud frites, un aiglefin frites et deux barquettes de purée de pois cassés. Là encore, ils avaient joué avec une pièce de Tom, et Mattie avait encore perdu. La prochaine fois, elle tirerait à pile ou face avec l'une de ses pièces à elle. Amitié ou pas, elle soupçonnait Tom d'être facilement capable de truquer le processus démocratique de ce jeu.

— Verity n'avait pas l'air très bien lorsqu'elle a téléphoné. Et pourtant, elle a grandi à Hull, observa Mattie d'un ton las.

Ils étaient si proches sur ce canapé dont les coussins s'enfonçaient au milieu qu'ils n'étaient pas loin de se toucher les épaules. Ce n'était pas l'envie qui manquait à Mattie de laisser sa tête reposer contre l'épaule de Tom. Et elle n'avait presque plus la force d'y résister. Presque.

— Elle dit vouloir se renseigner pour se faire rapatrier par les airs. Apparemment, le chauffage central du presbytère est en panne. Elle n'a jamais eu aussi froid de sa vie.

— Tandis qu'ici, le chauffage est sur onze et on se gèle toujours autant, rétorqua Tom, expliquant ainsi pourquoi il portait un affreux chandail aux empiècements de cuir en plus de son gilet en tricot. Tu pourrais te redresser ? Tu es appuyée sur mon épaule.

Mattie se redressa brusquement, droite comme un i.

— Mince, pardon !

Tom allait croire qu'elle tentait de lui voler un nouveau baiser, mais ce n'était pas le cas. Pas du tout. De toute façon, il prétendait ne rien se rappeler de leur fameuse soirée trop arrosée à la vodka. Mais Mattie, à l'inverse, se souvenait du moindre détail. Elle se repassa la scène pour la énième fois. La bouche de Tom contre la sienne, ses mains…

— Ne me regarde pas avec cet air de chien battu, reprit Tom en agitant son bras. C'est juste que j'ai le bras tout engourdi.

Encore mieux. Il la trouvait lourde. Au sens propre du terme. Non sans mal avec ses jambes toujours plongées dans l'eau chaude, Mattie s'écarta vers son extrémité du canapé.

— C'est mieux ? demanda-t-elle, aussi glaciale que le coin des fenêtres mal ajustées où s'agglutinaient les flocons les plus coriaces.

Tom s'étira comme un chat puis cala ses mains derrière sa tête et reposa ses pieds sur la table basse.

— Beaucoup mieux, merci.

Voyant d'un regard en coin qu'elle se tapissait tout au bout du canapé, il lui lança :

— Mon bras s'est réveillé. Tu peux revenir t'appuyer contre moi si tu veux.

— Je ne m'appuyais pas contre toi.

— Ah, au temps pour moi. Ce devait être la faute du canapé. Il est facile de s'y retrouver collés l'un à l'autre comme des aimants, argua-t-il comme si cette proximité physique ne lui posait pas le moindre problème. (Puis il désigna son seau.) Ton eau ne va pas refroidir ?

— Pour sûr, elle tiédit.

Mattie était trop fatiguée pour bouger, prête à attendre que l'eau soit glacée, mais Tom se relevait déjà en poussant un grognement.

— Bien, puisque tu as perdu à pile ou face, lève les pieds ! dit-il en ramassant leurs emballages vides.

Tels deux gorets, ils n'avaient même pas sorti d'assiettes.

Mattie usa ses dernières forces pour retirer ses pieds du seau de sorte qu'il puisse le récupérer. Une minute plus tard, Tom était de retour avec deux bouteilles de bière et Mattie se retrouva dans le creux du milieu du canapé, une couverture enroulée autour des jambes. Chacun chercha sa meilleure position. Tom posa finalement les pieds sur la table basse, un bras reposant le long du dossier pour lui épargner de s'engourdir à nouveau, et lentement, très lentement, Mattie se reposa contre lui. Mais c'était seulement à cause de ce creux dans les coussins. Et puis, Tom était plutôt confortable. En outre, malgré une longue journée en librairie, il sentait toujours aussi bon, loin de dégager l'odeur de renfermé à laquelle Mattie s'était toujours attendue le concernant. Au contraire, il sentait Tom : un mélange de livres neufs, de café et de cet après-rasage chic et étonnant qui alliait senteurs marines et citron, acheté chez un barbier vintage à Piccadilly, dont le logo représentait une couronne. Non pas que Mattie fouillât dans les affaires de Tom, mais ils partageaient le même placard de salle de bains.

— Tu n'avais pas envie de sortir, ce soir ? demanda-t-elle.

Tom passait rarement une soirée à l'appartement, et l'épisode du *Meilleur Pâtissier* qu'ils regardaient à la télévision était loin d'être passionnant. Généralement, Tom sortait soit avec les Vanneurs, soit…

— Tu n'as pas de rencard ce soir ? Avec tous les numéros de téléphone que tu as récoltés à cette fameuse fête…

Puisque Tom ne gardait aucun souvenir de leur baiser, si passionné eût-il été, il était libre de sortir avec toutes les femmes qu'il désirait.

— J'aime les femmes. J'aime travailler avec elles, sortir avec elles et, oui, les inviter. Ce n'est pas ma faute si mes imbéciles de copains se transforment en crétins baveux dès qu'une femme s'approche d'eux. Du coup, ils me font passer pour le plus charmant de la bande. (Sourire narquois.) Comparé à Phil, Donald Duck passerait pour un prince.

— Phil n'est pas le pire ! J'aimerais bien le revoir, mais d'abord, il faut qu'il comprenne que les femmes sont des êtres humains et non une sorte de race à part qu'il a besoin de chasser et d'assommer avec son après-rasage qui cocotte.

— Et tu ne l'as pas connu à l'époque où il a découvert Axe ! ponctua amèrement Tom, ce qui fit pouffer Mattie. À l'époque, j'étais comme eux.

— Comme qui ? *Hein* ? Non ! Tu faisais partie des Vanneurs ? Tu plaisantes !

— Non, le nier serait mentir, admit-il à contrecœur. Aujourd'hui, ils m'appellent Professeur, mais à l'époque, j'étais Saint Vanne de la Vannerie. Je surpassais l'Archevanne, et de loin.

— Je rêve !

Mattie s'écarta de Tom car elle riait trop fort pour rester appuyée contre lui.

— C'est moi qui ai inventé notre cri de ralliement. Tu veux l'entendre ?

— C'est la question la plus rhétorique de toute l'histoire.

— « Roule tes clopes, bois ta bière et prends ton pied, les Vanneurs vont débarquer ! »

Ce n'était pas tant le contenu du slogan mais cet accent d'ouvrier londonien qui fit glisser Mattie sur le sol et se rouler par terre à s'en tenir les côtes.

— Arrête ! Je n'arrive plus à respirer ! haleta-t-elle avant de se redresser avec peine. S'il te plaît, recommence !

— Recommencer quoi ? Je ne vois pas de quoi tu veux parler, dit-il innocemment de sa voix normale, un petit sourire en coin. Nous n'étions pas fumeurs, tu t'en doutes. Et nous avions dix-huit ans, tout juste arrivés à la fac, alors notre expérience avec les filles se limitait à leur tenir la main. (Il lança un regard à Mattie, toujours au sol.) Tu ne dois pas être bien par terre.

— Détrompe-toi, ce n'est pas si mal.

Et puis, Mattie pouvait ainsi librement étirer ses membres endoloris par cette longue journée. Sans compter qu'elle n'avait pas la force de se hisser sur le canapé.

— Dis-moi, reprit-elle. Comment es-tu passé de Saint Vanne à… ce que tu es devenu ?

— Tu veux dire, un docteur en philo et littérature, guindé et toujours de mauvais poil ? demanda-t-il, un brin amer.

Ce n'était pas les mots que Mattie aurait utilisés, mais c'était à peu près l'idée.

— C'est toi qui le dis. En fait, je voulais parler de ta transition de Vanneur à… pas Vanneur.

— C'est arrivé progressivement, expliqua Tom en regardant le fond de sa bière pour voir ce qu'il en restait. J'ai passé mon cursus dans des écoles pour garçons. Quand je suis arrivé à Durham et que j'ai commencé à rencontrer des filles – et elles étaient nombreuses en études d'anglais –, j'ai constaté, à ma grande surprise, que c'étaient des êtres vivants parfaitement réfléchis et autonomes, avec leurs propres pensées, leurs émotions et leurs opinions. Leur présence sur Terre ne servait pas uniquement au plaisir des hommes. Seulement, mes compagnons de vannes suivaient des études moins fréquentées par la gent féminine et n'ont donc pas connu la même épiphanie. Vraiment, ce fut pour moi une révélation.

— Je n'en doute pas, marmonna Mattie en se redressant tant bien que mal pour s'adosser contre l'assise du canapé. Tu as dû beaucoup apprendre en peu de temps.

— Oui, j'ai pris quelques claques bien méritées. Bref, après de brèves relations, j'ai emménagé à Londres pour mon master, où j'ai rencontré Candace. La suite, tu la connais.

Mattie connaissait une partie de la suite, mais le mystère restait grand.

— Candace ne t'a pas donné envie de tirer un trait sur les relations sérieuses ?

L'air grave, Tom réfléchit à sa réponse.

— J'avoue ne pas être un grand amateur des relations sérieuses. Je préfère mon statut de Casanova.

Mattie fit la moue.

— Tu me le reprocheras à tout jamais, pas vrai ?

Tom haussa les sourcils, mais reprit son histoire.

— Depuis le temps, je devrais avoir tourné la page, mais chaque fois que j'obtiens le numéro d'une fille, c'est un peu comme si je prouvais à Candace qu'elle se trompait lorsqu'elle me traitait de chiffe molle. (Le cœur de Mattie se serra.) Bon, je l'avoue, l'étape de la séduction est assez grisante.

— Quand tu as séduit une fille, passes-tu à l'étape suivante ?

Si c'était le cas, il prenait soin de ne pas présenter ses proies à ses collègues.

— Ça m'arrive, admit-il. Mais c'est dur de se laisser approcher quand on a eu le cœur brisé par quelqu'un qui a pris plaisir à nous faire souffrir. Si tu vois ce que je veux dire.

Mattie poussa un soupir.

— Je vois très bien.

— Oui, je m'en doutais.

Un silence. Là où Tom pensait probablement à Candace, Mattie ne pensait pas à Steven. Depuis leur dernière confrontation, elle s'était peu à peu libérée du démon qu'il incarnait. Steven n'était plus qu'un agacement latent, comme une plaie ou une brûlure qui picote en cicatrisant. Bientôt, ce picotement s'effacerait et elle n'en garderait plus qu'une vague cicatrice.

Elle avait envie de consoler Tom, de lui dire qu'il en serait de même pour lui vis-à-vis de Candace. Mais d'abord, elle avait une autre question à lui poser.

— Hum… Tom, serais-tu en train de me caresser les cheveux ?

Aussitôt dit, aussitôt regretté, car cette caresse plutôt agréable cessa immédiatement.

Mattie était toujours par terre, adossée à l'assise du canapé, tandis que Tom s'était allongé sur le côté, laissant la tête de Mattie reposer contre son torse qui servait admirablement d'oreiller. Ferme juste comme il fallait, digne d'un homme autrement plus séduisant que ne le laissait croire son allure de rat de bibliothèque. Un homme capable de sauter sans mal par-dessus un portail électrique haut d'un mètre quatre-vingts, par exemple.

Et cet homme-là s'appuyait sur son coude tout en caressant lascivement les cheveux de Mattie.

— Non, se défendit-il en se redressant d'un coup, forçant Mattie à en faire autant. Tu as l'air fatiguée. Tu devrais aller te coucher.

— Oui, probablement, reconnut Mattie sans toutefois chercher à se lever.

— Une longue journée nous attend demain, ajouta Tom d'une voix mécanique, le regard fixé sur les pâtissiers qui reproduisaient la scène de la Nativité en sucre. Le dernier samedi avant Noël. Ne disais-tu pas que tu allais te lever à 6 heures pour commencer tes pâtes le plus tôt possible ?

— Si.

En se penchant à peine sur sa droite, Mattie reposa la tête contre le torse de Tom. Mais celui-ci se raidit et força Mattie à bouger.

— Allez, ordonna-t-il sévèrement. Il est 23 heures passées. Au lit !

— D'accord, d'accord. Je ne suis pas une enfant, je sais me coucher tôt quand il le faut.

Pourtant, l'heure tournait et elle avait effectivement eu la bêtise de mettre son réveil à 6 heures. Elle se leva avec un grognement sous l'effort. Tom lui tapota impatiemment la jambe.

— Pousse-toi, je ne vois plus la télé, dit-il froidement, comme s'il ne lui avait jamais caressé les cheveux ni offert son torse en guise d'oreiller. Cette émission est fascinante. La vodka permet d'effacer des traces de doigt dans du glaçage fondant ? Qui l'eût cru !

Contrairement à son habitude, Mattie n'eut pas d'avis sur la question. Sur Tom, en revanche, elle aurait eu des choses à dire. Et ce n'était pas glorieux. Emportant sa couverture avec elle, Mattie quitta la pièce avec ce qui lui restait de dignité.

Chapitre 31

3 jours avant Noël

— Je ne suis pas débile ! C'est toi le débile ! hurla Mattie au visage de Tom environ trente-six heures plus tard.

— Non, la débile de cette histoire, c'est toi ! condamna Tom. Je t'ai pourtant dit que les clients n'avaient droit à un tote bag gratuit que pour vingt livres d'achat ! Tu en as offert à tout le monde, même à ceux qui n'achetaient qu'un marque-page !

— Tu ne m'as rien dit ! insista Mattie, convaincue de n'avoir pas été prévenue. Et puis, comment veux-tu que je me souvienne de toutes vos habitudes arbitraires dans le fonctionnement de cette boutique ? Il n'y a aucune logique là-dedans !

Ils se trouvaient dans le bureau où les avait relégués Petite Sophie – comble de l'ironie – car Tom avait découvert qu'ils étaient en rupture de stock de tote bag « Lecteur, je l'ai épousé » et s'était mis à insulter Mattie qui s'était révélée coupable de cette maladresse.

Certes, elle s'était défendue à grand renfort de cris au milieu d'une boutique bondée, mais c'était à cause de sa nuit trop courte. Et de Tom qui était sorti la veille sans la prévenir ni lui dire où il allait. Elle n'avait pas réussi à s'endormir avant de l'avoir entendu rentrer, sain et sauf – et seul. Cerise sur le gâteau, elle abattait le travail de deux personnes. Voire trois. Trois employés très occupés.

— Posy serait ravie de constater que tu sapes l'entreprise qu'elle a construite à la sueur de son front, aboya Tom, car en matière de mauvaise humeur, ils étaient au diapason. Je vois d'ici sa réaction lorsqu'elle apprendra que tu nous as épuisé le stock de nos tote bags les plus populaires, et ce trois jours avant Noël.

— Je suis sûre qu'il en reste trois cartons quelque part, dans la cave à charbon ou ailleurs.

Des cartons, il y en avait partout et Verity semblait avoir mis en place un système pour tout retrouver facilement. Seulement, Verity était toujours coincée par la neige.

— Ce n'est pas une entreprise, ajouta Mattie. C'est le chaos. Un chaos terriblement mal organisé.

— La vente de livres est un métier de passion et…

— Dans ce cas, aie l'air passionné lorsque tu sers les clients au lieu de prendre cet air dépité, jugea-t-elle avec un doigt sévère pointé vers Tom qui restait planté là, bras croisés, l'air effectivement dépité. C'est à moi que Posy a confié les rênes. La moindre des choses serait de…

— Elle ne t'a rien confié du tout, l'interrompit-il, furieux. Tu n'es pas ma patronne.

— Si je l'étais, je t'aurais mis à la porte depuis bien longtemps et tu n'aurais rien vu venir ! affirma Mattie d'un ton assassin, s'armant à nouveau de son index. Et Posy m'a bel et bien donné les rênes, alors à ta place, je me tiendrais à carreau !

Tom s'empara de sa main pour l'attirer brusquement contre lui.

— Tu n'oserais pas, souffla-t-il.

Bien sûr que non, Mattie n'oserait pas, et encore moins ainsi coincée entre Tom et un meuble à tiroirs. Elle ne pouvait pas s'échapper. Non pas qu'elle en eût vraiment envie. Bon sang, elle devait filer d'ici. Tom lui plaisait. Beaucoup. Peut-être même plus que ça. Cette soudaine proximité physique procurait à Mattie ce que Posy aurait appelé des « vibrations ». Mais il avait le cœur en lambeaux à cause de cette sorcière de Candace et n'était pas encore prêt à se rapprocher d'une femme. Et en même temps, à cet instant précis, il agaçait profondément Mattie.

Un silence pendant lequel ils se fusillèrent du regard, Tom pressant la main de Mattie contre son torse où elle sentait son cœur battre à tout rompre. Puis l'alarme retentit sur le portable de la jeune femme et brisa cet instant suspendu.

— Évite de me chercher des noises, avertit-elle en reprenant sa main tandis que Tom s'écartait d'un pas. Je te laisse te débrouiller sans moi, mes cupcakes m'appellent.

— Va donc les rejoindre, marmonna Tom en la laissant quitter le bureau.

La librairie était en ébullition. Les gens faisaient la queue en masse pour le Photomaton et une bande d'adolescents se prenaient pour des jockeys à chevaucher le bébé renne grandeur nature.

Au salon de thé, l'effervescence était équivalente. Puisque Tom se croyait pourvu de super pouvoirs de libraire, grand bien lui fasse. Mattie toisa son domaine comble de monde où chaque chose avait une place.

Contrairement à la librairie…

Quarante-cinq minutes avant que Tom ne témoigne le moindre remords. Et encore, il envoya Sam à sa place.

— Il faut que tu reviennes en boutique, grommela l'adolescent, avachi sur le comptoir, un réflexe parfaitement antihygiénique. Les gens prennent leurs aises dans la cabine à bisous. Un couple y est resté cinq minutes à faire des trucs qu'on n'aimerait pas poster automatiquement sur notre compte Instagram. Sophie passe son temps à grimper à l'escabeau roulant alors qu'elle a un souci à l'oreille interne. Notre commande de demain auprès de l'un de nos fournisseurs a mal été enregistrée, on ne sait pas comment arranger l'affaire.

— Et ? demanda Mattie, les bras croisés, car il lui tardait d'entendre la suite.

Sam rejeta sa frange pour bien marquer l'emphase avec laquelle il levait les yeux au ciel.

— Et Tom est désolé. Il te demande, s'il te plaît, de bien vouloir venir l'aider en boutique.

— L'*aider* ? clarifia Mattie. Peut-il le mettre par écrit ?

— Il savait que tu dirais ça.

Il sortit un bout de ticket de caisse.

Dessus, il était écrit :

Chère Mattie,

Je suis vil et ingrat. Peux-tu revenir nous chapeauter avant que les clients ne nous attirent des ennuis avec les autorités ?
Pour te prouver ma reconnaissance éternelle, j'irai nous acheter de quoi manger ce soir.
Avec toute ma gratitude,

Tom

— Je vais faire encadrer ton mot, lui annonça-t-elle cinq minutes plus tard en arrivant à la boutique. Ou l'imprimer sur un tee-shirt, j'hésite encore.

— C'est ça, crache ton venin, lui lança-t-il près du bébé renne où il se retrouvait encerclé par des clients de toutes parts. Mesdames et messieurs, je vous en prie, essayez de vous mettre en ligne !

C'était bien joli de faire promener son personnel armé de iPad parmi les clients pour un service plus humanisé, mais à deux jours de Noël, c'était de la folie. Il était temps de prendre les choses en main.

Mattie se fraya un chemin vers la caisse où personne ne servait les gens dont l'impatience se changeait en fureur. Pourvu que Posy n'assiste pas à la débâcle par les caméras de surveillance. Elle risquerait d'accoucher prématurément.

Mattie ne jouissait pas de l'agilité de Tom ni de sa force dans les bras, mais elle parvint à grimper sur le comptoir pour attirer l'attention des gens en tapant dans ses mains.

— Assez ! annonça-t-elle, mais personne ne l'écoutait. ASSEZ !

Toutes les têtes se tournèrent vers elle. Ce qu'elle n'aurait pas donné à cet instant précis pour disparaître à l'abri de son petit salon de thé dont la clientèle était composée de personnes civilisées, contrairement à cette meute sauvage de férus de littérature. Qui l'eût cru ?

Elle croisa alors le regard de Tom, chose aisée puisqu'il dépassait tout le monde d'une tête. Par un sourire, il l'encouragea à poursuivre. Voilà qu'il lui plaisait à nouveau. Beaucoup. Voire plus que cela.

— Bien, dit-elle avec assurance. Tom et Sam, venez derrière le comptoir avec vos iPads. Je m'occupe du Photomaton sous le gui. Mesdames et messieurs, vous avez désormais une minute trente maximum pour prendre votre photo en cabine. Sophie, poste-toi à la porte ; la boutique est pleine à craquer, attends que des clients sortent avant d'en faire entrer d'autres. Pour ceux qui désirent régler leurs achats, je vous invite à vous approcher. Si vous avez payé, êtes munis de votre ticket et souhaitez vous rendre au Photomaton, faites la queue le long de ce mur à droite. *Votre* droite, pas la mienne. Nous vous remercions pour votre patience et vous souhaitons de joyeuses fêtes, conclut Mattie.

Par miracle, des mouvements cohérents se formèrent au sein de la masse de clients dans un ronronnement de jurons mécontents. Une queue s'allongea devant la caisse et une autre, plus petite, devant le Photomaton.

À présent, Mattie allait devoir descendre de là pour téléphoner à Verity et régler le problème de livraison de leur prochaine commande de livres.

Elle avait eu moins de mal à grimper sur ce comptoir qu'à en descendre. Heureusement, Tom apparut en bas, la main tendue. Mattie s'y tint volontiers.

— J'aimerais sauter mais on sera à l'étroit derrière le comptoir, dit-elle.

— Ça va passer, la rassura Tom.

De sa main libre, il l'attrapa fermement par la taille et la souleva du comptoir en même temps qu'elle bondit, ce qui la fit atterrir tout contre lui, si proche qu'un marque-page d'*Au Bonheur des tendres* n'aurait pas pu se glisser entre eux.

— Au fait, bravo pour ta maîtrise de la foule.

— Quand j'étais plus jeune, j'ai travaillé dans un food-truck de hamburgers stationné devant le stade les week-ends de match, expliqua Mattie en observant, amusée, la réaction horrifiée de Tom à l'évocation de ce type de malbouffe. Après ça, j'avais des nerfs d'acier.

— Moi, j'ai travaillé dans une jardinerie. J'y ai appris les meilleures périodes pour semer des plantes vivaces, et ça ne m'a jamais servi, renchérit-il, tout sourires, le regard pétillant derrière ses lunettes.

À moins que ce ne soit un reflet de la lumière projetée par les guirlandes électriques…

— Eh, Roméo et Juliette ! Vous ne pourriez pas attendre ce soir pour roucouler ?

Mattie et Tom se retournèrent vers un homme aux joues écarlates en tête d'une longue file de clients. Il agita une romance historique et un billet de vingt livres sous leur nez.

— Je dois encore passer au *Apple Store* et à *Footlocker* avant la fermeture des magasins, alors faites vite, ajouta-t-il.

Tous deux s'écartèrent. Tom servit le rabat-joie pendant que Mattie ramenait un semblant d'ordre au Photomaton sous le gui tout en téléphonant à Verity pour lui demander si elle aurait un moyen de braver la neige pour rejoindre Londres dès le lendemain. Contrairement à certains, Mattie savait faire deux choses à la fois, et les faire bien.

Chapitre 32

3 jours avant Noël

Le soir même, la nuit était bien entamée lorsque Tom et Mattie retrouvèrent enfin leur place sur leur canapé, leur différend oublié, dévorant une pizza au levain avec supplément câpres et sans anchois dont ils se servaient directement dans la boîte en carton.

—Je déteste Noël, marmonna Tom en se servant une autre part. On ne peut pas dire que cette journée se soit déroulée dans la paix et la bienveillance.

—En même temps, c'était le dernier dimanche avant Noël, rappela Mattie. Et le réveillon tombe un mercredi. Les gens étaient excités, c'est normal. Mais nous avons survécu…

—Non, Mattie. Normalement, tu es censée me répondre que tu détestes Noël, toi aussi. C'est notre truc à nous. On déteste ces fêtes.

—Ah, oui. Exact, je déteste Noël. (Comment avait-elle pu l'oublier ?) À cette période, ce n'est pas facile d'avoir un travail qui implique un contact direct avec les clients, pas vrai ?

—C'est tout ? Tu peux faire mieux que ça, Mattie ! À bas la commercialisation sauvage de ce qui fut autrefois une fête païenne ! À bas les cadeaux minables qu'on t'offre ! À bas la dinde immanquablement trop sèche malgré tous les efforts fournis en cuisine !

— Pour tout te dire, les cadeaux que m'offre Sandrine sont toujours géniaux, reconnut Mattie en ne l'assumant qu'à moitié. Et cette année, il n'y aura pas de dinde mais du chapon, du jambon et un bonus tiré du livre de recettes de Yotam Ottolenghi pour Guy et son petit ami Didier, puisqu'ils ont décidé de se mettre à la mode végétarienne. Enfin, je ne leur ai pas encore confirmé ma présence à Hackney, mais bon, je l'envisage.

— Tu vires de bord, Mattie, grommela Tom en s'enfonçant dans les coussins, son épaule et sa cuisse contre celles de sa colocataire. Ma mère m'offre toujours des chaussettes et sa dinde est si sèche qu'elle aspire toute l'eau de ton corps. Pourquoi te mets-tu soudain à adorer Noël ?

Mattie n'adorait pas Noël. Bon, elle avait seulement ajouté à son menu des cupcakes au pain d'épice ornés de feuilles de houx fondantes. Et exposé derrière son comptoir toutes les cartes de vœux envoyées par ses clients réguliers, suspendues à du ruban pailleté.

— Les temps changent. Avant Steven, j'adorais Noël, dit-elle en souriant malicieusement à Tom, qui protesta d'un signe de tête. Je portais des pulls kitsch à partir du mois de novembre. Je faisais campagne pour décorer le sapin dès le 1er décembre. J'adorais faire mes achats de Noël. Le cadeau parfait pour chacun, les cartes de vœux…

— Tu choisissais une carte pour chacun ? Tu n'achetais pas un lot à des œuvres de charité ?

La liste des habitudes de Mattie avait fait frémir Tom, mais là, c'en était trop.

— Évidemment. C'est amusant. Enfin, *c'était* amusant. L'occasion de montrer à mes proches que je tenais à eux. C'est l'intention qui compte…

— Non ! Je n'écouterai pas une banalité sentimentale de plus ! s'indigna-t-il en se bouchant les oreilles. Je n'arrive pas à croire que tu m'abandonnes maintenant.

Mattie lui donna un petit coup de coude.

— Tu vas devoir cracher sur les rennes et les lutins sans moi, je le crains. (Soupir.) Pourquoi laisserais-je un crétin me couper de tout ce que j'aime ? Ce n'est pas la faute de Noël si c'est à cette période que Steven a atteint l'apogée de sa cruauté. Je me suis trop longtemps privée des choses qui me touchaient sous prétexte qu'elles me faisaient penser à lui. Tout ça, c'est terminé.

Tom ne bougeait plus, sa part de pizza en suspens devant sa bouche.

— Tu veux dire que tu as tourné la page ?

— Et comment ! Je regrette d'avoir laissé ce porc promener son groin sur mon corps.

S'il avait finalement réussi à mordre dans sa pizza, Tom manqua de s'étouffer et Mattie lui tapa vigoureusement dans le dos.

— Hum… Pardon, c'est passé par le mauvais trou, haleta-t-il en sortant un mouchoir d'on ne sait où pour essuyer ses yeux mouillés. Bon, je suis ravi que tu aies retrouvé ton esprit de Noël, vraiment. Mais tu chutes dans mon estime.

— Avant de chuter, il faut d'abord monter. Dois-je en déduire que j'étais bien placée ? taquina Mattie, touchée par le ton chaud, amical, voire affectueux de Tom.

— Disons que tu étais remontée dans mon estime depuis quelque temps, marmonna-t-il en fixant du regard l'émission de télé-réalité à laquelle ils n'avaient prêté aucune attention. Je pensais que tu l'avais remarqué.

— Oui, quand on ne se crie pas dessus à cause d'une histoire de tote bag…

— Tu remarqueras que la seule personne qui criait, c'était toi, rétorqua Tom, taquin à son tour. Moi, je gardais mon calme.

— Toi et ton dédain vous commencez à me gaver. (Voilà une révélation qu'il était bon d'affirmer tout haut. Tiens, avait-elle encore envie de pizza ? Non, elle n'avait plus faim.) Bref, c'est dommage que tu ne changes pas d'avis sur Noël. Mais bon, ça me fait un cadeau de moins à acheter.

— Tu m'aurais fait un cadeau ?

— Désolée, on ne le saura jamais, répondit-elle simplement en se tournant vers Tom pour lui faire voir le sourire triste qu'elle arborait.

— Je m'en remettrai, promit Tom.

Mais l'espace d'un instant, il sembla presque éploré.

Si elle pouvait se libérer un quart d'heure avant le soir du réveillon, avant qu'ils ne partent tous les deux rejoindre leurs foyers parentaux respectifs, peut-être pourrait-elle glisser dans la valise de Tom quelques brownies au chocolat pimenté…

— Où vas-tu passer Noël, déjà ?

Sans grand enthousiasme, il se servit une autre part de pizza.

— Chez mes parents, marmonna-t-il. On en a déjà parlé.

— Tom. Entre colocataires, il nous arrive d'échanger d'obscurs secrets.

Entre autres choses. Ils avaient également échangé un baiser, chose qu'elle tentait d'oublier, mais ce souvenir revenait régulièrement la prendre par surprise. Par exemple, lorsqu'elle battait tranquillement sa pâte feuilletée ; le souvenir des bras de Tom autour d'elle lui revenait alors brutalement. Ou tôt le matin, quand elle attendait que Jezebel sorte de sa torpeur, voilà que lui revenait le goût et la chaleur de la bouche de Tom sur la sienne, et pour retrouver une température corporelle acceptable, elle devait sortir une bouteille de lait du frigo et la presser contre ses joues brûlantes. Alors non, ils n'étaient plus vraiment des étrangers l'un pour l'autre.

— Dis-moi une fois pour toutes où se trouve la maison de ton enfance et arrête de jouer les mystérieux, bon sang! À moins que tu ne couvres tes parents. Ils bénéficient de la protection des témoins, c'est ça?

— Touché. C'est ironique, non? Verity plaisante sans arrêt sur ma prétendue couverture d'agent secret russe, alors qu'en réalité, ce sont mes parents les membres du KGB en fuite depuis la Guerre froide, dit Tom sur un ton impassible, si bien que Mattie ne sut dire s'il plaisantait ou non.

— Tu me fais marcher… Pas vrai?

Tom poussa un soupir.

— Mon père travaille dans l'aménagement paysager et ma mère tient ses comptes.

— Jerry et Margot, je suppose? J'ai vu leurs noms dans les remerciements de ta thèse. Où habitent-ils? Où le jeune Tom a-t-il passé sa jeunesse? (Autant chercher à récurer la graisse collée au fond d'un four à chaleur tournante.) Allez, quoi! Qu'est-ce que tu caches? Tu as du sang mongol?

— Figure-toi que je suis allé en Mongolie et que c'est un très beau pays.

Exaspérée, Mattie s'empara du carton de pizza vide et l'abattit sur la tête de son colocataire.

— Crache le morceau!

— Pourquoi?

— Parce que je n'en peux plus de ne pas savoir!

Il restait une énigme pour Mattie, et à bien des égards. Or elle avait besoin de tout savoir sur lui. Ce qui le faisait rire. À quand remontait son dernier gros chagrin. Quel était son plat préféré quand il était petit. Et son plat préféré aujourd'hui. (Qu'il ne s'avise pas de répondre que c'était son panini du matin acheté au café italien !)

Tom lui prit la boîte à pizza des mains et la reposa sur la table basse avant que Mattie ne fasse d'autres dégâts. Sa mèche était déjà bien aplatie. Puis il prit sa main collante dans les siennes, tout aussi graisseuses. Le cœur de Mattie s'emballa.

— Je te propose un marché, déclara-t-il d'une voix solennelle.

L'humeur légère céda la place à une atmosphère plus lourde, chargée d'émotions.

— Quel genre de marché ? demanda Mattie, un brin sensuelle.

Elle ne rêvait pas, Tom lui caressait le dos de la main !

— Si nous parvenons à ne pas nous étriper demain en boutique – et par là, j'entends que tu te retiennes de me crier dessus – je te promets de te faire visiter le passé du jeune Tom Greer. Qu'en dis-tu ?

Pendant une seconde, Mattie eut comme un sentiment de trahison. La voix suave de Tom et la caresse de sa main annonçaient tout autre chose. Mais la curiosité l'emporta.

— C'est d'accord. Et si tu m'épargnes ton air dépité, j'essaierai de te préparer une fournée de brownies au chocolat pimenté à emporter à… où était-ce, déjà ?

— Mon « air dépité » ? Je ne vois pas de quoi tu veux parler, rétorqua-t-il avec cette grimace justement blasée. (Mais avant de la laisser lui faire la moindre remarque, il la reprit par la main.) Marché conclu !

Mattie n'avait jamais été aussi déçue par une poignée de main.

Chapitre 33

2 jours avant Noël

Malheureusement, il n'y eut aucune visite guidée de la jeunesse d'un Tom prépubère, car seulement dix minutes après l'ouverture de la librairie le lendemain, avant-dernier jour de shopping avant Noël, Bertha fit des siennes.

Outre Nina, toujours en convalescence à Bermondsey, Tom était le seul à savoir comment lui parler et changer sa bobine de papier thermique. Seulement, Tom était aux abonnés absents.

Mattie finit par le dénicher au fond de la section Érotique paranormal. Il se cachait pour engloutir un panini.

Mattie avait rarement été aussi déçue de toute sa vie.

— Chiro m'a envoyé un message, il s'inquiétait de ne plus me voir à sa boutique. J'ai pensé qu'un petit panini ne ferait de mal à personne, en souvenir du bon vieux temps, se justifia-t-il fébrilement.

Mattie se força à adopter un comportement d'adulte responsable. Tout le monde s'accordait à dire que ses croques étaient bien meilleurs que les paninis de l'Italien.

— Il faut changer la bobine de Bertha, dit-elle avec toute l'impassibilité dont elle était capable, mais on entendait bien qu'elle était froissée. Apparemment, tu es le seul à savoir le faire.

— J'arrive, assura Tom avec le même agacement.

Cet échange donna le ton pour le reste de la journée. De nouvelles chamailleries éclatèrent à 15 heures lorsque Tom interrompit la seule pause que Mattie s'octroyait depuis l'ouverture.

Tout en examinant le contenu d'une commande de bouquins livrée à la dernière minute, Mattie était au téléphone depuis à peine dix minutes à écouter Sandrine lui lister les derniers achats à prévoir pour le repas de Noël. Sa mère avait l'intention de faire l'ouverture du supermarché pour terminer ses courses et entamer les préparatifs du réveillon organisé pour ses amis et ses voisins, comme chaque année.

— Je vais devoir compter sur Ian pour tout mettre au frais. Mais même après dix ans, il n'a toujours pas compris le fonctionnement des étagères du frigo, se lamenta Sandrine.

— Je sais qu'il range ses œufs au frais. Quelle idée ! Au fait, crois-tu qu'il nous faudra plus de graisse de canard, au cas où ? demanda Mattie avant de se tourner vers Tom qui la foudroyait du regard depuis le seuil du bureau où elle était venue se cacher.

— Matilda, crissa-t-il entre ses dents. Penses-tu pouvoir te libérer de ta conversation visiblement urgente pour venir m'aider ? La queue pour la caisse et celle du Photomaton se sont mélangées, j'aimerais que tu ramènes un peu d'ordre là-dedans. Avant Noël, si possible.

— Tom ! appela Sandrine dont le petit rire aigu fit grésiller le haut-parleur. Bonjour, c'est la maman de Mathilde. Ne vous fâchez pas, vous vous creuseriez de mauvaises rides. Quoique, cela vous donnerait un petit air renfrogné particulièrement charmant. Vous les hommes, vous avez tellement de chance ! Bref, je vous rends Mattie dans une minute, mon chou.

On n'attrape pas les mouches avec du vinaigre, tel était le credo de Sandrine. Mais Mattie aurait préféré que Tom aille voir ailleurs avec ses grands airs et ses doléances à la moindre contrariété. Et puis, si elles venaient à manquer de graisse de canard, leur repas de Noël serait fichu.

— Le travail pour lequel je suis payée, c'est de tenir un salon de thé, lui rappela furieusement Mattie après avoir raccroché. Et je…

— Il me semble que tu n'es pas plus au salon qu'en librairie.

Mattie choisit cet instant pour quitter la pièce d'un pas lourd, bousculant Tom au passage d'un coup de hanche, et ils passèrent le reste de la journée à se chercher. Le problème aurait pu se résoudre par une nouvelle soirée de détente sur le canapé à dévorer des pizzas, affalés l'un contre l'autre, mais tous deux avaient d'autres plans.

Une fois la boutique fermée et tout le personnel parti – à l'exception de Mattie qui pétrissait vigoureusement sa pâte –, le groupe des Vanneurs passa chercher Tom.

— Tous les ans, Tom sort la veille du réveillon pour faire la tournée des bars de Londres. Tous les flics ont prévu le coup, ils ont cloîtré leurs filles à double tour, expliqua Phil lorsque Mattie sortit voir ce qui se passait dehors, comme elle entendait « Oye ! Oye ! Oye ! » scandé à tue-tête.

— Permets-moi d'en douter, nuança-t-elle, son saladier coincé sous le bras avec une pâte qu'elle continuait de pétrir furieusement.

Le groupe de copains s'esclaffa de concert, sauf Tom qui sortait justement de la boutique, irrité, enfilant un manteau pas moins effiloché que ses vestons habituels.

— Tu peux venir, si tu veux, offrit Phil.

La grimace de Tom évoqua un enfant engloutissant une cargaison de citrons trop verts, ce qui donna presque envie à Mattie d'accepter l'invitation.

Mais agacer Tom n'avait plus le charme d'antan. Au contraire, ça l'attristait. Et puis, elle avait déjà un rencard prévu ce soir.

— C'est très tentant, mais j'ai prévu autre chose, dit-elle à l'instant où Pippa débarquait justement dans les Mews, sa coiffure dodelinant en rythme avec son pas assuré.

Elle était la seule personne au monde à pouvoir garder un manteau de laine blanche immaculée tout l'hiver.

— Mattie ! Tom ! Phil ! Mikey ! Costa ! Daquon !

L'un des super pouvoirs de Pippa : savoir retenir le nom des gens. Les Vanneurs en restèrent bouche bée.

— Je ne vous ai pas revus depuis la fête. Joyeuses fêtes à vous tous !

— Nous pourrions rester ici avec elles…, commença Phil.

— Mais nous ne le ferons pas, refusa catégoriquement Tom en traversant les Mews pendant que ses camarades s'attardaient devant Pippa, peu consciente de l'impact qu'elle avait sur eux. Venez, les gars ! Cette bière ne va pas se boire toute seule !

Les Vanneurs lui emboîtèrent le pas à contrecœur, Daquon en dernier pour lancer à Pippa :

— Tu es inscrite sur Pécho ? On pourrait chatter ensemble, un de ces quatre.

— C'est tentant, mais non merci, répondit Pippa avec un beau sourire à faire passer tous les maux. Mais passez un excellent Noël. Je vous souhaiterais bien une bonne année, mais finalement, il ne tient qu'à nous de la rendre bonne ou mauvaise. N'ai-je pas raison ?

À lire la perplexité nigaude sur le visage de Daquon, la philosophie subtile et optimiste de Pippa lui échappait totalement. Il allait pourtant devoir lui trouver une réponse.

— Hum, tout à fait d'accord. Je te souhaite de choisir de passer une bonne année, toi aussi, parvint-il pourtant à baragouiner avant de presser le pas pour rejoindre ses amis.

Tom leur ouvrit le portail comme une mère poule fait rentrer ses poussins.

Une fois passé Daquon, Tom marqua une pause pour regarder Pippa et Mattie restées dans les Mews. Il faisait sombre et la distance empêchait Mattie de bien distinguer son visage, mais elle l'imaginait toujours aussi grimaçant, comme un chien croquant une abeille. Il leva une main pour les saluer, mais se retourna avant qu'elle n'ait eu le temps de lui répondre.

Elle baissa les yeux sur son saladier.

— Mince. Je crois que j'y suis allée trop fort.

— Oui, je crois aussi, ponctua Pippa sans quitter du regard le portail dans le lointain. (Puis elle se tourna vers le saladier de Mattie.) Parlais-tu vraiment de ta pâte ou était-ce une métaphore pour décrire ta relation avec Tom ?

Mattie voulut l'insulter d'un silencieux regard, mais ces choses-là n'avaient aucun effet sur Pippa. Elle avait trop d'assurance.

— Parfois, une pâte reste une pâte.

— Je n'en doute pas, affirma Pippa pour lui faire plaisir. Bon, va ranger ce saladier au frigo. J'ai réservé une table pour 21 heures. Je sors de mon cours de Boxfit et je meurs de faim.

À l'exception de ce fameux retour en catastrophe de Paris, Mattie et Pippa allaient tous les ans au restaurant indien la veille de Noël pour s'offrir leurs cadeaux avant que Pippa ne parte en voiture rejoindre ses parents en banlieue de Halifax. Faire la route de nuit lui épargnait les bouchons. En contrepartie, elle ne pouvait boire aucun alcool et surveillait l'heure pour ne pas partir trop tard, pressant Mattie d'un « Dépêche-toi de finir, je veux partir avant 22 h 30 ! » Mattie finissait donc généralement par engloutir son curry de crevettes si vite qu'elle en avait les larmes aux yeux, puis vidait sa bière Cobra d'un trait. Ce soir-là n'échappait pas à cette tradition, observa Mattie, le visage fouetté par la brise glaciale comme elle raccompagnait son amie jusqu'aux bureaux de Sebastian à Clerkenwell où était garée sa voiture.

Derrière toutes les vitrines, les décorations de Noël brillaient de mille feux et la mairie avait fait installer des guirlandes autour de tous les lampadaires. *Comme c'est gai*, songea-t-elle, enivrée par l'atmosphère festive.

Elle réprima un rot.

— Merci pour les gants de boxe, je les adore ! s'emballa Pippa. Et je suis ravie que tu aies choisi de passer un joyeux Noël cette année.

— Joyeux… Ce n'est pas le mot qui décrirait le mieux mon humeur du moment.

La peau de son palais semblait brûlée au troisième degré.

— Dans ce cas, prépare un peu plus de pâte, mais prends garde à ne pas y aller trop fort cette fois, conseilla sagement Pippa, le regard pétillant.

Celle-ci, quand elle avait une idée en tête…

— Pips, quand je parlais d'y aller trop fort avec ma pâte, j'avais un saladier sous le bras rempli de pâte trop malaxée. Point final. Ce n'était pas une métaphore et ça n'avait rien à voir avec Tom…

— Je n'ai jamais parlé de Tom, mais voilà que tu te mets à l'évoquer, la charria son amie en sortant les clés de sa voiture. Intéressant. Très intéressant.

— Agaçante. Très agaçante.

Mais Pippa esquissa un sourire.

— Je vais être franche. Posy a avoué à Sebastian – lequel m'a tout répété car il est incapable de garder un secret – qu'elle scrutait la webcam à longueur de journée.

La clé de Pippa et sa voiture échangèrent un bip amical.

— Jusque-là, rien de neuf sous le soleil. Elle nous harcèle de textos pour se plaindre de notre gestion de la queue en caisse et nous demande notre chiffre d'affaires toutes les demi-heures.

— D'après Sebastian, elle observe moins votre gestion des clients que l'évolution de ton flirt avec Tom. À ce propos, j'ai lu une étude sur un glacier de Venice Beach qui distribuait des verres d'eau à ses clients pour les faire patienter…

— On s'en fiche. Rembobine ! ordonna Mattie en lui bloquant l'accès à sa voiture. Mon *flirt* ? Tom et moi ne flirtons pas à la librairie ! (Mais pouvait-elle dire qu'ils ne flirtaient pas en dehors des horaires de travail, lorsqu'ils étaient côte à côte sur le canapé ?) On se chamaille plus qu'autre chose. Au sujet des tote bags de Posy, entre autres. Elle aurait dû parler de ça au lieu de faire circuler de fausses rumeurs.

Musclée par ses nombreuses séances de Boxfit, Pippa écarta sans mal Mattie de son chemin.

— Pour Posy, les chamailleries sont un prélude à la séduction, rapporta gaiement Pippa en montant dans sa voiture. Elle dit qu'elle a vécu la même chose avec Sebastian. Au rythme où vont les choses entre vous, elle gage que des fiançailles seront scellées avant la prochaine Saint-Valentin.

— Quoi ?!

C'était du Posy tout craché. À trop lire de romances, elle ne savait plus distinguer la fiction de la réalité. Sans parler de ses hormones de grossesse.

Et puis, Posy ne pouvait pas être au courant du baiser auquel Mattie ferait bien de ne pas repenser. De toute façon,

Tom n'avait aucun sentiment pour elle, car sinon, il aurait été clair dans ses intentions. Il ne se souvenait même pas de leur baiser.

— Posy a dit à Sebastian que vous alliez devoir attendre qu'elle perde les kilos de sa grossesse avant de fixer une date pour votre mariage. C'est une belle avancée dans ta vie sentimentale, Mattie ! Tu disais vouloir donner une seconde chance à Paris, mais tu ne m'as jamais dit que tu donnais également une seconde chance à l'amour. Avec Tom, de surcroît !

— Je ne t'ai jamais dit un truc pareil, en effet, puisque c'est faux ! gronda Mattie, l'empêchant à présent de refermer la portière de sa voiture. Mais j'avoue ne plus être résolument opposée à l'amour. Après tout, je mérite d'être aimée, moi aussi.

Son amie retrouva aussitôt son sérieux.

— Je suis tellement fière de toi. Tu le mérites, je suis bien d'accord. Maintenant, si tu le veux bien, lâche ma porte. J'aimerais arriver à Halifax avant 3 heures du matin.

Mattie s'écarta.

— Qu'on soit bien claires. Cet amour mérité, ce ne sera pas avec Tom.

Mais Pippa avait déjà refermé sa portière, et à voir son petit signe de la main et son pouce en l'air, elle ne semblait pas l'avoir entendue.

Chapitre 34

1 jour avant Noël

Le 24 décembre, Mattie ne fut pas tirée du sommeil par son réveil habituel mais par le bruit familier d'une personne prise de nausées à l'instant même où son téléphone se mit à sonner.

Cet appel aux aurores prit l'ascendant sur le malade à la gueule de bois. Mais si c'était encore un télévendeur qui cherchait à lui vendre une assurance, il serait reçu !

C'était Sandrine.

— *Mon ange** ! Nous tournons depuis deux heures pour trouver une place sur le parking du supermarché, se plaignit-elle sans un « Bonjour, pardon d'appeler si tôt, il n'est même pas 6 heures. » Comment allons-nous faire s'il y a rupture de stock de roulés à la saucisse ?

— Je croyais qu'on était d'accord : pas de roulé à la saucisse avant novembre prochain. J'ai eu ma dose ces dernières semaines, grommela Mattie.

La panique de sa mère eut le même effet qu'une grande tasse de café noir.

— Tout le monde adore ça, se défendit Sandrine, implacable.

En fond sonore, Mattie entendit Ian souhaiter une mort lente et douloureuse au chauffeur qui venait de leur voler une place de parking.

— Si je comprends bien, tu viens passer Noël avec nous au lieu de rester cachée sous ta couette ? reprit sa mère. Parfait ! Que comptes-tu faire, prendre la route après le travail ce soir ou préfères-tu que Ian vienne te chercher demain ?

Cet après-midi-là, le salon fermerait à 16 heures et ne rouvrirait pas avant le 28 décembre. Mattie ne savait plus à quand remontait son dernier jour de congé. Certes, elle ne passerait pas la journée au lit pour esquiver Noël, mais pour autant, elle n'aurait pas été contre l'idée de dormir trois jours de suite pour rattraper son sommeil en retard.

Dans le couloir, on entendit quelqu'un vomir de plus belle dans les toilettes. Si tendue qu'ait été sa dernière discussion avec Tom, Mattie eut une pointe de compassion pour lui. Et puis, elle pensa aux trois jours qui l'attendaient. Elle les passerait à festoyer au milieu de cadeaux et de comédies musicales, et pourtant, cette perspective ne l'enchantait guère.

— Oui, j'ai décidé de jouer un rôle majeur dans votre célébration de Noël, répondit-elle. Mais je suis épuisée, et si je viens cet après-midi, tu vas me coller en cuisine. Je te connais.

— Je ne suis pas si cruelle ! se froissa Sandrine. (Puis elle poussa un cri soudain.) Là ! Ian, cette voiture blanche s'en va.

Leur conversation touchait à sa fin. Et puis, Tom était toujours malade. Faisant la grimace à l'idée de l'odeur et du spectacle qui l'attendaient, Mattie ouvrit la porte de sa chambre et sortit dans le couloir. La porte de la salle de bains était entrouverte. À genoux, serrant la cuvette dans ses bras, elle reconnut… l'Archevanne.

— Phil, tout va bien ? demanda doucement Mattie.

Un grognement pour toute réponse. Mattie se replia dans sa chambre. Cinq minutes plus tard, quand les bruits cessèrent, elle retenta une sortie et croisa Phil dans le couloir. Il avait mauvaise mine.

— À ta place, j'attendrais un peu, conseilla-t-il, tout penaud. J'ai ouvert la fenêtre, mais quand même…

— Je vais utiliser les… hum, commodités du rez-de-chaussée, opina Mattie. Je dois lancer ma fournée de croissants et commencer mes roulés à la saucisse… oups, pardon !

À la seule évocation de nourriture, Phil plaqua une main sur sa bouche, l'autre braquée devant lui. Réflexe futile car Mattie n'avait pas l'intention de s'approcher. Au contraire, elle préféra reculer. Fausse alerte.

— Je ne boirai plus jamais, se lamenta Phil. Tout ça, c'est la faute de Tom.

— Tom t'a aidé à prendre une cuite ? *Mon* Tom ?

Elle avait peine à le croire. Serait-il retombé dans son rôle de Saint Vanne de la Vannerie ?

Phil parut perplexe.

— *Ton* Tom ? Tu veux dire *notre* Tom ! Il disait vouloir noyer son chagrin alors j'ai promis de boire autant que lui, c'est ce que font les frères nés de mères différentes. Seulement, j'avais oublié que Tom était plus grand que moi.

Et ce n'était pas peu dire ; Tom faisait bien deux têtes de plus que lui.

— Il t'a dit pourquoi il voulait noyer son chagrin ?

— Une histoire de nanas. Dans le cadre du travail, je crois. Il a bredouillé quelque chose au sujet de tote bags, mais je ne sais plus, ma mémoire a flanché dans la soirée. Par contre, je me souviens clairement que Tom disait en avoir marre des femmes et de leurs cupcakes.

— Des « cupcakes » ?

Les derniers espoirs de Mattie s'envolèrent pour céder la place à une fureur sans limites. Tom en avait marre d'elle ? Ils avaient à peine entamé une amitié, de quel droit y mettait-il un terme sans même lui demander son avis ?

— Je vais lui en donner, moi, des cupcakes !

— Oh, non !

Cette fois, le haut-le-cœur ne passa pas. Phil fonça vers la salle de bains et eut la présence d'esprit de refermer la porte derrière lui.

— Tu te sentiras mieux quand tu te seras lavé les dents, appela Mattie. Utilise la brosse à dents bleue, je suis sûre que ça ne dérangera pas Tom.

Un jour, elle aimerait pouvoir pétrir sa pâte feuilletée tranquillement, sans y répercuter la fureur de ses nerfs en pelote. Mais ce jour n'était pas encore arrivé.

Le calme et l'apaisement n'étaient pas au programme. À l'heure où Cuthbert arriva au salon, splendide dans son costume aux motifs de minuscules Pères Noël, bientôt rejoint par Sophie habillée en mignonne petite elfe, puis par Sam lui-même déguisé en elfe, quoique loin d'être mignon (Sophie et son pouvoir de persuasion avaient encore frappé), une foule de clients patientait déjà devant l'entrée du salon de thé.

À la vue de ces trois personnages hauts en couleur, Mattie laissa échapper un cri de surprise. L'image de Sam en grenouillère d'elfe resterait gravée dans sa mémoire à tout jamais. Quant à Cuthbert…

— Waouh, vous avez mis la barre haut !

— C'est Noël, lui rappela Sophie, sortant de son sac un serre-tête de bois de renne qu'elle s'empressa d'allumer. Tiens, c'est pour toi. Je l'ai trouvé…

— Au magasin à prix unique, je sais. Il faudrait t'interdire d'y remettre les pieds, dit Mattie, les bras croisés, réprimant le sourire qui titillait le coin de ses lèvres. Je te préviens, tu ne me feras pas porter cette horreur.

— Quelle rabat-joie, soupira Sophie en s'approchant de sa patronne qui recula d'un pas.

— De qui parles-tu ? De la gentille patronne qui allait t'accorder une généreuse prime pour les fêtes ?

— La petite n'a pas tort, tu te plains trop, décréta Cuthbert en prenant le serre-tête des mains de sa petite-fille pour l'enfoncer sur la tête de Mattie. Voilà, c'est mieux.

Inutile de parlementer, c'était perdu d'avance. De toute façon, cela faisait bien longtemps que Mattie avait cessé de batailler contre l'invasion de décorations de Noël dont Cuthbert et Sophie avaient bombardé son salon de thé. On y trouvait désormais tant de guirlandes, de loupiotes et de fanions, de sapins miniatures et de babioles en tout genre posées sur les tables, qu'on cherchait où finissait Noël et où commençait le salon de thé.

L'esprit festif était contagieux. Tout en préparant l'ouverture de son salon, Mattie se surprit à chanter avec Cuthbert *Baby, It's Cold Outside*, et tant pis si la chanson racontait l'histoire d'un viol.

Une fois le salon paré, on servit les premiers cafés et pâtisseries, mais dehors une autre queue patientait toujours pour la librairie. Aucun signe de Tom. Sans doute macérait-il encore dans ses effluves d'alcool.

— Mon Dieu, nous ne serons jamais assez nombreux, s'affola Mattie, la paupière gauche tressautant à cause du stress. Sam, monte réveiller Tom.

— Non, ça me gêne.

Sam se cacha derrière la réplique de bébé renne qui, décidément, supportait mal son séjour *Au Bonheur des tendres*. Ils ne récupéreraient jamais la caution. On s'agitait dans la foule. Par crainte d'éventuelles échauffourées, Mattie s'apprêtait à leur intimer le calme lorsqu'elle reconnut Nina.

Elle crut à un mirage. Impossible. Nina se reposait chez elle, presque tous ses os brisés par sa chute. Elle n'avait rien à faire devant la boutique, armée de béquilles et d'une minerve avec le soutien nécessaire de Noah à ses côtés.

Mattie s'empressa de leur ouvrir.

— Que c'est bon de te revoir ! s'exclama-t-elle en voulant prendre Nina dans ses bras.

Mais Noah fit barrage de son corps.

— Attention à ses côtes, la protégea-t-il.

Nina entama une progression lente et laborieuse vers le canapé.

— Sophie, rassemble tous les coussins au milieu, ordonna-t-elle pendant que Mattie refermait la porte et tendait la paume aux clients pour leur demander cinq minutes de patience. Au bas mot.

— Incroyable, tu arrives pile quand nous en avons le plus besoin, souffla Mattie. On te revaudra ça.

— J'espère bien, rétorqua Nina en grimaçant pour se redresser et laisser Sophie glisser des coussins derrière son dos. Mais je m'ennuyais à la maison. J'ai revu une tonne d'épisodes de *Sex and the City* qui, soit dit en passant, a très mal vieilli. Je n'aurais pas tenu un jour de plus enfermée dans cet appartement.

— Ma pauvre… Es-tu vraiment en état de travailler ? s'inquiéta Mattie.

— Non, répondit fermement Noah.

— Si, rétorqua Nina. Je peux encaisser les clients avec un iPad. Je peux également les renseigner depuis le canapé sur tous les livres de la boutique. D'ailleurs, je suis surprise que vous ayez réussi à survivre sans moi ces quelques jours.

— Parfait ! s'exclama Mattie en se frottant les mains. J'ouvre la boutique de ce pas. Sam ! Tu n'es toujours pas allé réveiller Tom ?

— Pas la peine, tu constateras que je suis debout, répondit Tom qui titubait à la porte donnant sur l'escalier vers l'appartement.

Il tenait difficilement sur ses jambes, pâle comme un linge, et dut venir s'appuyer au comptoir. Mais Mattie n'avait aucune pitié pour lui.

— On t'attend depuis dix minutes.

Sur ce, elle lui tourna le dos, vexée depuis que Phil avait rapporté qu'il en avait marre d'elle.

— Bon, j'ouvre la boutique et je vous laisse vous débrouiller. Je vous rappelle que j'ai également un salon de thé à faire tourner.

— Mattie est rarement aussi pincée, vous ne trouvez pas ? entendit-elle Nina marmonner dans son dos tandis qu'elle retournait la pancarte « ouvert » et déverrouillait la porte.

Ce n'était pas l'envie qui manquait à Mattie de lui dire le fond de sa pensée, mais le moment était mal choisi.

Au salon, c'était le chaos. Une longue queue de clients en colère s'étirait devant le comptoir où Jezebel crachotait et sifflait son mécontentement. Comme Mattie la comprenait !

— Que se passe-t-il ? s'inquiéta-t-elle en voyant Cuthbert les manches retroussées, affairé sur sa tendre machine à café.

Elle l'avait rarement vu aussi tendu et fatigué.

— Jezebel est capricieuse aujourd'hui, répondit-il. Elle se braque dès qu'on lui réclame du lait chaud.

Par réflexe de frustration, Mattie tira sur sa frange.

— Satanée Jezebel !

— Ce n'est pas en l'insultant que tu la rendras moins ronchonne, fit remarquer Cuthbert. J'ai appelé le technicien mais il ne pourra pas passer avant janvier.

— C'est le pompon ! Dans ce cas, ce sera café noir pour tout le monde, soupira Mattie, puis une sonnerie tinta furieusement au fond de la poche de son tablier. Mince, je dois éteindre le four.

Une matinée de cauchemar. Malgré la note d'excuse destinée à informer la clientèle de ce problème technique, accrochée sur la porte d'entrée et sur la capricieuse Jezebel, il fallut expliquer la situation au moins cent-quarante-sept fois aux clients bien décidés à réclamer un nuage de lait dans leur café.

Par-dessus le marché, on ne cessa de l'appeler à la rescousse en librairie car les clients étaient trop nombreux à venir acheter leurs cadeaux à la dernière minute. Sophie tentait de gérer la file pour le Photomaton sous le gui, mais personne ne respectait son autorité ; Nina était allongée sur le canapé telle une vieille reine servant son peuple avec langueur ; Sam et Tom, derrière le comptoir, se contentaient de monosyllabes pour chaque client.

— Je ne les ai vus souhaiter « Joyeux Noël » à aucun client ! s'indigna Posy lors de son cinquième coup de fil de la matinée. Va leur tirer les oreilles ! Tout de suite !

— Ce serait avec plaisir mais je n'ai pas le temps, Posy, répondit Mattie tandis que son alarme bipait encore dans son tablier. D'ailleurs, je dois filer au salon de thé.

— Avant de partir, peux-tu tourner la webcam pour que je puisse mieux voir ce qui se passe en caisse ? réclama la libraire. (Mattie fut soudain tentée de jeter son téléphone dans un seau d'eau.) Au fait, Tom et toi ne vous êtes pas chamaillés de toute la matinée. Je suis presque déçue.

— La journée n'est pas terminée, Posy. Au fait, il semblerait que tu enfreignes plusieurs lois en espionnant ton personnel, en rapportant ce que tu vois à ton mari qui, à son tour, répète tout à ses employés dont ma meilleure amie Pippa, haleta Mattie en jouant des coudes pour se frayer un chemin jusqu'au salon.

— Non, je suis sûre d'être dans la légalité, se défendit gaiement Posy.

À croire que l'alitement forcé lui faisait du bien.

— Bon, je n'ai pas de temps à perdre, rétorqua Mattie.

Et elle lui raccrocha au nez.

C'était décidé. Sauf en cas d'incendie dans la boutique (et au vu de la direction que prenait cette journée, l'éventualité était à envisager), Posy pouvait se brosser pour qu'elle décroche le téléphone. Cette bonne résolution lui fit un bien fou.

La matinée continua sur cette lancée peu encourageante jusqu'à midi moins cinq, heure où Mattie revint en trombe à la librairie pour s'assurer que tout le monde tenait fidèlement son poste. C'est alors qu'elle découvrit l'ancienne manageuse d'*Au Bonheur des tendres* sur le seuil de la porte.

— Verity, c'est vraiment toi ? À moins que le stress ne me fasse halluciner ! s'écria Mattie.

— Pas de câlins ! se protégea Verity. Ce n'est pas le moment. La neige a enfin fondu et nous avions promis au père de Johnny de venir passer Noël à Londres avec lui, alors me voilà. J'espère que ce n'est pas pour servir les clients que tu as besoin de moi, si ? Je devrais plutôt nous avancer sur les commandes en ligne.

— Verity Love, nous sommes le 24 décembre. Si tu ne te postes pas derrière ce comptoir pour servir les clients, je ne t'adresse plus jamais la parole, gronda Tom tout en se débattant avec Bertha qui montrait les mêmes signes de fatigue que Jezebel. Ou pire encore, je t'inscris à un site de rencontres amicales pour que des centaines de gens prennent contact avec toi.

— Tu n'oserais pas, s'indigna Verity.

Tom fit les gros yeux comme jamais.

— C'est un défi ?

En sa qualité d'employée la plus responsable de toute l'équipe du personnel, Verity le rejoignit derrière le comptoir en tapant du pied comme une adolescente en crise. À présent, malgré l'absence de Posy, ils pouvaient se débrouiller sans Mattie.

Celle-ci remonta à l'appartement pour récupérer les roulés à la saucisse préparés par Meena pendant que Phil, vissé au canapé, s'était plaint que l'odeur de bacon lui donnait la nausée. Mais ces mêmes effluves avaient fini par le revigorer et il avait englouti cinq roulés prévus pour la vente.

— Plus que quatre heures, marmonna Mattie en redescendant l'escalier au pas de course avec un plateau chargé dans chaque main. Quatre heures avant mes trois jours de repos. Après ça, je ne toucherai plus à un roulé à la saucisse, à une tartelette, ni à la moindre boule de gâteau rouge velours déguisée en pudding miniature, et ce pendant onze mois consécutifs.

— Excusez-moi. Pourquoi le cappuccino est-il rayé de la carte ?

À peine arrivée dans le salon, Mattie sursauta si fort à la réflexion de cette cliente en fausse fourrure jaune poussin que les roulés volèrent dans toutes les directions autour d'elle.

— Bordel, quelle poisse ! jura Mattie en rejetant la tête en arrière, fermant les yeux très fort pour ne pas fondre en larmes.

— Pas la peine de te mettre dans cet état pour des roulés à la saucisse, compatit Sophie en venant nettoyer le carnage porcin. Au fait, tu es au courant ? Apparemment, Chiro a entendu parler du caprice de Jezebel et a envoyé l'un de ses fils à l'entrée des Mews pour dire à tous nos clients potentiels de faire demi-tour s'ils comptaient commander une boisson à base de lait chaud.

— Trop c'est trop, bredouilla Mattie en se laissant choir sur la chaise la plus proche, gênant un jeune couple qui se donnait la becquée. Je n'en peux plus. J'ai tout donné.

— Ma pauvre, soupira Sophie en guidant Mattie dans la petite cuisine tout en lui commandant un double expresso et un pain au chocolat.

Ce goûter requinqua miraculeusement la jeune femme, à tel point qu'à l'appel de Sam en boutique trente minutes plus tard, elle fut presque d'aplomb.

— Nina a besoin d'aller faire pipi. En plus, c'est illégal de nous faire travailler cinq heures de suite sans une pause de cinq minutes.

— Quatre heures, pas cinq. Nous avons ouvert à 9 heures. Mais oui, bien sûr, j'arrive.

— J'emmène Sophie acheter des nuggets au *Burger King*. Ce n'est pas négociable.

Mattie accepta sans discuter et prit le relais de Verity, qui accompagna Nina aux toilettes. Il allait donc falloir tenir la boutique seule avec Tom.

Ce dernier avait meilleure mine que tout à l'heure, mais sa crispation n'avait pas faibli dans sa façon mécanique de servir les clients venus payer en caisse. Mattie s'occupa du monde pour le Photomaton sous le gui.

Après avoir répété des centaines de fois la cause de la pénurie de lait chaud à des gens parfaitement capables de lire une pancarte, elle dut à présent expliquer à des clients toujours parfaitement capables de lire une pancarte qu'on ne pouvait utiliser le Photomaton que sur présentation d'un ticket de caisse.

Si la file d'attente n'en finissait plus, c'était la faute d'un couple occupé à se faire tirer le portrait depuis bien plus longtemps que les 90 secondes allouées.

— J'ai un menton monstrueux, ne cessa de se plaindre la jeune fille quand Mattie, à bout de nerfs, finit par tirer le rideau.

— Je vous laisse trente secondes avant de vous mettre dehors. C'est une simple photo, vous n'allez pas faire la couverture de *Vogue* !

— Quelle crétine ! grommela la jeune fille à l'instant où Mattie refermait le rideau.

— Une minute ! annonça Mattie aux clients qui patientaient. Vous n'avez pas plus d'une minute en cabine. Soixante secondes, pas une de plus !

Il y eut un murmure de mécontentement général que Mattie réduisit au silence par sa meilleure grimace autoritaire.

— Une minute, c'est un peu juste, lança Tom depuis la caisse.

— C'est largement suffisant. Et puis, je ne t'ai pas sonné.

— Ma foi, ça a le mérite d'être clair, fulmina-t-il par-dessus la tête de la cliente dont il s'occupait.

Mattie et Tom échangèrent un regard furieux.

Bon sang, était-ce vraiment si long d'aller faire pipi, d'acheter des nuggets ou de se bécoter au coin de la rue ?

Nina et Verity émergèrent enfin des toilettes, Sophie et Sam revinrent de leur excursion au *Burger King* avec leurs nuggets et Cuthbert vint prévenir que Cynthia l'envoyait à l'épicerie acheter des cachets pour la digestion et un bonnet de douche. À cet instant précis, Tom et Mattie étaient nez à nez au milieu de la boutique.

À se hurler à la figure.

Une fois de plus.

— Lorsqu'on nous demande si l'on peut emballer un livre dans du papier cadeau, on ne répond pas « Vous vous fichez de moi ? », cracha Mattie au visage de Tom, les mains sur les hanches. Franchement, on devrait t'interdire de servir les clients.

— Et toi, on devrait t'interdire de me chapeauter alors que je travaille ici depuis plus longtemps que toi. En plus, j'ai un doctorat !

— Tu as écrit un bouquin. En quoi est-ce *utile* ?

— Dixit la nana qui a passé un diplôme dans les gâteaux.

— C'est de la pâtisserie !

— Des cupcakes. Un certificat en cupcakerie, pouffa Tom.

— Ce mot n'existe même pas, Tom.

Ils se tournaient autour tels deux animaux sauvages cherchant la faille de l'autre, prêts à bondir. Les gens disparaissaient dans un brouillard de furie. Mattie ne voyait plus que Tom et sa trogne hautaine.

— Quand je t'ai rencontrée la première fois, je te trouvais cool avec tes airs d'Audrey Hepburn et tes gâteaux français détournés à la mode anglaise. Mais j'ai rapidement compris que tu étais coincée, que tu avais besoin de tout contrôler. Si elle voyait ce que tu fais de son image, Audrey Hepburn se retournerait dans sa tombe.

Voilà qui lui coupa le sifflet. Comment osait-il ? De quel droit ?

— Tu... Tu... Eh bien figure-toi que moi, je n'ai jamais changé d'avis sur ton compte. Je t'ai toujours trouvé barbant et poussiéreux dans tes chandails bons pour la cheminée, et même si tu t'es révélé charmant et d'une profondeur insoupçonnée, tu as fichu en l'air plusieurs de mes poêles antiadhésives avec des ustensiles en métal. Voilà !

— D'où te vient cette fixette sur mes chandails ?

— Ils sont une insulte à ma vue ! Celui avec des empiècements de cuir aux coudes... Qu'est-ce qui t'a pris d'acheter ce truc-là ?

— C'était pour me tenir chaud dans un magasin plein de courants d'air. Et puis, j'use toujours les coudes de mes chandails à force de m'appuyer dessus quand je lis. Alors comme ça, tu me trouves charmant ?

Tom s'approcha d'elle. Le souffle manqua à Mattie.

— Ce n'est pas ce que j'ai dit, nia-t-elle d'une petite voix étranglée.

— Si, tu l'as dit ! confirma Nina.

Les deux opposants prirent alors la mesure de leur public. Pas seulement des collègues, mais de tous les clients de la boutique.

— Bon, ça suffit.

D'un mouvement ample et étonnamment puissant, Tom attira Mattie dans le Photomaton sous le gui à peine libéré, s'assit sur le tabouret et l'attira sur ses genoux.

— Pourquoi joues-tu soudain au mâle alpha avec moi alors que je ne t'intéresse pas ? Phil a dit que tu en avais marre des nanas avec leurs tote bags et leurs cupcakes. Je me suis sentie visée !

— Je n'ai jamais dit ça, protesta Tom en passant les bras autour d'elle par souci de confort. Phil ne garde qu'un souvenir brouillé d'hier soir. Son témoignage ne vaudrait pas un kopeck au tribunal.

— Comment pourrais-tu en avoir marre de moi ? On n'a rien développé du tout.

— C'est toi qui en as marre de moi ! Tu ne te souviens même pas de m'avoir embrassé alors que c'était le plus beau moment de ma vie, s'insurgea Tom.

— Tu disais l'avoir oublié !

— Je l'ai prétendu après que tu as dit la première que tu n'en gardais aucun souvenir. Je ne voulais pas que tu m'accuses d'avoir profité de toi dans un moment de faiblesse.

Quoique, je ne pense pas que tu aies été d'une quelconque faiblesse ce soir-là.

— Non, c'est vrai. Je suis un peu perdue. Tu es le roi des sous-entendus, soupira Mattie en posant la paume sur son torse où son cœur battait la chamade. Un jour, tu me cries dessus pour une histoire de tote bag, et le lendemain, tu me caresses les cheveux. Et ne le nie pas, tu m'as caressé les cheveux !

— J'ai tout nié parce que, de toute évidence, mes sentiments pour toi ne sont pas réciproques. Tu disais être prête à voir d'autres hommes maintenant que tu as tourné la page avec ton crétin d'ex-petit ami.

— Non, je ne veux pas voir d'autres hommes.

Tom se décomposa, et bien qu'il gardât ses bras autour d'elle, Mattie sentit son étreinte se desserrer. Il se refermait comme une huître, étouffait son charme pour reprendre son air pincé et distant.

— Alors tu détestes toujours les hommes, maugréa-t-il.

— Pas tous…

Mattie se tut comme Tom reposait son front sur son épaule, en proie à la tourmente. Il déglutit.

— Je te jure que je ne voulais pas profiter de toi, Mattie. Je m'en suis terriblement voulu de t'avoir embrassée. Être attiré par une femme dont le cœur a été piétiné par un crétin incapable de respecter certaines limites, ce n'est pas évident. Si mes élans t'ont dérangée…

— Bon sang, Tom ! Je t'ai embrassé, moi aussi ! J'étais à fond ! Pour un docteur spécialisé dans la romance, tu manques de clairvoyance, ricana Mattie en tirant doucement sur la tignasse de Tom pour qu'il lève les yeux et voie la tendresse qu'elle avait dans le regard. Je ne déteste pas tous les hommes, mais je n'ai envie d'en voir aucun autre, puisque c'est toi qui m'intéresses.

Un silence. Gênée, Mattie baissa les yeux sur les vieilles chaussures à lacets qu'il avait aux pieds. Tom s'éclaircit la voix.

— Oh, je vois. Ça change tout, pas vrai ?

Leurs cœurs battaient à l'unisson, libérés de toute angoisse et épanouis comme des bourgeons au soleil.

— Oui, je l'espère.

— J'ai conscience de ne pas être à la hauteur. Si tu décidais d'aller voir d'autres types, je ne ferais pas le poids avec mes chandails et mes bouquins poussiéreux.

Mattie fit taire toutes ces âneries en posant un doigt sur sa bouche.

— Sous ces chandails se cache une puissance surprenante. Quand tu as sauté par-dessus le portail le soir où l'on tentait de sauver Gourgandine… Après une telle démonstration de force, les pompiers charpentés comme des dieux m'ont laissée parfaitement indifférente.

Tom la regarda dans les yeux.

— Tu fantasmes sur mon corps depuis tout ce temps-là ? Alors que moi, je faisais la part des choses. Je préservais ma vie privée. J'évitais de mêler travail et plaisir.

Il prononça ce dernier mot dans un murmure rauque sans quitter Mattie de son regard soudain obscur. Elle se mordilla la lèvre inférieure.

— Pas tout le temps. Il y a eu de longs moments où tu me tapais sur les nerfs, dut-elle reconnaître, passant les bras autour du cou de Tom. Bien sûr que si, tu es à la hauteur. Outre mon certificat en – comment, déjà ? – *cupcakerie*, j'ai seulement passé un brevet des collèges, et mes seules lectures sont des livres de recettes.

— Personne n'est parfait. Et puis, les gens parfaits sont barbants.

— Tu l'as dit, opina Mattie.

Et pour la seconde fois, elle ne sut dire qui embrassa l'autre le premier. Une seule chose était sûre, il y eut un baiser.

Quatre ans plus tôt, elle s'enfuyait à Paris. Deux ans plus tard, elle fuyait Paris. Et ces deux dernières années, alors qu'elle se forgeait une nouvelle vie à Londres et se battait pour réaliser ses rêves, il lui manquait toujours quelque chose.

Assise dans cette cabine dans les bras d'un expert en romance, leurs bouches pressées l'une contre l'autre, le pouce de cet homme effleurant la peau douce derrière son oreille, Mattie cessa de fuir. Il ne lui manquait plus rien. Elle avait trouvé sa place, et avec l'homme qu'elle désirait.

— C'est agréable de s'embrasser quand on ne se dispute pas, murmura-t-elle lorsqu'ils reprirent leur souffle.

— « Agréable » ? On peut faire mieux que ça, rugit Tom en reprenant possession de sa bouche.

Combien de temps restèrent-ils ainsi, à s'embrasser sous la branche d'un gui fatigué ? Elle ne sut dire. Le rideau fut soudain tiré par Sophie qui tenait quelque chose dans sa main. Une chose qui avait tout l'air d'une webcam. Et dans l'autre, elle avait un téléphone sur haut-parleur où braillait Posy.

— Vous ne pourriez pas attendre la fermeture, tous les deux ? Il reste deux heures de travail, bon sang !

— Ouais, il y a des hôtels pour ça ! lança Nina depuis le canapé où elle tendait le cou pour ne rien manquer de la scène.

— Quand je pense que tu as osé me reprocher d'embrasser Sophie, claironna Sam avant de virer au rouge pivoine lorsque Nina et Verity se tournèrent vers lui d'un air curieux. Enfin, on ne s'embrassait pas vraiment… Bref, on parlait de Tom et Mattie. Et eux, pas de doute, ils s'embrassaient. Regardez-les !

Effectivement, ils rougissaient comme jamais, les yeux baissés face à un public de collègues et de clients qui esquissaient un sourire indulgent. Puis, spontanément, se mirent à applaudir.

— On se passerait bien d'un public, merci, répliqua Mattie en refermant le rideau aussi sec.

— Parfaitement d'accord avec toi, opina Tom. Bon, je l'admets, Noël peut avoir de bons côtés.

— On a tendance à le sous-estimer, renchérit-elle avant de l'attirer tout contre ses lèvres. Rappelle-moi pourquoi tu as cessé de m'embrasser ?

Chapitre 35

Le jour de Noël

— Joyeux Noël, Tom, susurra Mattie en le réveillant d'un petit coup de coude.

Ils avaient passé la nuit sur le canapé, à s'assoupir entre deux câlins, à se caresser et s'embrasser tant et si bien que la bouche de Mattie allait finir par faire grève.

Tom émergea avec peine, tignasse hirsute et yeux vitreux, quoique bien fixes. La veille, il jurait avoir besoin de ses lunettes pour y voir clair, mais lorsque Mattie avait tenté de les lui retirer pour les essayer, il s'était débattu comme un diable et la bataille avait fini par une nouvelle série de baisers. Une très longue série.

— Je ne rêve pas, tu viens de me souhaiter un joyeux Noël ? Tu sais que je ne fête pas Noël.

— Cette année, ça va changer, décida Mattie en s'installant entre les bras de Tom, qui les referma autour d'elle. Ian vient nous chercher dans une heure. Ma mère lui a interdit de revenir avec la voiture vide. À moins que…

Une pensée fulgurante. Elle fronça les sourcils, et aussitôt, Tom vint y déposer un baiser.

— À moins que quoi ?

— À moins que ce ne soit trop tôt pour toi. De rencontrer ma famille.

— Techniquement, c'est déjà fait, rappela-t-il. Et puis, je t'aurais bien invitée à rencontrer la mienne pour Noël mais j'étais censé prendre le train de 18 heures à la gare d'Euston pour Wolverhampton hier soir. D'ailleurs, on va m'excommunier pour me punir de l'avoir raté.

Une nouvelle pièce venait compléter le puzzle.

— Tu viens de Wolverhampton ?

Le sourire aux lèvres, il joua avec une mèche de cheveux de Mattie.

— Ça n'a pas vraiment d'importance dans l'immédiat. Ce qui compte, c'est d'avoir de quoi nous nourrir. Au menu, quelques restes de roulés à la saucisse et de cupcakes d'hier. Il ne m'en faut pas plus pour passer un agréable 25 décembre avec toi…

— Noël ! C'est Noël. Dis-le, Tom, s'agaça Mattie.

— Jamais !

Le téléphone de Mattie émit un bip.

— Ce doit être encore ma mère qui me demande s'il me reste du papier aluminium ou qui me rappelle d'apporter mon deuxième meilleur rouleau à pâtisserie, soupira-t-elle.

— Je trouve ça génial que tu aies un deuxième meilleur rouleau à pâtisserie.

Elle récupéra son téléphone enfoui sous un coussin.

Mais ce n'était pas Sandrine. C'était Posy avec une photo en pièce jointe…

— Oh ! Oh mon Dieu ! Tu ne vas pas me croire ! s'écria Mattie en brandissant son portable pour lui faire lire le message.

Tom et toi serez ravis d'apprendre que vos cochonneries m'ont fait perdre les eaux prématurément. Lavinia Angharad Lady Agatha Morland-Thorndyke

(Lala pour les intimes) est née à 7 h 30 ce matin et pèse trois respectables kilos. La mère et l'enfant se portent à merveille. Bisous, Posy.

Sur la photo, Posy était assise sur le sol de sa cuisine, rayonnante, adossée à sa cuisinière (apparemment, ils n'avaient pas eu le temps de se rendre à l'hôpital), et serrait contre elle un minuscule nouveau-né.

— Je l'avais prévenue qu'elle était enceinte jusqu'aux dents, rappela Tom alors qu'il n'avait jamais rien dit de tel. (Mais Mattie ne lui en tint pas rigueur quand elle le surprit chassant une larme qui roulait sur sa joue, car elle-même avait le cœur serré.) C'est chouette de savoir que Lavinia sera toujours parmi nous.

— C'est vrai, chuchota-t-elle.

Leurs regards se croisèrent, et en s'approchant pour un baiser, Tom susurra :

— Joyeux Noël.

À moins de cinq kilomètres de là, Verity et Johnny dégustaient un brunch festif à base d'œufs Bénédicte et de champagne. Lorsqu'ils levèrent leurs coupes pour trinquer, les diamants de l'alliance de Verity renvoyèrent le reflet des loupiotes allumées sur le sapin de Noël, parfaitement assorties à l'éclat brillant dans ses yeux.

Plus au sud-est, Nina et Noah étaient lovés sur leur canapé. Ou en tout cas, ils s'enlaçaient comme ils pouvaient en dépit des blessures de Nina qui ne lui permettaient pas une position optimale. Toujours à cause de ses blessures (désormais bien moins douloureuses), ils avaient décommandé leur présence pour les fêtes dans leurs familles respectives pour savourer leur premier Noël ensemble dans leur appartement cosy, à boire tous les cocktails et manger toute la nourriture qu'ils voulaient.

Au même instant à Bloomsbury, Sebastian Thorndyke mettait une énorme dinde au four, supervisé par Posy Morland-Thorndyke, avec leur fille de trois heures endormie dans ses bras.

Dehors, à Bloomsbury Square, Sam et Sophie (ayant averti leurs parents qu'ils sortaient rapidement prendre l'air, même si lesdits parents savaient pertinemment ce qui se tramait dehors) se bécotaient sur un banc public. Autour d'eux, les premiers flocons virevoltaient dans la brise.

Et c'est ainsi que tout le personnel d'*Au Bonheur des tendres*, de la librairie comme du salon de thé, vécut le bonheur d'une tendresse partagée.

Cupcakes au pain d'épice et leur nappage à la cannelle

Pour 15 cupcakes

Ingrédients :
140 g de beurre doux
200 g de sucre de canne
60 g de mélasse noire
60 g de mélasse raffinée
300 g de farine de blé
2 œufs entiers + 2 jaunes supp.
1 c. à c. de gingembre moulu
½ c. à c. de mélange d'épices
1 c. à c. de cannelle
2 c. à c. de levure
1 c. à c. de sel
240 ml de lait chaud

Pour le nappage à la cannelle :
6 c. à s. de fromage à la crème à température ambiante
75 g de beurre à température ambiante
200 g de sucre glace
1 c. à c. de cannelle moulue
½ c. à c. d'extrait de vanille

Préparation :

1. Préchauffez le four à 190 °C, thermostat 5. Installez 15 caissettes en papier dans 2 moules à muffins de 12 empreintes. (De préférence 7 caissettes dans l'un et 8 dans l'autre pour qu'ils cuisent uniformément.)

2. Battez le beurre et le sucre en ensemble dans un bol jusqu'à ce qu'ils blanchissent. Ajoutez les mélasses, les œufs entiers et les jaunes pour un mélange homogène.

3. Tamisez la farine, le gingembre, les épices, la cannelle, la levure et le sel. Ajoutez la moitié de ce mélange de farine à l'appareil, puis battez le tout avec la moitié du lait chaud. Incorporez-y le reste du mélange de farine et le reste du lait, puis battez jusqu'à obtenir une pâte homogène.

4. Versez un peu de pâte dans chaque caissette et faites cuire 20 à 25 minutes, ou jusqu'à ce qu'elle monte et soit légèrement ferme au toucher. Retirez les gâteaux du moule et laissez refroidir sur une grille.

5. Pour le nappage, battez tous les ingrédients au mixeur électrique (ou avec la bonne vieille technique de l'huile de coude) jusqu'à obtenir un mélange doux et crémeux. (Ajoutez 1 c. à s. de lait selon la consistance.)

6. Une fois les gâteaux refroidis, décorez-les avec le nappage à l'aide d'un couteau à palette ou d'une poche à douille si vous préférez.

7. Saupoudrez chaque cupcake d'une fine couche de sucre glace.

8. Bon appétit !

Douze jours de romance avant Noël par Tom Greer

Durant les douze jours qui ont précédé Noël, mon auteur de romance préféré m'a offert :

Douze couples qui s'embrassent
Onze amants en fuite
Dix héritières en pâmoison
Neuf bandits en cavale
Huit jeunes premières au bal
Sept triangles amoureux
Six mâles alpha
CINQ SCÈNES DE SEXE !
Quatre jours à Paris
Trois appels manqués
Deux « Je t'aime »
et une vie entière de bonheur pour tous les tendres
du monde entier !

REMERCIEMENTS

Je remercie mon agent Rebecca Ritchie de m'avoir accompagnée jusqu'au bout de l'épreuve qu'est l'écriture d'un roman se déroulant pendant les fêtes de Noël en pleine canicule !

Un immense merci également à mon éditrice Martha Ashby qui, dès que mon esprit de fêtes tendait à faiblir, m'encourageait à écouter des chants de Noël et à manger des tartelettes alors que la température extérieure dépassait les trente degrés. Je suis certaine que mes voisins savouraient en secret les morceaux de Phil Spector que j'écoutais en boucle. Merci à Jaime Frost, Emma Pickard, Eloisa Clegg et toute l'équipe de HarperCollins.

Un merci tout particulier à tous mes lecteurs, blogueurs, relecteurs et amoureux de romance qui ont parcouru les étagères d'*Au Bonheur des tendres* avec moi. J'ai pris un plaisir immense à écrire ces romans pour vous.

Achevé d'imprimer en septembre 2020 par L.E.G.O. S.p.A. Lavis (TN)
Dépôt légal : novembre 2020
Imprimé en Italie
38122099 -1